Blue Woods

MI ESTÚPIDO NIÑERO

El papel utilizado para la impresión de este libro ha sido fabricado a partir de madera
procedente de bosques y plantaciones gestionadas con los más altos estándares ambientales,
garantizando una explotación de los recursos sostenible con el medio ambiente y beneficiosa para las personas.

Todos los hechos de esta historia están narrados desde mi perspectiva.
Ningún nombre o lugar ha sido cambiado, porque no me interesa
proteger a nadie. Lo que me interesa es decir finalmente la verdad.

Mi estúpido niñero

Primera edición en España: noviembre de 2020
Primera edición en México: abril de 2021

D. R. © 2020, Valentina Barsotti

D. R. © 2020, Penguin Random House Grupo Editorial, S. A. U.
Travessera de Gràcia, 47-49, 08021, Barcelona

D. R. © 2021, derechos de edición mundiales en lengua castellana:
Penguin Random House Grupo Editorial, S. A. de C. V.
Blvd. Miguel de Cervantes Saavedra núm. 301, 1er piso,
colonia Granada, alcaldía Miguel Hidalgo, C. P. 11520,
Ciudad de México

penguinlibros.com

ISBN: 978-607-380-165-2

Impreso en México – *Printed in Mexico*

*Gracias a todas las personas que me apoyaron
en este proceso y, especialmente, a mis lectores.
Aprecio mucho que soporten el loco mundo de mis historias.*

¿Qué sentirían si sus padres contrataran a un niñero? Me expresaré mejor. Tienes diecisiete años y tus padres contratan un niñero para ti. ¡Sí, dije niñero! Pues a mí me pasó, y es lo peor.

Ustedes lo imaginarán responsable, maduro e inteligente..., pues no. Es irresponsable, inmaduro y creo que hasta un perro es más inteligente que él. ¿Lo peor? Tiene dos años más que yo; ni diez, ni veinte: ¡dos!

Tyler Harrison, sinónimo de idiota.

Y mi estúpido niñero.

1

Comienzo a bajar las escaleras sintiéndome mejor después de ducharme. Acabo de volver de hacer una rutina de ejercicios con mi mejor amigo y creo que no hay nada como una buena ducha cuando estás apestando a sudor, el cual, por cierto, no había tenido intención de soltar, porque la actividad física no es lo que más me gusta en el mundo, pero se lo debía a Luke por haberme comprado un helado aquella vez que olvidé mi billetera.

Como cualquier ser humano que odia la actividad física, tras practicarla a la fuerza, estoy caminando hacia la cocina para recargar mis energías y, posiblemente, recuperar las calorías que he perdido.

—Son nuestros amigos, Edward. —Al escuchar la voz de mi madre, me detengo a escasos centímetros de la entrada de la cocina. Retrocedo un poco para evitar que me vean—. Y... no veo por qué no hacerlo.

—Sé que debemos viajar pronto y sé que debemos confirmarlo hoy —le responde mi padre—. Pero déjame pensarlo un poco más.

Frunzo el ceño. Mis padres normalmente están 24/7 con el trabajo. A veces me pregunto si soñarán con cuentas o cosas así. Como sea. La empresa central de la familia Donnet se encuentra en Nueva York, desde allí se encargan mis tíos, y mis padres colaboran desde la comodidad de nuestra casa en Los Ángeles. Pero eso suele ocurrir poco. La mayor parte del tiempo están viajando para supervisar las sucursales o van a la Gran Manzana. Obviamente, yo no puedo estar todo el tiempo en el aire como ellos, debo estar en tierra y estudiar.

Entonces, mientras ellos están viajando, yo estoy en casa. Antes solía tener una niñera que se quedaba conmigo cuando ellos no estaban, pero al cumplir diecisiete años les rogué casi de rodillas —literalmente— que me permitieran quedarme sola. Fueron largas semanas de insistencias y llantos falsos, hasta que por fin accedieron a dejarme a cargo de la casa.

Bueno, no fue exactamente así. Mi madre confía demasiado en la madre de mi mejor amiga, Caroline, así que ella me «supervisa», por así decirlo, desde entonces. Estoy sola en casa y demás, pero ella se encarga de que no haga fiestas y de que nada se salga de control aquí. Obviamente, sigo sus órdenes y me comporto porque mis padres me advirtieron de que, si daba un paso en falso —fiesta—, volverían las niñeras, y esta vez de por vida.

—Edward... —intenta continuar mi madre.

—Solo te pido un poco más de tiempo, ¿de acuerdo? —le responde mi padre, como si estuviera cansado de esa conversación.

Escucho a mi madre soltar un suspiro y entonces sé que la conversación ha terminado. Me adentro en la cocina con normalidad, como si no acabara de oír el final de esa charla. Ninguno de los dos sospecha de ello, siguen prestándole atención a sus respectivos objetos electrónicos.

—Ya has vuelto —dice mi madre, elevando la mirada de su celular, fingiendo sorpresa y alegría, e intentando ocultar la frustración que siente.

—Así es... —Alargo y aprieto mis labios en una sonrisa.

Camino hasta el refrigerador y tomo lo primero que veo: batido de cacao. Abro su pequeña tapa y lo debo sin un vaso ni nada. Frente a mi madre. ¿Saben lo que significa?

—Sam, ¿acaso no sabes que existen los vasos?

—Sabe mejor así, mamá —le digo volviendo a tapar la botella.

—Es asqueroso —me dice con la vista en su móvil, pero haciendo una mueca.

Mi madre niega con la cabeza, dando por sentado que seguiré bebiendo de la botella, sin importar cuántas veces me regañe por ello. Mi padre se quita las gafas y me observa detenidamente mientras entrelaza ambas manos sobre la encimera.

—¿Qué piensas de Tyler Harrison? —me dice, mirándome con curiosidad.

—¿El hijo de Sarah y Jack? —pregunto arqueando una ceja. Mi padre asiente con la cabeza— Nada. ¿Qué podría pensar?

Tyler Harrison es el hijo de unos amigos de mis padres. Lo conozco solo de vista; es decir, jamás hablamos más de lo necesario las veces que nos encontramos en algún evento de negocios de nuestros padres.

—No sé. ¿Te cae bien? —vuelve a preguntar mi padre.

Me encojo de hombros.

—Sí. —Me río confundida.

Me desconcierta un poco que mi padre me pregunte qué pienso de Tyler porque no tengo nada que pensar. No lo conozco más allá de un «Hola» y «¿Qué tal?». Así que, si no me lo hubiera nombrado, hubiera continuado con mi día sin recordar su existencia.

—Bien... —Eso es lo único que dice, pero sonríe un poco, mostrándose aliviado con mi respuesta.

—Entonces... —interviene mi madre, mirándonos a papá y a mí con una sonrisa—. Esta noche cenaremos con los Harrison.

Frunzo el ceño.

—¿Bueno? —asiento entrecerrando los ojos.

Mamá y papá me observan sonriendo. Ella posa una de sus manos en su espalda, acariciándola levemente. Frunzo el ceño al verlos actuar de forma tan rara. Es decir, el ambiente es raro. El repentino interés de mi padre sobre lo que pienso de Tyler me ha sorprendido, pero al parecer solo me lo ha preguntado porque esta noche cenaremos con ellos.

—Me voy a ver mi serie... —les digo entrecerrando los ojos.

—¡Que la disfrutes! —exclama mamá, contenta.

— Vaaale... —alargo, riéndome levemente.

—Samantha, ¿estás lista? —pregunta mi madre desde el otro lado de la puerta.

Suelto un bufido. Me molesta mucho que me llamen por mi nombre completo y me molesta mucho más que personas que me conocen bien lo hagan. No es que no me guste mi nombre, solo es que me siento como una niña regañada. Creo que me quedó una especie de trauma o algo así porque cuando era pequeña era muy revoltosa y siempre escuchaba «Samantha Donnet» con indignación de cualquiera.

—¡Ya casi! —exclamo, terminando de aplicarme rímel—. Una capa más y... —Cierro el producto mientras veo mi rostro en el espejo.

No me he maquillado de manera superextravagante, solo lo necesario para ocultar que me paso las noches viendo mis series favoritas y dar una buena impresión a los amigos de mis padres. He elegido un vestido azul oscuro bastante ligero porque hace calor y unos tacones negros. Con el cabello, lo único que he hecho ha sido peinarlo. Aun así, sonrío. Me gusta lo que veo.

Me detengo al sentir el extraño presentimiento de que sucederá algo malo. No lo sé. Son como simples advertencias que mi mente me envía, aunque casi siempre suelen ser falsas alarmas, por lo que no me preocupo.

—Sam, llegaremos tarde —oigo suplicar a mi madre del otro lado de la puerta.

Me alejo del espejo, estirándome para coger el móvil y guardarlo en el bolso. En cuanto abro la puerta, me encuentro con mi madre, revisando sus mensajes y mirándome con cara afligida. Me río de ella, pasando uno de mis brazos sobre sus hombros para comenzar a caminar juntas.

Papá conduce hasta un restaurante francés al cual hemos venido pocas veces, ya que aquí es donde se reúne con sus socios. Ellos deciden si presentan unos a otros a sus familias respectivas para demostrarse confianza. Lo encuentro algo tonto porque para mí no es necesario presentar a tus seres queridos para mostrar confianza. Es decir, esto no es la mafia, son asuntos empresariales.

Sarah y Jack Harrison no son socios, son mucho más que eso. Así que imagino que han elegido este restaurante porque la comida y la atención son increíbles.

—He reservado una sala privada a nombre de Donnet —le dice mi padre al camarero—. Soy Edward Donnet.

—Claro, pasen por aquí.

Esto es un milagro. Casi siempre que reservamos una sala hemos de esperar demasiado tiempo para que se dignen a llevarnos hasta ella. Aunque es algo que ha pasado poco, porque casi nunca hacemos reservas de este tipo.

Cuando llegamos al comedor privado, los invitados ya están allí. Sarah lleva un precioso vestido rojo pasión que hace resaltar su pálida piel. Sus labios están pintados del mismo color. Siempre los lleva de ese tono. Mamá me contó que no tiene ningún pintalabios de otro color. Al parecer es su favorito a niveles extremos.

Jack, en cambio, lleva una camisa color crema y un pantalón de vestir. Sencillo, pero a la vez elegante. Mi padre va directamente a abrazarlo y sonrío al verlo. Si mis cálculos no me fallan, no se ven desde hace cinco meses. Han estado ocupados con trabajo y en las vacaciones no pudieron coincidir.

—¡Oh, mírate, Sam! —exclama Sarah, al terminar de saludar a mis padres y centrarse en mí—. Estás guapísima. —Se acerca para abrazarme.

—Gracias, Sarah —respondo sonriendo por haber cumplido mi propósito—. Me alegro de verte otra vez —le digo mientras nos separamos del abrazo.

Una vez que saludo a Jack, tomamos asiento. Me confundo un poco al no ver a Tyler por ningún lado. Es decir, después de la pregunta de mi padre, esperaba que estuviera en la comida. Pero al parecer no va a ser así.

—Perdón por el retraso —escuchamos al cabo de unos minutos más de conversación.

Bueno, me equivoqué. Tyler Harrison está entrando con una de sus sonrisas encantadoras, la cual hace que sus ojos marrones se achinen. Es guapo, sí. Nariz perfilada, mandíbula definida, pómulos marcados. Corrección, es muy guapo. Al contrario de su padre, él sí viste de traje, pero sin corbata. Trae unas Vans. Asumo que eso es lo que provoca el levantamiento de cejas de Sarah. Tyler se da cuenta, pero ignora que su madre lo regaña silenciosamente.

No tiene nada de malo usar zapatillas deportivas con traje —creo—, pero para Sarah Harrison, quien es bastante especial con el tema de la vestimenta, sí es algo malo.

En cuanto termina de saludar a mis padres, toma asiento frente a mí.

—Siento haber llegado tarde —vuelve a decir—. Estaba haciendo las maletas —agrega despeinando levemente su cabello castaño.

Los Harrison son de Inglaterra, viven en Londres para ser más específica. ¿Acaso Tyler se va de Los Ángeles? Tengo entendido que tiene diecinueve años. Puede vivir solo.

—No hay problema. Todavía no hemos pedido —le responde mi padre, sonriéndole.

En ese instante el camarero viene a tomar nota. Me quedo mirándolo intrigada, preguntándome si la razón de la pregunta de mi padre se debía a que iba a verlo por aquí. Tyler posa su mirada en mí y sonríe de una forma divertida.

—Sam —me saluda con un asentimiento de cabeza.

—Tyler —contesto de la misma forma.

La cena pasa de ser rara a ser incómoda y, finalmente, a ser aburrida. Rara porque mi madre y Sarah se ríen por tonterías, parecen drogadas. Incómoda porque Tyler no me quita los ojos de encima ni un segundo, y el que sea guapo no evita que me haga sentir incómoda porque parece un acosador. Finalmente, resulta aburrida porque comienzan a hablar de trabajo y bla, bla, bla.

De un momento a otro, las risas cesan y se quedan en silencio. Miro a mis padres sin entender qué sucede, pero ellos se observan entre sí como si estuvieran debatiendo algo. La sonrisa que Tyler tiene en los labios me pone los pelos de punta.

—Bueno... —comienza mi madre mirándome con una sonrisa nerviosa—. Sabes que nos vamos de viaje mañana, ¿verdad? —Me lo dijeron hace dos semanas. Se van a Tokio con otros colegas a no sé qué por tres meses. Asiento.

—Y no queremos que te quedes sola —agrega papá.

Vale, si antes no comprendía nada, ahora ya me he perdido totalmente. Elevo mis cejas esperando a que continúen y pueda entender a dónde quieren llegar. Es como si mis padres hubieran sido suplantados por otras personas. ¿Por qué dan tantos rodeos para decir algo? Normalmente, dicen lo que sea, y ya. Estiro mi mano para tomar el vaso de agua que tengo delante de mí y beber.

—Por eso hemos decidido que Tyler te haga compañía.

Me atraganto con el agua y comienzo a toser.

—¿Te encuentras bien? —pregunta mi madre.

—¿Ustedes se encuentran bien? —Los miro atónita. Deben de estar bromeando.

—Sam, no montes un numerito... —me advierte mi padre.

—¿Que no monte un numerito? ¡Ustedes prácticamente me han puesto un niñero!

Miro a Tyler, el muy imbécil está disfrutando con todo esto. Puedo ver ese brillo maligno reflejarse en su mirada.

—No es un niñero —gruñe mi madre—. Es solo un amigo que se quedará contigo.

—Él no es mi amigo.

—Lo será. —Sonríe forzadamente.

—Pero...

—Sin peros —me interrumpe mi padre—. Se quedará contigo. Punto final.

Y, de un momento a otro, mis padres vuelven a ser los mismos.

—Pero ¿¿por qué?! —pregunto enojada mientras entramos a la casa.

—Porque somos tus padres —responde mamá al tiempo que se quita sus aretes—. Es nuestro deber protegerte.

—Dejándome con Tyler —replico cruzándome de brazos, como si su nombre fuera la cosa más ofensiva del mundo.

—Dijiste que te caía bien...

—Solo lo dije. En realidad, no me cae bien —intento hacerle cambiar de opinión—. Tyler es odioso, y yo tampoco le caigo bien a él. Si te dice que es mentira, es solo porque quiere quedar bien contigo...

Mi padre comienza a reírse.

—Sam, te hará bien tener compañía —afirma, quitándose la corbata—. Además, a él también le hará bien estar aquí un tiempo. —Baja la mirada frunciendo el ceño—. Necesita despejarse.

—¡Pues que vaya a un spa o a un retiro espiritual! —exclamo, cruzándome de brazos.

—Debe terminar el instituto, cariño —me dice mamá, dándome unas pequeñas palmadas en el hombro antes de desaparecer por el corredor.

Genial. Lo que faltaba.

—Pronto se convertirán en grandes amigos, ya lo verás —concluye entrando en la cocina.

Aprieto los labios. Simplemente no lo entiendo. Han viajado muchísimas veces antes y jamás han tenido ningún problema con dejar que Caroline se quede conmigo. No hemos hecho fiestas, no hemos roto nada —en realidad, sí, pero jamás se dieron cuenta. Ese jarrón no era importante—. Siempre ha estado todo bien.

—¿Por qué no puede quedarse Caroline conmigo? —pregunto una vez más.

Caroline Morgan es mi mejor amiga desde que estaba en jardín de niños. Su perfeccionismo la lleva a ser controladora y a veces es insoportable. Pero ¿saben qué? La quiero de todas formas. Aparte de ser todas esas cosas, es muy cariñosa, leal, graciosa, y también muy inteligente. Tiene el mejor promedio del instituto. ¿Quién creen que me ayuda siempre con mis tareas? Caroline prácticamente lleva siendo mi niñera desde que tenemos cinco años.

—Porque Caroline es tu amiga y no queremos que hagan fiestas —responde mamá—. Además, Tyler es responsable y sabrá manejar las cosas.

—¿Qué? ¿Acaso es militar o algo así? —pregunto, entrecerrando mis ojos.

—Será como tener un hermano mayor —se encoge de hombros, sonriendo con emoción.

—Tengo diecisiete años. No quiero un hermano —le contesto entrecerrando los ojos.

—Bueno, entonces agradece que cerramos la fábrica hace tiempo.

La observo como si estuviera loca. Esto no es como tener un hermano mayor, esto es como si quisieran que fuera esclavizada por alguien que no conozco en absoluto. Es una locura. Mis padres se han vuelto realmente locos.

—Por cierto, jamás hicimos una fiesta —agrego, viéndola indignada.

Deja de mirarse en el espejo. Se acerca a mí y coloca su mano libre sobre mi mejilla. Me sonríe como si fuera un pequeño cachorrito recién nacido y dice:

—Cariño, noté el jarrón...

Acaricia mi mejilla y se aleja de mí para subir las escaleras riéndose levemente. Justo en ese momento mi padre sale de la cocina con la corbata deshecha en las manos y los primeros botones de la camisa abiertos.

—¿Qué pasará con la madre de Caroline? —le pregunto encogiéndome de hombros—. ¿Acaso ahora nos supervisará a Tyler y a mí? —Entorno los ojos. Suena muy estúpido; lo sé.

—Con Tyler aquí, creo que no será necesario que la madre de Caroline te supervise —me responde papá.

Abro la boca para decir que todo esto me parece una idiotez, seguido de otras palabras no tan agradables, pero antes de que hable eleva una mano callándome.

—Tyler se quedará contigo —dice, y comienza a subir las escaleras—. Caso cerrado.

—Oye, eso es... muy raro —dice Caroline del otro lado.

Anoche les rogué a mis padres un rato más hasta que se cansaron de escucharme y mi madre me lanzó una almohada para que los dejara dormir en paz. Les pregunté cuándo se irían —demasiado rendida y viendo que tengo que acostumbrarme al niñero— y me dijeron que se irían esta noche.

Me sorprendí un poco al ver que su viaje es demasiado repentino y también me sentí un poco mal porque, aunque sean unos malditos viciados del trabajo, son mis padres y los echaré mucho de menos. Les pregunté por qué se iban tan pronto, y simplemente me respondieron que es porque deben solucionar algo importante. Nada más y nada menos. Tuve que conformarme con esa respuesta si no quería que mamá me arrojara un zapato de tacón.

—Bueno, Tyler no está tan mal... —añade.

Eso es verdad, pero estoy tan molesta con que venga a mi casa que no pienso darle la razón a mi mejor amiga.

—Ew —le respondo, haciendo una mueca aunque no pueda verme.

—Podría ser peor. Podría... —intenta decir Luke, pero se queda en silencio—. No, creo que no podría ser peor...

—¿Podrían ayudarme a encontrarle una solución a todo esto? —pregunto mirando a Luke seriamente.

Yo no quiero que Tyler venga a mi casa, y ellos dos se ponen a bromear sobre el tema.

—¡Lo tengo! —exclama Luke—. Podrías fingir tu muerte.

—¿Fingir mi muerte? —pregunto frunciendo el ceño.

—Puedo decir que te has muerto por sobredosis de helado y tú puedes vivir debajo de mi cama hasta que tus padres vuelvan de su viaje. —Se encoge de hombros—. Luego decimos que era todo mentira, y tus padres no te regañarán, porque estarán felices de que no estés muerta.

—¿Es posible morir por una sobredosis de helado? —pregunta Caroline divertida.

Luke me mira a mí y luego al helado que hay sobre la bandeja que está en mi cama. Eleva la cuchara con helado y lo acerca a mi boca, obviamente la abro porque no estamos hablando de cualquier cosa.

—Muy bien —dice sonriendo—. Ahora quiero que comas este helado y los demás kilos que tienes guardados.

Trago el helado y me cruzo de brazos. Quiero reírme por las idioteces de Luke, pero al mismo tiempo quiero gritar de frustración.

—Ya, oigan... —digo bajando la voz a lo último.

Mi mejor amiga suspira.

—Debes acostumbrarte a su presencia —me aconseja—. Después de todo son tus padres y no puedes desobedecerlos.

—La rubia tiene razón —afirma Luke con helado en la boca mientras señala mi móvil.

Claramente, esa es mi única opción. Tengo diecisiete años y estoy bajo la custodia de mis padres, ellos deciden y, lamentablemente, debo obedecerlos. Solo espero que no se hayan equivocado y hayan elegido a un enfermo con problemas mentales. Porque para tener enfermos mentales ya tengo a Luke.

Me rio ante el pensamiento.

—¡Tú estabas pensando algo sobre mí! —me dice al tiempo que me señala con el índice—. Siempre, cuando piensas en una persona, sueles mirarla y estabas mirándome.

—¡Ay, no me miren! ¡No piensen nada sobre mí! ¡Oh, Dios! —exclama Caroline poniendo una voz más aguda, burlándose de Luke. Oigo una puerta abrirse y también oigo la voz de una mujer—. ¿Qué...? Mamá, estoy hablando con Sam... Sí, ¡está bien! —grita alejando el móvil de su boca, gracias al cielo—. Tengo que colgar, bobos. Mi abuela quiere que vaya a comprarle algo.

—¡Caroline, ve a teñirte bien el pelo, por favor! —se burla Luke. Es lo que la abuela de Caro le dijo una vez—. ¡Parece una tortilla de patatas! —Suelta una pequeña risa, recordando ese momento— Tu abuela es genial.

No puedo evitar reírme. La abuela de Caroline estaba bajo los efectos de su medicación cuando le dijo eso. A mi mejor amiga no le importó realmente porque le da lo mismo lo que piensen sobre ella, pero a nosotros nos hizo muchísima gracia y pena a la vez.

—Antes de irme, ¿pasarás a buscarme el lunes? Mi madre saldrá temprano y no podrá llevarme —dice soltando un bufido.

—Pues mueve las piernas, floja —responde Luke.

—Claro —digo sonriendo, aunque no puede verme—. Cuenta con ello.

—¡Vale, gracias! —contesta contenta—. Los quiero, tontos. Nos vemos el lunes.

Luke recuesta su cabeza en mi hombro.

—Nosotros también te queremos —digo con voz dulce.

—Yo también me amo —responde Luke, y me río un poco.

Tras colgar, Luke y yo nos quedamos hablando un rato más sobre idioteces hasta que su madre le llama para avisarle de que ella y su padre van a salir y debe ir a casa a cuidar de sus hermanos menores.

—Si ese niñero hace algo que te incomode, no dudes en hacer la Lukeseñal —me comenta mientras le acompaño hasta la puerta principal.

—¿Y cómo es eso? —pregunto riendo.

—Psss —dice enseñándome su móvil—. Solo llámame.

Nos despedimos y voy a mi habitación para tomar un baño.

—Te queremos mucho —me dice mamá besándome la frente repetidas veces y envolviéndome en sus delgados brazos—. Pronto volveremos a estar juntos los tres. Ya verás.

—Está bien —contesto correspondiendo a su abrazo. Inhalo su perfume como si fuera la primera y la última vez. Presiento que no los veré en mucho más tiempo de lo acordado. No es un presentimiento, es lo que sucede siempre, en realidad—. Los echaré de menos.

Me separa de ella y me mira a los ojos. Aprovecho para mirarla yo también. Sus ojos celestes están brillando más de lo normal por las lágrimas acumuladas en ellos. Sus labios están pintados de un color rosa pálido, que es el que siempre usa. Sus orejas están adornadas por sus aretes de perlas blancas y lleva su pelo castaño suelto y alisado. Mamá se aparta, no sin antes darme un último beso más sobre la sien. Mi padre se acerca entonces y me da un abrazo. Huele a café. Odio el café, pero esa es su fragancia personal. La de él y la de mi abuelo.

—No vuelvas loco al pobre chico —me advierte, y me mira divertido.

Sus ojos también están como los de mamá. Aunque es de noche y las luces están apagadas, puedo ver gracias a la luz de la luna que sus ojos brillan de tristeza por tener que irse. Ellos siempre están viajando, pero no más de una semana. Ahora no los veré en tres meses. Va a ser raro.

—No prometo nada —bromeo, o quizá no.

Mi padre se ríe.

—Tyler es un buen chico —me asegura con sinceridad—. Ya lo verás.

Ambos salen de la casa, ya tienen las maletas en el auto y posiblemente su avión privado los esté esperando en el aeropuerto para partir al instante. Puedo ver que mis padres hablan con Tyler. Papá está más serio de lo normal al dirigirse a él. No pueden verme porque las luces de la sala están apagadas y estoy abriendo las cortinas muy poco. Además, imagino que no piensan que puedo estar mirándolos, porque supuestamente me he ido ya a mi habitación para dormir, dado que en unas horas tengo clases.

Mientras están hablando, se me ocurre una genial idea que sin duda será una cálida bienvenida para mi estúpido niñero... Quiero decir, mi querido Tyler.

Cierro las cortinas con lentitud para que no noten que estoy mirando. Subo las escaleras corriendo sin importarme el ruido que haga, ya que, como están fuera, no pueden oír mis pasos. Entro en la habitación que mis padres han preparado para Tyler, bajo con mucho esfuerzo sus dos maletas. Pesan más que Caroline y yo juntas. Cuando llego a la cocina, me detengo un poco para descansar. Suelto un suspiro y siento mi espalda algo sudorosa.

—¿Qué lleva aquí dentro? ¿Su casa? —pregunto entre susurros.

Abro las puertas de la cocina que dan directamente al patio trasero. Las luces no están encendidas, pero la luz de la luna que traspasa las cortinas se encarga de facilitarme la tarea. Cuando consigo llevar las maletas frente a los grandes contenedores de basura que hay aquí, abro una de ellas y tomo una gran pila de ropa doblada.

—A la basura —digo sonriendo mientras tiro las costosas prendas dentro del contenedor—. Oh, y todo esto también. —Tomo otra gran pila de ropa y la tiro dentro.

Si Tyler piensa que voy a quedarme sin hacer nada mientras veo cómo viene a mi casa a hacerse el responsable, está muy equivocado. Le mostraré cuán pequeña niña molesta puedo ser. Sigo riendo lo más bajo que puedo y tomo otra gran pila de ropa. Me topo con su ropa interior y no disfruto nada al tirarla, porque lo hago muy rápidamente. No quiero tener eso en mis manos otra vez.

Cuando termino de vaciar las maletas, cierro los contenedores y llevo de nuevo las maletas a la habitación de Tyler —me resulta más fácil y rápido ya que están vacías—. Las dejo como las encontré, en su lugar exacto. Cierro la puerta y voy a acostarme en mi cama.

Pasan quince minutos y estoy a punto de dormirme cuando llaman a mi puerta. Abro los ojos, enciendo la lámpara y me incorporo. Tyler asoma la cabeza por la puerta, tiene una sonrisa estúpida en el rostro. Oh, sí. Sigue sonriendo, idiota.

—Solo quería comprobar que estabas durmiendo —dice con diversión—. Duérmete. Mañana tienes clases. Ya sabes, soy el responsable aquí.

Idiota.

—Oh, por supuesto —respondo con voz algo ronca y una sonrisa divertida—. ¡Que tengas buenas noches!

Tyler frunce el ceño confundido y asiente con la cabeza antes de salir de mi habitación. Soltando un suspiro de satisfacción, me vuelvo a acostar. Mañana será un nuevo día y, con suerte, podrá salir corriendo.

2

Una maldita sirena suena en mi oído provocando que me sobresalte y me caiga de la cama. Coloco una mano en mi cabeza haciendo una mueca de dolor. Al oír que la cosa esa sigue sonando, abro los ojos y miro molesta a la persona culpable de que me haya despertado así.

—¡¿Cuál es tu problema?! —le grito a Tyler.

—Mi problema es que tienes que estar en clase en dos horas y media —me dice elevando las cejas—. Conozco a las chicas como tú. Tardan dos horas en estar listas. Necesitan una hora para elegir lo que se van a poner y otra para maquillarse. Así que te estoy haciendo un favor.

—¿Las chicas como yo? —repito arqueando una ceja—. ¿Acaso me perdí la parte en donde realmente sabes quién soy?

—Eres una egocéntrica y malcriada adolescente —me responde, encogiéndose de hombros.

—¡No lo soy! —exclamo, indignada.

—Lo dice la chica que ha escondido mi ropa. —Da un paso hacia mí, acercándose más. ¿Escondido? Entonces aún no sabe que la he tirado—. Vamos, ¿dónde está mi ropa?

Me hago la desentendida y finjo no saber a qué se refiere.

—¡Y yo qué sé! No he tocado tu ropa —miento poniéndome de pie.

Me levanto con una mano en la frente, esperando que me crea. No dice nada más, así que asumo que he parecido muy creíble. Camino hasta la ventana de mi habitación y corro levemente la cortina. Aún es de noche.

—¿Qué hora se supone que es? —le pregunto sin dejar de mirar por la ventana.

—Las cinco y media —contesta calmado.

—¡¿De la mañana?! —digo atónita.

—No, de la tarde —me responde sarcástico.

Me quedo mirándolo molesta. La irresponsabilidad de mis padres es mucha al dejarme con este enfermo psicópata que me despierta a las cinco y media de la mañana ¡tirándome de la cama!

—No pienso ir al instituto —le digo entrecerrando los ojos—. Gracias a ti, ahora estoy de mal humor.

—¿«No pienso ir al instituto»? ¿Cuántos años tienes? ¿Cinco? También eres muy inmadura.

¡Ahora soy inmadura!

—¿Me estás llamando inmadura a mí? ¡Tú eres el estúpido que me ha despertado con la maldita sirena de su móvil!

—Pues este estúpido es el que está a cargo de esta casa, así que cuida el tono, niña —me responde elevando ambas cejas y sonriendo con diversión.

—No estás a cargo de esta casa. Esta es mi casa. —Entrecierro los ojos, molesta—. ¿O acaso te has dado un golpe en la cabeza y lo has olvidado?

—Tus padres dijeron que yo era el responsable porque soy el que tiene la mayoría de edad. —Su diversión sigue intacta—. ¿O acaso te has dado un golpe en la cabeza y... —da un paso más, acercándose a mí— lo has olvidado? —Me imita arqueando una de sus cejas.

Argh, quiero borrarle esa sonrisa.

—No creí que sería posible llegar a odiar a una persona antes de las veinticuatro horas.

Él se ríe una última vez y se va de mi habitación.

Tras darme una ducha, secarme el pelo, cepillarme los dientes y vestirme, estoy lista para comenzar mi día —aunque para comenzarlo falte una hora—. Es lunes y me he levantado con el pie izquierdo... Bueno, en realidad no me he levantado con ningún pie, pues me caí de la cama. Pero es casi lo mismo..., ¿verdad?

¡Por fin es hora de irme! La hora se me ha hecho eterna; estaba tan aburrida que hasta he hecho mis deberes. ¡Yo, Sam Donnet! Mi mejor amiga estará muy orgullosa de mí cuando se lo cuente. Por primera vez no le copiaré los deberes. Mientras voy bajando las escaleras con la mochila, el móvil comienza a sonarme en la mano, y respondo como un rayo al ver quién está llamándome.

—Hola, amor —dice con voz ronca.

—Hola, cariño —respondo sonriendo.

Jeremy es mi novio. Estamos saliendo desde hace casi doce meses. Luke me había hablado mucho de él, y me había pedido que lo conociera y le dijera «Hola» para que así Jeremy dejara de molestarlo. Al final cedí porque Luke es mi amigo y este chico —en ese entonces— desconocido estaba acosándolo solo para conseguir un saludo que saliera de mi boca. Me gustó, y esa conversación de unos segundos paso a una hora. Intercambiamos números y comenzamos a salir después de seis meses de amistad.

—¿Cómo estás? Te eché de menos ayer.

Cuando termino de bajar las escaleras, Tyler está recostado en la pared jugando con las llaves de su auto.

—Bien. ¿Y tú? Yo también te eché de menos... No sabes lo que han hecho mis padres... —Tyler comienza a hacerme unas señas extrañas con las manos—. Espera un minuto. —Cubro el micrófono del móvil con la palma de la mano—. ¿Qué mierda quieres?

—No me hables con ese tono, señorita. Soy tu niñero. —Giro los ojos—. Vámonos.

—¿Adónde?

—A una fiesta de Justin Bieber y Rihanna —responde sarcástico—. Al instituto, Einstein.

Frunzo el ceño. No, yo iré en mi coche.

—Hablamos en el insti, ¿sí? Debo colgar. —Cuelgo sin esperar su respuesta—. ¿Cómo que vas a llevarme tú? Yo tengo mi propio coche.

Tyler camina hasta quedar frente a mí. Sus ojos marrones parecen disfrutar viendo mi rostro enojado y confundido en este momento.

—Oh, ¿hablas del Mercedes Benz que he regalado por internet hace una hora y media? —pregunta, y mi ceño fruncido va desapareciendo lentamente—. Te sorprendería lo rápido que responde la gente en las páginas de compraventa. Al principio nadie se lo creía, porque estamos hablando de un jodido Mercedes Benz, pero un valiente ha venido a comprobarlo y se ha llevado el premio.

Siento como si mi sangre comenzara a arder dentro de mí. Aprieto los puños con tanta fuerza que temo romper el móvil entre mis manos. La sonrisa de superioridad que tiene Tyler en el rostro solo hace que mi enojo y mis ganas de asesinarlo lentamente aumenten mucho.

—No has hecho eso —digo para calmarme a mí misma—. Es un auto muy caro. Fue mi regalo cuando cumplí diecisiete. Ni siquiera ha pasado un jodido año de eso. Tú no has regalado mi coche...

—Y tú no tiraste mi ropa a la basura... —replica pensativo, y hace una pausa—. Oh, espera. Sí lo hiciste. —Entrecierra los ojos.

—No... has... regalado... mi... coche —digo, pronunciando con lentitud cada palabra, sintiendo cómo las ganas de asesinarlo con mis propias manos se apoderan de mí.

—¿No me crees? —pregunta colocando una mano sobre su pecho fingiendo estar ofendido—. Pues ve al garaje a comprobarlo.

Salgo con paso rápido de allí y voy hasta la puerta que me lleva al garaje. Antes de abrirla visualizo mi coche allí, tal como lo dejé la última vez que lo usé. Cuando abro la puerta, la visión desaparece. Mi auto no está allí.

—Debe de estar en el patio —digo asintiendo. Al girarme, choco con el duro pecho de Tyler y elevo la mirada para mirarlo furiosa—. A mí no me engañas, estúpido. Está en el patio.

Tyler se ríe sonoramente mientras me alejo de él para salir hacia el patio trasero. En cuanto llego, mis ganas de llorar aumentan y aprieto los labios. Creo que estoy entrando en pánico. Puedo sentir sus pasos detrás de mí, pero no me importan. Siento que voy a matarlo.

—¿Quieres mirar en el techo también, por si quizá está allí? —susurra en mi oído, y se separa para reír de nuevo—. Lo he regalado, ya lo supera...

—¡¡¡¿Por qué demonios has hecho eso?!!! —le grito molesta, girándome para ver su rostro.

Está apretando los labios para no reírse, como en la cena.

—¿Por qué has hecho eso? —pregunto calmadamente, tomando respiraciones profundas, tanto como mis pulmones me lo permiten. Ya no siento ganas de llorar, solo quiero que esto sea una pesadilla, despertar y que Tyler Harrison esté en Londres. Muy lejos de mi auto y de mí.

—Porque tú tiraste mi ropa a la basura; te la debía. —Sonríe de lado, dejando de reír—. ¿Acaso creíste que me asustaría y saldría corriendo?

—Saldrás corriendo en cuanto ponga mi pie en tu trasero.

—¡Oh, vamos, Samantha! —exclama riendo—. Es solo un coche.

Aprieto los dientes.

—No... me... llames... de... esa... forma —digo entre dientes.

Me guiña un ojo y agita las llaves.

—Vamos al instituto —dice mientras se aleja de mí—, Samantha —pronuncia, y ruedo los ojos.

Camino lentamente pensando que mis padres están muy locos para dejarme con este estúpido que ha regalado mi coche por internet. Solo pensar que a partir de ahora Tyler deberá llevarme a todos lados, me siento presa de la furia. Pero esto no se quedará así. Oh, no; claro que no.

Tendré mi dulce venganza.

El coche de Tyler es azul. Un deportivo. ¿Cuál? No tengo ni idea sobre autos. Apenas sabía la marca del mío. Me subo sin esperar a que él me lo diga. Es mi niñero y, ahora, mi chófer. Si quiero ir hasta el infierno, deberá llevarme, le guste o no.

Desbloqueo mi móvil y puedo observar que tengo un mensaje nuevo en WhatsApp.

¿Dónde estás? Te estoy esperandoooo ☹

Frunzo el ceño. ¿Por qué Caroline está esperándome?

¿De qué hablas?
Quedamos en que pasarías a buscarme. ¿Te has olvidado?

Oh, mierda...

¡Claro que no! Voy de camino

Con todo lo que ha pasado con mi coche, me he olvidado por completo de que debía pasar por casa de Caroline.

—Tenemos que ir a buscar a mi mejor amiga —digo tras bloquear el móvil y dejarlo sobre mis piernas juntas.

—¿Algo más, jefa? —pregunta divertido, sin desviar la vista del frente.

—¿Puedes coger un bate y darte varios golpes en la cara? —pregunto mirándolo directamente, aunque Tyler no me está mirando a mí.

Se ríe y al instante finge ponerse serio.

—No puedo hacer eso, jefa —responde poniendo una voz más grave.

—Entonces eso es todo.

No me parece divertido. Aún no puedo creer que haya regalado mi coche.

Tras darle la dirección de Caroline, vamos para allí, y vemos a mi mejor amiga en la acera con el ceño fruncido y los brazos cruzados. Bajo la ventanilla de mi lado.

—¡Samantha Elizabeth Donnet! —gruñe. Al ver que estoy acompañada, su enojo disminuye y baja el tono—. Llevo esperándote media hora —agrega, mirando a Tyler.

—Sube. —Sonrío nerviosa e ignoro sus quejas.

Caroline se sube en la parte trasera del coche. Mientras yo ruego para que pare de hablar, Tyler se ríe por lo bajo y arranca el coche.

—Sam, me duelen las piernas. Estos tacones me están matando —se sigue quejando Caroline. Su vista se posa entonces en Tyler, y una sonrisa algo perturbadora aparece en su rostro—. Soy Caroline, la mejor amiga.

—Tyler —responde él mirándola por el espejo retrovisor—. El niñero.

—No eres mi niñero —le contradigo entre dientes.

Ignorándome, Tyler arranca y observo por mi ventanilla cómo las casas pasan con rapidez. Me siento mal porque el muy imbécil ha regalado mi coche y no sé qué hacer para vengarme de él. Sin duda esto no se puede quedar así. Yo solo le tiré la ropa, ¡él ha regalado mi coche! Eso merece que me vengue diez mil veces.

—Así que... Tyler, ¿eh? —Caroline vuelve a hablar—. ¿Sabes? Cumplimos la misma función. La única diferencia es que a ti te pagan y a mí no.

—¿Quién ha dicho que me pagan? —pregunta él, divertido.

—¿O sea que haces esto por diversión? —dice Caroline.

Tyler suelta un suspiro.

—No —responde seco—. Solo quería alejarme de Inglaterra.

Mi padre me dijo que Tyler necesitaba despejarse y que por eso había venido a Los Ángeles. ¿Cuál será la razón por la que prácticamente huyó de su hogar? Dudo que me lo cuente porque ambos hemos ido directamente a la guerra en vez de tratar de llevar las cosas de una forma más pacífica. Bueno, en realidad yo fui quien lo empezó todo, pero se supone que él es el adulto responsable. ¿No debería actuar sabiamente? No sé, quizá haciéndome escribir mil veces que no debo tirar la ropa de nadie nunca más, o algo así, en lugar de regalar un coche carísimo a un desconocido.

Durante el camino no hablamos. Caroline se ha quedado en silencio y eso me sorprende. Ella usualmente es muy curiosa, y esperaba que le sacara a Tyler la información que necesito, pero no ha sido así.

Cuando llegamos, me bajo sin despedirme y me apresuro a abrir la puerta de Caroline para que no tarde en salir del coche, y podamos alejarnos lo más pronto posible de él. Ella se sorprende un poco por mi reacción, pero se baja mientras arregla su larga melena rubia.

—¡Que tengan un buen día en el instituto! —exclama Tyler con tono alegre.

Ignoro lo que dice mientras comienzo a caminar con Caroline. Lo último que necesito es que alguien me pregunte quién es y que yo tenga que mentir diciendo que es el novio de mi mejor amiga. Ella sigue observándome confundida, pero ignoro esa mirada.

—¿Por qué crees que decidió alejarse de Inglaterra? —pregunta colocando una mano en su mentón—. Aunque la verdadera pregunta es: ¿por qué hemos salido del coche como si fuéramos vacas y nos acabaran de liberar en un campo abierto?

—¿Qué estás diciendo? —pregunto frunciendo el ceño.

—Ni yo lo sé —contesta riéndose—. ¿Tu padre no te lo dijo? —vuelve a insistir.

Me encojo de hombros viendo caminar a lo lejos a Jenna, posiblemente la persona más insoportable que existe. Nuestra relación no es la mejor del mundo por su culpa. Bueno, la mía. ¿La de ambas? Dos personas competitivas en clase puede ser algo interesante para cualquier profesor, pero creo que los nuestros están agotados de nuestros enfrentamientos.

—Argh, mírala —digo entrecerrando los ojos. Caroline, a mi lado, mira en la misma dirección que yo y suelta una risa—. ¿Sabes que quiere presentarse para hacer de Julieta en la obra? —le pregunto, entre dientes—. Yo quiero ese papel desde que vimos la versión animada cuando éramos niñas.

El instituto va a hacer la obra de *Romeo y Julieta*. Aún no sabemos cuándo serán las audiciones, pero ya estoy preparada para presentarme.

—Es solo una obra de teatro. Tómate un té y relájate... —Entorna los ojos.

Le parece estúpida mi competencia con Jenna, lo cual es completamente hipócrita porque Caroline compite con cualquier ser humano que respire por cualquier cosa. Yo solo con Jenna.

—Jenna tiene un problema conmigo. Con ganarme —le digo, indignada con su reacción. Para mí sí es importante la obra y necesito que Caroline, como toda buena amiga, me dé la razón—. Argh, no la soporto.

Jenna va mucho más adelante que nosotras, pero podemos verla caminar y saludar a algunas personas con alegría. Echa hacia atrás su melena rubia. Una chica que estaba recostada en las taquillas comienza a caminar junto a ella. Doblan un pasillo, y las pierdo de vista.

—Es solo una obra de teatro —vuelve a decir Caroline—. No es como si estuviera compitiendo por la misma universidad que tú.

Detengo a Caroline estirando mi brazo frente a ella, eso la sobresalta, ya que iba con la vista en su móvil. Sus ojos verdes me observan con enojo y sus labios se separan ligeramente, como si mi comportamiento agotara su paciencia. Lo cual es posible.

—¿Está tratando de entrar en la misma universidad que yo? —me atrevo a preguntar, esperando que me repita lo que acaba de decir.

—Corrección. —Niega con la cabeza—. Necesitas tomarte un calmante —me dice, quitando mi brazo frente a ella y comenzando a caminar sin mí.

Decido dejarla ir antes de que me apuñale con un lápiz o algo por el estilo. Sin previo aviso, unos brazos fuertes rodean mi cintura, mi espalda toca un pecho y unos labios depositan un tierno beso en mi mejilla, el cual me hace sonreír.

—Hola, preciosa —me dice, poniéndose ahora delante de mí, pero sosteniendo mis manos mientras acaricia mi piel con sus pulgares. Frunce el ceño al verme responder con una sonrisa desganada—. ¿Qué te pasa?

—Digamos que tengo un mal día —le respondo haciendo una mueca.

Jeremy se ríe, haciendo notar sus hoyuelos.

—Pero el día acaba de comenzar... —dice, divertido, arqueando una ceja.

Cierto. Jeremy no sabe lo que pasa. Hoy le iba a hablar sobre Tyler, pero me interrumpió. Abro la boca para comenzar a relatarle lo rara que es mi vida desde ayer, pero su grupo de amigos se acerca a nosotros. Comienzan a darle palmadas en la espalda, despeinarle el pelo y soltarle apodos amigables, mientras que a mí me saludan con un «Hey, Sam».

—¿Nos vemos después de clase? —me pregunta Jeremy, sonriendo. Sus amigos lo esperan a unos metros de nosotros.

—Claro —asiento. Sonrío levemente. En verdad me aliviaría estar a solas con mi novio.

—Hasta entonces, Sammie. —Me guiña un ojo.

Otra vez me quedo parada en la entrada del instituto. Las personas a mi alrededor caminan sin notar mi presencia, y yo lo único que quiero es no asistir a clase. Haberme despertado tan temprano empieza a afectar mi humor. Estoy malhumorada y con sueño.

Jeremy tiene razón; el día acaba de comenzar. Sin embargo, siento que mi día ya está arruinado.

Les informaré de esto a mis padres. No pueden dejarme con alguien que regala, así como así, cosas que cuestan muchísimo dinero. Si me hubiera pedido permiso, se lo hubiera negado, claro, pero de todas formas debió haberlo hecho.

Armándome de valor, doy un paso hacia delante, pero me detengo al sentir que algo cae sobre mi hombro. Me giro levemente para confirmar que el universo se ha puesto completamente en mi contra.

—¿En serio? —pregunto al universo, a Dios y a la paloma que ensució el hombro de mi blusa.

Me encuentro jugando con el bolígrafo. Química es la clase más aburrida del mundo, bueno, sería interesante si la profesora fuera otra. La campana ha sonado hace quince minutos, pero la clase aún no ha comenzado. La señora Jones está discutiendo con su compañía de teléfonos y el resto simplemente conversa en silencio o está atento al chisme.

—¿Aburrida, Donnet?

Miro con molestia a la chica que está sentada frente a mí.

Daniela Pattison está mirándome con una sonrisa. Lleva el pelo rubio suelto y con algunas ondas. Sus ojos café me observan irradiando odio hacia mí. ¿Por qué? No lo sé. Desde que llegó aquí, en primaria, siempre está metiéndose conmigo.

—No me molestes, Pattison —le respondo volviendo a centrar mi mirada en el bolígrafo.

—Uy, no estás de humor —dice riendo levemente—. ¿Problemas con tu novio? —pregunta deshaciéndose de su diversión para remplazarla por una falsa empatía.

—Problemas con que existas tú —le respondo, colocando una sonrisa falsa en mi rostro.

—¡Qué coincidencia! —exclama—. Tengo el mismo problema con tu existencia.

Para mi suerte, Daniela no insiste más en molestarme tras decir esto último. Arqueo una ceja mientras la observo volver a sentarse en su sitio. ¿Por qué se esfuerza tanto en querer molestarme?

Poso mis brazos sobre el pupitre y escondo mi rostro en ellos. Espero que la conversación de la señora Jones dure lo que queda de clase, así podré dormir un poco. Sigo sin poder creer que Tyler me haya despertado tan temprano de esa manera tan escandalosa y que, encima, haya regalado mi coche. Creo que me duele la cabeza.

—Espere un minuto. —Escucho que la profesora le dice a alguien—. Clase, hoy daremos la bienvenida a un nuevo alumno. —Frunzo el ceño, pero no levanto la mirada—. ¿Cómo te llamas?

¿Quién será? Estamos a mitad de año, no creo que acepten a nuevos alumnos a estas alturas, y si aceptan a alguien, seguro que es porque se trata de un niño rico o de alguien que en verdad tiene notas muy buenas y posee una capacidad intelectual increíble.

—Tyler. —Escucho ese acento británico conocido e irritable—. Tyler Harrison.

—Toma asiento donde quieras, Tyler —le dice la profesora con tono suave—. ¡Sigo insistiendo, Stefany! ¡Yo no hice esas llamadas! ¡No es mi número! —grita, continuando su conversación con la compañía.

Comienzo a golpear mi cabeza levemente contra el pupitre. Esto debe ser una broma. Puedo sentir que alguien corre la silla del pupitre de al lado y aprieto mis ojos con fuerza. Esto definitivamente es una pesadilla.

—Hola, Donnut. —No le respondo y sigo estrellando suavemente mi cabeza contra el pupitre—. También es un placer para mí volver a verte.

—Me estás acosando —murmuro, dejando descansar mi cabeza.

—No te acoso —responde ofendido.

—¿Ah, no? ¿Y por qué te sientas a mi lado? —pregunto, frunciendo el ceño—. ¿Por qué estás en esta clase, para empezar?

—Me siento junto a ti porque eres la única persona que conozco, Donnut —contesta—. Y dos, necesito esta clase para graduarme. ¿Crees que vengo al instituto por amor al aprendizaje? —Frunce el ceño.

—Detesto ese apodo —digo volviendo mi vista al frente.

—Me parece tierno.

—Has regalado mi coche.

—Y tú has tirado mi ropa.

Me incorporo y comenzamos una guerra de miradas. Tyler arquea una ceja mientras me mira con aire de superioridad. Me mantengo fulminándolo con la mirada, deseando poder hacer que desaparezca. Me cae mal. Muy mal. Si quería tener una enemiga, ya la tiene. No solo porque se cree superior a mí y posiblemente a cualquier humano en la Tierra, sino porque ha regalado mi coche. Tengo derecho a exagerar. Ese coche cuesta más que toda su ropa y fue un regalo.

—De todos los institutos, ¿has tenido que venir a este? —le pregunto entre dientes.

—Ay, Donnut. —Se recuesta en la silla, cruzándose de brazos—. Pensé que podríamos ser amigos ahora que estamos en paz.

—En paz estaremos cuando regale tu coche. —Sonrío falsamente. Tyler comienza a reírse de mí. Niego con la cabeza y aprieto los labios—. No te metas conmigo, Tyler, o te arrepentirás —le advierto.

—¿Qué harás? —pregunta, dejando de reír—. ¿Vender mis órganos en el mercado negro?

—No me tientes —respondo, y miro al frente para comenzar a ignorarlo—. Les diré a mis padres que estás loco.

—Tus padres me tienen lástima —dice—. No pensarán eso ni un segundo.

Me vuelvo para mirarlo.

—¿Por qué te tienen lástima? —pregunto arqueando una ceja.

—¿En serio quieres saberlo? —dice poniéndose serio.

Asiento con la cabeza lentamente, preguntándome lo mismo por dentro. Tyler me indica que me acerque, y eso hago. Mira a nuestro alrededor para verificar que nadie nos escucha y, efectivamente, ni siquiera nos están prestando atención. Él se relame los labios y suelta un suspiro.

—Tus padres me tienen lástima porque... —comienza a decir con la mirada baja— tengo que cuidar de ti —suelta con una sonrisa divertida.

Me alejo de él, entornando los ojos y soltando un bufido. Puedo notar que la profesora Jones acaba de terminar su llamada porque deja el móvil sobre su escritorio con una sonrisa victoriosa. Al parecer, ha ganado la batalla contra la compañía y no le cobrarán por esas dichosas llamadas que dijo.

—¡Señora Jones! —grito en un quejido. Ella eleva el mentón para mirarme desde lejos—. Tyler está molestándome.

Tyler me mira indignado.

—¡Harrison! ¡Acaba de llegar y ya está molestando a sus compañeros! —le regaña con el ceño fruncido.

—Pero yo no... —intenta defenderse él.

—¡Silencio! —exclama la profesora.

Tyler vuelve a recostar la espalda en la silla y me observa con los ojos entrecerrados. Sonrío, satisfecha por lo que acabo de lograr. No he recuperado mi coche, pero esto, aunque sea un pequeño triunfo, ha hecho que me sienta mejor.

3

Tyler y yo caminamos por los pasillos del instituto. Claramente las personas nos observan caminar juntos, ya que es el nuevo y nadie sabe absolutamente nada sobre él. Por suerte, nadie nos vio llegar juntos, podré decir que solo es el raro chico nuevo que se me acercó.

Durante la clase de Química he podido pensar sobre mi... situación, y en realidad es bastante vergonzoso decir que Tyler está cuidándome. Porque, aunque mis padres lo nieguen, eso es lo que está pasando. Lo dejaron a cargo de mí porque es mayor de edad; sin embargo, no tuvieron en cuenta que mentalmente tiene como cinco años, y que, además, es un psicópata. Sigo insistiendo: ¡ha regalado mi coche!

—¿Por qué continúas a mi lado? —le pregunto entre dientes.

—No conozco a nadie más. ¿Con quién quieres que vaya? —pregunta a su vez desconcertado—. Parezco ser el centro de atención a aquí —dice en un susurro al tiempo que mira hacia todos lados y sonríe a una chica que está cerrando su taquilla.

—Bien. Usa eso a tu favor y consigue amigos.

—Pero yo quiero ser tu amigo.

Lo miro de reojo, está mirándome mientras caminamos y mantiene una pequeña sonrisa inocente, elevando levemente sus cejas.

—Regalaste mi coche.

—Oh, supéralo, Donnut —dice, y vuelve su vista al frente.

—¡Lo superaré cuando yo quiera! —le grito al tiempo que me giro para mirarlo, enojada.

De nuevo dirijo mi vista al frente, y veo a Jeremy a unos metros de nosotros. Tyler lo observa de pies a cabeza. Hago una mueca, eso es muy descortés, sobre todo teniendo en cuenta que mi novio está sonriendo de forma amigable.

—Sam, preséntame a tu amigo —me dice Jeremy, cruzándose de brazos y manteniendo su sonrisa, pero mirando a Tyler fijamente.

Lo que faltaba.

—Él es...

«Piensa, Sam, piensa...»

—Tyler Harrison —se presenta Tyler, y estira la mano para saludarlo—. Soy su...

—... primo —le interrumpo, diciendo posiblemente la peor mentira de la historia—. Viene de Japón.

Sí, definitivamente es la peor mentira del mundo. Tyler me observa unos segundos y sonríe, sin duda pensando lo mismo que yo. Jeremy acepta su mano y se dan un breve apretón mientras intento no sentirme mal por mentirle a mi novio.

—Así es. Soy el primo —reafirma Tyler, asintiendo con la cabeza.

—Yo soy Jeremy. El novio de Sam. Encantado, Tyler. —Me mira a mí entrecerrando los ojos—. No te ofendas, pero no pareces japonés...

—Mi madre es americana. Quizá por eso no tengo rasgos japoneses, pero te aseguro que soy de Japón —responde Tyler, chasqueando la lengua y encogiéndose de hombros.

—Genial. ¿De qué parte? —pregunta Jeremy, intrigado.

—De una parte que está muy lejos de aquí... —dice lentamente—. Se llama... Yorikito Lejo.

Me llevo una mano a la sien al escuchar eso. Definitivamente, esta es la peor mentira del mundo.

—Muy... genial —asiente Jeremy extrañado—. Sam, ¿cómo es que nunca me habías hablado de Tyler? —me pregunta confundido.

Abro mi boca para responder, pero Tyler se me adelanta.

—Qué curioso. Sam tampoco me había hablado nunca de ti —dice sonriendo.

Jeremy frunce el ceño, obviamente Tyler ha sido algo grosero. Comienzo a reírme falsamente para evitar que sigan mirándose de forma extraña y que esto deje de ser tan incómodo, pero solo se vuelve más incómodo. Finalizo mi risa con un suspiro y una mueca.

—¿No tienes entrenamiento, cariño? —le pregunto a Jeremy, esperando que sí lo tenga y yo pueda golpear a Tyler por empeorar mi mentira.

—Sí, y llego tarde —me responde dándose cuenta de la hora. Se acerca para plantar un beso en mis labios—. ¿Cenamos esta noche en tu casa?

—Claro —asiento contenta.

Jeremy me guiña un ojo. Al pasar junto a Tyler, posa una mano sobre su hombro.

—Bienvenido al Instituto Griffith Stone, amigo —le dice tras una palmada.

Lo observo irse caminando en dirección a las canchas de fútbol. Quiero mucho a Jeremy y no me gusta mentirle, pero no puedo evitar sentirme avergonzada por tener a Tyler como mi niñero. Bueno, no niñero oficialmente, pero suena a eso.

—¿Te vas a quedar aquí hasta que él vuelva? —La voz de Tyler me saca de mis pensamientos.

—¡Yorikito Lejo! —exclamo mirándolo con los ojos entrecerrados.

Se encoge de hombros.

—¿Qué? Tú empezaste con lo del primo de Japón —responde elevando las cejas.

Tiene razón, pero no pienso dársela. Mantengo los ojos entornados y comienzo a caminar lejos de él.

—¿Yorikito Lejo? —me pregunta Caroline tras haber terminado de contarle lo que pasó con Tyler y Jeremy—. Increíble.

—Lo sé. Es un estúpido. —Asiento con la cabeza, observando mis uñas azules. El esmalte se ha estropeado en algunas.

—No me refiero a él —me dice alejándose del espejo del baño para verme—, sino a ti. —Me señala con su pinza de depilar—. Le mentiste a Jeremy.

—Y lo siento, ¿vale? —digo bajando la mirada—. Pero... es patético que a tu novia le pongan un niñero solamente dos años mayor.

Caroline se vuelve y me mira ladeando la cabeza. Yo quedo observándola, esperando su sermón. Tiene el cabello rubio recogido en una coleta improvisada para depilarse mejor las cejas, que ahora eleva mientras me dedica una pequeña sonrisa.

—No es patético. Es... algo inusual, y hasta diría que injusto, pero patético no. Jeremy pensará lo mismo y te perdonará por mentirle. Fue... una mentira piadosa.

—Y estúpida —digo entrando en razón.

—Una mentira piadosa y estúpida —asiente Caroline.

—No, yo soy la estúpida. —Niego con la cabeza al darme cuenta de que Caroline está en lo cierto—. Y tú tienes razón.

—Como siempre, querida —dice asintiendo de nuevo con la cabeza y sonriendo satisfecha por mis palabras.

En cuanto termina de depilarse las cejas, vuelve a dejar su cabellera suelta para salir. Decidimos buscar a Luke para irnos a tomar algo a un café que frecuentamos. Finalmente, lo encontramos en la galería, sentado junto a Tyler en el suelo.

—¿Por qué se junta con él? —le pregunto a Caroline en un susurro.

—No seas odiosa —me responde de la misma manera.

—Ha regalado mi coche. —Le miro indignada.

—Tyler es agradable. Deberías intentar llevarte bien con él. —Se encoge de hombros.

—Ha regalado mi coche —vuelvo a decir.

Caroline ignora lo que le digo y sigue caminando hacia ellos. Luke nos sonríe a ambas en forma de saludo mientras que Tyler solo se dedica a observarme con diversión.

—Mis hermanos están obsesionados con una parodia de Frozen. La cantan todo el tiempo —sigue hablando Luke, riéndose—. Son insoportables.

—Oh, ¿cuál? —pregunta Caroline al tiempo que se sienta junto a él.

—Esa que dice: «¿Y si hacemos un muñeco?» —comienza a cantar Luke.

—«Puede ser uno vudú...» —le sigue Tyler—. La conozco. Es muy buena.

Entrecierro los ojos. ¿Mis padres en serio acaban de dejarme al cuidado de alguien que escucha parodias de una película de Disney? Caroline carraspea para que deje de mirar a Tyler con desprecio. Entorno otra vez los ojos y me siento junto a ella.

—¿Vamos a tomar café? —pregunto manteniendo la mirada en mis manos.

Puedo sentir que los tres se observan entre sí.

—¿Yo también estoy invitado, Donnut? —me pregunta Tyler.

Asiento con la cabeza, sin levantar la vista. Caroline se ríe levemente y Luke se pone de pie, colgándose la mochila del hombro. Ambos comienzan a caminar juntos hacia la salida.

—Sabía que en algún momento querrías ser mi amiga —me dice Tyler, sonriendo.

—Caroline me ha obligado —replico al tiempo que me pongo de pie, mostrándome seria, pero por dentro queriendo sonreír también.

Sam, lamento cancelar a último momento, pero me olvidé de que tengo examen de Física y necesito aprobarlo si quiero seguir en el equipo. ¿Almorzamos juntos mañana?

Leo el mensaje sintiéndome un poco triste. Debí haberlo supuesto. No es la primera vez, en estos últimos tiempos, que Jeremy cancela una cita. Últimamente tiene mucho que hacer. No puede verme dentro del instituto ni fuera de él. Siempre está entrenando o haciendo algo demasiado importante que impide que nos veamos.

Esta tarde, cuando sugirió que cenáramos juntos, me puse muy contenta porque hace mucho que no pasamos un tiempo como pareja. Me arreglé, me puse un bonito vestido e incluso pedí comida, pero él ha esperado tres horas para decirme que no podría venir. Suelto un largo suspiro mientras me siento en la cama y me quito los pendientes de aro.

Escucho dos golpes en la puerta, pero no respondo, y a continuación veo por el espejo el rostro de Tyler asomarse.

—Sam, ¿no ibas a cenar con Jeremy? —me pregunta, confundido.

Ni siquiera tengo ánimos de responderle mal.

—Si tienes hambre, puedes comer lo que pedí —le digo, bajando la mirada.

—¿Estás...?

—¿Necesitas algo más? —le interrumpo porque sé lo que va a preguntar.

—No. Lamento molestarte.

Cuando escucho la puerta cerrarse, me giro para mirar el lugar donde hace unos segundos estaba Tyler y suspiro. Agradezco que haya notado que no tengo ganas de soportarlo y que se haya ido. Me quito el vestido, pensando en lo bien que me queda y lo mucho que se ha perdido Jeremy al no venir.

Tras ponerme una camiseta varias tallas más grande que la mía, me quito el maquillaje. Sin duda me siento triste, pero no tengo ganas de llorar. Es la cuarta vez que me deja plantada en el último momento; eso significa algo. Quizá el problema de Jeremy es que ya no quiere estar conmigo, y eso puedo entenderlo, pero quiero que me lo diga; no es agradable esta situación. Para ninguno. Suponiendo que eso es lo que sucede.

Veinte minutos después de estar acostada, pensando en las muchas cosas que podrían estar pasando en este momento en la vida de Jeremy, para desechar la idea de que ya no me quiere y de que nuestra relación está arruinada, llaman a la puerta de mi habitación. No respondo, esperando que Tyler se vaya y me deje engañarme a mí misma, pero entonces dos cabezas se asoman.

—¿Qué hacen ustedes aquí? —pregunto, arqueando una ceja.

—Trajimos refuerzos —dice Luke, enseñándome dos grandes bolsas negras.

Frunzo el ceño divertida.

—Tyler nos llamó —dice Caroline, elevando sus cejas y mirándome con cara de «Te dije que Tyler era agradable».

¿Tyler ha llamado a mis mejores amigos porque mi novio me ha plantado por cuarta vez en lo que va del mes? La sorpresa en mi rostro debe de ser muy notoria porque la sonrisa de «tengo-la-razón-siempre» de Caroline se ensancha.

—¿Bajas o qué, Donnet? —pregunta Caroline, divertida.

Me incorporo en la cama y sonrío.

—Déjenme ponerme unos pantalones —digo, quitando el edredón de mis piernas.

Luke decide que es mejor bajar e ir con Tyler. Caroline se queda conmigo hasta que me visto y luego bajamos juntas. Los chicos se encuentran en la sala, donde hay helado y cerveza. Hago una mueca al ver la combinación.

—Recuerden que mañana hay clases —dice Tyler en cuanto bajamos—. No puedo dejar que se emborrachen. Soy la autoridad en esta casa.

Luke finge bostezar y Caroline ignora lo que dice, yendo por helado.

—Nadie va a emborracharse —le aseguro a Tyler, sonriendo levemente.

—Los chicos subestiman a las mejores amigas —dice Caroline con la mirada perdida en la nada, como si dijera directamente lo que piensa, sin ningún filtro, sin procesarlo—. Al hacerte sentir mal, se está metiendo conmigo. Es decir, una mejor amiga es como una madre, así que tú eres mi hija, Sam.

La miro y suelto un suspiro. Está borracha y está diciendo estupideces. Mañana tenemos clases, así que mejor le quito la botella. No me dice nada y sigue mirando al vacío con expresión pensativa. Pero un momento, la que estaba mal aquí era yo, y, sin embargo, no he bebido ni un sorbo de alcohol esta noche.

—Los hombres son unos imbéciles —suelta Caroline, y me quita la botella antes de que pueda beber.

La miro con el ceño fruncido. Mi mejor amiga le da un sorbo más a la cerveza y vuelve a sostener la botella sin ser consciente de que la estoy mirando mal. Se la quito.

—No todos los hombres somos imbéciles, no generalices —le contesta Tyler, y se estira para arrebatarme la botella y darle un sorbo.

También le lanzo una mirada asesina a él.

—Es verdad. Mírame a mí —dice Luke, que le coge la botella a Tyler—. Yo soy hombre y no soy imbécil.

Caroline le quita la botella a Luke.

—Tú no eres un hombre. Eres Luke —dice, y recuesta su cabeza rubia en su hombro—. Eres nuestro mejor amigo.

—¿Ser su mejor amigo hace que no sea hombre? —pregunta Tyler, confundido.

Tyler vuelve a quitarle la botella a Caroline.

—Que sea nuestro mejor amigo camufla que sea un hombre y que sea un imbécil —le responde ella.

Caroline le arrebata la botella y vuelve a dar un sorbo. Sorprendentemente, la coloca sobre la mesa de centro. Espero unos segundos y parece que ninguno tiene nada más que decir ni tampoco ganas de beber lo que sea que quede en ella. Así que estiro el brazo para cogerla, pero entonces Luke es más rápido que yo y se me adelanta.

—Mejor voy a beber agua —digo de mala gana poniéndome de pie.

—¿Por qué odias a los hombres? —le pregunta Luke a Caroline, ignorando lo que acabo de decir.

—No odio a los hombres —le contesta ella con un tono de fastidio—. Lo único que pasa es que me caen mal y son unos imbéciles. Eso no es odiar.

—Es repudiar. —Escucho que le corrige Luke.

—Pero no odiar —sigue Caroline.

—Es un sinónimo, Caroline.

—Claro que no, Luke.

Sonrío al escuchar a mis dos mejores amigos borrachos y discutiendo por algo estúpido. Busco una botella de agua fría en el refrigerador y me siento sobre la isla de la cocina. Bebo tranquilamente el agua mientras sigo escuchando la discusión tonta de Caroline y Luke.

—¿Mejor?

Me giro al escuchar la voz de Tyler a mis espaldas. Está recostado en el umbral de la puerta, con los brazos cruzados y mirándome con una pequeña sonrisa. Tapo la botella de agua y me bajo de un salto.

—Gracias por llamarlos —le digo asintiendo con la cabeza—. De no ser por ti, posiblemente habría estado llorando hasta ahora.

—De nada —me dice caminando hasta mí. Arqueo una ceja—. ¿Es tu primer novio?

—Así es. —Asiento con la cabeza. Suelto un suspiro—. ¿Crees que debería romper con él?

Tyler lo piensa unos segundos y vuelve a mirarme.

—No lo sé —me dice pensativo—. Pero, pase lo que pase, tus amigos estarán siempre a tu lado.

Asiento con la cabeza. Sé que es así, pero este es un territorio nuevo para mí. No sé qué sentiré cuando mi relación con Jeremy termine; bueno, si es que eso llega a suceder. Pensándolo bien, todo está como si hubiéramos terminado hace tiempo, solo que aún no lo hemos hecho oficial.

—Yo también estaré a tu lado —vuelve a hablar Tyler.

Miro sus ojos, se ve tan sincero...; pero todo es muy confuso para mí. ¿Cómo puede ser tan agradable ahora cuando hace solo unas horas fue el ser despreciable que regaló mi coche por internet?

Comenzamos a escuchar gritos en la sala y nos sobresaltamos. Decido no decirle a Tyler que su manera de actuar es muy confusa para mí, y me apresuro a detener la guerra que acaba de estallar en mi sala.

—¡Tengo las cataratas del Niágara entre las piernas, pero versión el mar Rojo! ¿Y tú no puedes soportar un simple dolor de cabeza, Luke? ¡¿En serio?! —le grita Caroline a Luke.

—Creo que deberías sacarla de aquí antes de que intente matarnos —me dice Tyler.

—Me parece una buena idea —asiento mientras miro la escena con una mueca.

Caroline sigue buscándoles pelea a los chicos mientras intento llevarla a mi habitación.

Mucho alcohol no es bueno para ella.

4

Los ojos verdes del director van de Tyler a mí y a la inversa, una y otra vez. Nos está mirando desde hace quince minutos. No sé si es una especie de método para que contemos lo que pasó o qué. Pero me estoy aburriendo y solo quiero terminar con esto. Suelta un suspiro y coloca ambas manos sobre el escritorio entrelazándolas.

—¿Quién me va a explicar lo que pasó? —nos pregunta.

—Yo lo haré —digo, ganándole a Tyler, quien cierra su boca lentamente al tiempo que me fulmina con la mirada.

El director asiente con la cabeza, dándome su consentimiento para relatar lo que en verdad pasó.

—Bueno, le contaré lo que ocurrió —digo mirando a Tyler.

SAM

Camino por los pasillos de la escuela. He estado en la biblioteca estudiando historia y matemáticas, ¡mi pasatiempo favorito!, y me sumergí tanto en el maravilloso mundo de las matemáticas que perdí la noción del tiempo, así que ahora me apresuro para llegar a mi siguiente clase. Llego quince minutos tarde a Química.

—Buenos días —digo, y le entrego una manzana a mi profesora favorita, aunque, en realidad, me gustan todas las profesoras del instituto—. Siento llegar tarde, profesora.

—No te preocupes, Sam. Eres mi mejor alumna. Puedes pasar —me dice, muy amable—. Y muchas gracias por la manzana.

Tras decirle que no es ninguna molestia llevarle una manzana —como hago cada vez que tengo clases con ella—, camino hasta mi sitio y veo que Tyler está asesinando a una indefensa e inocente cucaracha.

—Pero ¿qué haces? —le pregunto, llevándome una mano a la boca, sorprendida.

—No merece vivir —dice mientras le arranca su diminuta cabeza.

Hago una mueca de horror y lo miro con repulsión. ¿Cómo pueden existir personas así en el mundo? Niego con la cabeza y voy hasta donde están las batas y las gafas, me las coloco y vuelvo junto a Tyler.

—Terminemos con esto —afirma mientras se pone a batir una sustancia.

—¡No! —digo mientras trato de quitársela—. Es peligroso.

—No me importa —replica, y sonríe falsamente.

Niego con la cabeza, ¿cómo puede no importarle la vida de las personas que nos rodean? ¿Y nuestro maravilloso y para nada aburrido instituto?

—Esas sustancias no se mezclan. No creo que debas...

—Sé lo que hago, niñita —me interrumpe mientras toma otra sustancia de color verde—. Y ahora... ¡abracadabra! —exclama y mezcla ambas sustancias.

Miro espantada, y luego veo que de esa mezcla surge un humo negro.

—¡Salgan de la clase! —grita la profesora al percatarse de lo que ha hecho Tyler.

Y ahí fue cuando todos salimos del aula. Miro a Tyler, quien tiene dibujada una sonrisa maliciosa en el rostro...

—Eso definitivamente no fue lo que sucedió —dice Tyler, elevando su dedo índice y mirándome indignado.

—¿Ah, no? —pregunto confundida—. ¿Y entonces qué es lo que sucedió, según tú?

Tyler mira al director buscando su aprobación para hablar, el hombre asiente con la cabeza, y Tyler se aclara la garganta. Ruedo los ojos.

—Esto fue lo que realmente pasó... —empieza a decir, recalcando la palabra «realmente».

TYLER

Estoy sentado escuchando las explicaciones de la señora Jones. Mi mirada se dirige a la silla vacía a mi lado. ¿Dónde se habrá metido Sam? ¿Hasta dónde va la irresponsabilidad de esta chica? Y pensar que he abandonado mi vida en Inglaterra para cuidarla porque sus padres no pueden convivir con ella por su mal carácter.

—Hola, ¿qué tal todo? —dice Sam al entrar—. Estaba ayudando a unos mafiosos a matar personas y ese tipo de cosas. Ya sabe, señora Jones.

—Pase y siéntese, señorita Donnet —responde la señora Jones, temerosa.

Sam le enseña su dedo del medio a la profesora, lo cual hace que la mujer haga una mueca de espanto. Comienza a caminar hacia mí sin ganas y me lanza su bolso a la cara.

—¿Qué hay, vómito?

Frunzo el ceño. ¿«Vómito»?

—Hola... —digo mirándola con desconfianza. Ella se ríe. Va hasta donde están las batas y las gafas y, de mala gana, se coloca una bata y unas gafas y luego vuelve a sentarse en su sitio, a mi lado.

—Comencemos —dice tomando una sustancia azul.

—Eso es... —empiezo a decir.

—Me importa una mierda lo que es —me interrumpe y toma otra sustancia de color rojo.

—Escucha: no debes jugar con eso... —le advierto.

Se vuelve para mirarme, arqueando una ceja. Sus ojos celestes están entrecerrados y puedo ver que también algo enrojecidos debido a quién sabe qué.

—¿Y tú qué sabes? —dice mirándome furiosa.

—Estoy repitiendo curso; sé más que tú.

Sam se ríe.

—Por algo estás repitiendo —me suelta mientras toma mi lápiz y lo parte en dos.

—Pero, pero... ¿qué haces? —digo sin aliento. Esta chica asusta.

¿Cómo puede ser tan fría? ¿No puede pensar en las personas que la rodean? Qué egocéntrica. Por Dios. Siento ganas de llorar. Definitivamente, tendré que hablar de esto con sus padres.

—*Iluminati* —dice antes de mezclar las dos sustancias.

Me alejo de la mezcla al ver que de ella sale un humo negro.

—¡Salgan todos de clase! —grita la profesora.

Todos salimos, pero veo que Sam está hablando por teléfono y me acerco a ella con disimulo sin que se dé cuenta.

—Ya lo he hecho —dice, y luego bufa—. Claro que no saben nada de la secta, tú tranquilo.

Cuelga y me alejo disimuladamente para ver en qué puedo ayudar a los demás...

SAM

—Eso no fue lo que pasó —digo firme—. ¿Una secta? ¿En serio?

—Esas fueron tus palabras —asegura mientras levanta las manos.

Niego con la cabeza. Qué imbécil.

—Señor, alguien lo quiere ver —anuncia la secretaria asomándose por la puerta—. A solas.

—Ahora vuelvo —nos dice mirándonos a los dos.

En cuanto sale de la oficina, Tyler y yo nos dedicamos a mirarnos con odio. Ja. Será muy gracioso cuando mis padres se enteren de que he tenido que ir al despacho del director porque la persona que se supone que es responsable de mí no es en absoluto una persona responsable.

La guerra de miradas finaliza en cuanto Tyler parpadea.

—¡Ja! —exclamo contenta—. He ganado.

—Me ha entrado algo en el ojo —intenta justificarse.

—Perdedor —le digo.

—Tramposa —replica.

—Claro que no —niego, indignada.

No nos hemos dado cuenta de que la puerta se había abierto y de que el director estaba presenciando nuestra discusión.

—Adelante, por favor —le dice el director a alguien.

Ambos miramos a la persona que lo acompaña.

—¿Qué hace él aquí? —pregunta Tyler.

—Luke nos va a contar la verdadera historia.

Tyler y yo nos miramos sin poder creerlo.

—Bueno, esto va así...

LUKE

Estoy limpiando las ventanas como castigo por colocar una araña en el bolso de una profesora. Hoy me toca limpiar las de la clase de Química. Tomo la esponja y comienzo mi tarea. Desde lo alto puedo ver a toda la clase, y me llama la atención ver a Tyler jugando con un lápiz.

Segundos después, Sam entra algo frustrada y se va a sentar junto a Tyler. Puedo notar que arroja su mochila a un lado. Me río al verla tan malhumorada. No la culpo. Mientras nosotros desayunábamos, ella tuvo que sostener el cabello de Caroline mientras vomitaba.

Abro un poco la ventana para poder escuchar de qué hablan estos dos.

—¿Sabes qué hay que hacer? —dice Sam acomodándose las gafas.

—Ssssno —responde Tyler, que parece estar más concentrado en su lápiz que en graduarse.

Sam frunce el ceño y le quita el lápiz.

—Despierta. —Chasquea los dedos.

Observo que Sam comienza a mirar las sustancias y luego da un largo bostezo. Finalmente, decide tomar una de color azul. La vierte en un pequeño recipiente de vidrio y la bate con una pequeña varita de plástico.

—Estás haciéndolo mal —dice Tyler—. Es con esta —señala, a punto de derramar la sustancia sobre la azul.

—¿Y cómo lo sabes? Estabas muy concentrado en tu lápiz —le responde Sam, entrecerrando los ojos.

—Puede que sí, pero no soy sordo. Escuché las indicaciones.

Ella lo ignora por completo y sigue batiendo la sustancia azul.

—Sam, es la verde —vuelve a decirle Tyler, vertiendo una sustancia verde en otro recipiente de vidrio.

—Tyler, es la azul. Me gusta mucho la química y siempre saco muy buenas notas en esta asignatura —le responde ella—. Así que soy yo la que tiene razón.

Hago una mueca. Eso no es cierto. Sam siempre aprueba Química por los pelos; detesta la asignatura.

—Claro que no. Lo que ocurre es que no quieres aceptar que soy yo el que tiene razón porque te caigo mal —le dice Tyler, dejando su sustancia frente a él.

—Regalaste mi auto —le suelta Sam, mirándolo indignada.

Algunos alumnos de la clase ponen atención a su pequeña discusión, pero no dicen nada. La profesora Jones, por su parte, está discutiendo con alguien por el móvil, así que no parece saber que estos dos están a nada de generar problemas.

—¿Vas a odiarme toda la vida por eso? —le pregunta Tyler, ofendido.

—No sé, ¿vas a ser un estúpido toda tu vida? —responde Sam, ladeando la cabeza.

Ambos se quedan mirándose fijamente, y déjenme decirles que ninguna mirada es buena. Sé que Sam está de malhumor porque tiene que hablar con Jeremy más tarde. Tyler tuvo una charla con sus padres por la mañana, lo cual lo dejó algo decaído, pero no quiso hablar sobre el tema. Así que si se suma malhumor con malhumor el resultado es, por supuesto, muy malo.

—Verde —le dice Tyler.

—Azul —dice Sam al mismo tiempo.

Tyler vierte rápidamente la sustancia verde y, en el mismo instante, Sam echa la azul. Ambos comienzan a reírse por haber tenido la misma estúpida idea. Incluso yo me río: lo que acaban de hacer ha sido una idiotez. Pero la risa de los tres cesa al ver que un humo negro es el resultado de su estupidez.

—Mierda... —dice riendo Sam.

—Sí, mierda... —también ríe Tyler.

—¡Salgan de la clase! —grita la profesora, viendo el humo con terror y separándose de su móvil.

SAM

—De nada —dice Luke sonriendo al director. Lo miro ofendida.

—Se te relevan las dos semanas de castigo —le dice el director.

Luke sale sonriendo de la oficina, ignorando mi mirada de amiga herida para sentirse menos culpable.

—Dos semanas de castigo para ustedes dos.

Genial. Ahora no solo tengo dos semanas de castigo porque mi mejor amigo ha decidido no elegir bando, sino que todavía me falta hablar con Jeremy. Puedo verlo a lo lejos, sentado con la vista en su móvil. Lleva una sudadera gris y unos pantalones negros cortos de deporte. Seguramente, viene de entrenar o tiene que ir a entrenar. Aunque puedo ver su ondulado cabello negro algo húmedo. Quizá acaba de salir de las duchas. O quizá es sudor.

En cualquier caso, mi lado pesimista no quiere acercarse a él porque no quiere que nuestra relación termine. Pero mi lado optimista, quiere ir y averiguar si lo cortaremos o no. No hay nada seguro, pero todo indica que es algo que podría pasar. Finalmente abrazo ambos lados; sea lo que sea que pase, sé que estaré bien.

Jeremy levanta la mirada y, al verme, me sonríe. Sus ojos marrones me observan con ternura y no puedo evitar derretirme internamente al verlo sonreír así.

—Sam, yo... —intenta decir, pero le interrumpo.

—¿Quieres que cortemos? —le suelto sin procesar las palabras, ni planearlas. Me salen sin más. Como si fueran vómito. Un vómito verbal.

Jeremy se queda sorprendido por mi pregunta. Al parecer esperaba que dijera cualquier cosa menos eso.

—¿Quieres... que lo dejemos? —me pregunta, algo nervioso, arqueando una ceja.

—No —respondo segura—. ¿Tú quieres? —pregunto nuevamente.

—No —contesta confundido por la situación.

Hago una mueca. Por más que abracé ambos lados, creo que estrujé con más fuerza el negativo y, por ende, no esperaba esta respuesta.

—¿Por qué... me has preguntado eso? —dice, frunciendo el ceño—. ¿He hecho algo que te haya hecho pensar que quería que cortáramos? Ladeo la cabeza.

—Más o menos, sí —contesto.

Jeremy desliza sus manos sobre la mesa para llegar a mí. Las subo para que pueda tomarlas y me da un apretón cariñoso. Echaba esto de menos. De verdad.

—Siento mucho haber estado tan ausente últimamente —me dice con la mirada baja—. Yo... tengo muchas cosas últimamente en mi cabeza.

—En el hipotético caso de que ya no quieras estar conmigo —suelto con la mirada en nuestras manos entrelazadas—, dímelo, ¿sí? —le digo volviendo a mirarlo—. No me engañes con otra chica. Te asesinaría.

Lo último lo digo sin mostrar expresión alguna, y Jeremy comienza a reírse, comprendiendo que es una broma. Así que sonrío mientras escucho su risa. Hace tiempo no estábamos así, juntos, riendo y dándonos las manos. No importa que hayamos quedado para hablar sobre lo rara que se ha vuelto nuestra relación, seguimos siendo Sam y Jeremy.

—No te engañaré. Te lo prometo —me dice serio, pero manteniendo una sonrisa.

Me acerco para besar sus labios. Es un beso tierno y breve porque no queremos aumentar mis semanas de castigo. Cuando nos separamos, nos quedamos mirando y sonreímos; sabemos que posiblemente las personas a nuestro alrededor deben de pensar que somos unos bobos enamorados —si es que prestan atención a nuestra presencia.

Vuelvo a sentarme en mi sitio, manteniendo mis manos entre las de Jeremy. Giro mi rostro hacia la derecha, solo por reflejo y me encuentro con Tyler a unos metros. Está recostado en una pared junto a una chica rubia que lleva el pelo recogido en una trenza. Automáticamente sé que es Jenna porque puedo reconocer ese vestido con bordados. Lo hizo ella misma en una clase de bordado que dieron en el instituto. Lo sé porque estuve allí y destacó mucho más que yo.

Jenna está hablándole a Tyler, pero él está mirándome con una pequeña y casi inexistente sonrisa en los labios. Asiente con la cabeza en forma de saludo y yo hago lo mismo. Tras ese breve momento, vuelve a su conversación con Jenna y yo vuelvo a prestarle atención a Jeremy.

5

—¿Cuándo te vas a despertar? —digo mientras golpeo su espalda con una almohada.

—Cinco minutos más, mamá...

Hoy es sábado. ¿Saben lo que significa? Que debemos ir a limpiar al instituto. En realidad, solo limpiaremos la cafetería porque mis padres llegaron a un acuerdo con el director. Sí, Tyler les contó lo sucedido y ellos telefonearon al señor Frederic. El trato fue que si no me metía en problemas en lo que queda de año él cambiaría las dos semanas de castigo por solo un día. Pero si yo rompía nuestro acuerdo y causaba algún problema más, las dos semanas aumentarían a cinco. Así que me conviene quedarme quieta.

—¡Despierta! —digo mientras le golpeo nuevamente.

Es mi estúpido niñero. Se supone que tiene que ser más responsable que yo, digo se supone porque está claro que no es más responsable que yo.

—¿Qué quieres? —gruñe mientras aún se encuentra boca abajo.

—Tenemos un castigo pendiente —respondo.

—¿Y por qué no te has ido ya a cumplir tu castigo? —me pregunta incorporándose en la cama.

—¿Acaso me has oído hablar en singular? No, idiota. He hablado en plural. —Coloco una mano en mi cintura—. ¡¡¡Tenemos!!! Tú y yo. Juntos. Los dos. ¿Comprendes?

Tyler se limita a levantar la cabeza y a girarla un poco para sacarme la lengua.

«Paciencia, Sam, paciencia», me digo a mí misma tratando de calmar las ganas que tengo de golpearlo.

—Querido Tyler —digo con voz dulce—, ¿podrías, por favor, levantarte y venir conmigo al instituto para cumplir con nuestro castigo?

Tyler se aparta la sábana poco a poco. Cuando lo hace por completo, me sonríe y yo suelto un suspiro de alivio. ¿Ven? A veces lo mejor es hablar las cosas con calma. Es mejor tener paciencia y lidiar con los problemas de la manera más sencilla... Bueno, de la segunda manera más sencilla: hablando.

—No.

A la mierda la calma, la paciencia y todas esas estupideces.

Me giro sobre mis pies escuchando la risa de Tyler detrás de mí, pero no me importa, se va a enterar de que desobedecer a Sam Donnet tiene consecuencias, y que estas no son buenas. En la cocina busco uno de esos cubos grandes que se usan para lavar coches y lo lleno de agua. Abro el congelador, cojo algunas bolsas de hielo, las abro y las vacío en el cubo. Cuando termino mi perfecta y simple mezcla, subo las escaleras y voy al cuarto del idiota. Y ¿adivinen qué? Está en la misma posición. Maldita sea...

Me acerco sigilosamente a él... Esperen. ¿Quién podría despertar a esta especie en extinción? Me acerco haciendo el mayor ruido posible, y nada, sigue en la misma posición. Eso es lo que llaman dormir profundamente o, simplemente, ser un maldito vago.

—Despierta, bella durmiente —canturreo con tono suave al mismo tiempo que vierto el agua fría sobre él.

Tyler se levanta de golpe y se asusta tanto que se cae de la cama. Obviamente, yo también me caigo, pero de la risa.

—¡¿Qué tienes en la cabeza?! —se atreve a preguntarme.

—Cerebro, algo que a ti te falta. —Sonrío victoriosa, viéndolo empapado y muerto de frío.

—Si querías verme en ropa interior, solo tenías que decirlo, Donnut —dice mirándome divertido.

Mi sonrisa desaparece e inconscientemente miro hacia abajo y..., oh, sí, está en ropa interior. Creo que estaba tan ocupada riéndome de la expresión de su cara que me olvidé de verificar si estaba vestido o no, pero... ¿quién demonios duerme en ropa interior? O sea, ¿es que no tiene pijama? Argh. Olvídenlo.

—¡Vístete! —digo antes de salir rápidamente de la habitación.

Después de que Tyler se vistiera y desayunara —más lentamente que una tortuga—, vamos al instituto, y ahí está el director, esperándonos con los brazos en jarra y obviamente enojado. Esto es culpa de Tyler porque esperaba sacarme de quicio con su lentitud para que yo me fuera sin él, y así poder dormir toda la mañana mientras yo fregaba suelos. Debería agradecerme que pensara en levantarlo. Podría haberme ido tranquilamente sin él y luego quizá se ganaría las cinco semanas de castigo. Pero no, Sam Donnet siempre siendo una persona buena y considerada con tipos como Tyler Harrison, que no lo merecen.

—¡Hola! ¿Qué tal?... —saludo sonriendo—. ¿Usted vive en la escuela? ¡Lo veo siempre por aquí! ¡Qué divertido! —le digo de buena manera.

—¿Dónde se supone que estaban? —pregunta ignorando mi amable interés por él.

El director Frederic lleva un conjunto deportivo de color amarillo patito. Me quedo mirándolo sorprendida. Jamás lo había visto con otra cosa que no fuera un traje, y déjenme decirles que esta elección no es mala, es desastrosa.

—¿Qué le pasa, Donnet? —me pregunta dándose cuenta de mi forma de mirar su atuendo informal.

—Nada —respondo bajando la mirada.

—¿Por qué han tardado tanto? —vuelve a decir.

—Tuvimos un percance... —responde Tyler.

—¿De dos horas? —pregunta con el ceño fruncido.

—Síí..., verá... Estooo... —Tyler se rasca la nuca—. Mientras veníamos para aquí, una... mujer embarazada se puso en medio de la calle para que nos paráramos y...

—Y nos pidió que la lleváramos al médico. Lo hicimos y dio a luz en la entrada del hospital... —continúo asintiendo para mí misma. Qué mentira más estúpida—. Por eso hemos llegado tan tarde, pero no se preocupe, porque nos vamos a poner a limpiar ahora mismo.

Tiro a Tyler del brazo para adentrarnos en el instituto. Pero él no se mueve y continúa hablando.

—¿Y sabe qué? La mujer le puso mi nombre al bebé —le dice sonriendo.

Es que... ¿es estúpido?

—Y hasta quería ponerle mi apellido.

Sí, es estúpido.

—¡Vámonos, Tyler! —le digo entre dientes.

Vuelvo a tirar de su brazo, y esta vez logro mi objetivo. Cuando vamos por el camino hacia el instituto, oímos las indicaciones del director, pero no les presto atención.

—¡Y recuerden que el de segu...! —Cierro la puerta antes de que termine de hablar.

Ambos nos adentramos en el edificio por la salida de emergencia. El instituto es enorme, hubiera sido un infierno tener que limpiarlo todo en un día. ¡Menos mal que solo tenemos que limpiar la cafetería! Del armario del conserje cogemos fregonas, cubos, esponjas, jabón y lejía, y otros productos para limpiar. Caminamos hasta llegar a la cafetería y observo horrorizada la escena.

Todo está lleno de comida: las paredes con puré de patata —o eso creo—, salsa de tomate por todas partes, espaguetis, hamburguesas y ensaladas derramadas por las mesas, sillas y suelo. De repente siento que estoy en un capítulo de *Victorius*.

—¿Qué demonios ha pasado? —le pregunto a Tyler.

—El viernes no comiste aquí, ¿verdad, Donnut?

Niego con la cabeza.

—Luke empezó una guerra de comida.

—Maldito Luke. —Cojo una fregona.

—Vamos, mira el lado bueno de las cosas. —Le miro arqueando una ceja—. Estamos juntos —dice subiendo y bajando las cejas.

—¡Lo mejor que me podía suceder en la vida! —exclamo sarcástica.

Comienzo a fregar tratando de quitar el tomate del suelo, lo que parece algo imposible. Mataré a Luke por delatarme al director y por tener que limpiar el desastre que él ha provocado.

De la nada comienza a sonar *Hey, Mama* de David Guetta. Miro a Tyler y veo que está conectando su móvil a un equipo de música. Comienza a menear las caderas muy exageradamente, y me río.

—Bailo mejor que tú —dice mientras se acerca a mí.

Empieza a mover de nuevo exageradamente las caderas, pero esta vez lo hace mientras aplaude.

—Pareces una foca —digo riendo.

—Eso lo dices porque no puedes bailar como yo. Soy único —dice sonriendo.

—Puedo bailar mejor que tú.

Arquea una ceja.

—¿Ah, sí? —Asiento con la cabeza y los labios apretados—. Demuéstramelo, Donnut.

Tyler toma mi mano y me arrastra hacia él. Nuestros pechos se chocan levemente y mi sonrisa disminuye al notar nuestra cercanía. Se ríe por mi reacción y se aleja para seguir bailando.

Comienza la canción *Anaconda* de Nicki Minaj, y empieza a dar saltitos como si fuera un niño.

—Te enseñaré mi talento oculto —dice, subiendo y bajando sus cejas con lentitud—. Soy el rey del *twerking*.

—No te creo —contesto, con intenciones de que me enseñe.

Tyler me observa con superioridad y de un salto se sube a una de las mesas y comienza a hacer *twerking* mientras yo me río sin poder creer que la persona que está cuidándome está haciendo lo que está haciendo. No quiero admitir que de verdad es su talento oculto.

Me acerco al equipo de música y escojo la canción *Sing* de Ed Sheeran. Él se vuelve y comienza a bailar. ¿Acaso no se cansa? Empiezo a seguirlo, de una manera rara y graciosa. Nuestros pasos son bobos e improvisados, obviamente, pero en algunos solemos coordinar porque son pasos comunes.

—*Can you feel it?* —dice cantando mientras se sube en otra mesa—. *Can you feel it? Oh, no...* —Antes de que termine ese verso se cae de espaldas al suelo, y yo me río como si no hubiera un mañana.

Pasamos el día limpiando, bailando y riendo tanto que a veces hasta me duele el estómago. Hacía mucho que no disfrutaba de esta manera en compañía de alguien, y déjenme decirles que me sorprende que haya sido Tyler la persona que ha hecho que sea así.

Nos costó limpiar porque él conocía cualquier canción que ponía y nos dedicábamos a cantarlas de una forma exagerada, pero finalmente terminamos. Dejamos las cosas de la limpieza en el armario del conserje y ahora estamos caminando hacia la salida.

Nuevamente comenzamos a reír, recordando cómo hemos bailado *Earned It* con las fregonas.

Cuando escuchamos el ruido de un auto arrancar, nuestras risas paran. ¿Quién vendría aquí a esta hora? Ignoramos el asunto y seguimos caminando. Yo me adelanto para abrir la puerta, pero no puedo, ni siquiera usando toda mi fuerza.

—¿Qué pasa? —pregunta Tyler a mis espaldas.

—No se abre.

—Es porque no tienes fuerza.

Ruedo los ojos.

Coloca su mano en la manija y me mira sonriendo. Cuando tira de ella y no se abre, su sonrisa se borra rápidamente para ser remplazada por un ceño fruncido y aparta la vista de mí. Lo intenta muchas veces, pero nada; la puerta sigue sin abrirse.

—¿Quién no tiene fuerza ahora? —digo, entrecerrando los ojos.

—Espera... —Se pone pensativo, ignorando mi pregunta—. ¿Aquí no había un guardia o algo por el estilo?

—Sí... —asiento lentamente—. Entonces eso significa que... —digo asimilando la situación.

—Estamos encerrados, Donnut —completa mi frase, pasando una mano para despeinar su cabello negro.

6

Ya ha transcurrido mucho tiempo desde que descubrimos que pasaríamos la noche en el instituto. No pudimos realizar ninguna llamada porque el móvil de Tyler se quedó sin batería y yo dejé el mío en el coche. Jamás me despego de él, y la única vez que lo hago, porque creí que me distraería, y quería terminar cuanto antes con lo de la limpieza, resulta ser una mala decisión.

Ya no sabemos qué hacer para matar el tiempo. Lo peor de todo es que, según el gran reloj de la cafetería, solo llevamos encerrados dos horas. Sin embargo, tengo la sensación de que han pasado días. Ahora estamos en el gimnasio, jugando con las pelotas de básquet, intentando encestar al mismo tiempo que jugamos al veoveo.

—Veo, veo —comienza Tyler.

—¿Qué ves? —contesto yo.

—Una cosa —dice después de encestar.

—¿Qué cosa? —pregunto, y camino a buscar la pelota naranja para luego fallar al tirarla en el aro.

—Una maravillosa —responde—. Y no soy yo —agrega.

—¿De qué color?

—Naranja.

Bufo, y lo miro con una ceja arqueada.

—Tyler, son las malditas pelotas, piensa en algo más difícil. —Le lanzo bruscamente la pelota. Él la atrapa antes de que le impacte fuertemente en el estómago, pero aun así lo golpea un poco.

Estar encerrados ya me está poniendo de mal humor. Tengo hambre, estoy cansada de limpiar comida y mis manos huelen a lejía.

—Tengo hambre —digo, llevando una mano al estómago.

—Yo también —responde, imitándome.

—Vamos a ver qué hay de comer.

Cuando voy a comenzar a caminar, Tyler me detiene y me mira con una sonrisa malévola. Arqueo una ceja. ¿Ahora qué le pasa?

—Hagamos una carrera —suelta, y chasquea la lengua. Le miro de forma rara—. No me mires así.

—Entonces no digas tonterías.

—Aburrida. —Finge bostezar y comienza a caminar sin mí, negando con la cabeza y seguramente pensando que soy una aburrida. Sonrío y echo a correr, tomándolo por sorpresa. Me queda un largo camino, así que, si quiero ganarle, debo darme prisa.

—¿Qué esperas, tortuga? —le grito sin girarme. No quiero perder, pero tampoco quiero ganar sin esfuerzo.

Tyler no tarda mucho en reaccionar y me sigue, incluso consigue adelantarme un poco. Cuando llegamos a las escaleras, ambos bajamos al mismo tiempo, con cuidado. Él comienza a disminuir la velocidad cuando llegamos a los últimos escalones y entonces aprovecho para aumentar la mía, pero obviamente siendo precavida y fijándome bien dónde piso. Bajo de un salto y me giro riéndome, pero sin dejar de correr, él intenta hacer lo mismo, pero por alguna razón no le sale y casi se tropieza.

—¡No es gracioso! —exclama cuando comienzo a reírme por su estupidez.

Tyler aprovecha mi ataque de risa, vuelve a tomar velocidad y me sobrepasa. Ahí es cuando la lamparita se enciende en mi mente. Me siento en el suelo de una manera en la que parece que me hubiera caído y miro mi tobillo fingiendo mucho dolor al mismo tiempo que lo masajeo.

—¡Ayyy! —grito cuando la escena está lista.

Tyler deja de correr. Siento pisadas acercarse a mí lentamente.

—¿Estás bien? —pregunta mientras se aproxima.

—Claro que no —contesto, y casi se me escapa la risa, pero la disimulo lanzando un chillido—. Me duele —digo, y señalo mi tobillo.

—Déjame ver —contesta, y se sienta junto a mí.

Observa mi tobillo con seriedad, pareciendo muy preocupado. Pobre. Si supiera que solo estoy fingiendo. Hago una mueca mientras poso mi mano sobre su hombro... No se da cuenta de ese detalle, y entonces aprovecho que sigue viendo mi tobillo para levantarme con rapidez y comenzar a correr.

—¡Eres una tramposa, Donnut! —grita, y escucho cómo se pone de pie.

—Mmm... —digo mientras como patatas fritas.

Tras terminar la carrera —que gané yo—, buscamos algo de comer. Tyler eligió una hamburguesa y yo unas patatas fritas. Cualquiera pensaría que perdería el apetito después de estar limpiando este mismo tipo de comida del suelo y de las paredes de esta cafetería. Y así fue durante un tiempo. Pero ahora solo estoy muy cansada, y estas patatas fritas están siendo mi consuelo.

—¿Sabes? —dice Tyler—. No eres como pensaba que eras.

—¿Y cómo pensabas que era? —pregunto divertida.

—Bueno, la típica chica caprichosa y mimada —contesta, y me quita una patata. Lo miro mal, pero me ignora y sigue hablando—: Aunque la verdad es que eres algo caprichosa y algo egocéntrica... ¿Sabes qué? Retiro lo dicho.

—Oye... —Le golpeo levemente el hombro—. Yo no soy así. Es solo que..., bueno, estaba enfadada porque supuestamente ya puedo quedarme sola en casa. Además, has regalado mi coche por internet.

Llámenme exagerada o lo que quieran, pero no supero eso. Fue mi regalo de cumpleaños; no hacía ni un año que lo tenía.

—¿Cuánto hace que sales con Jeremy? —pregunta, cambiándome de tema.

Agradezco que Jeremy y yo no hubiéramos hecho planes para hoy.

—Casi un año —respondo sonriendo—. El próximo sábado es nuestro aniversario.

Planeo regalarle una caja con diferentes tipos de chocolates y caramelos, y también con doce fotos polaroid de nosotros. Detrás de cada una de ellas escribiré una razón por la cual lo quiero. Sí, extremadamente cursi. Caroline casi vomita cuando le conté lo que planeaba.

—¿Por qué te caigo mal? —pregunto.

Debe de estar bromeando.

—Has regalado mi coche por internet.

—¿Si te digo que no lo he hecho seremos amigos y podré vivir en paz estos meses? —pregunta elevando las cejas.

—¿No lo has regalado?

—Yo he preguntado primero.

Ruedo mis ojos.

—Sí, tonto —respondo, hincando mi dedo en su hombro—. Si me dices eso y me das mi coche, puede que no te haga la vida imposible.

Tyler sonríe.

—Bien.

Me despierto cuando siento unos pequeños golpecitos en mi trasero. Abro los ojos y los cierro rápidamente: la luz me deslumbra. Los vuelvo a abrir despacio para irme acostumbrando a la claridad. Cuando los abro por completo, veo el rostro de mi mejor amiga.

—¿Caroline? —pregunto, tapándome los ojos con la mano derecha. Lleva una blusa blanca y una falda tejana de tiro alto. Está frente a la luz que me deslumbra y ello hace que parezca como si tuviera un aura blanca a su alrededor—. ¿Qué haces aquí? ¿Estoy soñando?

—No, no estás soñando. —Ríe levemente—. Estoy salvándote de estar en este infierno.

Caroline me tiende una mano y la tomo. Me ayuda a levantarme y suelto un gruñido al incorporarme. Mi espalda necesita dormir en un colchón, no en una mesa de la cafetería.

—¿Cómo has entrado? —le pregunto.

—Corrección: ¿cómo hemos entrado? —dice Luke, posicionándose junto a Caroline.

Luke baja su móvil y deja de alumbrar. Esa era la luz que me estaba cegando los ojos. La linterna del móvil de Luke. Extiende su puño para darme un golpe cariñoso, pero yo lo miro con el ceño fruncido. Me duele la espalda.

Tyler se coloca a mi lado, cruzándose de brazos y mirando confundido a mis dos amigos.

—¿Pueden decirme cómo han entrado aquí? —les pregunta—. Tú me das miedo —señala a Caroline con su dedo índice.

—Gracias. —Lejos de ofenderse, mi mejor amiga se lo toma como un cumplido y sonríe con aires de superioridad.

—¿Qué hay de mí? —le pregunta Luke, encogiéndose de hombros.

—Mmm... Eres Luke. —Tyler hace un gesto desinteresado con la mano y Luke abre la boca, ofendido.

Miro a Caroline, esperando una explicación.

—Soy la presidenta del consejo estudiantil. Tengo llaves —me explica, encogiéndose de hombros y utilizando un tono de obviedad. Todos la miramos con los ojos entrecerrados, sin creerla. Ella suspira—. Forcé la cerradura —confiesa al tiempo que se suelta un mechón rubio al quitarse un pasador para enseñárnoslo con una pequeña sonrisa.

—¿Eso no es ilegal? —pregunta Tyler, apoyando el mentón en una mano.

—Sea como sea —digo posando una mano sobre el hombro de Caroline—, mi espalda te lo agradece.

—¿Solo le das las gracias a ella? —pregunta Luke, nuevamente ofendido.

—Tú nos delataste y empezaste una guerra de comida en la cafetería, cuyos restos hemos tenido que limpiar nosotros —le respondo entrecerrando los ojos—. ¿Cómo es que no te castigaron a ti? —pregunto con el ceño fruncido.

Luke sonríe.

—Tengo mis trucos. —Me guiña un ojo antes de comenzar a caminar.

Caroline y yo nos miramos confundidas. Sin duda no queremos saber el truco de Luke.

—¡Esto es un secuestro! —exclamo soltando un bufido.

Tyler dijo que iríamos a casa, pero no estamos yendo a casa. Conozco el camino a mi casa y, definitivamente, no hay que coger ninguna carretera para llegar. Hace como media hora que estamos en marcha y quince minutos que he perdido la cobertura. Tengo sueño. Solo quiero pasar el domingo durmiendo en mi cama, no viajando con Tyler.

—Tyler Harrison, dime a dónde vamos —le exijo con tono firme—. ¡Oye, maldito sordo! ¿No estás escuchándome? ¡Tengo sueñooooooo! —decido dejar el tono tranquilo y comenzar a protestar como una niña.

—Eres insoportable. —Es lo primero que me dice desde que salimos del instituto.

—¡Gracias! Ahora llévame a casa —digo molesta.

Sigue ignorándome. Entorno los ojos y vuelvo a mirar al frente. Estamos a unos cuantos metros de una casa. La propiedad tiene varios coches, camiones y motocicletas y está rodeada por rejas altas. Quizá para evitar robos. Pero estamos en medio de la nada. ¿Quién vendría a robar aquí? Creo que, si el dueño no fuera propietario de este lugar, ni siquiera él sabría de su existencia. ¿Cómo es que Tyler conoce este lugar y qué hacemos aquí?

La puerta de entrada está abierta, así que Tyler se adentra al lugar. Miro con curiosidad todo a mi alrededor. La mayoría son coches viejos, casi abandonados. Creo que esto es una especie de lugar donde destruyen vehículos o quizá los venden. No lo sé. A medida que nos acercamos a la casa, puedo distinguir a alguien sentado en la puerta. Cuando estamos a unos metros, veo que se trata de un hombre de barba blanca, camisa a cuadros, pantalones tejanos y una gorra roja. Oh, y también lleva un rifle.

—Tyler... —digo temerosa. Las armas me ponen muy nerviosa. No puedo estar cerca de ellas, aunque estén descargadas; me da miedo que por algún motivo alguien pueda salir herido.

—Tranquila, es de juguete.

Ni así me tranquilizo.

—Baja —me dice en cuanto está junto a mi ventanilla con las manos dentro de los bolsillos de sus tejanos.

—No.

—Anda. Baja.

—No. ¿Estás loco? Tiene un arma —susurro.

El hombre se acerca a nosotros con una gran sonrisa. Puedo notar que uno de sus dientes es dorado. Tyler y él se saludan como si se conocieran de toda la vida. Yo me limito a mirarlos confundida desde dentro del coche.

—¿Qué tenemos aquí? —pregunta el hombre, mirándome con una sonrisa—. ¿Esta es la niña que cuidas? ¿La dueña del coche?

—Hola, soy Sam —le respondo sonriendo forzadamente. Luego me dirijo a Tyler—. ¿Dueña del coche?

—Sí, esta es la enf..., niña que cuido. —Sonríe sarcásticamente—. Él es Ralf, tiene tu coche.

—¿Es a él a quien se lo regalaste? —pregunto arqueando una ceja.

—Se lo di para que lo escondiera. —Mira a Ralf—. Puedes traerlo, amigo.

Me bajo del coche mirando confundida a Tyler. ¿Acaso está devolviéndome mi coche o es solo una cruel broma, y este hombre volverá con un auto viejo? Minutos después, escuchamos el sonido de un motor que reconozco al instante. Miro en dirección al ruido, y sí, efectivamente, Ralf viene con mi coche.

—¡Muchas gracias, Ralf! —le agradezco con una sonrisa de oreja a oreja.

—¿Gracias, Ralf? Lo has encontrado gracias a mí —me dice Tyler.

—Gracias a ti, lo perdí —le contesto, borrando mi sonrisa. Ralf se baja del coche y camina hasta nosotros—. Muchas gracias, Ralf —vuelvo decir, sonriendo otra vez.

El hombre nos sonríe y se despide de nosotros para volver con su rifle. Me adentro en el vehículo para confirmar si es mío. Abro la guantera y sonrío al encontrar un esmalte de uñas azul, una pulsera que me regaló uno de los hermanitos de Luke, un pintalabios...

—¡Auch! ¿Y eso por qué? —me pregunta Tyler cuando le golpeo con fuerza en el hombro, aunque sé que no lo he hecho lo suficientemente fuerte como para que le duela.

—Por ocultar mi coche —respondo con obviedad.

—Entonces..., ¿esto es una tregua, Donnut?

No puedo creer que siga llamándome con ese estúpido apodo.

—Es una tregua, tonto. Ah, y no le puedes contar a nadie que eres mi niñero —le advierto elevando mi dedo índice.

—Bien. —Se encoge de hombros.

—Promételo —insisto.

—Prometido, Donnut —dice llevándose una mano al corazón.

Estrechamos nuestras manos para dar por finalizada nuestra enemistad. Tyler sonríe como un niño feliz al recibir un regalo y yo me esfuerzo por mostrarme seria, pero finalmente se me escapa una pequeña sonrisa.

—¿Carrera? —me pregunta Tyler, subiendo y bajando las cejas.

Ruedo los ojos.

7

Hoy es lunes. Día de clases. Día en el que tengo las clases que menos soporto y, por si fuera poco, no puedo dejar de pensar en la audición para el papel de Julieta. Aunque estoy muy emocionada, tengo que admitir que también estoy nerviosa porque sé que Jenna podría conseguir el papel.

Caroline tiene razón. Jenna y yo exageramos en nuestra competencia por quién es mejor. Pero me muero por ser Julieta desde que tengo once años. Nosotras solíamos turnarnos para ser Julieta cuando jugábamos a recrear la obra. Jenna sabe lo que hace. Y, en cierta forma, yo también.

Aunque estoy cansada, tengo que conseguir tener buen aspecto hoy. Anoche estuve hasta tarde viendo una serie con Tyler. Quisiera echarle la culpa, pero en realidad la responsable de que me acostara tarde soy yo; él estaba viéndola en la sala, y yo escuché un poco mientras estaba en la cocina buscando algo para comer y me interesó. La serie es corta, así que vamos por la mitad.

Vuelvo a ponerme frente al espejo para comprobar si estoy bien. Me he puesto unos tejanos azules de tiro alto y una camiseta negra algo holgada. He remetido la parte de delante un poco dentro de los pantalones, aunque sé que en cualquier momento del día se saldrá. Le doy el visto bueno a mi outfit de hoy y me apresuro a ponerme las zapatillas.

Al bajar, Tyler está en la cocina viendo las noticias y comiendo una manzana verde. Solo lleva los tejanos; va sin camiseta. Es delgado, pero no escuálido. Es decir, está bastante definido. Sus brazos son musculosos, pero no de forma exagerada. Saben a qué me refiero. Sin duda tiene un buen físico.

—¿Quieres una foto? —pregunta, sacándome de mis pensamientos sobre su buen físico y evitando que comience a babear. Lo miro sin entender—. ¿Una foto mía? ¿La quieres? —vuelve a preguntar burlón.

—¿Vas a ir sin camiseta al instituto? —le pregunto cruzándome de brazos, pero sintiendo mis mejillas acalorarse de la vergüenza. Me ha pillado observándolo. Y no tiene nada de malo mirar a alguien, pero es que yo lo estaba escaneando.

—Si las chicas me van a mirar como tú lo estabas haciendo, puede que lo considere.

Mierda, sí se ha dado cuenta.

Me giro para evitar que siga burlándose viendo cómo me sonrojo porque ha descubierto que estaba recreándome con su escultural cuerpo. Argh. Estúpido. Comienzo a caminar en dirección a la entrada principal, sin darle el gusto de seguir atormentando mis mejillas.

—¡Date prisa o me llevo tu coche! —exclamo.

Tyler insiste en llevarme al instituto. Al principio odiaba la idea de tener que ir con él. Ahora tengo mi coche, y no veo por qué debo dejar que me lleve, pero tras pensarlo mejor, llegué a la conclusión de que en realidad me hace un favor al no tener que gastar gasolina.

De camino al instituto le cuento mis quejas sobre Jenna, sobre que las dos competimos por conseguir el mismo papel, y Tyler me escucha con atención. De vez en cuando se vuelve un poco para asentir con la cabeza o mostrarse indignado cuando le cuento algo sobre mi ex mejor amiga.

—Obtendrás el papel —me dice muy seguro de sus palabras—. ¿Por qué Jenna ha dejado de ser tu mejor amiga?

—Se alejó de mí —contesto encogiéndome de hombros— y se hizo muy amiga de Daniela, quien me odia, y desde entonces parece que ella me odia también. Fue muy confuso.

—Y ahí apareció Caroline... —intenta comprender.

—Caroline y Luke —le corrijo—. ¿Tú tienes mejores amigos?

Puedo notar que la pregunta lo incomoda un poco.

—Los tenía, pero ya no —contesta manteniendo la vista el frente—. Me fui un año, y cuando volví, las cosas no eran como antes.

Sin duda no esperaba esa respuesta.

—¿Y a dónde te fuiste? —pregunto temiendo que la respuesta sea más triste que la anterior, pero queriendo saciar mi curiosidad.

—A Canadá. —Ahora sonríe, pero no es una de las sonrisas estúpidamente alegres de Tyler, es más bien desganada—. Quería despejarme y pasé un año con unos familiares.

«Quería despejarme.»

Despejarse. Esa fue la misma palabra que utilizó mi padre para referirse a la estancia de Tyler aquí. Ser adolescente es agotador y de vez en cuando todos queremos despejarnos, pero ir de continente en continente es demasiado extremo, incluso para mí. ¿Sucederá otra cosa?

—¿Por qué estás aquí, Tyler? —suelto mirándolo detenidamente—. Es decir, mi padre también me dijo que querías despejarte... Pero ¿por qué?

Mi móvil comienza a sonar en ese momento. En la pantalla se ilumina el nombre de Jeremy; en otro momento, se hubiera expandido una sonrisa por mi rostro, pero debido al ambiente que se ha creado dentro del coche y a Tyler, que parece aliviado por la llamada de mi novio, solo me hace pensar que es un mal momento.

—Hola, Jer —contesto, manteniendo mis ojos en Tyler.

—Solo quería oírte —me dice, y eso sí hace que sonría. Tyler me observa de reojo, y entonces dejo de prestarle atención y decido mirar al frente—. Y también avisarte de que he reservado en un restaurante para mañana...

La última semana todo entre Jeremy y yo ha vuelto a ser como antes. Hemos hablado y nos hemos visto, incluso hemos planeado hacer muchas cosas juntos en los próximos meses. Es como si algo dentro de él hubiera cambiado. Como si el Jeremy que cancelaba nuestras citas todo el tiempo y me evitaba hubiera hecho las maletas y se hubiera ido lejos de aquí, dejando al Jeremy que conocí antes.

Mañana cumplimos un año juntos y me alegra que sea en estas condiciones: bien y felices. Eso me recuerda que tengo mi regalo listo y que es perfecto. Tyler me ayudó a comprar los chocolates y yo me encargué de lo demás. Él quiso leer lo que escribí detrás de las fotos, pero no le dejé. Me da pena.

—Eso es genial —contesto sonriendo—. ¿A qué hora pasarás a recogerme mañana?

—¿A las siete? —pregunta.

—Está bien —asiento—. Nos vemos luego. Te quiero.

En cuanto cuelgo, Tyler utiliza como excusa que hemos llegado al instituto para no responder a mi pregunta. No le insisto. Al menos, por ahora. Pero si quiere que seamos amigos, debería ser sincero. Además, sus motivos no pueden ser tan horrorosos... A menos que haya asesinado a alguien, no hay nada que me sorprenda y no entienda.

—Te veo luego —me dice, aún incómodo por la conversación que hemos tenido en su auto.

—Bueno... —contesto, mirándolo confundida. Coincidimos en la primera clase, así que pensaba que iríamos juntos. Lo observo extrañada mientras desaparece por un pasillo.

Estoy sentada sobre una pila de sillas blancas. Supuestamente alguien tenía que colocarlas, pero nadie se ha presentado aún para hacerlo. No quería estar en clase de Matemáticas y le supliqué a Caroline que me sacara con la excusa de que podía ayudar al consejo estudiantil a decorar el salón para el baile. La profesora dudó antes de permitirme salir, pero finalmente terminó accediendo con la condición de que termine los ejercicios para la próxima clase.

—Sam, ¿qué haces? —me pregunta Caroline acercándose a mí. Lleva una libreta donde estaba anotando cosas antes de prestarme atención—. Se supone que debías colocar esas sillas.

—Oh —digo dándome cuenta de que las sillas están apiladas porque yo debía hacer esa tarea.

Mi mejor amiga entorna sus ojos verdes y vuelve a sonreírme.

—¿Por qué mejor no vas a confirmar la candidatura de los reyes y reinas? —me pregunta, arqueando una ceja.

La semana pasada Caroline estuvo buscando candidatos para ser la reina y el rey del baile. No se inscribieron muchas personas, pero entre las chicas están Daniela, Jenna y una chica llamada Hanna, mientras que, entre los chicos, están Jeremy y Troy, uno de sus compañeros de fútbol.

Jeremy me insistió para que me presentara para el concurso de reina del baile, pero rechacé todas sus propuestas e insistencias, a pesar de que Jenna es una de las candidatas y me gustaría ganarla solo por diversión. Pero ella sueña con ser reina desde que éramos pequeñas, y yo no quiero entrometerme en las cosas que le importan. Cosa que ella no hace con lo del papel de Julieta.

—Bien —asiento sonriendo. Sé lo que eso significa: podré buscar a Jeremy con la excusa de confirmar su candidatura.

Voy clase por clase confirmando las candidaturas de las reinas y reyes. Hanna y Troy están en la misma clase de Física, así que no tuve que estar dando vueltas por todos lados para buscarlos. Hanna me dijo que no asistiría porque tiene problemas familiares, así que taché su nombre de la pequeña lista que me dio Caroline, pero Troy confirmó su presencia y me dijo que haga lo posible para ayudarlo a ganar.

Me río por la petición de Troy mientras voy camino de la clase de Historia. Jenna y Daniela están en esa clase, así que mato dos pájaros de un tiro y dejo lo mejor para el final. Creo que Jeremy debe de estar entrenando, así que tendré que ir a los vestidores o a las canchas.

—Lamento interrumpir —digo asomándome por la puerta. La profesora deja de explicar y me observa con una sonrisa, esperando a que prosiga—. Venía a confirmar las candidaturas de Jenna Ferrer y Daniela Pattison para el concurso de reina del baile.

—Yo confirmo las dos candidaturas. —Escucho una voz muy familiar. Busco con la mirada a Jenna. Está sentada en la tercera fila, casi al final. Sus ojos miel me observan de manera desafiante, mientras sus labios esbozan una pequeña sonrisa—. Daniela está en el baño, pero sé que sigue queriendo presentarse.

Coloco un tic junto a los nombres de Daniela y Jenna. Miro a la profesora y le agradezco que me haya permitido interrumpir. Cuando cierro la puerta, puedo veo a Tyler caminando a unos metros de mí y me apresuro para llegar a su lado.

—¿Qué haces? —pregunto.

Se sobresalta un poco. Al parecer no esperaba verme.

—¿Qué haces tú? —dice frunciendo el ceño. Le enseño mi lista y eleva las cejas, sorprendido—. Oh, olvidé apuntarme para el concurso —comenta. Me río—. ¿Vas a ver a Jeremy?

—Así es.

—Te acompaño —dice entregándome la lista.

—¿No se supone que deberías estar en clase? —pregunto mirándolo de reojo.

—Se supone que tú también —me contesta.

—Estoy ayudando al comité del baile. ¿Cuál es tu excusa?

Me quita la lista.

—Yo también estoy ayudando al comité.

Decidimos esperar un poco para ir a ver a Jeremy y luego caminamos por los pasillos vacíos, escuchando las diferentes voces de los profesores dando explicaciones dentro de cada clase por la que pasamos.

—Vine a Los Ángeles porque estar en Londres es asfixiante —suelta en pleno silencio—. Estuve en un reformatorio durante un tiempo y perdí un año de instituto, pero al salir me sentí demasiado deprimido como para intentar recuperar el curso perdido. Veía a todos mis amigos y me veía a mí y..., no sé, solo quise irme.

—¿Por qué estuviste en un reformatorio? —me atrevo a preguntar con timidez.

—Vivía una vida de excesos y tenía malas compañías. Eso desembocó en un proceso de autodestrucción... —Lo miro impactada. Tyler no me devuelve la mirada, y se mantiene con la cabeza baja, mirando sus pasos—. Estaba descontrolado.

—¿Cómo es que mis padres permiten que tú me cuides? Sin ofender.

Tyler ladea la cabeza.

—Dudo que mis padres les hayan contado toda mi historia —dice soltando una risa seca.

Es demasiado para procesarlo. La imagen que tenía de Tyler acaba de cambiar por completo. No lo conocía antes; es decir, solo conocía lo que decidía mostrar por redes sociales. Parecía el típico chico rico que disfrutaba de fiestas, viajes y muchos amigos. Parecía tener una vida perfecta. Ahora descubro que era todo lo contrario. Esa vida que por fuera parecía perfecta por dentro era un completo caos.

—Mis padres creen que tú eres la hija perfecta —prosigue—. Así que, entre nos... —me mira de reojo—, tú eres la niñera aquí —agrega entrecerrando sus ojos.

Comienzo a reírme.

—Lamento que hayas tenido que pasar por eso. —Mi sonrisa comienza a decaer. Le incomoda hablar del tema. Por eso salió casi corriendo antes—. Tus padres tienen razón. Soy la hija perfecta.

Tyler empieza a reírse y me hace feliz escuchar su risa.

—Mejor me voy a clase, Donnut —me dice, devolviéndome la lista—. Acabo de acordarme de que necesito aprobar.

Seguido de eso, me apresuro a caminar hasta la cancha de fútbol. Puedo ver a varios de los amigos de Jeremy jugando o estirándose, pero no a él. Decido no preguntarles por su paradero y me adentro en los vestidores. Quizá está duchándose o cambiándose la ropa. Cuando voy a llamarlo, mi voz es interrumpida por unos sonidos extraños. Decido guardar silencio, confundida. A medida que camino, los sonidos se hacen más claros. Al principio parecían quejidos, pero ahora puedo notar claramente que son gemidos. Me detengo avergonzada por estar presenciando algo tan íntimo y también molesta porque no tendría que estar escuchando eso. Me giro decidida a ir a la cancha a buscar a mi novio.

—¿Ves? Te dije que una última vez valdría la pena —me detengo al escuchar esa voz. No podría no conocerla. Es Daniela.

—Te doy la razón. Pero esta vez va en serio. Ha sido la última vez.

De repente siento como si todo a mi alrededor fuera en cámara lenta; todo menos las lágrimas que se acumulan en mis ojos. Camino los pasos que me faltan para presenciar la escena, y esta es una de las situaciones que uno jamás desearía ver, pero que al mismo tiempo es necesario ver para entrar en razón. Daniela me ve mientras está terminando de colocarse la blusa. La expresión en su rostro no es de alegría como cualquiera esperaría, más bien es de sorpresa, una sorpresa maligna. Jeremy está de espaldas, subiéndose la cremallera de los pantalones y, como si yo me reflejara en los ojos de su rubia amante, se gira para mirarme apenado.

—Sam, yo... —intenta decir.

—Lo prometiste —es lo único que le digo antes de salir corriendo de ese lugar.

Estoy acostada, ni siquiera me he quitado la ropa. No tuve ganas ni de sacarme los zapatos. Ya es de noche. Lo sé porque las cortinas de mi ventana están corridas. Cuando llegué, la habitación estaba iluminada por la luz del sol, pero ahora solo hay oscuridad. Mi móvil no ha parado de vibrar desde que salí del instituto. Lo apagué hace unos quince minutos. No quiero hablar con nadie. Ni siquiera puedo creer lo que ha pasado. Me siento adormecida, como si el hecho de que mi novio me haya engañado haya sido solo una alucinación consecuencia de efectos secundarios de un medicamento.

—Sam, ¿puedo entrar? —La dulce voz de Caroline se escucha al otro lado de la puerta. Ha estado así desde que salió del instituto.

—Vete —respondo sin separar la cara de la almohada. Creo que son dos simbiontes.

—¡Solo serán cinco segundos! —vuelve a insistir.

—¡Tenemos muñecas vudú! —exclama Luke.

—¡No le digas eso! —le regaña Caroline.

No vuelvo a responderles y decido dormirme. Cuando abro los ojos, todo sigue oscuro. No sé qué hora es. No encuentro mi móvil, así que miro el reloj electrónico sobre mi mesilla de noche. Cuatro de la madrugada. Leí por ahí que cuando estás triste duermes más tiempo. Bueno, me hubiera gustado dormir hasta el día siguiente, no madrugar. Mi estómago protesta. Tengo hambre. Me levanto pensando que tener el corazón roto no significa que mi estómago tenga que estar en huelga. Así que decido buscar comida.

Me sorprendo al encontrar a Tyler en el pasillo. Está dormido con la espalda recostada en la pared. Junto a él tiene una bolsa de patatas fritas y una botella de agua. No sé si esperaba dármelas en cuanto saliera de mi guarida o las guardaba para él, pero, sea como sea, se las quito sin hacer mucho ruido. Busco dentro de mi armario una manta lila que tengo desde los siete años y cubro su cuerpo desde los hombros hasta las piernas. Bueno, lo que puedo cubrir, ya que sus piernas son largas. Tyler es muy alto.

Lo veo allí, durmiendo en el pasillo, tapado con mi manta lila, y siento ternura al pensar que se ha quedado dormido mientras me esperaba. Suelta un leve ronquido y comienza a moverse, entonces cierro la puerta de mi habitación con lentitud, sin hacer más ruido. Me acuesto para comer las patatas fritas y asimilar todo lo que me ha pasado hoy.

8

Ya ha pasado una semana desde que terminé con Jeremy. En estos últimos siete días mis únicos amigos han sido tarrinas de helado y pañuelos. Me he dedicado a mirar películas románticas que me gustan por simple placer masoquista. En cada una de ellas, identificaba a la protagonista femenina como Sam y al masculino como Jeremy, y luego lloraba porque nosotros no tendremos oportunidad de vivir nuestra historia romántica, porque él me engañó y rompió mi corazón en muchos pedazos.

Y cuando no veía películas románticas, me dedicaba a escuchar una y otra vez las canciones tristes de mi playlist hasta que el móvil se quedaba sin batería, mientras yo permanecía abrazada a mi almohada en la oscuridad completamente tapada con las sábanas.

No he ido al instituto y solo he salido de mi habitación para buscar comida y pañuelos. Obviamente, no es algo que les haya parecido bien a mis amigos y a Tyler, pero, honestamente, ellos no pueden sentir lo que siento yo. Así que he ignorado sus opiniones porque hablan desde la ignorancia. Cerré con llave y me acurruqué en mi cama. Las veces que me escabullí de mi guarida, lo hice cuando Tyler, Caroline o Luke no estaban haciendo guardia en mi puerta o merodeando por la casa.

Una vez cometí el error de salir cuando ellos estaban y no resultó nada bien, ya que casi me atrapan. Corrieron detrás de mí por toda la casa. Cerraron puertas y ventanas, y Caroline se puso delante de la puerta de mi habitación para que yo no pasara, así que tuve que estar como cuatro horas escondida en el cesto de la ropa sucia hasta que se cansaron y se distrajeron.

Siete días después, he decidido que mi etapa de ermitaña tiene que terminar. Ya he desahogado mis penas y estoy lista para volver a la sociedad. Le he dado las gracias a Tyler por que no haya informado de esto a mis padres, ya que habrían enviado al mismísimo director a casa para que me obligara a ir al instituto. Fue semana de exámenes, pero, vamos,

¿qué culpa tengo yo de que mi corazón se rompiera? Solo tengo la culpa de ser estúpida. Además, quiero aprobar el curso, así que lo haré de una forma u otra. Por suerte para mí, Luke ha conseguido que su padre me haga un justificante médico. Lo presentaré para que me den la oportunidad de hacer los exámenes estos próximos días.

Después de haber pasado los últimos siete días en pijama, me he esmerado en arreglarme. Me he puesto un vestido rosado que me llega a medio muslo, una chaqueta tejana con algunas flores bordadas en la parte de atrás y unos tacones negros no muy altos. Me he maquillado para borrar las pruebas de que he estado llorando por las noches y desvelándome para sufrir. No he tenido contacto con el mundo exterior, pero estoy segura de que todos deben saber lo que ha ocurrido. Lo que significa que recibiré muchas miradas de pena. Pero no pienso ser «la pobre Sam».

—Sam, hola... —me saluda Tyler sorprendido al verme abandonar mi habitación. Está desayunando cereales con yogur. Observa su plato y a mí—. ¿Quieres?

—No, gracias —le contesto caminando hasta el refrigerador para buscar una botella de agua fría. Puedo sentir que sigue mirándome—. ¿Me llevas al instituto? —pregunto.

—Por supuesto —asiente sonriendo.

Cuando enciendo mi móvil, comienza a vibrar por los mensajes de Jeremy y de un montón de gente que quiere saber cómo estoy. De reojo puedo notar cómo Tyler sigue mirándome de esa manera tan triste que detesto.

—Deja de mirarme así.

No me vuelvo hacia él, pero sé que se ha puesto de pie.

—No te estoy mirando de ninguna forma —responde.

—Sí, lo haces. Me estás mirando como a la pobre chica que han engañado.

—Te estoy mirando como a Sam Donnet. —Me muerdo el labio para evitar que tiemble—. La chica cuyo exnovio es un imbécil, pero que tiene un amigo genial.

Eso me hace sentir mejor y mis ganas de llorar desaparecen. Suelto mi labio para esbozar una pequeña sonrisa.

—Luke va a sentirse halagado —le digo devolviéndole la mirada.

—Hablaba de mí —se encoge de hombros.

Niego con la cabeza sonriendo.

Sin embargo, la gente del instituto no es tan agradable como Tyler. No les interesa si me incomodan o lastiman sus miradas para nada disimuladas y sus susurros indiscretos sobre mí y no dejan de alimentarse con el chisme del momento, del cual formo parte. «El triángulo amoroso del instituto», he oído murmurar a unas chicas en el aparcamiento.

—¿Estarás bien? —me pregunta Tyler. Tenemos clases distintas, así que debemos separarnos.

—Sí. No te preocupes —asiento, dudando de mi respuesta, pero mostrándome segura.

Tyler se va por el pasillo de la izquierda mientras que yo debo ir por el derecho, lo que significa hacer frente a muchas más miradas indiscretas a medida que piso. Algunos no están enterados de lo que ha pasado, y esas personas me caen bien, pero hay otras que están observando cada paso que doy y que no dejan de hacer comentarios.

—Bueno, bueno, ¿qué? ¿No tienen... algo más interesante que hacer? —les espeta Caroline de malas maneras a las personas que estaban mirándome, que entornan los ojos o le dedican una mirada de odio a mi mejor amiga—. Te he echado de menos —me dice, colocando una mano sobre mi hombro.

—Yo también a ti —le respondo con una sonrisa decaída—. ¿Quieres ir de compras mañana?

—¡Ay, sí! Necesito terapia de compras —me dice, entrelazando nuestros brazos para comenzar a caminar.

Las clases podría resumirlas en más susurros, entregas de justificantes por mi ausencia a los profesores y ellos diciéndome que esperan que me encuentre mejor o que estudie para el examen que me pondrán en la siguiente clase.

—¡Sam! —Escucho cuando salgo de Física.

Reconozco esa voz; sin embargo, continúo caminando.

—Sam —vuelve a insistir.

—¿Qué quieres? —digo mirándolo con desdén.

—Debemos hablar.

—No quiero.

Intento seguir caminando, pero Jeremy me toma levemente del brazo. En un movimiento brusco me alejo.

—Lo siento, todo ha sido una gran confusión. Ella me engañó. Yo...

—¡Deja de intentar echarle la culpa! —lo interrumpo, enojada—. Daniela no es mi persona favorita, pero tú eras mi novio y deberías haber respetado nuestra relación... —titubeo un momento—. Eso deberías haber hecho tú, Jeremy. No Daniela. Así que déjame en paz.

Todos a nuestro alrededor se quedan en silencio. Puedo ver a Daniela a unos metros, quedarse sorprendida ante mis palabras. Baja la mirada en cuanto hacemos contacto visual.

—Sam, lo lamento. —Me vuelvo a centrar en Jeremy—. Perdóname. Te lo compensaré.

—Si en verdad lo sintieras, me dejarías en paz.

Así termina nuestra conversación. Verlo después de una semana tiene un efecto en mí. Jeremy parece igual de destrozado que yo, con ojeras marcadas y una reciente barba. Pero no me siento mal por él. Quizá las cosas podrían haber sido distintas si admitiera que fue un error y que fue un imbécil, pero no, utiliza la excusa más típica: «Todo ha sido una gran confusión», y además le echa la culpa a Daniela. Cuando no es así. Ella es insoportable, falsa, odiosa y me odia. Pero no es la culpable de que mi relación con Jeremy haya terminado.

—Acabo de tener el rencuentro más intenso de mi vida —digo al sentarme en la mesa que siempre ocupamos cuando estamos en la cafetería.

Caroline, Luke y Tyler me observan atentos, esperando a que prosiga. No fui a buscar comida, me dirigí directamente a sentarme con ellos, así que le quito una patata frita a mi mejor amigo y me la llevo a la boca.

—¿Has visto a Jeremy? —me pregunta Caroline.

—¿O a Daniela? —le sigue Luke.

—A los dos —contesto cuando termino de masticar la patata frita.

—Bueno, lo peor ya ha pasado —dice Tyler, abriendo una lata de Coca-Cola—. Ahora, debes disfrutar de tu soltería.

—¿Haciendo qué? Los últimos siete días he disfrutado de mi soltería llorando.

—Eso ha sido la etapa de duelo. Ya has sufrido bastante por tu relación. Ahora te toca la etapa fiesta.

—¡Oh! —Caroline comienza a brincar sobre su silla—. Puedes disfrutarla viniendo al baile.

Comienzo a hacer una mueca de desagrado y ella vuelve a hablar, porque sabe muy bien lo que yo iba a decir.

—Que hayas terminado con tu novio no significa que todo va a ser malo y aburrido —me dice mirándome como si fuera una niña que no quiere entrar en razón.

—Además, yo podría ser tu pareja —sugiere Tyler.

Me miran ansiosos por mi respuesta. Lo pienso mejor. Necesito olvidarme un poco de todo el tema de Jeremy. Perderme en la música es posiblemente lo mejor que puedo hacer por ahora.

—Está bien —digo en voz baja, y los tres aplauden.

Después del almuerzo robado (porque les he ido quitando comida de los platos por turno), las clases se me hacen más llevaderas. Para mi suerte, dejo de ser el centro de atención el mismo día en que me he convertido en el centro de atención, ya que surgió otro rumor y a la gente dejó de importarle lo que Sam Donnet hacía o decía. A medida que el día va transcurriendo, mi estado de ánimo mejora. Porque mi vida sigue transcurriendo sin Jeremy, y lo hace como siempre. Dentro de mí creía que todo sería distinto sin él, pero nada ha cambiado. Mi vida sigue igual, y continúo contando con mis mejores amigos, y ahora también con Tyler.

De camino a casa con Tyler vamos escuchando música y hablando de cosas triviales. Por ejemplo, me ha contado que su tipo favorito de series son las de misterio o suspense. Le encanta pensar en todas las posibles teorías, por esa razón también ve vídeos sobre conspiraciones. Se ha leído todos los libros de Sherlock Holmes, aunque dice que, si pudiera leer un solo libro el resto de su vida, ese sería *El principito*. Es su favorito. Su madre se lo leía siempre antes de dormir, y tiempo después, él se lo leyó por su cuenta.

—¿Esperas visitas? —me dice Tyler, manteniendo la vista al frente.

Dejo de mirarlo con una sonrisa por todas esas cosas que me está contando y presto atención al hombre que está en la puerta de mi casa. Está de espaldas, pero siento que ya había visto esa camiseta roja antes. Al ver el cabello rubio, casi cobrizo, despeinado, sé perfectamente quién es.

—¡Hola, intruso! —exclamo contenta de verlo.

Nick Donnet se vuelve bajándose un poco las gafas negras para mirarme. Lleva una camiseta roja, unos pantalones deportivos grises y sostiene la manija de su maleta gris a un lado de él. Todo parece indicar que esto es más que una breve visita.

—Escuché que tenías compañía —me dice mirando a Tyler con una sonrisa.

9

CAROLINE

Luke es mi mejor amigo desde que somos pequeños. Es el hermano que nunca tuve y el que elegí tener. Sam vino mucho después. Siempre la veía con Jenna porque eran mejores amigas y eso, pero un día estaba sola, lo cual nos sorprendió a Luke y a mí. Se veía triste, sentada en los columpios, balanceándose decaída. Entonces nosotros dos decidimos intervenir e incluirla en nuestra amistad.

—Tienes aspecto de estar fatal —fue lo primero que le dije cuando nos acercamos a ella.

Sam levantó la mirada y entonces supe que no fueron las mejores palabras para comenzar una conversación con una persona deprimida.

—Pero eso se puede solucionar. —Allí estaba Luke, enmendando mis errores con su personalidad simpática y alegre—. ¿Quieres sentarte con nosotros? —le preguntó.

Sam se lo pensó unos segundos, pero terminó accediendo.

—¿Qué pasa con Jenna? ¿No eran mejores amigas? —le pregunté. Luke me dio un codazo por ser tan directa.

—Eso pensaba yo —contestó Sam, cabizbaja—, pero me ha dejado por Daniela.

—¿La chica que te odia? —pregunté. No era un secreto que Daniela y Sam no llevaban nada bien. Ni siquiera ahora que ya éramos grandes. Luke volvió a darme un codazo por mi poca empatía hacia el sufrimiento de, en ese entonces, nuestra compañera de curso—. ¡Ay! —exclamé, cansada de que hiciera eso.

—No importa —respondió Sam, riendo por mi queja—. Siempre me caíste bien por ser así de directa. —Esa fue la primera vez que me elogió de esa forma.

—Es cruel, no directa —dijo Luke frunciendo el ceño—. En esta amistad, yo soy el bueno y ella la bruja malvada.

—Corrección: él es el tonto y yo la persona coherente —corregí, y Luke me lanzó una mirada de odio. Le saqué la lengua. Sam volvió a reír—. ¿Y tú qué serías? —le pregunté.

—¿Disculpa? —dijo ella, sin entender.

—En nuestra amistad —me siguió Luke—, ¿tú qué papel tendrías?

Sam miró al cielo, pensativa.

—¿Quién se ríe de sus ocurrencias? —sugirió con una sonrisa en el rostro.

Luke y yo nos miramos.

—Hecho —dijimos al mismo tiempo.

Desde ese día somos inseparables. Jenna y Sam jamás volvieron a ser amigas, ni siquiera hablaron sobre ello. Es como si hablar sobre su amistad fuera un tema tabú.

Sea como sea, me alegro de que Sam y Luke sean mis amigos. Estuvieron a mi lado cuando mi padre nos abandonó a mi madre y a mí. Durante meses me sentí muy mal, dejé de ser yo misma. Siempre estaba triste, dormía todo el día y apenas comía. Ellos estuvieron allí, levantándome el ánimo, organizando fiestas sorpresas que en realidad solo eran reuniones para nosotros tres. Son mis hermanos, y jamás permitiría que alguien les hiciera daño. Por lo menos no sin una consecuencia.

Mi problema en estos momentos es Jeremy. Ha destrozado el corazón de Sam. Por más que haya llorado y sufrido durante una semana por el fin de su relación, y que ahora insista en que está bien, sé que sigue pasándolo mal. No puede mentirnos. A mí no, por lo menos. No irradia la misma alegría que antes, apenas se ríe de las bromas que hacemos con Luke. Se ve apagada. Y detesto verla de esa forma, porque no se lo merece.

Luke tenía razón. Él es el bueno y yo la bruja malvada.

Pues esta bruja está desempolvando su escoba.

—¡Mamá, me voy al instituto! —grito mientras abro la puerta principal.

—No hace falta que grites —me dice mi madre saliendo de la sala con una taza de café en la mano. Lleva puesta una camiseta grande de color gris que tiene manchas de pintura por doquier. Así que estaba pintando—. Que tengas un buen día.

—Igualmente, mamá.

De camino a casa de Sam, llamo a Luke para comentarle mis planes de bruja malvada. Él está interesado en escucharme, aunque sea para fomentar el mal. Sus padres son cirujanos y están todo el tiempo en el hospital; anoche no pudieron ir a casa, así que él está cuidando a sus hermanos pequeños mientras llega su tía para encargarse de ellos.

Louis tiene cuatro años, es pelirrojo como su madre, pero tiene los ojos marrones de su padre. De los dos, es el más tranquilo. Mientras que Lio, el más pequeño, de tres años, tiene el pelo castaño como su padre y los ojos verdes de su madre. Es un tornado de problemas. Siempre está rompiendo cosas —sin querer, obvio— o quitándole los juguetes a su hermano mayor, y eso suele desembocar en peleas monumentales.

Para mí son guapísimos y adorables. Mi mejor amigo adora a sus hermanos pequeños, pero cuidarlos es para él todo un desafío.

—¿Dónde estás? —le pregunto mientras aparco frente a la casa de Sam.

—Estoy en mi armario. Estamos jugando al escondite. —Siempre que juegan al escondite se oculta muy bien para que sus hermanos no lo encuentren y así él puede estar tranquilo mirando su móvil—. ¿Tyler también formará parte de esto? —pregunta.

—Creo que sí —respondo insegura—. ¿Tus hermanos no deberían desayunar en vez de estar jugando al escondite?

—Si les doy comida, me la arrojarán —contesta con tono obvio. Comienzo a reírme—. Creo que acaba de llegar mi tía.

—¡Te veo en el instituto, Luke! —digo antes de finalizar la llamada.

Ya frente a casa de Sam, su móvil me manda directamente al buzón de voz. Intento llamar al teléfono fijo de su casa, pero tampoco logro nada. Bajo del coche, extrañada, al no ver señales de vida de mi mejor amiga. Habíamos quedado en que la pasaría a buscar a esta hora y ella jamás me hace esperar. Al contrario, la que siempre llega tarde y hace esperar a los demás soy yo.

Decido bajar a buscarla. Quizá con esto de la tristeza posruptura se quedó dormida. Otra opción es que esté viendo sus fotos con Jeremy mientras gasta una caja de pañuelos. Sea cual sea la situación, debo ayudarla.

—¡Sam! —exclama Tyler al abrir la puerta—. ¡Caroline está...! ¡Oh, mierda!

—Hola, Tyler, yo también estoy encantada de verte... —le saludo sarcásticamente mientras cierro la puerta detrás de mí.

Tyler me sonríe brevemente, algo nervioso, y vuelve a desaparecer por el pasillo que va hasta la sala. Frunzo el ceño ante esa extraña bienvenida, así que lo sigo. A medida que camino por el pasillo, puedo escuchar sonidos de disparos, aunque puedo distinguir que no son de verdad, sino de un videojuego.

—¡Maldita sea, Harrison!

Me cuesta saber de quién es esa voz, pero sin duda alguna me resulta familiar.

—¡Perdedor! —exclama Tyler.

Llego en el momento justo. La partida se ha terminado y Tyler se pone de pie. Me sonríe como si fuera la primera vez que me ve, como si no hubiera sido él el que me ha abierto la puerta. Se lleva las dos manos a las caderas, soltando un suspiro agotador. Su acompañante se vuelve para mirarme.

—Hola, Caroline.

Contengo la respiración un momento al ver a Nick Donnet después de dos años. La última vez que lo vi fue en la fiesta de Año Nuevo que organizaron sus padres en 2012. En ese entonces, Nick tenía diecisiete. Yo pensaba que era un chico maduro y genial. Era algo así como mi amor platónico secreto, porque jamás le había dicho a Sam nada. Lo veía como algo inmoral y dañino para nuestra amistad. Pero bueno, tenía quince. Era muy melodramática.

—Oh, hola, Nick —le respondo, fingiendo indiferencia.

Si antes era guapo, ahora lo es mucho más. El pelo le cae de forma desordenada sobre la frente y alrededor de las orejas. Sus facciones son ahora más marcadas. Pómulos definidos y nariz afilada. Los buenos genes vienen de familia. Sam también tiene rasgos perfectos como él. Aunque las cosas que los diferencian son el color de pelo y ojos. Ella los tiene celestes y él marrones. El cabello de Sam es castaño, aunque cuando le da el sol parece que tiene mechones rojizos, mientras que Nick es rubio. No obstante, parece que se le está oscureciendo. Como si leyera mis pensamientos, una sonrisa se dibuja en sus delgados labios.

—¿Qué tal Manhattan? —pregunto para que no haya un silencio incómodo, ya que Tyler ha desaparecido para irse a la cocina. Mis manos se deslizan por el sillón que está frente a él.

—He estado visitando Europa. Hace meses que no paso por Nueva York —contesta echándose hacia delante—. He oído que irás a la Universidad de Nueva York.

—Eso planeo —respondo asintiendo con la cabeza.

Tyler vuelve a aparecer en el momento justo y Sam viene detrás de él.

—Menos mal que has venido temprano —Sam suelta un bostezo. Me extraña verla aún con su pijama de gatitos—, porque, de lo contrario, habría faltado a clase.

—La hora se me ha pasado volando —le contesta Tyler tras la mirada furiosa que Sam le lanza.

—¿No has dormido en toda la noche? —le pregunto. Al instante comprendo su manera extraña de recibirme. Tyler no me responde, pero Nick se encoge de hombros, como echándose la culpa—. Ya lo estás corrompiendo —le digo, negando con la cabeza.

Sam entorna los ojos y me dice que va a vestirse lo más rápido que pueda. Le digo que no se apure, después de todo, no vamos mal de tiempo. Las clases comienzan dentro de treinta minutos y en coche podemos llegar en veinte o veinticinco minutos. Tyler y Nick bromean sobre su noche en vela mientras se sientan a desayunar algo rápido.

—Créeme, amigo, a partir de ahora todo será mucho más fácil de sobrellevar. —Frunzo el ceño al escuchar a Nick. ¿Acaso a Tyler le está resultando difícil vivir aquí?—. No más sesiones de manicura con Sam.

¿A Tyler le molestó ir a hacerse la manicura con Sam? Ellos dos pasan mucho tiempo juntos desde que ella terminó con Jeremy, y la sesión de manicura ha sido una de las cosas que han hecho juntos. Sam reservó una cita para nosotras dos, pero como yo no pude ir, Tyler fue en mi lugar.

Tyler no responde porque tiene la boca llena, pero asiente con la cabeza. Sam vuelve a aparecer en la cocina, ya sin gatitos.

—Mi casa se ha convertido en un albergue de vagabundos que emanan testosterona —me suelta, mirando de mala manera a Tyler y a Nick.

—Hey, somos compañeros en algunas clases y me va mejor que a ti —se defiende Tyler, tras tragar lo que tenía en la boca—. Definitivamente, no soy un vagabundo.

—Yo me gradué el año pasado y ayudo en la empresa familiar.

—Ahora es el turno de Nick—. ¿Parezco un vagabundo? —me pregunta a mí sonriendo con aire de superioridad. Decido no meterme.

Sam acerca sus labios a mis oídos.

—Corrección: un albergue de egocéntricos que emanan testosterona.

Me echo a reír.

—¿Estás segura de que quieres hacer esto? —me pregunta Luke por décima vez en lo que va del día.

—Ay, Luke. Qué pesado —contesto—. Por décima vez te digo que sí. —Me mira inseguro por mi respuesta—. Nadie va a enterarse.

Jeremy es uno de los candidatos a reyes del baile, y pienso aprovechar eso. No sé si ganará porque Troy —el otro candidato— también es bastante popular y tiene tantas posibilidades de ganar como él. Pero en el caso de que no lo haga, tendré que intervenir y cambiar las votaciones para que el rey sea Jeremy. Una vez que el ex de mi amiga suba al escenario, le pondremos la corona y un balde de pintura negra lo bañará. Esa es la idea. Tenemos todo lo necesario para llevar a cabo el plan, pero Luke sigue dudando. No quiere que el director sepa que yo tuve algo que ver con esto porque sería la primera falla en mi expediente perfecto.

—¿Y si se enteran qué? Jeremy se lo merece —digo, pensando si vale la pena manchar mi expediente por ese imbécil. A lo lejos, puedo divisar a Sam caminando hacia nosotros con Nick a su lado. Luke abre la boca para hablar—. Chisss... Ahí viene Sam.

—¡Hey, Nick! —saluda Luke. Yo finjo mirar algo en el móvil.

—Luke Williams, ¡cuánto tiempo! —Tengo entendido que ellos dos no se ven desde hace más de dos años, aunque no llega a tres. Luke no fue a la fiesta de Año Nuevo en 2012 porque estaba visitando a sus abuelos en Minnesota—. He venido a salvarte a ti también de la esclavitud de Sam. Es mi regalo para ti y mi nuevo amigo Tyler.

Sam a su lado entorna los ojos.

—¿Y por eso los acosas en los pasillos del instituto? —pregunto yo, enarcando una ceja.

—De hecho, vine a comprar una entrada para el baile —me contesta.

¿Por qué Nick Donnet quiere asistir a nuestro baile? ¿Nostalgia? Me tiende un billete y le doy la entrada. Mi rostro debe expresar mi confusión porque Nick se ríe y me dice:

—No hay nada que me guste más que un baile de secundaria.

Casi se me escapa un «A mí también».

Nick se despide de nosotros. Sam suelta un bufido en cuanto su primo se aleja.

—¿Les parece que torturo a Tyler? —nos pregunta Sam cruzándose de brazos. Mira a Luke fijamente—. ¿Acaso te torturo a ti, Luke?

—Me gusta ser torturado —responde él, elevando las manos en signo de rendición, pero manteniendo una sonrisa divertida en el rostro.

Sam niega sin hacerle gracia la broma y se va. Al parecer se está tomando la broma de Nick muy en serio.

—Entonces, ¿lo hacemos? —le pregunto a Luke.

Él duda unos segundos, pero finalmente accede.

—Se lo diré a Tyler —dice, y yo asiento con la cabeza—. Me echaré la culpa de todo si el director se entera.

—No te preocupes por mí —le respondo, enternecida por su preocupación—. Nadie se va a enterar —le aseguro.

10

La semana transcurrió con normalidad. Jeremy no volvió a buscarme, y las veces que coincidíamos en clases o cuando nos cruzábamos brevemente por los pasillos se dedicaba a mirarme fijamente hasta que le devolvía la mirada, entonces fingía que yo no existía. No sé si eso es bueno o malo, pero preferí no decirle nada al respecto.

Todavía sigo acostumbrándome a no contar con su presencia en mi vida. Si hubiéramos terminado hace unas semanas, creo que no me habría importado mucho porque prácticamente solo éramos novios de título, pero justo la semana antes de romper me sentía muy unida a él... Ahora sé que fue porque había dejado a Daniela.

Daniela tampoco ha vuelto a intentar interactuar conmigo. Ni siquiera para molestarme, lo cual me parece muy extraño, después de todo. Me extraña que no bromee con que mi relación con Jeremy se ha terminado o que no trate de hacerme sentir mal. Nada. Es como si de repente e hubiera olvidado de mi existencia.

En casa, Tyler y Nick se llevan mucho mejor de lo que pensé. Soy hija única, y el vacío de no tener hermanos lo había llenado con Luke y Caroline, aunque no había conseguido llenarlo por completo porque ellos tienen sus propias casas con sus respectivas familias, y cuando se iban, volvía a ser hija única. Pero ahora, teniendo a mi niñero y a mi primo bajo el mismo techo, es como tener hermanos mayores insoportables. Ahora comprendo por qué algunas personas me dicen que soy afortunada al no tener hermanos.

Cuando digo «insoportables», me refiero, en serio, a muy insoportables. Son ruidosos, desordenados, y todo el tiempo están bromeando entre ellos. Me he sorprendido a mí misma al sentir un poco de celos porque, en todos los días que llevamos siendo amigos, Tyler jamás se ha divertido tanto conmigo como lo hace con Nick.

Una vez intenté jugar a los videojuegos que comparte con Nick y terminé perdiendo a los cinco segundos de empezar. Fue patético. Caroline se burló de mí por querer encajar.

Hoy es el día del baile, y Nick irá. Mis celos se preguntan si Tyler no querrá asistir con él al baile, ya que parece pasárselo mucho mejor con él que conmigo.

—¡Hoy es el día del baile! —exclama Caroline bailando frente al espejo—. Perdona, pero es que estoy emocionada.

—¿Desde cuándo te emociona un baile? —pregunto, mirándola divertida—. Oh, espera, desde que tienes conciencia.

Caroline es muy controladora, así que sacia su necesidad de control convirtiéndose en la presidenta del consejo estudiantil. Participa en la organización de cada evento del instituto. Aunque su favorito siempre es el baile.

—Pero este baile es especial... —me dice con aire misterioso, y se mete en el baño para ponerse su vestido—. Ya verás —agrega, y cierra la puerta.

Decido no indagar en las ocurrencias de Caroline.

Tampoco parece dispuesta a decirme más, pero conociéndola sé que algo está tramando y tengo el mal presentimiento de que tiene que ver con mi reciente triste vida amorosa.

—Te ves bien, Donnut.

No le dirijo la mirada a Tyler, solo sonrío; sé que me está mirando sorprendido, y es exactamente la reacción que quería lograr. Mi vestido es ajustado, muy ajustado, y posiblemente me sienta incómoda con él al cabo de un rato de llevarlo puesto, pero desde que lo vi supe que lo quería. Al probármelo en la tienda, vi que acentuaba cada una de mis curvas a la perfección, y eso no había cambiado. La parte de atrás, de la cintura para arriba, está hecha de un encaje precioso. El color blanco me sienta bastante bien, ya que todavía me queda algo del bronceado adquirido en las vacaciones de verano. Para mis pies, he optado por unos zapatos negros estilo Ankle Strap que me resultan comodísimos y que, además, ya tenía.

—Lo sé —asiento, pasando junto a él. Me acerco al espejo para aplicarme más rímel. Caroline se ha encargado de maquillarme. Tomó clases hace tres veranos porque estaba emocionada debido a que ya teníamos edad para salir y que nos invitarían a fiestas—. Bonita camisa —agrego mirándole por el espejo.

—Gracias. —Una sonrisa se extiende en su rostro y baja la mirada para inspeccionar su atuendo. Lleva pantalones negros de vestir y una camisa de color celeste pastel—. Nick me ayudó a elegirla.

—Así que... ¿Nick y tú se llevan bien? —pregunto sin mucho entusiasmo al tiempo que guardo el rímel en el neceser de Caroline. No dejo que Tyler responda—. Me alegro.

—Sí, hace mucho no me divertía tanto con alguien —contesta sonriendo.

—Ah... —añado, desinteresada.

Caroline sale en el momento justo. Acaba de evitar un posible silencio incómodo o que Tyler continúe echándome en cara lo aburrida que soy. Mi mejor amiga está fabulosa. Lleva un vestido lila con un escote ligeramente revelador, es ajustado hasta la cintura y con falda de vuelo tableada. La espalda es abierta, y se ha recogido el cabello en una trenza espiga, la cual deja posar sobre el hombro derecho para que no interfiera en el lado bueno de su cara. Parece una especie de princesa moderna.

—Déjame decirte que tus pechos jamás se habían visto tan geniales —me elogia Caroline por algo que solamente ella puede elogiar.

—Guau, están... —Luke intenta hablar, pero parece que sus cuerdas vocales simplemente no quieren funcionar.

—Sí, eres muy afortunado de ser el mejor amigo de dos bellezas como nosotras —contesta Caroline con aires de grandeza, mientras pasa junto a los dos chicos, que nos observan sorprendidos.

Ya en el instituto, comprobamos que Caroline y el comité se han lucido con la decoración. El gran salón, donde usualmente se organizan asambleas, reuniones de tutores para hacer algún anuncio importante o ferias de ciencias, parece un lugar de otra dimensión. Todo es neón y brilla en la oscuridad. La ropa de casi todos también brilla. Cuando las personas se mueven, se ve como si fueran solo parte de ropa, sin personas. Ahora comprendo por qué Caroline insistía en que lleváramos colores claros, como blanco o tonos pastel, para que las luces de neón hicieran su magia, y todo se viera genial.

A principio del curso muchos no entendieron por qué Caroline estaba tan interesada en recaudar todo el dinero que fuera posible. Con el consejo estudiantil realizaron venta de platillos y lavaron coches, reuniendo mucho dinero. Este es el porqué. Un baile genial.

—Te has pasado —Luke felicita a Caroline.

—Es verdad. Qué genial —digo yo, continuando la cadena de halagos.

—Nick, gracias por ayudarme a elegir la mejor camisa. —Escucho que Tyler le dice a mi primo, detrás de nosotros.

Pongo los ojos en blanco y me aparto del grupo para buscar algo de beber. Mientras me alejo, puedo escuchar a algunas personas felicitar a Caroline por su gran trabajo. No puedo creer que esté celosa de la relación de Tyler y Nick. Debería alegrarme de que se lleven muy bien. Me molesta que me moleste que se lleven bien.

Sin embargo, también me enfurece que Tyler me siga la corriente. ¿Por qué seguía pasando tiempo conmigo si le molestaba? ¿Por lástima?

—¿Quieres una bebida o una *bebida*? —Miro a Wayne, un rubio alto que utiliza brackets de diferentes colores. Es mi compañero en Matemáticas y adora hablar sobre aves; casi nunca comprendo de lo que habla, pero ahora ha hecho que me confunda totalmente con una pregunta tan simple—. Caroline me pidió que preguntara antes —aclara al notar mi confusión, pero no simplifica nada.

—Quiero una... —Wayne eleva sus cejas a medida que hablo— bebida.

Wayne sonríe y me da la espalda para servirme mi refresco. Cuando coloca el vaso de plástico transparente sobre la barra, le agradezco con una sonrisa, la cual desaparece en cuanto me alejo de él. ¿Bebida o bebida? «¿Cuál se supone que es la diferencia?», me pregunto a mí misma.

Solo hizo falta un sorbo para entender la diferencia abismal entre bebida y *bebida*.

—¿Te escapas de tu cita?

—No. Es solo que no quise privarte de pasar tiempo con Nick —le contesto esbozando una leve sonrisa—. Ya sabes. Por fin lo estás pasando bien.

Tyler comienza a reírse.

—No creerás que... —se queda en silencio. Desvío la mirada—. Oh, Sam.

—¿Qué? —Me hago la desentendida.

—No lo dije en serio.

—No, tienes razón. Lamento haberte molestado con mis cosas —digo—. Debiste decirme que no querías...

—Fue genial hacerme la manicura contigo, Sam Donnet —me interrumpe, tirando de mi mano—. Y volvería a hacérmela una y otra vez.

—¿En serio? —pregunto escondiendo una sonrisa.

—Absolutamente —responde con lentitud—. A Nick le gusta meterse conmigo porque le dije que me gusta pasar el tiempo contigo.

—¿En serio? ¿No te sientes... obligado?

—Claro que no, Donnut.

—¿Esto es un baile o una reunión?

Nick acaba de interrumpir nuestra conversación de reconciliación. Nos observa esperando una respuesta, mientras que Tyler intenta descifrar si la presencia de mi primo me molesta o no. Dejo mi *bebida* sobre una mesa cercana y vuelvo para tomar de la mano a cada uno de mis acompañantes.

—Bailemos. —Ambos me miran fijamente—. He oído por ahí que Tyler es el rey del *twerking* —le digo a Nick, mirando de reojo a Tyler.

—Has oído bien —contesta este esbozando una sonrisa, y luego los dos me escoltan hasta la pista de baile.

Cuando asistía a los bailes con Jeremy, bailábamos una o dos canciones, y luego él pasaba la mayor parte del tiempo charlando con sus amigos y a mí me tocaba estar con Caroline o Luke. Luego nos íbamos porque usualmente estaba cansado por el entrenamiento o el gimnasio. No me había dado cuenta de lo aburrido que era hasta ahora.

Esta noche bailo todas las canciones. No importa que no las conozca, mi pareja no me deja descansar. No solo Tyler ha hecho que me divirtiera con sus graciosos pasos de baile, sino que mis amigos y mi primo también han ayudado. De vez en cuando, mi mirada se cruza con la de Jeremy, que está fuera de la pista hablando con su círculo de amigos, pero no me siento triste. Solo me doy cuenta de que debía haber bailado más.

Caroline, que nos abandonó hace quince minutos para encargarse de la votación de los reyes del baile, ahora vuelve para susurrarle algo al oído a Luke. Este asiente con la cabeza y pasa a susurrarle algo a Tyler. Nick y yo nos miramos sin entender la cadena de susurros.

—Voy por algo de beber —digo, y cuando me acerco a ellos tres, guardan silencio—. ¿Está todo bien?

—Sí. Ve por una bebida. —Caroline me guiña un ojo.

Vuelvo a la barra, donde Wayne ha sido relevado por un chico pelirrojo al cual no conozco. Le indico que me dé una botella de agua y me siento en la butaca de enfrente para bebérmela. Mis pies no aguantan más los tacones. Hay chicas que están bailando desde mucho antes que yo y siguen moviéndose al ritmo de la música. ¿Cómo están tan bien? Yo siento ganas de seguir en la pista, pero ya tengo mis pies adormecidos por el dolor.

—¿Caroline está nominada? —me pregunta Nick, sentándose a mi lado. Niego con la cabeza—. Qué raro.

Es raro, sí. A Caroline le entusiasma esto de estar en nuestro último año de secundaria y quiere que le ocurran todas esas cosas que siempre les pasan a las protagonistas en películas clichés de adolescentes. Eso incluye ser reina del baile, pero no se ha presentado al concurso. Asumo que con ser presidenta del consejo estudiantil le bastó.

—Oye, la vez que bromeé sobre que esclavizabas a los hombres, no hablaba en serio —dice, golpeándome suavemente el hombro—. Más bien, la palabra correcta para describirte sería «malcriada».

—Hey, tú tampoco te quedas atrás. Obligas a Tyler a correr antes de ir al instituto aun sabiendo que se desvela por ti. —Finjo pensar—. Eso es más bien cruel, no de malcriado —me corrijo.

—Ya sabes, es mi típica iniciación de amistad. —Entorno los ojos, divertida—. Tyler me cae muy bien. Por eso lo torturo.

—Pues no seas tan estricto con él. El pobre se duerme en clase... —le digo mientras poso mi vista en Tyler, quien acaba de terminar de jugar al teléfono descompuesto y camina hacia nosotros.

Hace unos dos días Tyler se durmió en la clase de Química y la profesora le llamó la atención. Le dijo que, si no le interesaba la materia, podía irse en cualquier momento, pero que después no le llorara para que lo aprobara. La señora Jones debía de tener un mal día, por lo general no suele tener tan mal carácter. Tyler se disculpó y desde entonces no volvió a dormir en clase.

—¡Eh, Tyler! —Nick lo atrae hacia él, pasándole un brazo por los hombros—, estás a esto de aprobar. —Con el dedo pulgar e índice, le enseña lo poco que le falta—. Te pondré un sobresaliente si consigues algo de alcohol.

—¿Aprobar el qué? —pregunta él sin comprender.

—Ignóralo —le digo—. Es un malcriado.

—¿Hola? ¿Se oye bien...?

La música cesa poco a poco y las luces iluminan el escenario. Allí se encuentra Caroline, sosteniendo el micrófono, y detrás de ella hay una especie de vitrina cubierta por una tela de seda roja. Recuerdo que me hablaron de esa vitrina la primera y única vez que vine a ayudarlos con el tema del baile. Wayne me comentó que pondrían en ella las coronas de los respectivos reyes.

—Antes que nada, les agradezco a todos que hayan venido y también quiero dar las gracias a todas las personas que ayudaron con la decoración, la organización y el sonido. También espero que lo estén pasando tan bien como yo —comienza a decir Caroline, sosteniendo el micrófono con elegancia y mostrándose muy segura allí arriba—. Oh, esperen. No les he oído... ¿Lo están pasando bien? —Caroline apunta el micrófono hacia la audiencia. Los silbidos y los «síí» no se hacen esperar—. Ahora sí. —Se ríe—. Bueno, amigos, llegó el momento de anunciar a la reina y al rey del baile.

Busco a Luke con la mirada. La última vez que lo vi estaba con Caroline y Tyler. Pero ahora ella está en el escenario y Tyler está con Nick y conmigo. No hay rastro de mi mejor amigo, por lo menos no cerca.

—Los nominados son... —Caroline vuelve a llamar mi atención—. Reinas: Hanna Brown, Daniela Pattison y Jenna Ferrer. Un aplauso para ellas, por favor. —El salón se llena de aplausos, incluidos los de mi mejor amiga—. Y los reyes: Jeremy Johnson y Troy Fields. —Una chica se acerca a ella con el sobre que contiene los nombres de los ganadores—. Y el rey y la reina de este año son...

La chica que ha traído el sobre quita la tela roja que cubre la vitrina donde se encuentran las coronas. El redoble de batería que colocaron los de sonido es acompañado por expresiones de sorpresa de todo el mundo. Puedo sentir las miradas de Nick y Tyler sobre mí. Sé que esperan alguna explicación, pero yo no tengo idea de qué ha pasado.

La vitrina donde se supone que deben estar las dos coronas tiene un cartel pegado en la parte delantera que no deja ver lo que hay dentro, pero que advierte: «El verdadero rey de los imbéciles».

Caroline se da cuenta de las miradas del público y se vuelve para ver por qué todos nos hemos quedado en silencio y sin comprender. Luego, automáticamente, se vuelve a girar para mirar a Tyler y se encoge de hombros. Frunzo el ceño. ¿Por qué se miran como si tuvieran que saber qué ocurre?

—Tyler... —comienzo a decir.

—No hemos tenido nada que ver con esto —me interrumpe.

Caroline quita el cartel y entonces todos vemos una fotografía de Jeremy y la corona del rey. Mi mejor amiga comienza a reírse al igual que todos los demás. Esto es tan inusual que resulta gracioso, pero yo solo pienso: ¿qué es lo que han hecho Tyler y Caroline si no tienen nada que ver con esto? ¿Y dónde demonios está Luke?

En medio del silencio que se ha creado, oigo que Jeremy le dice a Caroline:

—¿Tienes algo que ver con esto? —Utiliza un tono que no me gusta—. ¿Por qué no te metes en tus asuntos?

—¿Disculpa? ¡Yo no he hecho nada de esto! —le contesta ella, pasándole el micrófono a la chica que sostenía la seda roja y que ahora también sostiene el micro, permaneciendo muy atenta a lo que pasa—. Pero ¿sabes qué? ¡Me alegra no ser la única que cree que eres el rey de los imbéciles!

Comienzo a caminar hacia el escenario. No puede ser que vayan a discutir ahora. Puedo sentir que Tyler y Nick vienen detrás de mí.

—¡Eres la única que podría hacer algo tan infantil! —continúa Jeremy.

Puedo ver que Caroline está a punto de soltarle todo lo que piensa sobre él desde el día que supo que me estaba engañando y rompimos, pero lo que sucede a continuación no le permite defenderse. Si antes todos nos habíamos quedado mudos, ahora definitivamente olvidamos cómo hablar.

11

Desde el techo un cubo de pintura negra se derrama sobre Caroline y Jeremy. Por unos segundos nadie habla y hasta me atrevo a decir que ni respiramos. Ellos se mantienen estáticos sobre el escenario, sin habla. Mi mejor amiga reacciona limpiándose la pintura de los labios y abriendo la boca indignada; Jeremy, al contrario, sigue en shock. Entonces una carcajada provoca una avalancha de risas, incluyendo la de Nick y Tyler que se encuentran detrás de mí. Vuelvo a reaccionar gracias a eso. Mientras voy caminando puedo escuchar que ambos comienzan a discutir de nuevo. Una rubia sube al escenario. Se encuentra de espaldas y por eso no puedo verle la cara, pero puedo deducir quién es. Daniela se resbala al subir y se agarra al brazo de Jeremy para intentar mantener el equilibrio, pero él se aleja, y hace que los dos se caigan sobre Caroline.

—¡El baile se termina! ¡Se termina! —exclama el director enojado por el micrófono, intentando callar las risas, pero estas solo aumentan al verlo así.

—¡Llamen a urgencias! —Escucho que dice una voz a lo lejos—. ¡Hay un herido por aquí! ¡Es Luke Williams!

El director Frederic está bebiendo su café a mi lado de una forma exasperante. Tyler está sentado en una de las sillas que se encuentran al otro extremo del pasillo y lo observa sin poder creérselo. De no ser por que estoy a su lado y sería bastante evidente que estoy cuestionando su capacidad de tomar café como una persona normal, también lo miraría sin poder creer que un hombre mayor esté bebiendo a sorbos. Cinco minutos después, termina su café y se levanta para tirar el vaso a la papelera más cercana.

—¿Saben algo? —pregunta Nick viniendo desde el otro extremo

del hospital. Caroline, a su lado, parece haber salido de una película sobre un caótico baile de secundaria.

—¿Te lo vas a beber? —El director observa el café de Nick y luego a mi primo. Él niega lentamente con la cabeza y le ofrece el vaso—. Cuando estoy nervioso, suelo beber café —nos comenta el director al notar cómo le miramos todos.

Tyler les informa a Nick y Caroline de que Jeremy tiene un esguince de muñeca, y que se irá a casa en cuanto vengan sus padres. Luke tiene un pequeño corte en la frente, que su madre le está suturando. Mientras veníamos para el hospital llamé a los padres de mi amigo para contarles lo que había sucedido. No les tocaba trabajar esta noche, pero al enterarse de que su hijo estaría aquí, vinieron sin pensarlo dos veces.

Nos ponemos de pie al ver a la madre de Luke salir de urgencias con una mirada cansada. Sostiene una especie de gran libreta donde debe estar el expediente de su hijo en el que se explica lo que le ha pasado y la razón de su ingreso. Su cabello pelirrojo está recogido en un moño despeinado y no lleva maquillaje, como usualmente lo hace.

—Caroline, ¿qué te ha pasado? —le pregunta la madre de Luke al ver a mi mejor amiga. Es que aún no la había visto, y se queda sorprendida con su aspecto: cubierta de pintura negra con un vestido de fiesta.

—El karma —le contesta Caroline encogiéndose de hombros.

Tyler y Luke comienzan a reírse. La madre de Luke asiente extrañada y, por suerte, decide no hacer preguntas al respecto.

—Luke está bien —nos informa abrazando el expediente de su hijo—. Sin embargo, deberá pasar la noche aquí. Al golpearse la cabeza quedó inconsciente. Hemos hecho radiografías para verificar que todo esté bien, y lo está, pero preferimos que se quede en observación.

—¿Podemos verlo? —le pregunto.

—Sí, claro —asiente, y se muerde los labios—. Pero no estéis mucho rato. Debe descansar.

El padre de Luke sale de urgencias y, tras saludarnos brevemente, se dispone a hablar con el director Frederic. La señora Williams nos indica que solo podemos pasar de dos en dos.

—Vamos nosotras primero —me dice Caroline, acercándose para tomar mi mano.

Entonces, cuando estamos a punto de comenzar a caminar hacia urgencias, escucho una voz familiar llamarme:

—¡Sam! ¡Querida!

Veo a Carol Johnson, la madre de Jeremy caminar en nuestra dirección. Levanta una mano para llamar mi atención y en sus labios rojos carmesí se extiende una sonrisa. Al ver que tengo los ojos en ella, deja caer la mano con delicadeza a la altura de sus caderas.

Me vuelvo hacia Caroline, y ella me observa elevando las cejas, como si no pudiera creer que esto estuviera pasando. Me encojo de hombros, mordiéndome los labios. Sería muy descortés que no la saludara. Sé que ya no tenemos nada que ver, pero le sigo teniendo cariño a Carol. Es decir, es una persona que formó parte de mi vida durante casi dos años.

—¿Quién entra conmigo? —le pregunta Caroline a Tyler y a Nick al ver que no tengo intención de ir con ella en este momento. Me suelta la mano.

—Voy yo —contesta Nick siguiendo a Caroline.

Tyler me observa confundido, posiblemente preguntándose quién es la atractiva mujer de pelo castaño con tejanos y chaqueta de cuero que camina hacia nosotros. Aprieto los labios en una sonrisa. Creo que lo primero que dirá confirmará su identidad.

—Oh, Sam, querida. —Carol me abraza sin previo aviso y, en cierta forma, agradezco que siga mostrándose cariñosa conmigo—. ¿Cómo está Jeremy? ¿Qué le ha pasado?

Miro de reojo a Tyler. Él asiente levemente con la cabeza, comprendiendo quién es.

—Jeremy está bien —le informo en cuanto nos separamos. Cierra los ojos con alivio unos instantes, llevándose una mano al pecho—. Tiene un esguince de muñeca, pero, aparte de eso, está bien —continúo asintiendo con la cabeza.

—¡Oh, pobre! —exclama haciendo una mueca de lamento—. ¿Dónde está? Vamos a verlo.

—Creo que deberías ir tú sola primero, Carol... —le digo soltándome lentamente de su agarre. Ella frunce el ceño sin entender, lleva un mechón de cabello detrás de la oreja, y se puede ver su piercing—. No creo que quiera verme —suelto bajando la mirada.

—Oh, Sam. Estoy segura de que a Jeremy le encantará ver a sus dos chicas favoritas —me dice, codeándome con una sonrisa.

Elevo mis cejas sorprendida al escuchar eso. «¿Sus dos chicas favoritas?» Jeremy aún no le ha contado a su madre que lo hemos dejado. Abro la boca esperando que se me ocurra una buena excusa, pero me quedo en blanco como una estúpida. No quiero mentirle a Carol, pero tampoco quiero ser yo quien le diga la verdad.

—¡Señora Johnson!

Jamás pensé que alguna vez me alegraría tanto de escuchar al director Frederic. Casi se me escapa un «gracias» de tanto alivio que siento en este momento. Sin embargo, puedo notar que Carol nota que algo sucede. Me observa de reojo mientras me alejo para darles la privacidad que necesitan y también para escapar de tener que contarle que mi relación con su hijo se ha acabado.

—Tu suegra, ¿eh? —me dice Tyler mientras me recuesto junto a él.

—Exsuegra —le corrijo lanzándole una mirada asesina.

—Ella no cree eso —replica, y se gira para mirarla—. O no lo acepta —agrega.

—No lo sabe —afirmo mirándole de reojo.

—O puede ser una estrategia para que vuelvas con él —continúa con la vista al frente—. Ya sabes. Utiliza a su madre para manipularte. La quieres, y para no hacerla sentir mal, sigues con Jeremy.

Entrecierro mis ojos.

—¿Ahora eres experto en el comportamiento de los ex? —le pregunto arqueando una ceja. Tyler suelta una pequeña risa—. Es que tú ya has vivido eso de ser manipulado por una exsuegra.

—Para tener una exsuegra, primero necesito tener una exnovia, así que no, Sam, no es algo que haya vivido —contesta. Una sonrisa se dibuja en sus labios mientras se cruza de brazos.

—¿Lo dices en serio? —pregunto sin creerle.

Tyler asiente con la cabeza. Parpadeo varias veces mientras vuelvo a mirar hacia delante, siento como si algo dentro de mí acabara de cortocircuitarse. Me cuesta creer que no haya tenido novia. Es bastante atractivo y no debo de ser la única persona que lo piense. Hasta Caroline es consciente de ello. Me lo dijo cuando le conté que vendría a vivir conmigo. Que ella diga eso es demasiado, teniendo en cuenta que odia a los hombres.

—¿Por qué te sorprende tanto que no haya tenido novia? —me pregunta segundos después. Se muestra serio, pero puedo distinguir un toque de diversión en el tono de su voz.

—No me sorprende... —miento encogiéndome de hombros—. ¿En serio que nunca has tenido novia? —agrego mirándolo de reojo.

Esta vez Tyler tarda en responder. Entonces giro el rostro para mirarlo, manteniéndome en la misma postura. Mi espalda está recostada en la fría pared y la temperatura aquí no es la mejor de todas. Nick me ofreció antes su chaqueta, pero la rechacé. Después de todo, el frío es el que me mantiene despierta.

—Bueno, estuve con alguien una vez... No diría estar. Fue... —se queda en silencio, apretando los labios, como si estuviera buscando las mejores palabras para continuar con su relato—. ¿Por qué estamos hablando sobre mi inexistente vida amorosa cuando tu ex vida amorosa es el problema? —suelta cambiando de tema.

—Mi ex vida amorosa no es el problema —replico, indignada.

—¡Sam! —me llama Carol con un tono dulce—. ¡Entremos a ver a Jeremy!

—¿Segura que no es el problema? —se burla Tyler, alejándose de mí con una sonrisa en el rostro.

Argh, estúpido.

Esto no puede estar pasando. No he hablado con Jeremy desde que tuvimos aquella escenita en el pasillo. Estoy segura de que este rencuentro va a ser de todo menos agradable.

En cuanto estoy junto a Carol, ella enlaza nuestros brazos para adentrarnos a urgencias. Algo que voy a extrañar de estar con Jeremy sin duda va a ser esto. Desde el primer día que nos presentaron, ella me ha tratado como a una hija. Es cariñosa. Adora cocinar para mí. Cada vez que iba a su casa estaba aprendiendo a preparar algo nuevo. Pero lo mejor de todo es que puedo contarle cualquier cosa porque sé que nunca me juzga.

No tengo miedo de contarle que Jeremy y yo hemos terminado por lo que pueda decirme, sino porque sé que la noticia le romperá el corazón tanto como me lo rompió a mí.

Me encargo de deslizar la cortina de la «habitación» de emergencias donde está Jeremy. Está sentado en la cama, utilizando su móvil. Lleva una férula negra en la mano izquierda. Carol, apenas corro la cortina, se abalanza sobre él para darle un abrazo fuerte y besarle en la mejilla.

—Mamá, estoy bien... —dice Jeremy riendo por la efusividad de su madre. Pero en cuanto me ve a mí, sus ojos muestran incertidumbre y luego algo de emoción.

—¡Sí! ¡Lo estás! —exclama Carol, finalizando el abrazo. Jeremy vuelve a prestarle atención a su madre. Ella suelta un largo suspiro—. ¿Quién habrá hecho esa broma tan horrible?

Los ojos de Jeremy vuelven a encontrarse con los míos y entonces decido bajar la mirada. Esto es demasiado incómodo y el contacto visual solo lo empeora. Él no responde la pregunta de Carol. Quizá porque sigue mirándome; puedo verlo con el rabillo del ojo. Genial. ¿No podría evitarnos toda esta situación contándole a su madre que hemos terminado?

—Ya veo —dice Carol tras el silencio, soltando una risita—. Los dejo solos. Después de todo, todavía debo firmar algo.

Ni siquiera puedo negarme. Carol me lanza un beso al pasar a mi lado. Sonrío ante ese gesto tan característico de ella. En cuanto nos quedamos solos, mi sonrisa se desvanece y decido no evadir más la mirada de Jeremy.

—No le has dicho nada —suelto, y aprieto los labios. Él no responde—. Debes decírselo —insisto.

—¿Cómo quieres que le diga a mi madre que hemos terminado porque te engañé? —me pregunta con tono brusco. Frunzo el ceño. Baja la mirada, dándose cuenta de que no fue la mejor manera de hablarme—. Lo que pasó...

—El engaño —le corrijo, interrumpiéndolo. Jeremy ladea la cabeza—. ¿Qué? Solo llama a las cosas por su nombre.

Aún me duele hablar sobre el tema, pero no quiero cambiar las palabras para que suene menos doloroso. Esto es lo que necesito sentir ahora, porque está pasando en este momento. No quiero guardarlo en lo más profundo de mi ser para evitar enfrentar mi dolor y que luego resurja de las profundidades cuando algo más me pase. O peor, que todo se acumule y un día de estos explote. Entonces quizá llore un año o me rape la cabeza como Britney.

Jeremy suspira.

—El engañarte no me enorgullece. Durante un tiempo, te he echado la culpa de que terminaras conmigo y he tratado de verte como a la mala de la película en mi mente —me cuenta. Se queda unos segundos en silencio y suelta una risa seca—. Después le eché la culpa a Daniela y fue a ella a quien convertí en villana. Todo para limpiar mi conciencia —continúa y niega con la cabeza—. El único villano aquí soy yo, Sam.

La única persona que arruinó nuestra relación fui yo al ser egoísta y no pensar en tus sentimientos, ni en los de Daniela.

Antes de que pueda decir algo, comenzamos a escuchar aplausos y silbidos. Jeremy y yo nos miramos confundidos. Entonces puedo detectar que provienen de al lado. Deslizo la cortina celeste. ¿Quiénes son los espectadores que están siguiendo mi charla con mi ex? Mis amigos, por supuesto.

—Te felicito, Jer —dice Caroline, sonriendo—. Al fin conectaste dos neuronas.

—Un poco tarde, pero la intención es lo que cuenta —añade Luke. Tiene una sutura pequeña en la frente, pero se ve dolorosa.

—Bueno, lo consiguió gracias al golpe. Deberías darle las gracias a Luke. —Le dedico una mirada asesina a Tyler antes de cerrar la cortina.

Jeremy y yo nos quedamos en silencio. A él claramente no le ha hecho mucha gracia que mis amigos estuvieran escuchando nuestra conversación; a mí tampoco, pero la situación me resulta divertida.

—Estúpidos —digo negando con la cabeza.

—¡Te estamos oyendo! —exclaman del otro lado.

Aprieto los labios para no reír ante lo que acaba de pasar. Puedo ver el fantasma de una sonrisa asomarse en los labios de Jeremy.

—Voy a buscar a mi madre para irme de aquí —dice, poniéndose de pie y mirando hacia la dirección donde se encuentran mis amigos, los cuales están en silencio porque obviamente están escuchando.

—Sí, está bien —asiento, y ocupo su lugar en la camilla.

—Sam —dice antes de salir. Le miro elevando las cejas—. Perdóname. En serio.

Jeremy me lanza una mirada suplicante, casi como si fuera a ponerse de rodillas. Eso no genera nada en mí. Es decir, me alegra que sea consciente de cómo son las cosas. No fue agradable para ninguno lo que pasó y que me culpara por ello tampoco, pero por fin se ha dado cuenta de su error —un poco tarde— y eso es lo importante.

Cuando ocurrió, juré que no lo perdonaría nunca por romperme el corazón, pero durante mi hibernación pude entender que el no hacerlo me estaba destrozando aún más. Al mantener ese rencor dentro de mí, la escena se repetía una y otra vez en mi mente y ello evitaba que pudiera superar lo que había pasado. Era como si constantemente le tirara sal a la herida. Tuve que perdonarlo para salvarme. No por él, sino por mí.

—Ya te perdoné —le respondo.

Jeremy sonríe con tristeza.

Me siento mejor al finalizar lo nuestro así, de buenas maneras. Después de todo, Jeremy y yo éramos muy buenos amigos antes de ser novios. No podremos volver a lo que éramos antes de salir, pero sé que, si nos cruzamos por los pasillos, no tendremos que evitar vernos o esquivarnos. Podremos saludarnos como conocidos. Sin ningún remordimiento.

—Ah, Jeremy —le llamo poniéndome de pie. Él está a unos pocos pasos de donde me encuentro y se vuelve para mirarme—. Discúlpate también con Daniela.

—Lo haré —me dice asintiendo con la cabeza.

Observo cómo se dirige a la salida. La gente lo mira extrañada porque está manchado de pintura negra. Me río mientras me abrazo a mí misma.

—¿Ya terminó? —escucho a Caroline preguntarle a los demás en voz baja.

Deslizo la cortina para poder verlos. Ahora Caroline está en la cama de Luke, supongo que para escuchar mejor mi conversación con Jeremy. Me sonríe como si fuera una niña que acabara de ser descubierta.

—¿Estás bien? —me pregunta Tyler, elevando las cejas.

—Sí. Solo... es que ha sido demasiado para un simple baile. —Tras decir esto, todos se ríen dándome la razón—. Deja de reírte. ¿Has estropeado tu excelente expediente por mí? —le pregunto a Caroline, enternecida.

Mi mejor amiga se incorpora en la cama. Puede estar manchada todo lo que quieran, pero sigue estando fabulosa.

—Técnicamente, no —replica con el dedo índice levantado—. Nosotros no hicimos nada.

Me quedo mirándolos con una sonrisa, esperando que comiencen a negarlo y a reírse de como hicieron lo que quisieron sin tener ningún castigo.

—¿Cómo que no? —les pregunto, dejando de sonreír.

—Nosotros no hicimos lo de «Rey de los imbéciles», aunque sí, suena muy a Caroline —dice Tyler, encogiéndose de hombros.

—Planeamos lo de la pintura —me contesta ella, posando el dedo índice sobre su mejilla—, pero alguien más lo llevó a cabo.

—Y cuando fui a ver qué pasaba..., me caí —finaliza Luke, señalando su sutura.

—Entonces, ¿no tuvieron nada que ver? ¿En serio? —pregunto con una ceja arqueada.

—Nada —contesta Tyler.

—En absoluto —completa Caroline.

Me quedo mirándolos sin poder creerlo.

—Lo juro por la garrita —me dice Luke, estirando su dedo meñique hasta mí.

Comienzo a reírme y niego con la cabeza. Por más que dos litros de pintura negra no sean la solución, agradezco que se hayan tomado el tiempo de llevar a cabo una venganza. Pero mientras mis amigos recibían su karma, ¿quién llevó a cabo su malévolo plan?

La madre de Luke básicamente nos echó del hospital porque no quería que siguiéramos despiertos tan tarde. Nos dijo que ella se quedaría con él hasta que le dieran el alta y que podremos visitarlo en su casa mañana. Decidimos no protestar; después de todo, tiene razón. Necesitamos descansar.

Nick se ofreció a llevar a Caroline a su casa, así que Tyler y yo estamos yendo juntos. Me alegra que estuviéramos de acuerdo en finalizar esta noche tan extraña con hamburguesas y patatas fritas.

—Patatas —me pide, y le meto dos patatas en la boca. Como él es aquí la «autoridad», decidió dar ejemplo y no comer mientras conduce—. Gracias.

—No hables con la boca llena —le regaño.

—Tú acabas de hablar con la boca llena —replica con indignación. Y la boca llena.

—Pero tú debes darme ejemplo. ¿O es que lo has olvidado? —me burlo, y le doy un sorbo a mi Coca-Cola.

Mi móvil comienza a sonar y entonces toda mi diversión pasa a ser confusión. Carol está llamándome. Bajo la música que sonaba en la radio e introduzco dos patatas más en la boca de Tyler para que no hable.

—Carol... —digo al contestar.

—Jeremy me lo acaba de contar —suelta interrumpiéndome. Me quedo en silencio sin saber qué decir. Tyler desvía unos segundos la mirada para mirarme—. Lamento haberte obligado a entrar conmigo en su habitación, Sammie. No fue mi intención hacerte sentir incómoda o...

—No te preocupes, Carol —interrumpo su vómito verbal—. No lo sabías. Está bien.

—Gracias por querer a mi Jer. —Su voz comienza a temblarle. Puedo sentir mis ojos cristalizarse—. Siempre habrá un lugar para ti en nuestra casa... —Aprieto los labios—. Y no pienses que te librarás de mis abrazos si nos vemos en algún momento.

—No sabes cuánto me alegra saber eso, Carol —le digo riéndome, pero sintiendo cómo mi labio inferior tiembla. Mi voz amenaza con fallarme también.

—Suerte con el chico de camisa lila —agrega risueña.

Frunzo el ceño. Me giro lentamente para mirar la camisa lila de Tyler y hago una mueca. Carol definitivamente tuvo una impresión equivocada de él. Antes de que pueda aclararle la situación, ella finaliza la llamada. Me río observando mi móvil.

—¿Qué ha pasado? ¿Te suplicó que volvieras con Jeremy? —me pregunta Tyler, que ya ha acabado de masticar sus patatas.

—De hecho, me ha deseado suerte contigo —respondo recostando mi cabeza en el asiento.

—¿Conmigo? —pregunta confundido.

—Al parecer creyó que nosotros... éramos... ya sabes —muevo mi mano para que la palabra me salga—... algo —suelto.

Tyler comienza a reírse.

—¿Por qué ha pensado eso? —Parece una pregunta mucho más para él mismo que para mí. Aun así, decido contestar:

—Es verdad. Soy demasiado guapa para salir con alguien que lleva una camisa lila.

—¿Te recuerdo quién estaba celosa porque dije que me divertía más con su primo? —pregunta bromeando—. Ah, sí. Eras tú.

—No estaba celosa —miento—. Solo estaba enfadada. Nick básicamente te empujó al suicidio social con esa camisa.

—Te encanta esta camisa —me dice sonriendo.

—Es horrible —replico negando con la cabeza.

12

—¿Y quién es ella? —le pregunto a Tyler. Él sigue centrado en el televisor. Está muy concentrado viendo su serie y es horrible cuando te molestan mientras estás viendo una serie—. Tyler, ¿quién es ella? —Justamente por eso continúo preguntando.

—Ella, pero del futuro —me contesta frunciendo el ceño levemente.

—Ah... —digo acomodándome en mi sitio, pero lo hago de forma que me quedo mirando en dirección a Tyler—. Uy, ¿y ahora por qué hay dos? —pregunto sorprendida.

Esta serie es una locura. Te descuidas dos segundos y ya no entiendes nada. En realidad, no la entiendo porque no la sigo. Ahora la estoy mirando porque no tengo nada más que hacer y he decidido molestar a Tyler.

—Porque las dos son del pasado. —Tampoco esta vez se gira para mirarme, pero puedo notar que le molesta que le esté preguntando. Eso me hace sonreír.

—No pueden haber dos «ella» del pasado. ¿Una es falsa? —Tyler desvía la mirada unos segundos para mirarme confundido—. Una es una impostora. Es eso, ¿no?

—Ninguna es una impostora. Solo son del pasado, pero de distintos mundos —me explica volviendo a mirar el televisor.

—Oh, entiendo. —No entiendo nada, pero bueno. Un nuevo personaje aparece y puedo distinguir que también es alguien del futuro—. ¿Y esa quién es?

Tyler pone pausa.

—Me estás molestando —me dice girando el rostro para mirarme con las cejas levantadas.

—Gracias —le contesto esbozando una sonrisa.

Alguien llama al timbre de casa y eso hace que Tyler sonría.

—Oh, gracias, Dios. —Junta ambas manos como si fuera a hacer una plegaria y las eleva—. Gracias por salvarme de esta insoportable.

Le lanzo una mirada asesina antes de comenzar a caminar hacia la puerta principal. Cuando se vaya, va a extrañarme y querrá que lo moleste. Estoy segura. Extrañamente, ese pensamiento me hace sonreír.

—Ay, qué encanto —dice Caroline cuando le abro la puerta. Frunzo el ceño sin entender—. Te alegras de verme, amiga. —Se lleva una mano al pecho, enternecida.

—Claro que sí —respondo mientras me dispongo a cerrar la puerta. No estaba sonriendo, pero sí me alegro de que esté aquí.

Caroline no espera a que cierre la puerta, y sigue el sonido del televisor. Camino detrás de ella, observando su vestimenta. Lleva unos tejanos azules, una blusa blanca y un bléiser amarillo patito. Me pregunto por qué está tan arreglada un sábado por la tarde.

—Uy, ¿de qué se trata? —le pregunta Caroline a Tyler, recostándose en el umbral de la puerta.

—Viajes en el tiempo —le contesta él sin volverse.

—Podemos quedarnos a verla con él —sugiero en broma, solo para molestarlo. Y lo logro porque se gira con los ojos entornados. Me río.

—Prefiero *Gossip Girl* —me dice mi mejor amiga, echándose un mechón de su cabellera rubia detrás de los hombros—. Además, tenemos planes.

Ah, es verdad. Me había olvidado por completo de que habíamos quedado para salir con Luke esta tarde. En mi defensa diré que lo acordamos hace casi una semana. Para ser exactos, el día que nuestro amigo salió del hospital. Fuimos a su casa para hacerle compañía y quedamos en que iríamos al centro comercial hoy.

—Lo habías olvidado. —Caroline niega con la cabeza como si yo fuera un caso perdido.

—Claro que no —miento, y me río un poco—. Voy a cambiarme.

Por supuesto que lo había olvidado. Hacía una semana larga que lo habíamos dicho. Además, convivir con Tyler y Nick es como vivir con dos niños pequeños que todo el tiempo están haciendo ruido. Me gusta su compañía. Hacía mucho que mi casa no tenía tanta vida, pero hay veces que solo quiero silencio. Los fines de semana últimamente son para mí un descanso de la escuela y de ambos, ya que parecen calmarse.

Cambio mi pantalón de chándal gris y sudadera negra por unos tejanos negros que tienen un roto en las rodillas y una camiseta violeta. A diferencia de Caroline, yo decido ponerme zapatillas deportivas. Le dejo los tacones a ella. También llevo mi chaqueta tejana por si más tarde tengo frío.

Me cepillo el pelo para dejarlo medianamente decente y me aplico un poco de rímel en las pestañas. Opto por un pintalabios rojo, pero difumino el color con el dedo índice para que parezca natural. Decido aplicarme algo de color también en las mejillas, pero hago lo mismo que en los labios: al final lo difumino.

—¿Qué haces?

Me sobresalto al escuchar la voz de Nick a mis espaldas. Me giro molesta por haberme asustado. Él, ignorando que pudo haberme provocado un paro cardíaco, se acuesta en mi cama.

—¿En tu casa no hay puertas? —le pregunto frunciendo el ceño.

—¿Dónde vas? —Ignora mi pregunta llevando ambas manos detrás de su cabeza y colocando una pierna sobre otra.

Ladeo la cabeza al verlo tan cómodo en mi cama.

—Voy al centro comercial —contesto, y me acerco para coger la ropa que he dejado en la cama y sobre la que él ha colocado sus piernas. Me quedo mirándolo esperando a que se mueva, pero simplemente asiente con la cabeza—. ¿Te importa?

—¿Puedo ir con ustedes? —me pregunta, ignorando nuevamente lo que acabo de decir.

—No —replico como si fuera la pregunta más tonta del mundo—. Muévete.

Frunce el ceño como si le hubiera ofendido. Para mi suerte, se levanta de la cama y se va de la habitación. Cierro la puerta y doblo la ropa que me acabo de sacar porque cuando vuelva me la pondré otra vez.

—Nick me preguntó si podía venir con nosotras al centro comercial.

Me sobresalto al escuchar la voz de Caroline a mis espaldas. Me giro para encontrarla en la misma posición que mi primo hace solo unos minutos. Frunzo el ceño preguntándome cómo se mueven sin hacer ruido. No oí a Nick, pero ella lleva unos tacones que resuenan cuando camina.

¿Estaré teniendo problemas con mi audición?

—Sam —dice Caroline. Dejo de lado mi nueva crisis existencial. Niego con la cabeza—. ¿Por qué quiere venir con nosotras? —Creo que esa pregunta ha sido más para ella misma que para mí—. ¿No crees que actúa de forma rara? —Esta vez sí habla conmigo.

—Es Nick —contesto con un tono obvio—. Él es raro.

Caroline se queda pensativa unos segundos.

—Tienes razón —conviene poniéndose de pie—. ¿Nos vamos? —me pregunta sonriendo.

Asiento con la cabeza. Caroline enlaza nuestros brazos y bajamos las escaleras en silencio. A medida que nos acercamos al primer piso, puedo escuchar a lo lejos la televisión de la sala. Invitaré a Tyler. Es insoportable, pero creo que el mundo exterior va a ser más fácil de entender que esa serie que está viendo.

—¿Quieres venir? —le pregunto. Nick, a su lado, abre la boca ofendido—. Tú eres insoportable —me apresuro a decirle a mi primo.

Tyler lo piensa unos segundos.

—Sí, antes de que pierda la cabeza tratando de entender esto —me responde poniéndose de pie. Nick golpea su pierna—. Oh, sí. Nick viene con nosotros. Ya sabes, no puedo vivir sin él —me guiña un ojo.

—Vaaale. —Me encojo de hombros escuchando cómo Nick celebra su triunfo.

Caroline entorna los ojos antes de girarse. Nick la sigue diciéndole alguna estupidez para intentar molestarla. Lo normal con mi primo. Tyler apaga la tele, pero entonces comienza a sonar su móvil. Se encuentra en un mueble que está junto a mí, así que me acerco para pasárselo. Por curiosidad, observo quién lo llama, pero es un número privado.

—¿Número privado? Qué raro —digo mientras se lo doy. En cuanto está en sus manos, observa el aparato como si fuera un fantasma o algo parecido—. ¿Estás bien? Estás pálido...

—¿Sabes qué? Cambio de opinión. —Toma el móvil—. Me había olvidado de que tengo una cosa que hacer.

Frunzo el ceño. Es sábado y no estaremos todo el día en el centro comercial, la puede hacer mañana. Pero bueno, es Tyler. Quizá también solo es una excusa para quedarse viendo la serie. Se despide de mí con una leve sonrisa y se aleja para responder la llamada.

—Entonces, ¿todavía nadie sabe quién le hizo eso a Jeremy? —pregunta Nick elevando las cejas.

Luke niega con la cabeza mientras le da un sorbo al café.

—¿En serio no fueron ustedes? —insisto por cuarta vez.

—Tu desconfianza me hiere, Sam —responde Caroline llevándose una mano al pecho. Niega con la cabeza como si sintiera dolor.

—¿Cómo puedes pensar que haríamos algo así? —dice Luke mientras se seca una lágrima imaginaria con una servilleta.

—Tienen razón. Ustedes son seres de luz que no podrían hacer una cosa como esa. —Asiento con la cabeza mostrándome arrepentida—. Lamento haberlos ofendido.

Luke y Caroline se observan dramáticamente entre sí, debatiendo si perdonarme o no.

—Te perdonamos —dicen ambos al mismo tiempo.

—Qué suerte tengo de tener amigos tan compasivos como ustedes —respondo mientras me río.

—Bueno, Jeremy es un idiota. Hasta yo lo habría hecho. —Miro a Nick arqueando una ceja—. No, no lo hice, Sam —responde con obviedad.

La puerta del local se abre y entra un grupo de chicos. Mis amigos no les prestan atención y continúan hablando, pero mi mirada se cruza con la de un chico de ese grupo. Sus ojos celestes me observan con curiosidad y finalmente esboza una sonrisa que hace que me vuelva a centrar en lo que dicen Caroline y Luke.

—¿Ya has ensayado? —me pregunta Caroline.

La miro sin entender. Ella se ríe.

—Para la obra, tonta.

Según la profesora de teatro, muy pronto comenzarán las audiciones para *Romeo y Julieta*. Llevo toda la semana ensayando mis partes. Obligué a Nick y Tyler a ayudarme, y se turnaban para hacer de Romeo y los demás personajes.

—Sí, solo... —Mi vista se desvía a la barra mientras pienso qué decir. El chico de ojos celestes sigue mirándome mientras charla con otro chico—. Sí que he ensayado —termino la oración asintiendo con la cabeza.

—Si supieran cómo nos obligó a ayudarla... —les cuenta Nick—. Creo que cualquiera de nosotros podría presentarse para el papel de Romeo o para el de cualquier otro personaje.

—No seas exagerado —le digo riendo, y luego vuelvo a mirar al chico.

Caroline y Luke se miran confundidos y después dirigen sus miradas a la barra. Finjo utilizar mi móvil porque estoy comenzando a sentir mucha vergüenza. Ellos no son nada discretos y, obviamente, el chico se dará cuenta de que no solo yo lo estoy acosando con la mirada, sino que mis amigos también.

—¿Pueden ser un poco más discretos? —les pregunto queriendo desaparecer.

—¿A quién están mirando? —pregunta Nick sin entender.

—¿Quién es de todos ellos? —dice Luke ignorando que quiero que dejen de mirar.

—No importa quién sea —dice Caroline—, todos son guapísimos —continúa—. ¡Uy! Tú puedes salir con el castaño y yo con aquel pelirrojo. Podríamos tener una cita doble.

—Hey —les digo llamando su atención. Ambos se vuelven a mirarme como si fueran niños a los que les estuvieran regañando—. Lo van a asustar.

El chico y su grupo pasan junto a nuestra mesa. Mantengo mi mirada en mis manos mientras controlo que Caroline y Luke dejen de mirarlo. Ellos fingen hablar de un programa de televisión hasta que se alejan. Mi mejor amiga me observa haciendo un puchero y Luke..., bueno, él continúa comiendo lo que queda de su muffin. Nick sigue sin entender nada.

—Yo quería esa cita... —dice Caroline haciendo una mueca.

—¿Por qué quieres una cita? —le pregunta Nick, frunciendo el ceño—. No necesitas una cita para pasarlo bien.

—¿Y eso qué quiere decir? —dice Luke, confundido.

—Puedes quedar con el pelirrojo. —Me encojo de hombros—. Yo no saldré con el castaño.

—Quiero que alguien salga con el castaño. —Caroline posa sus antebrazos en la mesa y mira disimuladamente hacia la mesa del chico de ojos azules, lo cual le agradezco.

Poso mi vista en Luke esperando que me ayude. Se mantiene calmado mirando en la misma dirección que Caroline mientras bebe su café. Al ver que mis ojos están sobre él, comienza a negar repetidas veces con la cabeza y entonces sé que lo malinterpreto todo.

—A mí no me mires. No es mi estilo. —Me enseña ambas palmas con las cejas elevadas.

Me recuesto en la silla soltando un suspiro y finjo arreglarme el pelo mientras giro el rostro en dirección a la mesa de los chicos. Su charla parece muy animada. Las risas se escuchan hasta aquí. Él está sentado en la cabecera de la mesa y puede mirar hacia nosotros sin excusas tontas como la mía.

El chico de ojos celestes tiene el pelo largo, prácticamente le llega a los hombros. Su tez es blanca, casi pálida. Se quita la chaqueta negra y se queda con una camiseta blanca de manga corta, así que puedo ver que tiene un brazo completamente tatuado. Es sexy. Cada vez que se ríe se toca el pelo con una mano.

—Hace mucho que no hago esto —suelto de repente, sorprendiendo a mis amigos—. Es decir, ¿qué he de hacer? Caro, tú eres la experta. Dime.

Y no miento. Caroline solo tuvo un novio hace un año. Por lo general, es dura y jamás muestra vulnerabilidad a menos que el dolor sea demasiado fuerte. Cuando terminaron, fue una de esas veces. No comía, estaba decaída, no tenía ganas de nada, incluso dejaron de importarle los estudios. Fue una época difícil, pero pudo superarlo y volver a ser ella misma. Solo había visto a mi mejor amiga así una vez antes, y fue cuando su padre la abandonó. Desde entonces, ella no ha vuelto a intentar nada serio con ningún chico. Ahora solo tontea, evita los compromisos por miedo a volver a involucrarse demasiado sentimentalmente y terminar mal.

—Ve al baño —me dice lentamente como si fuera algo de suma importancia—. Solo sé tú misma. Camina normal. Sin exageraciones. No corras tampoco —agrega elevando el dedo índice—. ¡Adelante!

—¿Y ya está? —pregunto confundida.

Caroline asiente con la cabeza sonriendo con aires de superioridad. Luke y Nick comienzan a reírse pensando que bromeamos. Ninguna de las dos se ríe, entonces sus risas cesan poco a poco.

—Si esto funciona, haré lo que quieras —le dice Luke a Caroline.

—Serás mi sirviente —contesta ella.

Él no lo piensa dos veces y, muy seguro de que esto no funcionará, acepta.

Me pongo de pie sintiendo que me tiemblan las manos. Jamás había intentado llamar la atención de un chico. Con Jeremy no fue necesario porque él fue quien lo comenzó todo, y además éramos amigos. Todo era fácil y distinto. A este chico ni siquiera lo conozco, y por más que Caroline sea la experta en esto, nada me asegura que me seguirá o que simplemente caminaré hasta el baño, y ya está.

Segundos después de levantarme, su grupo y él también hacen lo mismo. Listos para irse. Aprieto los labios para no reírme por mi fracaso. Me meto en el baño de chicas riéndome. Definitivamente, no pienso volver a hacer algo así. No nací para iniciar ninguna historia. Me quedaré soltera hasta que algún chico guapo quiera coquetear conmigo.

En cuanto me meto en el baño, suelto un suspiro y comienzo a reírme de lo inservible que soy para estas cosas. Bueno, es mi primera vez, pero es una decepcionante primera vez.

—Hey. —Escucho una voz masculina. Giro el rostro en esa dirección y me encuentro con el chico de pelo castaño y grandes ojos celestes.

—Hola... —contesto frunciendo el ceño.

Sé que Caroline dijo que me seguiría, pero no pensé que literalmente me seguiría. Está dentro del baño de mujeres.

—No deberías estar aquí —le digo sonriendo de forma forzada.

El chico ladea la cabeza. De cerca es mucho más atractivo. Su mandíbula es recta y tiene una casi inexistente barba. Sus cejas son finas, pero oscuras. Vuelve a despeinarse, solo que esta vez no se está riendo, más bien parece confundido.

—Sabes que es el baño de hombres, ¿no? —pregunta, y frunce los labios haciendo notar sus pómulos.

«Mierda, mierda y mierda.»

—Yo... —suspiro—. Me confundí de baño. —Él eleva las cejas—. Intentaba conseguir tu número y ahora he quedado como una tonta, ¿no? —confieso sin pensarlo.

—Un poco, pero también acabas de quedar como una persona honesta. —Sonrío agradeciendo su intento de hacerme sentir mejor. Me tiende su mano—. Déjame darte mi número.

Le doy mi móvil desbloqueado para que agende su número. Por fuera me muestro sonriente, pero por dentro sigo muy nerviosa. No solo porque no pensé que esto fuera a funcionar, sino porque he acabado en el baño de chicos y le he dicho que quiero su número. Por suerte esto último trajo consecuencias buenas.

—Me llamo Drake —me dice al devolverme el móvil.

—Y yo Sam —me presento riendo levemente.

—Bueno... —dice llevándose las manos a los bolsillos—. Nos vemos, Sam.

Se va dejándome sola. Suelto un suspiro de alivio. Ha sido la situación más rara que he vivido en mucho tiempo (y eso que tengo un niñero dos años mayor que yo). Pero, bueno, tengo su número. Yo, Sam Donnet, he conseguido el número de un chico guapo. Tengo que darle las gracias a Caroline y disculparme por los escasos segundos que dudé sobre su técnica.

—¿Por qué diablos sigues en el baño de chicos? —me pregunta Nick abriendo la puerta.

—¿Por qué entraste en primer lugar? —me pregunta Luke apareciendo a su lado.

—Me refería al de chicas, Sam —me dice Caroline ladeando la cabeza.

—Lo importante es que conseguí su número —les cuento sonriendo victoriosa.

Caroline sonríe a su vez orgullosa de mí. Luego esa sonrisa pasa a ser una sonrisa maligna. Luke suelta un suspiro, comprendiendo lo que le espera por menospreciar sus tácticas seductoras.

—¿Qué día? —le pregunta Luke bajando la mirada.

—Lo pienso y te aviso —le contesta Caroline guiñándole un ojo.

Un desconocido entra en el baño y nos mira extrañado. Decidimos no explicarle la situación y salir en silencio antes de que llame a los encargados o algo así.

Una vez que Caroline nos deja en casa, lo primero que hace Nick es ir a la cocina. Se ha hecho algo tarde y ambos estamos muertos de hambre. Pensaba pedir algo por el camino, pero él dijo que se encargaría de hacer la cena. No protesté porque cocina genial, no suele hacerlo a menudo, pero cuando lo hace, su comida es espectacular. Una vez tomó clases de cocina para impresionar a una chica. Toda la familia agradece a esa desconocida cada vez que a mi primo le da por encender el horno.

Subo a mi habitación para volver a ponerme lo que llevaba antes de salir y de paso contarle a Tyler mi vergonzosa pero victoriosa anécdota del baño de hombres. Al pasar junto a su cuarto, la puerta está entreabierta, así que me asomo y lo veo acostado en la cama con la mirada en el techo.

—¿Todo bien? —pregunto llamando su atención. No parece estar en un simple momento pensativo, más bien se ve intranquilo.

—Eh..., sí —asiente incorporándose en la cama. Sonríe y todo, pero no logro creerme su sonrisa. Su mirada lo delata.

—Sabes que puedes contarme lo que sea —insisto, sentándome a los pies de la cama.

Tyler aprieta los labios y baja la mirada.

—He estropeado mi móvil —me cuenta tras segundos de silencio. Elevo las cejas sorprendida y algo confundida. No esperaba eso—. Se me cayó a la piscina. Yo... fui muy estúpido —agrega riendo.

Intento reírme también, pero como no me acaba de explicar su pequeña historia... Es decir, sé que los errores suceden y cosas como esas pueden llegar a pasar. Pero tengo la impresión de que hay algo más detrás. Sin embargo, no se me ocurre qué puede ser.

—Te acompañaré a comprar otro —le digo sonriendo. No sé qué es lo que ocurre, pero no insistiré en que me lo cuente. Después de todo, confío en que lo hará cuando se sienta listo.

—Hecho. —Asiente con la cabeza y vuelve a sonreír, y esta vez con más ánimo.

Tyler y yo nos quedamos en silencio, solo mirándonos. Las vibraciones de la habitación son bastante raras; sigo preguntándome quién lo llamó cuando cambió de opinión sobre venir con nosotros. Quizá ahí esté el problema. Él me contó que antes tenía malas compañías. ¿Sería alguien de su pasado?

—He conseguido el número de un chico muy guapo —le suelto, con la mirada en su camiseta gris, que tiene escrito algo en japonés en letras rojas—. Fue en el baño de hombres, y me sentí como una estúpida, pero logré su teléfono. —Sonrío elevando la mirada.

—¿Ah, sí? ¿Y por qué en el baño de chicos? —pregunta como si la información lo tomara desprevenido.

—Tuve que improvisar —contesto riendo levemente.

—Me alegro. ¿Cuándo podré conocerlo? Ya sabes, soy tu niñero... —agrega en broma.

—¿No habíamos quedado como amigos? —pregunto divertida.

—Sí, pero eso no quiere decir que deje de ser tu niñero, Donnut —me responde encogiéndose de hombros—. Debo supervisar tus amistades, conocidos y conquistas.

—Me voy a cambiar —le digo entornando los ojos.

Me pongo de pie para ir a mi habitación.

—No me dejes hablando solo, señorita. —Lo escucho decir a mis espaldas.

Niego con la cabeza.

El Tyler que conozco regresó.

13

Dudé mucho en llamar a Drake. Después de todo, era un desconocido. Mi mente comenzó a crear diversas razones por las cuales no debía telefonearle:

1) Podría ser un asesino.

2) Podría ser un traficante de órganos.

3) Podría ser un ladrón.

Y la lista sigue...

Pasé la noche entera dando vueltas en mi cama, hasta que me di cuenta de que yo misma estaba inventando excusas para no salir de mi zona de confort. Jamás había hecho algo así, pero, vamos, tampoco es algo muy revolucionario. No soy la primera ni la última chica que llama a un chico. Pero sí era algo bastante nuevo para mí, ya que yo solo he tenido una relación en mi vida con un chico. Así que le llamé.

Desde ese día hablamos todos los días y en todo momento. Todavía no hemos quedado porque ninguno saca el tema, pero me conformo con hablar. De hecho, me encanta hablar con él. Es muy interesante porque tiene varias historias que contar y coincidimos en bastantes cosas y pensamientos. Me contó que pronto iría a Italia. Le interesa el diseño gráfico y la fotografía. Aún no sabe cuál de los dos estudiará, pero, sea cual sea, quiere hacerlo en Italia. Me cae muy bien. La primera vez que hablamos me ayudó a ensayar para la obra.

Caroline lo adora. Solo a ella y a Luke les hablo sobre Drake. Me gustaría contárselo a Tyler, pero desde ese día que «estropeó accidentalmente su móvil» se ve muy preocupado, y está todo el tiempo estudiando o fuera de casa. Quiero ayudarlo, pero él insiste en que todo está bien y tampoco puedo amarrarlo a la silla hasta que me cuente qué le pasa.

Apago el secador y me peino bien para luego recogerme el pelo en una coleta. Hoy iremos de pícnic. Fue idea de Nick para distraer un poco a Tyler. «El pobre se mata estudiando» fueron las palabras de mi primo. ¿Acaso yo soy la única que se da cuenta de que algo le está pasando? Nadie parece creerme cuando les digo eso. Creen que estoy paranoica. Espero que solo sea eso, pero en el fondo sé que de verdad algo le pasa. No sé cuánto voy a aguantar.

Escucho sonar mi móvil y salgo de baño para contestar. «Papá» aparece en la pantalla, acompañado de una fotografía que me saqué con él hace algunos meses. Me emociono al recibir su llamada. Hablamos ayer y constantemente conversamos por chat, al igual que con mamá, pero no puedo evitar alegrarme al escucharlo.

—Hola, Sammie. ¿Todo bien por casa? —me pregunta cuando acepto la llamada.

—Sí, sí... —Decido no mencionar el comportamiento de Tyler—. Vamos a ir a hacer un pícnic. Los exámenes y la obra se acercan y hemos pensado que era una buena idea. —No es del todo mentira. En parte, por eso también aceptamos hacerlo.

—¡Qué bueno! —exclama contento. Sonrío—. ¿Y la obra? ¿Tienes el papel? —pregunta.

—Mañana dicen quiénes serán los que hagan la obra —le cuento, riéndome levemente. Escucho a Caroline llamarme desde abajo—. Debo irme, papá. Me esperan.

—Oh, sí, claro. Que tengas un buen día —me dice del otro lado—. ¡Ah! Y tu madre dice que te quiere.

—¡Dile que yo también! Hablamos luego.

Sigo escuchando los gritos de Caroline llamándome desde abajo.

—Sam Donnet, preséntese en la primera planta —repite una y otra vez con voz de locutora de radio.

Me muerdo los labios sintiendo ganas de reírme de mi mejor amiga. Me apresuro a buscar mi mochila para guardar el móvil, el protector solar y los auriculares, por si llega un momento en el que ya no soporto más a Luke, Nick o Tyler y necesito utilizarlos.

—A sus órdenes, capitana —le digo a Caroline al bajar. Ella lleva un vestido corto suelto de color rojo. Tiene algunas rayas blancas en la parte del escote y al finalizar la falda. Su cabello lacio tiene algunas ondas—. Estás muy guapa —agrego sonriendo.

—De pequeña los pícnics me encantaban —me cuenta mientras se pone a jugar con un mechón de mi cabello—. Supongo que es algo que no ha cambiado. —Me coloca el mechón detrás de la oreja antes de irse.

Caroline y sus padres solían hacer pícnics todos los domingos antes de que él se fuera. Lo había olvidado por completo. Jamás volvió a hacer o asistir a uno, incluso cuando hicimos uno con la escuela, ella faltó con la excusa de que estaba enferma. No pensé que quizá ir de pícnic podría hacer que se sintiera mal. Sin embargo, no parece sentirse triste. Más bien parece contenta. La observo cargar una cesta de mimbre con mucha emoción.

—¿Esperas una invitación o qué? —Tyler a mi lado me observa sonriendo.

Esta es una de las pocas veces que se detiene a bromear conmigo. Desde la llamada ha estado distante, sumido en sus pensamientos y fuera de casa todo el rato. Pero aquí está. Recostado en el umbral de la puerta principal, vistiendo una camiseta amarilla y unos tejanos de mezclilla. Su cabello castaño está creciendo y ello hace que se le creen unas leves ondas. A él no le gustan y mencionó hace unos días que planeaba cortárselo.

—No te cortes el pelo —le digo acomodándome la mochila sobre los hombros—. Me encantan esas pequeñas ondas.

Tyler frunce el ceño, pero su sonrisa no se desvanece.

—Gracias, Donnut —me contesta—. Lo pensaré.

Asiento con la cabeza. Es la conversación más breve y normal que hemos tenido estos días. Camino hacia afuera, decidida a averiguar qué le pasa.

Siento que alguien me está moviendo. Hago una mueca, negándome a abrir los ojos. No estaba soñando nada en específico, pero estaba durmiendo plácidamente. A lo lejos puedo escuchar las voces de Caroline, Nick y Luke charlar. Posiblemente estén bajando las cosas.

—Sam…, despierta. —Escucho la voz de Tyler murmurar dulcemente.

—No quiero —contesto fingiendo estar dormida.

—Si bajas, te compraré helado durante un mes —me propone divertido.

Créanme, la propuesta es muy tentadora, pero hay algo que me interesa más en estos momentos.

—¿Y si mejor me dices qué te pasa? —pregunto abriendo los ojos. Su rostro está demasiado cerca, tanto que puedo ver la duda en su mirada. Cuando pienso que abre la boca para contarme qué le ocurre, la vuelve a cerrar, apretando los labios.

—No me pasa nada —contesta como si no supiera de qué hablo—. Voy a ayudarles.

Me quedo sentada en el asiento trasero del auto. No sé qué más hacer. Decido dejarlo por ahora. No insistiré más hasta que volvamos a casa. No quiero que el ambiente sea incómodo o tenso durante estas horas. Todos están muy entusiasmados con este día, y no tengo intención alguna de estropearlo.

Una motocicleta se detiene frente al auto de Nick. Estamos haciendo el pícnic en un club privado del cual mis padres son socios. Tiene un parque precioso adonde muy pocas personas vienen durante la semana. Así que asumí que este sería el mejor lugar porque estaríamos solos. Me bajo del coche para ver quién viene a interrumpir nuestra tranquilidad y frunzo el ceño al ver la chaqueta que lleva. Me resulta muy conocida...

—¿Drake? —pregunto sonriendo cuando se quita el casco. Lo coloca sobre el asiento de la moto—. ¿Qué haces aquí?

—Tu amiga Caroline me invitó —me explica acercándose a mí—. Por alguna razón creyó que mi presencia aquí te alegraría —bromea.

—No sé cómo se le pudo ocurrir eso —le sigo la broma—. Ven. Tienes que conocer a mis amigos.

Juntos caminamos hasta donde se encuentra el resto. Veo a Caroline colocando un mantel azul oscuro sobre el césped y, sobre este, la cesta de mimbre con la comida que ella y Nick han preparado. Parecen sacados de una fotografía de una tienda de recuerdos. Están bajo dos enormes árboles que se juntan y parecen formar una especie de puente sobre ellos. Allí tienen una vista perfecta del lago artificial con el que cuenta el club. Sin embargo, esa imagen de familia soñada desaparece cuando Caroline y Luke comienzan a discutir.

—¡¿Cómo que te has olvidado de las bebidas?! —exclama ella, molesta.

—¡No es culpa mía! ¡Si no estuvieras explotándome, no me las habría olvidado! —le contesta Luke, aún más molesto.

—¡Pueden dejar de gritar! ¡Se supone que venimos a relajarnos y a disfrutar de un hermoso día! —Nick también se une al griterío.

Frunzo el ceño al no ver a Tyler gritando también. Entonces me doy cuenta de que está en la orilla del lago, hablando por su móvil nuevo. Drake carraspea, y eso hace que vuelva a prestarle atención.

—En realidad somos muy pacíficos —le digo con una sonrisa forzada—. ¡¿Pueden cerrar la boca?! —grito a mis amigos, haciendo que finalice su guerra de gritos y llamando la atención de Tyler, quien se gira en nuestra dirección, confundido.

Caroline, Nick y Luke se quedan perplejos al escucharme. Les regaño con la mirada. No puede ser que se comporten de esa forma cuando tenemos un invitado. Debe de pensar que estamos desquiciados o algo por el estilo. Tyler se aproxima hasta nosotros con una sonrisa en el rostro.

—Soy Tyler —se presenta rompiendo el silencio. Drake acepta su mano y la estrecha unos segundos—. Tú debes de ser Drake.

—Encantado, Tyler —le contesta asintiendo con la cabeza.

—Igualmente —dice Tyler, y sus ojos me miran directamente. Lo miro confundida mientras mis amigos se aproximan para presentarse.

Sorprendentemente, no fue nada incómodo pasar el día con Drake y mis amigos. Todos lo recibieron de la mejor forma posible y lo incluyeron en las conversaciones. La comida fue sencilla —algunas ensaladas con aperitivos—, pero deliciosa. Incluso habían traído una tarta de limón. No creí que dejar a Caroline y Nick solos en la cocina fuera tan buena idea, pero ahora lo haré más veces.

Ahora Nick y Caroline están acostados sobre el mantel que trajo ella, charlando sobre cosas que no logro escuchar desde donde estoy, pero están riendo, así que eso es buena señal. Mientras que Luke y Tyler están charlando cerca del auto. Espero que le esté contando qué le pasa. Entiendo que no quiera hablar conmigo, pero debe desahogarse con alguien. No me gustaría que se guardara lo que sea que le está pasando.

Drake y yo estamos sentados a la orilla del lago. Realmente es un día perfecto. No hace ni frío ni calor. Una suave brisa acaricia mis hombros como recordatorio de que el verano se acerca. Con eso, el fin de las clases y la estancia de Tyler en Los Ángeles. Es decir, para mi graduación, mis padres ya estarán aquí. Me sorprendo al sentirme triste por tener que despedirme de Tyler en un futuro.

Drake arroja una pequeña piedra al agua acabando con toda la tranquilidad que había, y poniendo en pausa mis pensamientos sobre el futuro. Lo miro de reojo. Estamos en silencio y no es incómodo, más bien lo contrario.

—¿Te gusta lo que ves? —me pregunta divertido.

—Mmm, no —contesto. Él se ríe—. A mis amigos les has caído bien.

—Le caigo bien a todo el mundo —dice—. No es una sorpresa. —Se encoge de hombros con aires de superioridad.

—Pues a mí no me caes bien —replico, y me pongo de pie.

Drake también se levanta, asintiendo con la cabeza resignado. Detrás de él puedo ver que Tyler y Luke terminaron su conversación. Vuelvo a prestarle atención a mi cita de este día, que me observa con los ojos entrecerrados.

—Así que no te caigo bien —dice dolido. Niego con la cabeza intentando mantenerme seria—. Te haré cambiar de opinión.

Y de repente se lanza sobre mí intentando hacerme cosquillas. Las cosquillas son mi debilidad, no puedo con ellas. Comienzo a retroceder riendo por los nervios de que se acerque a mí. Al notar que se me están mojando las zapatillas de deporte, bajo la mirada y él aprovecha eso para intentar atraparme, pero yo comienzo a echarle agua en la cara, haciendo que se detenga mientras sigo adentrándome en el lago. Drake se sumerge en el agua. Al ver que pasan unos minutos y no sale, lo busco confundida.

—¿Dónde...? —digo buscándolo—. ¡Suéltame!

Sale del agua y logra cargarme sobre su hombro. Mientras estoy boca abajo en su espalda riendo e intentando que me suelte, observo que los demás están viniendo hacia nosotros. En ese momento, me arrepiento de haberme puesto maquillaje esta mañana cuando salimos.

—¡Una guerra de agua! —dice Caroline como una niña pequeña y a continuación se lanza al agua con nosotros.

—¿Podemos hacer esto? —Escucho que pregunta Nick desde la orilla. Caroline se acerca para tomarle de la mano y meterlo en el agua; no mucho, pero sí lo suficiente para que se moje los zapatos—. Oh, esto está mal.

—Seguramente has hecho cosas peores, Nicholas —le regaña mi mejor amiga.

El agua está tibia. Es como si los encargados quisieran que nos metamos en ella. No quiero imaginarme qué pasará si nos descubren en el lago, solo quiero disfrutar del agua. Luke no se lo piensa dos veces y se aleja para luego venir corriendo... ¡y tirarse! Cae a unos pocos metros de mí, salpicándome entera.

Algo pesado golpea contra mi brazo derecho. Hago una mueca de asco al no saber qué es. Puedo sentirlo deslizarse sobre mi piel. Un escalofrío recorre mi espina dorsal al darme cuenta de que es arena mojada. La sensación es asquerosa. Me giro para ver quién me la ha tirado.

—Lo siento, Donnut —me dice Tyler sonriendo maliciosamente—. Se me resbaló de la mano.

—Hasta mi brazo —digo fingiendo entenderlo—. Y con fuerza —agrego entrecerrando los ojos.

Tyler se encoge de hombros y me apresuro a inclinarme para buscar arena. Es asqueroso, porque casi puedo sentir cómo se me mete debajo de las uñas, pero debo devolvérsela. No lo pienso, solo le lanzo la arena al pelo. Él se queda paralizado con la cabeza llena de arena. Escucho la risa de Luke detrás de nosotros.

Puedo ver cómo Tyler se inclina para vengarse.

—Hey. —Coloco ambas manos frente a mí para detenerlo—. Ya estamos en paz.

No quiero tener arena en el pelo. Mi mirada temerosa no le da lástima. Camina lentamente hacia mí mientras yo retrocedo, entonces choco con el torso de alguien. No necesito girarme para saber que es Drake; puedo sentir su perfume.

—Tyler... —le advierto mirándolo muy seria.

Él mira a Drake detrás de mí.

—Ya.

Y entonces los dos me llenan de arena mojada.

Estoy recostada en la parte delantera del coche de Nick, desenredándome el pelo y sintiendo lo asqueroso que está. Digamos que después de que Tyler y Drake unieran fuerzas para llenarme la cabeza de arena, comenzamos una especie de guerra. Fue asqueroso, sí, pero se lo merecían. Fuera de eso, todo lo demás estuvo bien. Cuando la guerra terminó, nos quedamos un rato más en el agua. Para nuestra suerte, ningún encargado pasó por allí. Creo que habrían expulsado a mis padres del club o quizá hubieran llamado a la policía.

—¿Ahora te caigo bien? —me pregunta Drake apareciendo frente a mí.

—Mi cabeza está llena de arena y tú eres uno de los responsables —le digo cruzándome de brazos e intentando estar seria—. Si antes me caías mal, ahora te odio —bromeo.

—Qué cruel eres, me arriesgué a un resfriado por ti y aún no te caigo bien... —Niega con la cabeza—. Qué cruel.

—¿Verdad que sí? —digo, y me tiro del pelo con una mano hacia atrás.

Drake niega con la cabeza y se muerde los labios. Sonrío sin saber qué más decir. Él tira de mi mano acercándome hacia su cuerpo. Con una mano levanta mi mentón haciendo que lo mire y une nuestros labios en un beso. Me mantengo quieta unos segundos hasta que reacciono y respondo al beso. Llevo una de mis manos a su mejilla para acercarlo más a mí. Es un beso dulce y corto, aunque resulta lo suficientemente largo para que me dé cuenta de que es real.

—No puedo creer que lo he hecho —dice cuando nos separamos mostrándose avergonzado. Creo que puedo divisar algo de rubor en sus mejillas pálidas.

—Yo no puedo creer que lo hicieras —le digo riendo por la incomodidad.

—Lo siento. Yo no...

—No importa —le interrumpo, y sonrío forzadamente—. Ha sido solo un beso. —Asiento con la cabeza.

Por su expresión sé que no he utilizado las palabras adecuadas. Abro la boca para explicarle mejor lo que he querido decir, pero Drake se me adelanta.

—Tienes razón. Creo que ya debo irme —me dice señalando su motocicleta detrás de él—. Nos vemos luego, Sam.

Suelto un suspiro. Definitivamente, a veces odio esos arranques que me dan de no tener filtro en las cosas que digo. Espero que este beso no arruine la reciente amistad que tengo con Drake. Cuando lo conocí, me pareció atractivo y me lo sigue pareciendo, pero no siento más que eso hacia él. Al besarlo no sentí ganas de volver a hacerlo. Lo veo como un simple amigo nuevo que tengo. Ojalá no haya sido nada para él tampoco. No me gustaría que solo estuviera interesado en tener algo romántico conmigo.

—¿Todo bien? —pregunta Tyler.

Doy un pequeño salto y me giro con una mano en el pecho, tratando de calmarme después del susto.

—Me has asustado —digo—. Sí, todo bien.

—¿Drake ya se ha ido? —pregunta.

—Ajá —asiento.

Se queda en silencio mientras caminamos hasta donde se encuentran los demás.

—Entonces, ¿ya es oficial? —pregunta.

—¿Acaso estabas espiando?

—No —me dice frunciendo el ceño—, aunque, si quieres que sea secreto, busquen un árbol o algo.

—¿Y a ti qué te importa? —pregunto de malas maneras.

—No me importa —dice—. Era solo un comentario.

Veo a Tyler encogerse de hombros como si nada le importara. El día de pícnic ha terminado. Sé que a mis amigos no les molestará tener que aguantarnos un poco hasta que lleguemos a casa.

—¿Por qué no cuentas qué te pasa? —le pregunto subiendo un poco el tono de voz para que me escuche. Tyler vuelve a acercarse a mí—. Y, por favor, no vuelvas a negarlo. Algo te pasa.

—Me trajeron para cuidar de ti, no para que tú cuides de mí, Sam —me dice sonriendo falsamente—. Sé que te gusta ser la psicóloga de todos, pero yo no te he pedido cita.

—Tyler... —intento decir, pero me interrumpe:

—No te preocupes por mí, ¿vale? —suelta irritado—. No somos parientes, y tampoco amigos. Solo vivo en tu casa. No te confundas.

Me quedo en silencio. Realmente me ha dolido. Yo sí lo consideraba mi amigo.

—Podías habérmelo dicho antes —suelto, sintiendo cómo se me llenan los ojos de lágrimas—. Llevo varios días preguntándome qué te puede estar pasando. Ahora me doy cuenta de que debería darme igual.

Si le ha dolido lo que le he dicho, no lo demuestra. Se mantiene inexpresivo, como si todo le diera igual. Lo mismo que en un principio hizo que comenzara a cuestionarle.

—Me alegra que por fin hayas abierto los ojos —dice tras unos segundos en silencio.

—Bien.

—Bien —responde.

—Superbién.

—Superhipermegabién —dice.

—¡Excelente!

—¡Perfecto!

—¡Magnífico!

—¿A qué demonios están jugando? —pregunta Caroline mirándonos confundida.

Ninguno de los dos le respondemos.

Ha pasado un día desde esa discusión con Tyler. No hemos vuelto a hablar desde entonces. Nos aplicamos la ley del hielo, lo cual me parece indignante. Yo tengo motivos para estar enfadada. Me preocupé por él, quise ayudarlo; solo eso. Mientras que él se comportó como un ser odioso y me hizo sentir mal con sus palabras.

Me detengo frente a la pizarra donde colocan anuncios para buscar tutores de diversas clases, horarios y anuncios de la clase de teatro. La profesora Melody ya ha decidido el reparto de la obra. Mis días no han sido iguales desde que discutí con Tyler, porque Drake tampoco me habla y está en su derecho. Creo que escupirle hubiera sido menos ofensivo que lo que le dije. Si no consigo el papel, me hubiera gustado desahogarme con ellos sobre eso, pero literalmente los ahuyenté. Bueno, a Drake. Tyler solo es estúpido.

—¿Estás bien?

Hablando del estúpido...

—La profesora Melody ya ha elegido a Julieta. —Es lo único que le digo manteniendo mi mirada en esa pizarra.

Escucho cómo se acerca a mí. Acabamos de tener un examen de Física y solo nuestra clase se ha quedado en la escuela. Ha sido bastante largo y difícil, así que nos dieron quince minutos extras para terminarlo.

—¿Y te lo ha dado a ti?

—No lo sé. Estoy evitando verla.

—¿Y eso por qué?

—Porque sí.

Tyler me observa como si fuera la persona más rara del mundo.

—Yo voy a ver.

—Espera. —Sostengo su brazo—. Si no he obtenido el papel, no me lo digas.

Tyler se acerca a la pizarra y lee los nombres. Me mantengo expectante, esperando que diga algo. Él pasa a mi lado sin decirme nada.

—Sam... —dice bajando la mirada, apenado. Al escuchar ese tono, hago un puchero—, felicidades. Lo has conseguido. —Sonríe.

—¡Ay, sí! —exclamo contenta, abrazándolo.

Los fuertes brazos de Tyler rodean mi cintura y paso los míos por detrás de su cuello. Gracias a los tacones, no necesito ponerme de puntillas. Puedo sentir su fragancia, no es un aroma fuerte; es sutil y me gusta. Echaba de menos sentirlo. Escucho unos pasos junto a nosotros y entonces me doy cuenta de que nuestro abrazo sobrepasa la duración de un abrazo normal, y mucho más para dos personas que están peleadas. Nos separamos al mismo tiempo, sonriendo incómodos. Al parecer, él también lo ha notado.

—Eh... —No sé qué decir.

—Nos vemos en casa —suelta él, interrumpiéndome.

—Iba a decir lo mismo. —Asiento con la cabeza.

Tyler se queda mirándome unos segundos más, los cuales son eternos. Cuando creo que finalmente se va a disculpar por ser un estúpido, se va y me deja sola en el pasillo. Suelto un suspiro cuando está lo suficientemente lejos. Al parecer ninguno va a dejar su orgullo de lado.

14

—Sammie... —Escucho que alguien susurra frente a mí.

Puedo reconocer la voz de Caroline y sé por qué está hablándome en ese tono tan dulce. Anoche me dormí muy temprano, casi al volver de la escuela. No soportaba no hablar con Tyler, y cuando iba a tragarme mi orgullo y disculparme —por más que no hice nada—, él no estaba en su habitación. Llamé a Drake, pero sus respuestas fueron de lo más cortantes. Entonces me acosté para dormir, y hasta ahora, que estoy levantándome.

—Oh, Sammie... —Ahora la voz de Luke se une.

Cubro mi rostro con la sábana. ¿Por qué justo hoy quiero estar en la cama todo el día?

—¡Feliz cumpleaños! —exclaman destapándome por completo.

Me incorporo con lentitud y abro los ojos poco a poco. Mis mejores amigos están uno a cada lado de mi cama. Tiro de sus prendas de ropa y los acerco para que me abracen. Hoy necesito todo el amor del mundo. No solo porque me siento algo desanimada por estar peleada con Tyler, sino porque mis padres no están en este cumpleaños. Es el primero que paso sin ellos. Sé que hoy haremos videollamada o algo así, pero no será lo mismo. Quiero sentir el olor a café instantáneo de la ropa de papá y los abrazos efusivos de mi madre. Leer cómo exagera en sus mensajes no es lo mismo que escucharla diariamente.

Por más que hablo cada día con ellos, no es lo mismo. A menudo estaban fuera una semana o dos, máximo, pero jamás tres meses como ahora. Mis ojos se llenan de lágrimas a medida que pienso en lo mucho que echo de menos a mis padres y puedo sentir cómo mi nariz comienza a congestionarse porque estoy a punto de llorar.

—Hey, ¿qué pasa? —me pregunta Luke, posando una mano sobre mi mejilla para limpiar una lágrima que se me escapa.

—¿Es por la pelea con Tyler? —me pregunta Caroline. No me deja responderle—. Es un estúpido. No tenía por qué tratarte así.

—No es por él —me apresuro a contestar antes de que Caroline vaya a buscarlo a su habitación—. Es el primer cumpleaños que paso sin mis padres.

Caroline y Luke se miran comprendiendo la situación. Seco mis lágrimas. Se supone que es un día feliz. No puedo comenzarlo llorando, pero no he podido controlarme; creo que necesitaba llorar. Es triste no estar con mis padres hoy, pero las cosas resultaron de esta forma. Debo afrontarlo. También es triste estar enfadada con Tyler, pero no pienso disculparme por algo que no he hecho y menos en mi cumpleaños.

—Podemos faltar al instituto, si quieres... —propone Caroline, encogiéndose de hombros e intentando hacerme sentir mejor.

—No es necesario. —Niego con la cabeza—. Además..., hoy comienzan los ensayos de *Romeo y Julieta* —recuerdo sonriendo un poco.

El desayuno ha sido como una pequeña fiesta de cumpleaños. Han llenado la cocina de globos lilas y negros. Ha sido muy tierno. Nick se encargó de preparar gofres de banana, que la verdad estaban deliciosos, y los suyos son mis favoritos. Caroline, la noche anterior, preparó un pastel de chocolate que tiene un aspecto muy apetitoso. Sin embargo, no lo he probado aún. Me llené con el desayuno, pero le he prometido que me comería un trozo de pastel por la noche. Luke y ella vendrán a dormir conmigo, así que podremos probarlo mientras vemos alguna película. He hablado con mis padres por videollamada y eso ha hecho que me sienta mejor. Ha sido la forma perfecta de comenzar mi cumpleaños.

Tyler no bajó a desayunar, lo que me ha hecho pensar que no ha dormido en casa. Es decir, a menos que se haya levantado de madrugada para evitarme todo el día, lo cual veo poco probable, ya que odia madrugar. A menos que su orgullo de no hablarme haya sido más fuerte que eso. La verdad es que no lo sé. Pero he decidido no preocuparme por él más. Después de todo, es lo que quiere, ¿no?

—Hola, cumpleañera. —Jeremy se recuesta en la taquilla de al lado para mirarme con una sonrisa mientras saco los libros que necesitaré hoy—. Mi madre también te desea un feliz cumpleaños.

—Dale las gracias de mi parte —le digo sonriendo.

Asiente con la cabeza, soltando una pequeña risa. Lo observo irse mientras guardo mi libro de Historia en mi mochila. Me alegra que sigamos bien. No somos nada, ni amigos ya, pero el que tengamos buena relación me pone muy contenta.

—¿Has oído lo que ha pasado? —Caroline viene de repente con una expresión de sorpresa. Niego con la cabeza cerrando mi taquilla—. Daniela y Jenna ya no son amigas.

—Uy, ¿y eso por qué? —pregunto sorprendida. Ellas son superamigas desde ese día en el que Jenna decidió dejar de ser mi mejor amiga. Jamás hemos hablado del porqué, pero creo que fue porque claramente tenía más cosas en común con Daniela que conmigo.

—Nadie lo sabe. —Se encoge de hombros—. Quizá se mordieron sin querer —dice, y muerde haciendo sus dientes sonar. Comienzo a reírme.

No veo a Jenna desde hace varios días. Creí que se quejaría porque se ha quedado como mi suplente en la obra, pero al parecer está asumiendo su derrota en silencio.

Mientras esperamos a que la profesora Melody venga para que ensayemos, estoy sentada con Caroline en el gran escenario. Jamás he participado en una obra escolar, solo las he visto desde los asientos. Siento un poco de pánico al pensar que todos los asientos que veo estarán ocupados por personas el día del estreno. Todos esos ojos serán testigos de cualquier fallo que pueda tener, y eso me aterra. Me pregunto si fue buena idea presentarme para el papel de Julieta.

Veo a Tyler entrar en el teatro. Eso corta mi momento de pánico escénico. Le doy un codazo a Caroline para que mire en la misma dirección que yo. Ella deja de ensayar sus líneas para ver al estúpido de Tyler sosteniendo un libreto. ¿Qué está pasando?

—Tyler es Romeo —me dice.

Creo que mi expresión sobrepasa los límites de sorpresa, ya que Caroline comienza a reírse al verme abrir la boca en forma de O y cómo mis ojos casi se salen de sus orbitas.

—¿En qué momento ha pasado eso? —pregunto haciendo una mueca.

—El chico que quedó para Romeo decidió no hacer la obra y como Tyler es el suplente... —Se encoge de hombros—. ¿No lo sabías?

—Pues no —replico, y suelto un suspiro.

Tyler sube al escenario y se dirige hacia donde nos encontramos. Caroline no le presta atención, sigue leyendo sus líneas. Finjo no haberlo visto bajando la mirada hasta mis uñas. Escucho cómo charla con alguien del reparto a unos pocos metros de nosotras. Sé que estamos peleados, pero cuando se presentó para el papel no lo estábamos. ¿Por qué no me lo contó? Antes hubiera pensado que era genial, aunque ahora creo que será muy incómodo.

—Creo que venir en tu cumpleaños al instituto debería estar prohibido —bromea sentándose junto a mí. Me alegra escucharlo dirigirse a mí, pero vuelvo a recordar aquellas cosas que me dijo el día de pícnic—. Feliz cumpleaños, Donnut —agrega al ver que no le respondo.

—Gracias —le digo levantando la mirada. Mi enojo comienza a desvanecerse poco a poco al ver su sonrisa de chico bueno. También noto que no tiene buen aspecto. Da la sensación de que ha estado durmiendo mal—. No me dijiste que serías Romeo —suelto, sin embargo, dejando de mirarlo. No quiere que me preocupe por él, así que no lo haré.

Veo a la profesora Melody llegar al teatro caminando apresurada. Se le ha hecho tarde. Ella siempre llega tarde. Caroline se levanta rápidamente para ayudarle con las cosas que carga.

—Nunca imaginé que al final conseguiría el papel —contesta riendo, puedo notarlo más aliviado también. Espero que no piense que hablar con él significa que todo entre nosotros vuelve a estar bien. Sus palabras me siguen doliendo; no es algo que dejaré pasar. Se comportó como un estúpido sin motivo—. Y al final me eligieron; bueno, como suplente.

Aprieto los labios en una sonrisa mientras me levanto para seguir a Caroline. No hablaré más de lo necesario con Tyler hasta que se disculpe.

El ensayo no fue para nada incómodo hasta que recordábamos que estábamos peleados y, además, no tuvimos que ensayar juntos casi. Cuando terminó, como las clases también se habían acabado, decidimos ir al centro comercial con Caroline para comprar ropa. Después de todo, pronto tendríamos fiestas. Falta poco para que las clases terminen y la gente se inventará cualquier excusa para organizar fiestas y beber alcohol.

Mientras mirábamos zapatos, Luke nos llamó para cancelar los planes que tenía con nosotras esta noche. Sus padres estarían en el hospital y debía cuidar a sus hermanos pequeños. Cuando llegamos a casa, Caroline también se disculpó por no poder quedarse, ya que comenzó a dolerle el estómago.

Así que aquí estoy, sentada en la sala comiendo el pastel de Caroline con Nick. Estamos viendo una película de terror. Es muy mala y no porque la haya elegido él, sino porque es nueva. En mi opinión todas las películas nuevas de este género no dan miedo, solo mucha vergüenza ajena. Quizá hay algunas escenas buenas, pero el 95 por ciento de la película es mala.

Alguien llama a la puerta y aprovecho que Nick está sumamente concentrado para escaparme de él, y de la película. Solo accedí a verla porque sé que no tiene a nadie más con quien mirarla, ya que su único amigo está actuando como un estúpido. Oh, bueno, quizá Tyler tampoco considera que él sea su amigo, como pasa conmigo.

Drake está del otro lado de la puerta. Sostiene una caja blanca y un ramo de rosas rosadas. Observo sorprendida las dos cosas y me sorprende aún más mucho más que esté aquí. No hemos hablado en todo el día, y por la breve conversación que mantuvimos anoche, creí que estaba enfadado conmigo.

—Feliz cumpleaños —me dice sonriendo. Se acerca para depositar un beso en mi mejilla, lo cual me recuerda el beso que nos dimos.

—Gracias y perdón por...

Drake me interrumpe:

—No tienes que disculparte, en serio —dice negando con la cabeza—. Me gustaría hacerte compañía, pero he quedado con unos amigos.

—Te agradezco que hayas venido y también estos regalos —le digo volviendo a sonreír. Puedo sentir que ha estado distante conmigo porque lo que pasó fue raro. De estar en su lugar, yo también me alejaría, pero el que esté aquí me da a entender que las cosas están bien—. Las rosas son preciosas.

Drake vuelve a depositar un beso en mi mejilla y luego nos despedimos. Su breve visita me ha alegrado. Me siento aliviada sabiendo que las cosas entre los dos están bien después de ese beso. Creo que no va a hacer falta aclararle lo que siento; es decir, no ha intentado volver a besarme. Puedo estar tranquila porque me parece que seguiremos como amigos.

Nick no ha notado mi ausencia, así que aprovecho para subir a mi habitación. ¿Cómo puede estar tan concentrado en esa película? Es muy mala, y la trama es la típica de todas las películas de terror. Claramente, su gusto no es el mejor del mundo, pero...

Frente a la puerta de mi habitación hay un ramo con ocho rosas blancas. Miro las rosadas que llevo en mi mano y frunzo el ceño. ¿Qué está pasando aquí? Junto a ellas hay un papel que tiene forma de un cono de helado. Me inclino para dejar la caja blanca en el suelo y tomo la pequeña nota.

> Querida Donnut:
>
> ¿Pedir disculpas a través de una nota? Algo estúpido; bueno, yo soy un estúpido. Lamento lo que dije. Estaba enfadado y me desquité contigo cuando no tenías ninguna culpa. ¡No rompas la carta! Tengo más que decir. Te espero en mi habitación.
>
> P. D.: Esta es la primera nota que escribo (¿lo he hecho bien?). Siéntete halagada.

Una pequeña sonrisa se posa en mis labios. Ya era hora de que dejara su orgullo de lado. Sin pensarlo dos veces, dejo las cosas que Drake me ha regalado sobre mi cama y cojo las rosas de Tyler y la pequeña nota. Su habitación está a dos puertas de la mía, así que estoy ahí enseguida. Doy dos golpes y, al no recibir respuesta, entro.

—Ty...

Me quedo sin palabras al ver su habitación. Está iluminada con luces led azules y hay globos plateados en forma de estrellas en el techo. Sin embargo, no hay rastros de él. Cierro la puerta a mis espaldas y dejo las rosas sobre su cama. Miro al balcón. Ahí está, contemplando la hermosa noche. Es uno de esos días donde las estrellas se esfuerzan por hacerse notar más que la contaminación lumínica.

Carraspeo para que se gire. Una sonrisa se expande por su rostro al verme, casi la misma de antes. Solo que la situación ahora es distinta, porque yo puedo sonreírle también.

—¿Una nota de helado? —pregunto recostándome en la pared, mirando de nuevo la tierna nota de helado. Escucho su risa grave.

—Te encanta el helado —responde, puedo escuchar que da un paso.

—¿Luces led azules? —pregunto de nuevo, levantando la mirada.

Tyler se encoge de hombros.

—Es tu color favorito.

Asiento fingiendo estar seria.

—¿Globos estrella? —digo entrecerrando los ojos. No recuerdo haber mencionado en ningún momento nada relacionado con las estrellas.

—Esto sonará cursi —me advierte acercándose más a mí—, pero tus ojos me recuerdan a ellas.

—Tienes razón. Ha sido muy cursi —bromeo haciéndole reír.

Tyler se detiene frente a mí dejando de lado las risas y coloca ambas manos sobre mis hombros. Yo frunzo el ceño queriendo reírme. Sus ojos marrones escanean todo mi rostro hasta volver al punto de partida.

—Sí eres mi amiga. Eres casi mi mejor amiga, y digo casi porque sé que Caroline me matará si intento robarle a su mejor amiga. —Nos reímos por eso—. Como te he dicho en la nota, estaba enfadado y lo pagué contigo, y me siento un estúpido. Lo lamento de verdad. —Se pone serio de nuevo. Abro la boca para contestarle, pero vuelve a hablar—: Y si no quieres perdonarme, me lo merezco. Yo me quedaré comiendo esto solo y lloraré porque estaré triste por no tener ya a Sam Donnet en mi vida.

Ladeo la cabeza.

—¿Qué comerás? —pregunto confundida.

Tyler aprieta sus labios y entra en la habitación, vuelve con la misma cesta que Caroline llevó al pícnic y el mismo mantel. Frunzo el ceño al no entender por qué tiene esas cosas. Él extiende el mantel en el suelo del balcón.

—No estuvimos juntos en el pícnic, así que he querido recrearlo —me explica sentándose—. ¿Qué me dices, Donnut? ¿No me perdonas y me quedo triste a comer todo esto o me perdonas y quizá me decido a compartir esta comida contigo? —vuelve a preguntar.

Al verlo allí sentado tras escuchar sus disculpas, y después de todo lo que ha preparado para mí, me doy cuenta de cuánto lo he echado de menos. Porque sí, al principio lo detestaba y me caía mal, pero luego Tyler se ha convertido en uno de mis mejores amigos. Tras los cuatro días que hemos estado distanciados y los que estuvo actuando de forma rara, me hace muy feliz ver que está de vuelta.

—Te perdono solo porque tengo hambre —respondo, y me voy a sentar con él.

—Eso cuenta de todas formas —me dice levantando el dedo índice, y nos reímos.

Me siento sobre el mantel con él para ayudarlo a sacar la comida que tiene dentro de la cesta. Me sorprendo al encontrar comida de McDonald's. Ahora puedo entender por qué se me hizo la boca agua apenas sacó esa cesta.

—No cocino igual que Caroline y que Nick —me explica encogiéndose de hombros.

—Sí, yo tampoco. —Hago una mueca de resignación.

Sacamos la comida y la cerveza que Tyler ha comprado y yo cojo dos pequeñas almohadas negras de su cama para que después de comer podamos apoyar en ellas nuestras cabezas. Es una noche preciosa y no detenerse a apreciar las estrellas sería un crimen.

—Alguien de mi vida pasada me ha llamado —me cuenta mientras me meto una patata frita en la boca—. ¿Recuerdas que te dije que me juntaba con malas compañías? Bueno, se podría decir que ella formaba parte de esas malas compañías.

—¿Ella? —pregunto arqueando una ceja y con la boca casi llena.

Tyler parece ignorar mi pregunta y continúa hablando con la mirada perdida.

—Jessica —dice, asintiendo con la cabeza lentamente—. Ella me llamó y... por eso he actuado de forma tan rara. No quiero que sepa nada de mí.

—¿Tus padres saben algo de ella?

Niega con la cabeza.

—¿Por qué no les cuentas? Quizá ellos puedan hacer algo.

—No quiero meterlos en esto. Ni a ti, de hecho. —Me mira muy serio—. Solo quiero que sepas qué me pasa y por qué me he comportado como un idiota. —Se encoge de hombros.

Estiro una mano para colocarla sobre la de él.

—Aquí estoy, ¿vale? —le digo con una leve sonrisa—. Sabes que puedes contar conmigo para llamarla como novia celosa y que te deje en paz. —Le guiño un ojo para hacerle reír.

—Lo tendré en cuenta —me dice acariciando mi mejilla con sus nudillos.

15

Han pasado dos días desde mi cumpleaños y desde entonces mi amistad con Tyler ha vuelto a ser la misma de antes. Esa noche no volvió a tocar el tema de Jessica y yo tampoco quise insistir. Es un tema que lo incomoda bastante y le fue muy difícil contármelo. Las cosas tampoco se pusieron tensas ni nada. Actuó como si jamás la hubiera mencionado. Terminamos de comer y nos acostamos a ver la hermosa noche estrellada.

Ahora nuevamente estamos acostados, pero no en su balcón, sino en mi cama. Ha venido hace unos minutos a hablarme sobre la obra y a contarme que utilizó ese pretexto para hablar conmigo. Creyó que al verlo allí, en los ensayos, se ganaría mi «perdón».

—Creí que te darías cuenta —me dice con tono de obviedad—. ¿Sabes cuánto tuve que pagarle a Richard para que me dejara ser Romeo?

—¡¿Le has pagado a Richard?! —pregunto sorprendida. Tyler asiente con la cabeza riéndose—. Cero dólares cuesta acercarse a mí y pedirme perdón.

—Te dije cosas muy feas. No sabía cómo acercarme, así que pensé: «Oh, ¿por qué no la obra?» —me dice encogiéndose de hombros. Me río mordiéndome los labios—. Además, te salvé de besar a Richard.

Olvidé por completo que debíamos besarnos. Eso hace que mi risa comience a cesar poco a poco. Un beso con Richard hubiera sido solo eso, pero ¿con Tyler? No quiero que pase lo mismo que pasó con Drake.

A Drake le intereso —o interesaba— en el aspecto romántico, pero el a mí no. Bueno, tuvimos que besarnos para que me diera cuenta, sí. Pero a partir de eso tuvimos un breve momento incómodo que al parecer ya hemos superado. Es decir, desde mi cumpleaños hablamos a menudo y hasta hemos quedado para vernos hoy. No me pasará eso con Tyler. No me atrae en ningún sentido y yo a él tampoco.

¿No?

—¿Qué? ¿Acaso prefieres besar a Richard antes que a mí?

La pregunta de Tyler me saca de mis pensamientos. No respondo, intentando contestar primero a la pregunta que me he hecho antes yo a mí misma.

—¿Sam?

—No —contesto parpadeando repetidas veces para alejar esa estúpida pregunta de mi mente. Es obvio que Tyler solo me ve como una amiga—. Prefiero besar a Richard —bromeo sonriendo forzadamente.

Al parecer Tyler no ha notado que he tenido un breve momento de indecisión sobre sus sentimientos hacia mí porque se ríe y continúa con la vista en su móvil. Me quedo mirando cómo hace una mueca al eliminar notificaciones que no quiere ver. Mientras responde un mensaje saca un poco la lengua. He notado eso antes. Lo hace cada vez que quiere concentrarse mejor. Hay veces que está haciendo algún ejercicio de matemáticas o física, y hace ese gesto. Creo que es adorable.

—Deja de mirarme. Das miedo... —canturrea con la vista en el móvil.

—Es mi habitación. Haré lo que quiera —le contesto entrecerrando los ojos.

—A veces me recuerdas a mi hermana —dice.

Le recuerdo a su hermana, claramente solo me ve como a una amiga.

—Entonces Emily debe de ser genial —respondo, llevando una mano detrás de la cabeza.

—Me recuerdas a ella porque las dos son insoportables —dice, concentrado en lo que escribe. Le doy un codazo en las costillas—. Auch.

Tyler se ríe sin dejar de mirar el móvil. Oigo el timbre de la puerta principal y entonces agradezco que Drake haya llegado. Me levanto de la cama para mirarme en el espejo. Hace solo un rato que me he levantado, así que sigo en pijama y ni siquiera me he peinado. Parezco una vagabunda, y aún no estoy en esa etapa de amistad donde podemos mostrarnos imperfectos. Decido peinarme y dejarme puesto mi pijama de gatitos. Después de todo, son gatitos. No tienen nada de malo.

—Te ves bien, ¿qué tiene de malo tu pelo? —me pregunta Tyler desde la cama. Puedo ver por el espejo que coge mi almohada para colocarla sobre la suya—. Me gusta tu pelo enredado. Creo que te da ese toque —dice, y besa las puntas de sus dedos índice y pulgar como hacen los chefs en las películas.

—¿Sabes qué? Tú también me recuerdas a alguien insoportable que conozco... —Me giro fingiendo sorpresa—. Oh, espera. Ese eres tú.

Se lleva una mano al corazón, fingiendo que mi comentario le ha dolido. Entorno los ojos antes de salir de la habitación para abrir la puerta. Nick no está en casa porque fue a comprar ropa para una fiesta con temática que tendremos mañana. En realidad, nos invitaron a nosotros, pero como al parecer echa de menos las fiestas de secundaria, insiste en ir. Además, también visitará a unos conocidos que tiene por aquí o eso me dijo cuando hablamos por teléfono hace un momento. Es mejor que esté fuera un rato. Tenerlos a él y a Tyler en casa es toda una odisea, parecen niños pequeños.

—¡Hola! —exclamo cuando lo veo.

Drake sonríe y se acerca para depositar un beso en mi mejilla.

—Bonito pijama —me dice mientras entra en casa. Me alegra que sea una persona de bien y le gusten los gatitos.

Decido buscar algo para comer mientras vemos la película. Cuando me siento en el sofá junto a Drake, puedo escuchar a Tyler bajar las escaleras con rapidez mientras tararea una canción que me resulta conocida, pero no puedo distinguir cuál es.

—¡Hola, Drake! —saluda alegremente a mi cita, sentándose a mi lado y pasando un brazo sobre mis hombros—. ¿Les molesta que los acompañe? —La pregunta va dirigida más para Drake que para mí porque sabe mi respuesta.

—Por mí no hay problema —responde encogiéndose de hombros con una leve sonrisa.

—¿Que no tenías planes? —le pregunto quitando su brazo de mis hombros.

—Se cancelaron —contesta, y se estira para tomar algunas frituras.

—¿Se cancelaron o jamás existieron? —le pregunto empujándolo con mis caderas para que me deje espacio. Está casi encima de mí—. Discúlpalo, no es culpa suya ser tan insoportable —le digo a Drake, que se ríe de mi comentario. Espero que no se esté sintiendo incómodo con Tyler pegado a nosotros, pero al parecer no queda otra más que tenerlo aquí.

134

—¿Ves? Tú estás molestando —me dice entrecerrando los ojos, haciéndose a un lado—. La persona con la que salgo canceló los planes.

Me río soltando un suspiro.

—No sale con nadie —le digo murmurando a Drake.

—Esta noche la conocerás —replica Tyler, señalándome con una fritura.

Intento identificar chanza en su tono de voz, pero no la encuentro. Ignora mi sorpresa y continúa diciéndole a Drake qué película elegir. ¿Tyler sale con alguien? Hasta el momento no mencionó que alguien pareciera interesarle. Alguna vez comenta que alguna chica de alguna clase es guapa y esas cosas, pero de ahí a salir con alguien hay una gran diferencia. ¿Quién será?

—Hey, ¿por qué no vienes con nosotros a la fiesta, Drake? —suelta de repente Tyler.

Drake lo mira sorprendido, con las cejas levantadas y la boca abierta levemente sin saber qué decir. No había pensado en invitarlo a la fiesta; no es por nada, solo que no se me ocurrió. Me mira a mí sin saber qué responder a la invitación de Tyler.

—Sería genial —asiento encogiéndome de hombros—. Acompáñanos, por favor —agrego, convencida de que es una buena idea. Además, a la anfitriona no le importará.

Eso último parece agradarle a Drake. Creo que le convenció más la idea de ir al pedírselo yo. Asiente con la cabeza manteniéndome la mirada. Puedo escuchar a Tyler mencionar que le prestará algo que le vaya bien con la temática de la fiesta.

Me coloco frente al espejo haciendo una mueca. Fue algo difícil encontrar ropa de esa época, pero lo conseguí en una pequeña tienda que poca gente conoce debido a lo poco llamativa que es por fuera. Eso me agradó. Evitar filas y grandes multitudes de gente cuando compro ropa es lo más satisfactorio para mí. Paso las manos alisando la tela del vestido. Elegí los ochenta. Llevo un vestido de mangas largas acampanadas. Es algo corto, quizá solo cubre unos cuatro dedos de mis muslos, y blanco, pero con un estampado de corazones de varios colores y tamaños. También conseguí unas preciosas botas largas blancas que me llegan hasta debajo de las rodillas.

Caroline se coloca a mi lado para dar los últimos retoques a su maquillaje. Eligió los años sesenta. Decidió disfrazarse de Jackie Kennedy. Lleva puesto una copia del icónico traje rosa que utilizó el mismo día que asesinaron al presidente. Claro que este no es de Chanel como el original, pero se parece bastante. Quedamos en que haríamos un intercambio esta noche solo para divertirnos y probar algo distinto. Ella compró una peluca castaña, simulando el corte de Jackie y yo una peluca con el mismo estilo, pero rubia.

—Así que Tyler tiene una cita, ¿eh? —Caroline decide romper el silencio. Asiento con la cabeza sin darle mucha importancia—. ¿Y tú estás bien...?

—Sí... —le respondo confundida por su pregunta. Ella baja el delineador para mirarme con los ojos entrecerrados—. ¿Por qué me preguntas eso?

—No lo sé. Es que ustedes... —Se encoge de hombros sin saber cómo expresarse—. Pensé que podrían sentir algo más que amistad.

—Suelto una leve risa y niego con la cabeza volviendo a mirarme en el espejo—. Ay, vamos. Además, hacen buena pareja.

—¿Quiénes hacen buena pareja?

Me sobresalto al escuchar la voz de Tyler. Está recostado en el umbral de la puerta con los brazos cruzados. Lleva una camiseta blanca con cuello en V, unos simples tejanos azules y botas negras. Es un claro ejemplo de que hay personas que no se esfuerzan en seguir las consignas de una fiesta temática.

—Unos famosos... —responde Caroline, volviendo a darle la espalda.

—¿De qué época se supone que vas? —le pregunto arqueando una ceja.

Tyler se acerca a mí con una pequeña sonrisa en los labios. Acaricia unos mechones de mi peluca rubia como si fuera la cosa más impresionante que ha visto en su vida. Puedo ver de reojo que Caroline nos está observando con las cejas arqueadas.

—De la década de los cincuenta —contesta sin apartar la vista de mi peluca—. El rubio te queda bien, Donnut.

Caroline finge toser. Me abstengo de lanzarle una mirada asesina.

—¿Vas a decirme por fin quién es tu pareja? —le pregunto arqueando una ceja.

—Espera a la fiesta. —Suelta por fin la peluca y pasa a concentrarse en mi atuendo y luego, por último, en mis ojos—. Será divertido. Tú con Drake como pareja y yo con mi pareja sorpresa.

—Drake es solo mi amigo. —Tengo la necesidad de aclararle. No le conté lo que pasó después del beso y que gracias a eso lo prefiero como amigo solamente.

Va a responderme, pero Nick aparece en la habitación vistiendo exactamente igual que Tyler. Bueno, la diferencia es que él lleva una camiseta con cuello en V negra y unos vaqueros claros. Y Tyler no lleva el pelo peinado hacia atrás con fijador como mi primo; él se lo ha dejado al natural. No se lo ha cortado, como le sugerí.

—¿Acaso Luke también irá igual que ustedes? —pregunto arqueando una ceja.

Entonces mi mejor amigo se asoma por la puerta de mi habitación al escuchar que ha sido mencionado. Lleva unos pantalones verdes a cuadros y una camiseta azul oscuro. Si no me equivoco, ha elegido la década de los setenta.

—Te ves genial —le dice Caroline, sorprendida por su elección.

Los chicos fueron solos a comprar la ropa, así que asumimos que no serían muy originales. Con Tyler y Nick no nos equivocamos, pero Luke nos ha sorprendido en el buen sentido.

—Pareces un modelo —agrego sonriendo. No miento. Nuestro mejor amigo está realmente guapo.

—¿Y a nosotros no nos dicen nada? —pregunta Nick, indignado.

—Ustedes parecen de esos muñecos que venden al por mayor —replica Caroline, haciendo una mueca divertida.

Miro a Tyler a través del reflejo del espejo y me lo encuentro con la vista en su móvil. Mantiene una sonrisa en el rostro mientras escribe un mensaje. Me pregunto quién será su dichosa pareja y por qué tanto misterio.

Las palabras de Caroline vuelven a repetirse en mi mente. ¿Nosotros sintiendo algo más que amistad? Eso es una locura. Pero me llama la atención que mi mejor amiga se pregunte lo mismo que me pregunté yo hace unos días cuando Tyler y yo hablábamos de Richard. Me repito a mí misma que solo ha sido una coincidencia que ambas hayamos tenido esa duda, y con esa idea bajo las escaleras para irnos a la fiesta.

La fiesta es en el mismo club donde hicimos el pícnic. Claro que no en la misma área, sino en un exclusivo salón donde normalmente se llevan a cabo este tipo de eventos. Apenas entramos podemos ver «Feliz cumpleaños, Caitlyn» con las letras del cartel de la película *Volver al futuro*. La cumpleañera se inspiró en su película favorita para la temática de la fiesta. Solo que en vez del futuro con nuestras vestimentas viajamos al pasado. Y no solo los disfraces dan ese toque de volver al pasado, sino que la decoración también. Hay un sector para cada época. Desde blanco y negro hasta las hermosas tonalidades de las fotos de los años noventa. Caitlyn realmente se ha lucido con esta fiesta.

—Todo esto es genial —me dice Drake enlazando su brazo con el mío mientras lo observa todo con admiración.

Drake y yo vamos disfrazados de los ochenta. Él lleva una camisa a cuadros verde, tejanos claros y chaleco rojo. Con su pelo no ha tenido que hacer mucha cosa, ya que constantemente está despeinándolo. A lo lejos puedo ver que Tyler va caminando con una rubia. Mi mente me juega una mala pasada: ¡no puede ser quien me parece que es! Quizá es una peluca o es otra chica.

—¿Estás bien? —me pregunta Drake.

—Sí —respondo secamente, buscando con la mirada a mis otros amigos, ya que todos parecen haberse perdido.

Por más que me esfuerzo en encontrarlos, mi mirada siempre va en dirección a Tyler, que está con esa chica.

—¡Oye! —Caroline aparece detrás de mí con una bebida de color turquesa—. Bebe esto.

Acerco el vaso demasiado a mi rostro, ingiero el líquido turquesa y al instante siento que me arde la garganta. Hago una mueca alejando el vaso de mí.

—Quema —digo en medio de un ataque de tos.

—¡Es solo para calentar! —me responde Caroline, y después desaparece nuevamente.

Por curiosidad, vuelvo a mirar a Tyler y a la chica en el momento justo. Ella se gira unos segundos para hablar con alguien y entonces puedo ver su rostro. Mi intuición, una vez más, no me ha fallado. Jenna es la pareja misteriosa de Tyler. Puedo notar cómo algo dentro de mí duele y comienzo a sentirme mal al instante. ¿En serio de todas las chicas del instituto ha tenido que elegir a Jenna como pareja?

Sé que Tyler no tiene nada que ver con mi relación con ella y que no es obligatorio que le caiga mal porque a él no le ha hecho nada. Es mi ex mejor amiga. La cosa es entre nosotras. Sin embargo, no puedo evitar sentirme decepcionada y algo traicionada.

—¿Esa es la novia de Tyler? —me pregunta Drake, que me ha descubierto mirándolos.

Tyler mira en nuestra dirección y puedo ver cómo su sonrisa se desvanece al darse cuenta de que ya lo he visto con Jenna. Tomo la mano de Drake, sorprendiéndolo.

—Vamos a beber —contesto tirando de él.

16

La noche sigue su rumbo y la fiesta está resultando genial. Todos bailan y hay mucha gente borracha, incluyéndome a mí. No he visto ni a Tyler ni a Jenna en todo este tiempo. He estado bailando toda la noche con mis amigos o sacándome fotos en las diferentes zonas temáticas. Aunque me lo estoy pasando bien, cuando en algún instante recuerdo que están juntos, la bebida que está a mi alcance me sirve para volver a concentrarme en lo que importa en estos momentos: disfrutar de la fiesta con mis mejores amigos.

Lamentablemente, mucho de algo no es bueno. De tanto saltar y dar vueltas, comienzo a marearme. Todo el alcohol en mi sistema y todo lo que tengo en el estómago parece querer salir a saludar a la pista. Me tapo la boca con una mano para evitar algo tan vergonzoso. Lo único que me faltaría esta noche es ser la chica que vomitó en plena pista.

Decido salir a tomar un poco de aire, no sin antes pasar por la barra y pedir una botella de agua. Mis amigos están dándolo todo en la pista y no quiero molestarlos con esto. Además, todos hemos bebido demasiado, así que, aunque no les pida ayuda ahora, muy pronto se me unirán de todas formas. Ya afuera, comienzo a pensar que hubiera sido mejor elegir la década de los sesenta y disfrazarme de hippy para poder haberme puesto chanclas. Los tacones de las botas están matándome.

—Hola, Donnut. —Escucho su voz detrás de mí.

Como estoy dándole la espalda, aprovecho para rodar mis ojos. No contesto a su saludo. Solo me dedico a beber mi agua, lo cual agradece mi garganta y, posiblemente, mi hígado también.

—¿Estás bien?

Puedo notar que cada vez se acerca más a mí. Entonces doy unos pasos hacia delante porque no quiero tenerlo cerca en estos momentos.

—No te importa —respondo. Inhalo mucho aire y lo suelto al instante.

—Sí me importa. —Su voz suena mucho más grave que usualmente—. Mi deber es cuidarte.

—Es un pasatiempo, no un deber, porque no te pagan.

Me giro para mirarlo con el ceño fruncido. Tyler me observa con esa cara de niño bueno que siempre pone cuando no quiere que me niegue a algo. Esta no es la ocasión. No sé si es por el alcohol en mi sistema o qué, pero en serio me siento muy traicionada, enfadada, triste... Me siento un tornado de emociones y... demasiado bebida.

—Bonita cita —le digo sonriendo falsamente—. ¿Por qué no trajiste a Jeremy también? —Ladeo la cabeza y aprieto los labios.

—Sam... —empieza a decir, pero le interrumpo.

—No, en serio... —Me quedo en silencio unos segundos. Creo que siento náuseas de nuevo... No. Falsa alarma—. Me da igual.

Tyler parece confundido por momentos. Intenta tomar mi mano, pero la alejo antes de que pueda hacerlo.

—Tú has venido con Drake —suelta de repente. Ahora me muestro más confundida que él. ¿Y eso qué tiene que ver?

—¿Qué? ¿Acaso estás celoso?

Al instante de decir eso, me arrepiento por completo.

—Yo no he dado mi autorización para que mis labios digan eso. Solo estaba pensándolo... —Acabo de empeorar las cosas aún más.

¿Por qué no siento náuseas otra vez? Así vomito y dejo de decir estupideces.

Tyler frunce el ceño confundido, pero se le escapa una sonrisita. Intenta tomar mi mano nuevamente, pero vuelvo a alejarme dos pasos hacia atrás. Entonces tira de mi mano y me acerca a él con tanta fuerza que casi choco contra su pecho. Me saca una cabeza en estatura, pero por los tacones solo es necesario que levante un poco el mentón para mirarlo.

—Te ibas a caer... —dice— a la piscina.

No le respondo. Me quedo en silencio. El contacto visual se mantiene, no nos movemos ni un centímetro más, ni uno menos. Solo estamos allí. Para atraerme hacia él, también coloco una de sus manos en mi cintura mientras que yo tengo una sobre su pecho. Trago saliva con dificultad.

—¿Qué están haciendo?

Mi mejor amiga está mirándonos con los ojos entrecerrados, como si sospechara de nosotros de alguna forma. En ese momento, mi cuerpo parece reaccionar. Me alejo de Tyler con rapidez, y él no opone resistencia. De repente se me pasa la ebriedad como si lo que acaba de suceder entre nosotros me la hubiera quitado de golpe. Caroline se lleva una mano a la cintura, esperando explicaciones.

—Se iba a caer a la piscina. Tuve que detenerla —explica Tyler pasándose una mano por el pelo—. Ha bebido demasiado.

—Estoy bien —digo mirándole con odio.

—Ya veo... —asiente Caroline, sin creernos a ninguno de los dos—. Solo venía a comprobar que estabas bien, Sam —recalca mi nombre. Tyler baja la mirada a sus zapatos—. Entremos, ¿sí?

Asiento con la cabeza. Juntas caminamos hacia dentro, alejándonos de Tyler rápidamente. Ella no me pregunta nada sobre lo que ha pasado, y tampoco menciona a Jenna, lo que le agradezco. No es el momento. Posiblemente, hablaremos de ello cuando volvamos a casa y pueda llorar o golpear almohadas en mi habitación.

Puedo ver a Nick y a Luke charlando en la barra a unos metros de nosotras. Mi primo parece un payaso con la cantidad de pintalabios que tiene en el rostro. Me pregunto de quién será. Caroline me indica que le acompañe al baño, así que la sigo, pero como no nos hemos dado la mano, la pierdo rápidamente por la cantidad de gente sudorosa que hay en la pista de baile.

Mientras la busco con la mirada, choco con una persona detrás de mí. Cuando me giro para disculparme, prefiero guardarme mis disculpas. Jenna está observándome de pies a cabeza con aires de superioridad. Una sonrisa burlona adorna su rostro y hace que apriete mis dientes.

—Has tenido suerte de que no haya derramado mi bebida sobre ti —bromea sin gracia. No le contesto—. ¿Te pasa algo, cariño? —me pregunta fingiendo preocupación. Se lleva una mano al pecho—. No te molestará que Tyler sea mi cita, ¿verdad?

—¿Por qué iba a molestarme? —le contesto, arqueando una ceja.

—Es que hace mucho que no hablamos. Has cambiado. —Coloca

una mano sobre mi brazo. Me muevo para apartarla—. Tyler me ha dicho que ahora eras insegura e inmadura. Ya sabes, con todo eso de que debe cuidarte...

Asiento con la cabeza forzándome a sonreír. Vuelvo a sentirme mal. Antes quizá no podía considerarlo traición, pero ahora sí. Habíamos acordado que no le diría a nadie que estaba aquí para cuidarme. No solo porque es algo vergonzoso, sino porque no hay necesidad de contarlo. Pero resulta que Tyler va y se lo cuenta a Jenna, que es mi ex mejor amiga y que me odia.

—Vaya. De ti no me ha dicho nada —replico encogiéndome de hombros. Mis palabras no parecen afectarle tanto como las suyas me han afectado a mí—. Se ve que muy importante no eres.

Jenna asiente con la cabeza sonriendo. Puedo sentir una presión en el pecho que hace que mi sonrisa amenace con borrarse. Nuestra guerra de miradas parece terminar cuando mis ojos comienzan a llenarse de lágrimas. Ella continúa caminando sin decirme nada más. Vuelvo a dirigirme a la barra, donde se encuentran Luke y Nick, y ahora, también, el estúpido de Tyler.

—¿Dónde está Drake? —le pregunto a Luke. Él niega con la cabeza y hace una mueca. Miro a Nick esperando respuesta a la pregunta que hice, pero está muy ocupado charlando con alguien a su izquierda.

Busco con la mirada a Drake. Se supone que es mi pareja de esta noche y básicamente lo he ignorado porque he estado muy ocupada bebiendo para intentar olvidar que Tyler está saliendo con mi ex mejor amiga. Si antes no debía enfadarme por ello, ahora tengo todo el derecho a hacerlo porque sé que él le ha contado que está cuidándome.

Y allí está Tyler, mirándome como si quisiera hablarme, pero no se atreviera a hacerlo. Evito el contacto visual con él. Estoy furiosa y sobre todo me siento herida. No sé si esta explosión de emociones está causada principalmente por el alcohol en mi sistema o es que de verdad me siento así. Sea como sea, solo quiero irme a casa para poder dormir y luego despertar con una resaca insoportable, pero consciente de lo que estoy sintiendo y con las ideas más claras.

—¿Estás bien? —vuelve a preguntarme. No le contesto y me mantengo buscando con la mirada a Drake. No ha podido haberse ido muy lejos—. Sam, contéstame. ¿Estás bien?

—Eres un estúpido mentiroso —le suelto enfadada. Si quiere hablar de cómo me siento, pues hablaré—. ¿Cómo has podido hacerme esto? —pregunto negando con la cabeza.

—Lo siento, pensé que no te molestaría tanto —recalca la última palabra—. Además, no te lo dije antes porque no voy en serio con Jenna. Es decir, me cae bien y eso, pero tampoco es como si fuera a casarme con ella.

Me río sin ganas.

—¿Sabes qué? No me importa que estés con ella. Pueden casarse si quieren, me da igual —le espeto con rabia—. Lo que me molesta es que le contaste que eres mi niñero. Rompiste una promesa.

—Sam... —empieza a decir, pero le interrumpo:

—Y, además, le dijiste que era inmadura e insegura —agrego aún más enojada.

Tyler estaba a punto de responderme, pero entonces la música se detiene y todos comienzan a abuchear. Nos mantenemos mirándonos con enojo. ¿Él está enfadado? La única que tiene derecho a estarlo soy yo. Después de todo, yo no soy quien ha roto una promesa y ha estado hablando a espaldas de la que se supone que es su casi mejor amiga. Dos golpecitos en el micrófono hacen que ambos nos giremos hacia el escenario que hay en el lugar.

Mi pareja de esta noche se encuentra allí, mirando con nerviosismo a todas las personas que están a su alrededor. ¿Qué está haciendo ahí arriba? Luke y Nick se acercan a nosotros para ver qué planea Drake. El DJ que está en el escenario, lo observa sin entender. Al parecer le ha quitado el micrófono sin permiso.

—Lamento interrumpir su fiesta, amigos —comienza a hablar demasiado cerca del micrófono, lo cual hace que se oiga muy mal. Algunos le gritan que se baje, pero él los ignora—. Solo quería decir una cosa... —Frunzo el ceño mientras él busca a alguien con la mirada—. ¡Sé mi novia, Sam Donnet!

Un completo silencio se instala en el lugar. Todos los que lo abucheaban o se miraban confundidos están ahora igual de sorprendidos que yo. En serio acaba de hacer eso. Acaba de pedirme que salga con él delante de un montón de gente bebida —entre los que me incluyo— que mañana no recordarán que esto ha pasado. Sin embargo, yo sí lo haré.

—¡Aparca tu vaca, vaquero! —se escucha que grita alguien, rompiendo el silencio.

Drake sigue buscándome con la mirada mientras pienso en cómo sacarlo de esto sin que su dignidad quede afectada.

—No lo hagas —dice Tyler a mi lado—. Apenas lo conoces.

—Tú apenas conoces a Jenna y le has contado que eres mi niñero —murmuro, molesta sin devolverle la mirada.

—Sam, esto es distinto —me contesta furioso—. No hagas algo de lo que después de arrepentirás.

Argggh, ¿quién demonios se cree que es para aconsejarme? Perdió totalmente ese derecho en el mismo momento en que rompió su promesa.

—¡Sí, acepto! —grito a todo pulmón para que se entere.

—Veo que sí eres inmadura. —Escucho decir a Tyler antes de alejarse de mí.

Drake empieza a celebrar su triunfo en el escenario y todos los presentes aplauden y se unen a su celebración, mucho más cuando comienza a escucharse la música otra vez. Automáticamente, me siento mal por haber aceptado. He dejado que mi ira contra Tyler fuera más fuerte que la necesidad de que mi amigo esté bien. Si antes con un corto beso las cosas se complicaron, ahora con esto se complicarán muchísimo más.

—Lo que una se pierde cuando va al baño. —Escucho que Caroline dice a mi lado.

17

CAROLINE

Después de la fiesta con temática del pasado, todo se volvió extraño y tenso entre Sam y Tyler. Ambos son estúpidos y tomaron decisiones aún más estúpidas esa noche. No estoy en contra de que él salga con Jenna, pero me pregunto: de todas las chicas que hay en el instituto, en Los Ángeles y en el mundo, ¿por qué tuvo que escoger a la ex mejor amiga de Sam? Es decir, ¿en serio? ¿No tuvo otras opciones? Bueno, como sea.

Con Sam, la cosa cambia. Drake no tiene ningún pasado con ninguno de nosotros. Así que pueden salir sin que nadie se sienta incómodo o dolido. Pero no deberían hacerlo porque no es mutua la cosa. Ella lo quiere solo como amigo y aceptó ser su novia porque estaba dolida, enfadada y bebida. La peor combinación para tomar una decisión. Pensó que al día siguiente todo volvería a estar bien porque Drake lo olvidaría como consecuencia de su estado de ebriedad, pero no. El chico recuerda lo que pasó y ahora mi estúpida mejor amiga no sabe cómo decírselo sin lastimarlo.

Sam está enfadada con Tyler porque él le contó a Jenna que es su niñero, y Tyler está enfadado con Sam porque ella aceptó la propuesta de Drake cuando él le aconsejó que no lo hiciera. En resumen: ambos son estúpidos y orgullosos. No van a disculparse a menos que:

1) Pasen meses.
2) El otro admita que estaba equivocado.
3)Uno de ellos esté a punto de morir.

Y como no quiero que lleguen a esos extremos, sobre todo al último —la segunda opción es la menos probable—, decidí organizar una reunión en mi casa con sus respectivas parejas del momento con la excusa de divertirnos un rato, pero en realidad tengo un plan para que Sam y Tyler solucionen su estúpida pelea.

—¿Estás segura de que quieres hacer esto? —me pregunta Nick.

Como Luke tiene que estudiar para un examen, a Nick le toca ser mi mano derecha en este malévolo plan. Pero no es igual de valiente que mi mejor amigo. Él tiene miedo de que las cosas salgan mal y terminen peleándose aún más. No termina de entender que soy Caroline Morgan y que jamás me equivoco.

—Todo saldrá bien —le aseguro sonriendo.

En ese momento suena el timbre de mi casa y eso solo significa una cosa. No hay vuelta atrás. Nick me observa todavía inseguro de formar parte de esto. Señalo con la mirada los chupitos de tequila que serví para entrar en calor y quitarnos el miedo. Bueno, su miedo. Actúa como si nuestros amigos fueran sicarios o algo así.

—Para que nadie resulte herido —dice Nick, y acto seguido bebe su chupito.

—O muerto —agrego tras beber el mío. Mientras me recupero del ardor en mi garganta puedo ver la mirada de Nick—. Es broma —entorno los ojos.

Camino hasta la puerta con paso apresurado. Los primeros en llegar son Tyler y Jenna. Les doy la bienvenida como la educada anfitriona que soy, pero en mi mente los juzgo. Nick rápidamente me ahorra tener que buscar temas de conversación y se sienta con ellos en la sala mientras yo espero que mi mejor amiga llegue.

Diez minutos después Sam y Drake entran en mi hogar. Ella me saluda con un abrazo y él me regala una sonrisa. Una vez más, soy agradable, pero en el fondo los estoy juzgando por la mala decisión que han tomado. Bueno, que ha tomado Sam.

Procedo a llevar a mis invitados a la sala, donde agradezco que las miradas asesinas no sean capaces de matar a nadie; de lo contrario, mi casa seria la escena de más de un asesinato. Tyler mira a Nick buscando respuestas y Sam me mira a mí. Ambos nos encogemos de hombros. Ya están aquí y no pueden irse. No solo porque sería descortés, sino porque no les dejaré irse sin que hayan hecho las paces.

Nick y yo procedemos a sentarnos frente a los dos grupos. Sé que Tyler y Sam están odiándome en este momento, pero cuando se arreglen, volverán a quererme. Hago esta confrontación disimulada por su bien.

—De acuerdo, vamos a jugar en parejas —digo sonriendo. Soy la única que sonríe. Todos, hasta Nick, están serios—. En otro caso diría que formarán parejas, pero creo que aquí ya están formadas.

Comienzo a explicarles que el primer juego será «Dilo con mímica», que consiste en tomar una pequeña tarjeta donde está escrito el nombre de una película/personaje/animal o lo que sea que debes interpretar con gestos, sin decir una palabra. Tu pareja ha de adivinar lo que tratas de decirle en el lapso de tiempo que daremos.

Los primeros en participar son Sam y Drake. Él es quien debe interpretar y ella la que adivina. Preparo el temporizador en dos minutos. Drake comienza moviendo sus manos hacia delante y hacia atrás, como tirando una telaraña. De acuerdo, esta es fácil. Debe de haber sido Nick el que ha escrito esta tarjeta. Le dije películas difíciles y él ha puesto las más fáciles. En estas ocasiones, echo de menos a Luke. Maldito examen de Francés.

—¡*Spiderman*! —dice Sam, señalándolo con su dedo índice. Drake se acerca a ella, Sam intenta chocar los cinco con él, pero Drake tira de su mano para abrazarla.

—¡Diez segundos! —digo deteniendo el temporizador.

Miro disimuladamente a Tyler. Él está mirando a Sam fijamente, sin ninguna expresión. Bueno, por lo menos ahora no es una mirada de «me caes mal».

—Nos toca —dice Jenna, poniéndose de pie e intentando llamar la atención de Tyler para que deje de mirar a Sam. Funciona.

Tyler se pone de pie. Jenna es quien debe interpretar y él adivinar. Mientras ella lee la tarjeta, Tyler vuelve a mirar a Sam, solo que esta vez su mirada sí es correspondida. Miro a Nick haciendo una mueca. La tensión que hay aquí es impresionante. Ahora comienzo a dudar de mi plan y de mí misma.

Jenna se pone en un lugar donde todos podamos ver la interpretación de gestos que hace. Comienza bailando de una forma extraña, Tyler frunce el ceño sin entender. Entonces ella cambia su actuación. Con una mano simula un papel y con la otra escribe. Miro a Nick esperando que sepa la respuesta, pero él se encoge de hombros. No tiene ni idea.

—¡*Desayuno con diamantes*! —le dice Jenna a Tyler, frustrada.

—Hum..., eso es trampa —me dice Sam, señalando a Jenna.

—No te metas, Donnet —le espeta la rubia al tiempo que le lanza una mirada asesina.

—Solo digo... —empieza a defenderse Sam «inocentemente»— que no te alteres, querida, o...

—No estoy alterada.

—Pues avísale a tu cara.

Bueno, no quiero ningún asesinato en mi casa. Me pongo de pie para finalizar el comienzo de una gran discusión.

—Bajen las garras —digo juntando mis manos—. Es hora de cambiar de juego.

—Pero nosotros no hemos jugado todavía... —me dice Nick.

—Dije «hora de cambiar de juego», Nicholas.

Esa es mi señal de «El plan comienza». Él parece entender a la segunda vez que lo digo. Se pone de pie para adentrarse en la cocina y lo sigo, rogando mentalmente no tener que volver enseguida para detener una discusión.

—¿Estás segura de que debemos hacer esto? —me pregunta Nick, que se apoya en la isla de la cocina—. Sabes que pueden enfadarse más entre ellos y con nosotros.

—Nick, si no te arriesgas, no ganas —suelto esa frase inspiradora encogiéndome de hombros. Él ladea la cabeza—. Lo haremos. Punto —agrego, y abro el cajón de un mueble para buscar las cintas.

Volvemos a la sala, donde la tensión puede cortarse con un cuchillo. Se nota que Jenna y Drake están incómodos. No los culpo. Sam y Tyler están dejando muy claro que siguen con ellos solo para molestarse el uno al otro. Eso es malo, pero no me sorprende que lo estén haciendo. Como he dicho antes, los dos son igual de estúpidos y orgullosos. Por eso esta especie de guerra fría debe terminar cuanto antes. No solo Nick y yo ganaremos al no tener que soportar que todo sea incómodo, sino que Jenna y Drake podrán estar con personas que de verdad los quieran.

Les explico que mi juego se llama «Misión muda». Consiste en unir la mano de los jugadores con una cinta en su muñeca. Tendrán que moverse juntos, pero a oscuras porque les vendaremos los ojos, principalmente para que Sam y Tyler no noten que forman equipo. Además de eso, tienen que estar en silencio.

—¿En silencio? —pregunta Tyler, frunciendo el ceño y mirándome como si tuviera algún problema.

—El juego se llama «Misión muda». ¿No tuviste indicios, Einstein? —le responde Sam con los ojos entrecerrados.

Carraspeo para hacer que dejen de mirarse con odio. Jenna y Drake se lanzan una mirada que fácilmente puede traducirse como «Estoy harto/harta de esto». Pobres.

—Sí, en silencio —asiento mirando a Tyler—. Es un juego para ver el nivel de confianza que se tienen. Al no poder hablar ni verse, solo tendrán que seguir a su pareja, la cual escogerá el camino según su intuición, y ustedes deberán confiar en ella.

Me veo tan segura de lo que estoy diciendo que parecen confiar en mí. Nick me lanza una mirada cuando comienza a vendar los ojos de Sam. Le guiño un ojo logrando que niegue con la cabeza. Me toca vendar a Tyler, y apenas me acerco, me susurra:

—¿Qué planeas?

—Relájate. No planeo nada —miento, colocándome detrás de él para hacer el nudo.

Cuando terminamos de cubrirles los ojos a todos, procedemos a unir a las parejas atándolos por las muñecas. Para nuestra suerte, ninguno se da cuenta de que no es la persona con la que ha venido. Bueno, es eso o solo se dejan llevar porque ya están resignados a que han llegado con quien no debían.

Nick lleva a Jenna y Drake al patio trasero de mi casa. Ellos pueden jugar a cómo volver a entrar adentro. Lo importante es que Sam y Tyler se reconcilien. Subo las escaleras con ellos. Ninguno puede hablar porque perderían el juego y... se darían cuenta de que están juntos. Al llegar a mi habitación los dejo en un rincón.

—Si los oigo susurrar o algo, perderán —les advierto—. Estaré cerca, así que oiré cualquier cosa —miento, y cierro la puerta.

Cuando Caroline cierra la puerta el juego comienza. Sam mueve la mano hacia delante para empezar a caminar e intentar tocar algo que le dé algún indicio de en qué parte de la casa está. Es la casa de su mejor amiga, no hay manera de que no pueda encontrar la manera de volver al punto de partida —el cual es la sala—. Este juego es pan comido para ella.

Tyler sigue a su compañera. Al principio, pensaba que era Jenna, pero ahora sabe que es Sam. Se encuentran muy cerca, y puede oler su perfume y el aroma de esas cremas que usa. ¿Granada y flor de mora? Sí, eso decía el bote la última vez que se fijó cuando ella se la puso en las manos estando con él.

—Lo siento —suelta Tyler deteniéndose.

Es verdad. Para él prometerle a Sam que no le diría a nadie que era su niñero fue solo una tonta promesa, y se siente mal por haberla roto, porque para ella sí significaba algo. En verdad, se siente muy triste. Pero lo dijo sin pensarlo, sin intención de lastimarla, y además lo mencionó de forma distraída. Jamás pensó que Jenna fuera a decirlo por ahí, y menos que se lo echaría en cara a Sam.

Sam se queda paralizada al escuchar la voz de Tyler, solo por unos segundos. Desde el momento en que lo vio con Jenna aquí, supo que su mejor amiga tenía algo planeado. Después de todo, es Caroline Morgan. Le gusta arreglarlo todo. Y su enfado con Tyler no iba a ser una excepción.

Se quitan la venda al mismo tiempo con la mano libre. Tyler se queda mirándola apenado, mientras que ella baja la mirada a sus zapatillas. Al ver que él no vuelve a decir nada, decide hablar.

—¿De verdad le dijiste que soy insegura e inmadura? —le pregunta. Desde que Jenna le dijo eso en la fiesta, no ha podido quitarse esas palabras de la mente.

Tyler se apresura a negar con la cabeza.

—Jamás le dije eso —responde, frunciendo el ceño.

—Es que, como le contaste lo del niñero, pensé que también habías dicho eso... —le explica Sam, y aprieta los labios.

—La primera vez que dije que eras inmadura te lo dije a ti, en la fiesta —dice con una pequeña sonrisa, la cual se desvanece a medida que recuerda por qué la llamó de esa forma—, y fue porque aceptaste salir con Drake —agrega serio.

—Igual no te equivocabas —dice Sam riendo secamente—. Esa vez sí que fui inmadura. —Mueve la cabeza recordando el momento—. Estoy saliendo con Drake solo para hacerte enojar. —Sonríe sin ganas—. Soy lo peor.

Se siente basura. Cree que Drake es una buena persona; no merece ser tratado de esa forma, pero tampoco sabe cómo afrontarlo. Le romperá el corazón si pone fin a su relación a los pocos días de haber comenzado a salir; sobre todo si le dice que solo lo hizo para molestar a Tyler. Puede perder su amistad. Pero es un riesgo que debe tomar. De ninguna forma le hace bien.

—No eres lo peor. —Tyler se inclina hacia ella buscando su mirada, pero ella se mantiene cabizbaja, lamentando esa noche—. Solo eres una persona que cometió un error. Nadie es perfecto. —Ella sigue mirándose las zapatillas de deporte con los labios apretados—. Bueno, solo yo —agrega, con la intención de hacerla reír. Logra su propósito.

Sam se ríe, olvidando un instante su tristeza. Levanta la mirada y se encuentra con la de Tyler. Lleva preguntándose desde la fiesta si su enfado se debe solo a que rompiera la promesa o si era porque estaba celosa de verlo con Jenna... Se convenció a sí misma, nuevamente, de que estaba loca si pensaba que sus sentimientos hacia Tyler eran algo más que de amistad. Pero ahora todas esas afirmaciones negativas que se repitió hasta el cansancio están flaqueando al sentir ganas de besarlo.

Tyler, por su parte, se encuentra confundido al sentir lo mismo que Sam. Tenerla frente a él, oliendo tan bien como siempre, hace que besarla sea un acto reflejo. Algo que su cerebro no puede controlar. Es la segunda vez que le sucede. La primera fue cuando estaban hablando de Richard y la obra. Al hablar del beso, sintió ganas de besarla, pero ignoró ese deseo, ya que le pareció algo efímero. Sin embargo, ahora siente que es algo más.

—Creo que debo ir a hablar con Drake para decirle que lo dejamos —suelta Sam, nerviosa por sus propios pensamientos. Lo último que necesita ahora es arruinar la amistad que tiene con Tyler por sus deseos fugaces.

Eso confunde a Tyler unos segundos. Al principio, piensa que lo dice por él. Que va a dejar a Drake por él. Pero luego vuelve a estar en la misma sintonía y comprende que lo dice porque desde un principio ella no quería esa relación.

—Sí, sí, claro —dice, sintiéndose estúpido por pensar que lo iba a dejar por él.

Sam, nerviosa, desata el nudo que Caroline hizo para mantener sus manos juntas. «Es mejor alejarme de él y pensar con claridad. Obviamente, estoy perdiendo la cabeza al querer besarlo», piensa.

Cuando ya no hay cinta que los una, se quedan nuevamente en

silencio mirándose. No ven la hora de estar lejos el uno del otro. Un paso en falso como ese beso que tantas ganas tienen de darse y ya nada podría ser igual.

—¿Estamos bien? —le pregunta Tyler para romper el silencio y porque no le queda claro.

—Sí —asiente Sam, sonriendo forzadamente—. Vuelve a romper una promesa y oficialmente no seremos más casi mejores amigos —le dice para borrar cualquier sospecha que pueda tener Tyler de que ella quiere besarlo.

—Eres insoportable, ¿te lo habían dicho? —le responde él, también forzando una sonrisa.

Sam sale de la habitación de Caroline cerrando la puerta a sus espaldas. Tyler, al quedarse solo, suelta un suspiro y se pasa una mano por el pelo.

—¿Qué mierda te pasa? —se pregunta a sí mismo.

Mientras se aleja de la habitación de Caroline y de Tyler, Sam se cruza de brazos.

—¿Qué me está pasando? —se pregunta frunciendo el ceño.

18

Las cosas entre Tyler y yo volvieron a ser igual que antes desde aquella reconciliación en la habitación de Caroline. Para mi suerte, los deseos de querer besarlo no volvieron a aparecer. Espero que se hayan ido de una vez. Tengo suficiente con que mi amistad con Drake esté corriendo peligro.

Aún no he podido romper con él. Ese día no tuve tiempo siquiera de sacar el tema porque se fue antes de que yo saliera de la habitación. Tuvo una emergencia familiar y debió viajar a Minnesota: su abuelo enfermó. El universo parece estar castigándome por ser una mala persona y me pone las cosas cada vez más difíciles. ¿Qué puede ser peor que tu novia rompa contigo el mismo día que tu abuelo enferma? Claro que miles de cosas, pero para Drake momentáneamente eso podría ser lo peor del mundo. Tampoco quiero hacerlo por WhatsApp o llamándole. Metí la pata, sí, pero debo afrontar las consecuencias con la frente en alto. Romper vía móvil es de cobardes. Claramente esa no es una opción para mí. Además, hacerlo me convertiría en una mala persona. Así que debo esperar a que regrese en unos días.

—¡Pueden descansar! —grita la profesora Melody desde su asiento, estirándose para buscar su botella rosada de agua.

Llevamos una semana ensayando sin parar porque días anteriores no pudimos hacerlo, dado que los exámenes finales se acercan y todos estamos estudiando. Además, los profesores parecen disfrutar viéndonos estresados, ya que nos mandan muchos trabajos de investigación. Para mí no fue mucho problema balancear ambas cosas porque me sé el guion de memoria. Por fin obsesionarse con una película tiene sus pros.

Me levanto para ir al baño. Tengo ganas de ir desde que llegué, pero como salgo en la mayoría de las escenas, he tenido que aguantarme. Al bajar del escenario, veo a Tyler sentado en el patio de butacas con Jenna. Están charlando muy animados sobre algo que no logro escuchar.

Las ganas de besarlo han desaparecido, pero estos horribles celos que siento cuando lo veo con ella no. Me molesta mucho sentirme así porque él es mi amigo y ella mi ex mejor amiga. No debería molestarme verlos juntos.

Ambos se ponen de pie al mismo tiempo que me acerco a su burbuja de amor. Para mi suerte, Jenna se va antes de que deba fingir no haberlos visto para que la situación no se torne incómoda.

—¿A dónde vas? —me pregunta Tyler, centrando su vista en mí y colocando sus manos en los bolsillos delanteros de los tejanos.

—Al baño —le contesto sonriendo. De alguna manera, me emociona que le interese saber qué voy a hacer—. ¿Crees que podrás vivir sin mí, Romeo? —pregunto en tono de broma.

—No lo creo, Julieta... —Finge estar triste—. Eres como mi oxígeno —dice dramáticamente.

—¿De veras? —pregunto colocando una mano en su pecho. Siento un cosquilleo en el estómago al hacerlo.

—Me temo que no puedo vivir sin ti, Julieta —contesta Tyler, ajeno a mis sentimientos.

—Pues tendrás que hacerlo. Mi vejiga está a punto de explotar.

Suelta una carcajada y le empujo levemente.

Tyler me guiña un ojo antes de girarse para ir hacia el escenario. El cosquilleo hace su aparición otra vez y lo odio porque es una muy mala señal. Es lo mismo que sentía por Jeremy. Cada vez que estaba con él, notaba cosquillas en el estómago. Las dichosas mariposas. Pero estas mariposas parecen ser mutantes o radiactivas. A medida que pasa el tiempo son más difíciles de ignorar.

«No, Tyler solo es mi amigo. Así que, mariposas, ¡desaparezcan!», pienso.

—¡Eh, querida! —Jenna me llama desde la dirección contraria a la que voy. Me vuelvo sin ganas para ver qué quiere. Al parecer se levantó para ir por unos aperitivos a la máquina que está en el pasillo—. ¿No crees que Tyler y yo hacemos una pareja genial? —me pregunta sonriendo.

—No tengo opinión sobre eso, «querida» —le contesto sonriendo falsamente.

Jenna se ríe secamente y comienza a «caminar» hasta mí con su pequeña bolsa de gomitas. Ladeo mi cabeza mientras me cruzo de brazos.

Cuando está con Tyler, no me dirige la palabra, pero cada vez que me encuentra sola, le encanta refregarme que sale con él.

—Oh, vamos. Debes de tener algo que decir al respecto. ¿O me equivoco? —me pregunta arqueando una ceja sin perder la diversión en sus gestos. Me río levemente—. La tienes —asegura señalándome con su dedo índice.

—Prefiero guardármela —le digo encogiéndome de hombros.

Jenna sonríe mirándome con ternura fingida. Me cuesta creer que haya sido mi mejor amiga alguna vez. No me imagino actuando de esta forma con Caroline.

—Deja de hacerte la mosquita muerta, Sam. —Puedo ver que su diversión es solo para camuflar el enojo que siente por dentro—. No te metas conmigo. No te metas en la relación que tengo con Tyler.

Aprieto los labios para no reírme.

—Lo conoces hace... ¿cuánto? ¿Dos segundos? ¿Cinco, quizá? —pregunto llevándome una mano al mentón, fingiendo estar pensando.

—¿Sabes desde cuándo estamos juntos? Desde antes de su patética pelea el día del pícnic.

Eso hace que mi sonrisa flaquee.

Jenna ya no sonríe, ni se muestra burlona. Está seria y sus mejillas se van enrojeciendo poco a poco debido a la ira que siente.

—Lo quiero, y no quiero que tú estropees lo nuestro. Él me quiere. Mucho —agrega, y sonríe de forma forzada.

—La única que lo va a estropear eres tú con tus inseguridades, Jenna —replico mirándola con desdén.

—Yo no soy insegura —dice, elevando levemente el mentón.

—Entonces, ¿por qué estamos teniendo esta conversación?

Eso parece haberle pegado a Jenna tan duro como a mí saber que están juntos desde hace más tiempo del que pensaba. Traga sin saber qué decirme para defender su ego herido.

—¿Otra vez molestándola? ¿No tienes otro pasatiempo?

Me giro y me encuentro con Daniela, vestida con ropa de gimnasia, a unos metros detrás de mí. Al parecer ha venido a estudiar en la biblioteca, que está abierta hasta los sábados. Carga unos libros y la mochila en el hombro. En otros tiempos, se hubiera dirigido de esa forma a mí, pero ahora utiliza ese tono odioso con Jenna.

—Ay, por favor. No seas hipócrita —le contesta Jenna—. Que

hace poco eras igual que yo. No te creas que por separarte de mí te has convertido en una santa.

Jenna vuelve a entrar al teatro dejándome sorprendida. Sé que Daniela y ella dejaron de ser amigas, pero no sabía que habían terminado tan mal. Daniela se acerca a mí apretando los labios como si estuviera apenada por la escena que acaba de presenciar.

—Sé que esto te va a sonar raro... —me advierte elevando las cejas—, pero si sigue molestándote, avísame.

—¿Por qué iba a hacerlo? —suelto, sin procesar lo descortés que acabo de sonar.

Daniela no parece ofenderse; es más, asiente dándome la razón.

—Creo que te lo debo —me dice, sonriendo levemente.

Abro la boca sin saber qué decir. Daniela vuelve a sonreírme antes de alejarse caminando por el pasillo por el que apareció. En otro tiempo, me habría restregado en la cara que ella fue la chica con quien Jeremy me engañó, y ahora está... ¿ofreciéndome su ayuda para defenderme de Jenna?

Este día es raro.

Mis ganas de ir al baño vuelven a resurgir como protesta de mi vejiga. Con toda esta locura que acabo de presenciar, se me había olvidado que hay cosas mucho más importantes que averiguar si Jenna y Daniela se han vuelto locas o algo parecido. Sigo mi camino hasta llegar al baño y me meto en un cubículo para hacer mis necesidades. Puedo oír el sonido de la puerta cerrarse, pero no le presto atención. Alguien más debe de haber entrado y ha preferido cerrar la puerta.

En cuanto salgo, me lavo las manos y me miro en el espejo. Mi mirada baja y no puedo ver los pies de nadie en los demás cubículos. Frunzo el ceño. Camino hasta la puerta e intento abrirla, pero no lo consigo. Utilizo toda mi fuerza, pero no tengo éxito.

La puerta está cerrada con llave. Alguien me ha encerrado en el baño.

TYLER

Estoy sentado en la silla giratoria de mi «camerino» mientras repaso las líneas de mi personaje. Solo me metí en esto porque quería resolver las cosas con Sam, pero después de un par de ensayos —ya habiéndonos reconciliado—, me comenzó a gustar lo de hacer de Romeo. Los ensayos son muy divertidos. Sobre todo porque casi todas mis escenas son con Sam. No hay ningún momento en el que no lo pasemos bien. Algunas veces me equivoco a propósito para hacerla reír. Me encanta cuando se cubre el rostro con las manos porque le da vergüenza reírse en plena escena.

Desde esa vez en casa de Caroline no puedo evitar sentir ganas de besarla. Cada vez que la veo, quiero abrazarla. Estrujarla entre mis brazos mientras escucho cómo se queja entre risas. Me gustaría que el tiempo se detuviera y pudiéramos dejar de tratarnos como amigos. Solo un día. Y que al día siguiente eso no afectara a nuestra amistad.

Pero como eso no pasará, tengo que aguantar en silencio. Morderme los labios cada vez que quiera besarla y tragarme cualquier cosa que desee decirle. Quiero a Sam, y no voy a estropear nuestra amistad con sentimientos que quizá son pasajeros.

—¡Uy! ¿Puedo maquillarte? —me pregunta Jenna, sacándome de mis pensamientos.

—¿Tan mal estoy? —le pregunto a mi vez acercándome al espejo para mirarme desde distintos ángulos.

—Solo tienes unas leves ojeras... —contesta ladeando la cabeza y escaneando mi rostro.

—Bueno...

Mis ojeras se deben a las largas noches de desvelos con Nick o por tener que estudiar para algunas clases. Me dan igual, pero si Jenna se siente mejor maquillándome, que lo haga.

Se aleja e inmediatamente comienzo a moverme incómodo por la ropa de Romeo. Es extremadamente caliente. No en el sentido erótico, lo que quiero decir es que da muchísimo calor. No entiendo cómo podían vestirse con estas ropas, principalmente en verano. Me quito el sombrero que utilizo en la primera escena soltando un suspiro.

Caroline aparece en el pequeño cuarto buscando algo en su neceser de maquillaje. Ella también ya está vestida. A diferencia de mi disfraz, él de ella se ve mucho más cómodo. Lleva un vestido de mangas largas sin escote. Es conservador, sí, pero sus piernas están libres. Las mías están pidiendo ayuda dentro de estas medias.

—¿Has visto a Sam? —le pregunto a Caroline, quien parece no haber notado mi presencia hasta que le he hablado.

Falta nada para que comencemos y aún no la he visto. Sam me prometió que al volver del baño repasaríamos una vez más algunas escenas en las cuales no me siento muy seguro antes de que comience la obra. Quizá se ha olvidado.

—Eh, no —me responde Caroline frunciendo el ceño. Jenna se pone junto a mí con su neceser de maquillaje para comenzar a taparme las ojeras—. Tendría que estar arreglándose, pero no la he visto en el otro cuarto.

Al instante me preocupo. ¿Y si le ha pasado algo?

—Voy a buscarla —me dice Caroline con una pequeña sonrisa.

Creo que me ha visto preocupado y me ha dicho eso para tranquilizarme.

—Te ayudo —me apresuro a decir, levantándome de la silla.

—Pero..., Tyler... —empieza a decir Jenna.

—Ahora no, Jenna —la interrumpo, y salgo del camerino.

Llevamos buscándola media hora por todo el instituto y no hay rastro de ella. La hemos llamado, pero se dejó el móvil en el camerino junto a la mochila de Caroline y su ropa de Julieta. No sé dónde puede estar. Por unos segundos he pensado que igual nos estaba gastando una broma, y que debía estar sentada en algún salón comiéndose un helado o algo así, pero lo he descartado al instante. Ella no haría eso. No me preocuparía así.

Camino por los pasillos, sin saber dónde más buscarla o si estoy exagerando demasiado con la búsqueda. Lo único que sé es que quiero tenerla cerca. Giro sobre mis talones para ir a buscarla a la cafetería. Quizá le entró hambre y está allí, escondida. Al volverme me encuentro con Daniela a unos metros de mí. Está usando el móvil, pero al cabo de unos segundos levanta la mirada.

—¿Has visto a Sam? —le pregunto elevando un poco mi tono de voz para que pueda escucharme.

Daniela frunce el ceño.

—Hace un rato la vi hablando con Jenna. —Debió de ser cuando Jenna fue a la máquina expendedora y Sam al baño. Se acerca a mí—. ¿Por qué me lo preguntas?

—Porque no la encontramos, y en menos de una hora comienza la función —le explico dejando caer los brazos a los lados de mi cuerpo—. Gracias de todas formas. —Me giro y comienzo a caminar.

—¿Buscaron por todos lados?

Me detengo para asentir con la cabeza. Daniela desvía la mirada pensativa.

—¿En los baños? —pregunta arqueando una ceja.

—A los baños no se puede acceder. Están fuera de servicio porque los están limpiando —le explico encogiéndome de hombros.

Daniela se queda mirándome unos segundos como si dudara de la veracidad de mis palabras o como si se estuviera preguntando si soy estúpido. Me quedo sin expresión hasta que finalmente parece haber resuelto su incógnita. Entorna los ojos.

—Sígueme —me dice Daniela, y comienza a caminar en dirección opuesta a la que iba.

La sigo confundido. ¿A dónde más buscaremos que no haya buscado ya? Por la dirección en la que va puedo ver que se dirige al baño de mujeres. Pasamos frente al teatro. Gracias a que las puertas están abiertas, puedo ver que ya hay algunas personas sentadas en las butacas, esperando que empiece la función. Siento cómo el estómago se me cierra por los nervios. No solo por no encontrar a Sam, sino porque no me había planteado lo de que actuaría delante de muchas personas hasta este momento.

Llegamos al baño de mujeres y Daniela lee el cartel de «Fuera de servicio» con desconfianza. Luego comienza a golpear la puerta.

—¡Sam! ¿Estás ahí? —Pega la oreja a la puerta para escuchar una respuesta.

Nada.

—Gracias de todas formas.

Comienzo a caminar hacia el teatro otra vez para informar a la profesora Melody cuando de repente empiezo a oír golpes del otro lado de la puerta. Me giro y Daniela me observa sonriendo por tener razón.

—¡Estoy aquí! —Podemos escuchar la voz de Sam.

Vuelvo a la puerta e intentamos abrirla, pero está cerrada con llave. Como es sábado, el conserje no está en la escuela y es él quien tiene las llaves de los baños. ¿Cómo abriremos la puerta sin romperla?

—¿Tienes algún pasador? —le pregunta Daniela a Sam.

—¡En el neceser de Caroline puedes encontrarlos! —grita.

—A ver si me los da —murmura Daniela haciendo una mueca. Inmediatamente, comienza a caminar en dirección al teatro.

En cuanto nos quedamos solos, me recuesto sobre la puerta, aliviado de haberla encontrado. Ahora me pregunto: ¿quién habrá hecho algo así?

SAM

—¿Sam? —Escucho la voz de Tyler del otro lado.

—¿Sí? —contesto aún aturdida por haber escuchado la voz de Daniela. Ella ha venido a ayudarme—. ¿Daniela está aquí?

Escucho la risa de Tyler.

—Sorprendentemente.

Este es un día raro. Primero mi discusión con Jenna, la cual me sorprendió. Jamás pensé que ella podría sentirse insegura por mí. Es decir, creí que solo me tenía rencor por una tonta pelea de niñas sin superar, pero no sabía que era mucho más que eso. En ese sentido, no debe preocuparse por mí. No intentaré sabotear su relación con Tyler porque yo no soy así, y por más que nos «odiemos», nunca le haría eso.

Segundo, Daniela defendiéndome y encima ayudando a buscarme. Esto es una locura. En caso de que la cosa fuera al revés y ella necesitara ser buscada, obviamente que yo ayudaría. Podemos llevarnos mal, pero si ella corriera algún peligro, no dudaría en ayudarla. No pensé que ella fuera así también. Es una sorpresa grata.

—Estaba preocupado —dice Tyler nuevamente—. ¿Qué sería de mi vida sin Sam Donnet?

Recuesto la espalda en la puerta sintiendo otra vez las malditas cosquillas.

—Muy aburrida —le contesto con una sonrisa.

De nuevo silencio...

—Sam... —él vuelve a hablar, pero su tono de voz es distinto; más serio.

—Dime —le digo confundida.

—¡Las tengo!

La voz de Daniela pone fin a lo que sea que Tyler intentaba decirme. Me quedo con la curiosidad, pero un alivio me invade al saber que saldré de aquí. Me gustaría irme a casa a dormir porque siento que este día es mucho más largo de lo que debería, pero debo hacer la función.

Cuando la puerta se abre, lo primero que hago es abrazar a Tyler. Sé que no ha pasado mucho tiempo desde que lo he visto antes de estar encerrada, pero saber que se ha preocupado por mí ha hecho que las cosquillas de mi estómago se hayan intensificado, y como no puedo besarlo, me conformo con abrazarlo.

—Bonitas medias —le digo cuando nos separamos, fijándome en su ropa. Tyler sonríe—. Gracias, Daniela. —Soy sincera. Jamás pensé que diría esto, pero le estoy muy agradecida.

—Sí, gracias, Daniela —dice Tyler.

—No ha sido nada —nos dice sonriendo—. ¡Rómpanse una pierna! —Nos guiña uno de sus ojos marrones.

Tyler me toma de la mano para comenzar a correr hacia el teatro. Algunas personas se quedan mirándonos al pasar, ya que tenemos a Romeo corriendo desesperado por llegar a tiempo. Comienzo a sentirme nerviosa y contenta al ver la cantidad de personas que han venido a ver la obra. Aunque me hubiera gustado que mis padres estuvieran entre la multitud, listos para aplaudirme, o que mamá estuviera hablando con la persona de al lado, contándole orgullosa que Julieta es su hija. Lástima que con querer a veces no basta.

Miro a Tyler al pensar esto último. Ahora estamos en la parte de atrás del escenario, donde podemos ver al resto de nuestros compañeros ya vestidos para la obra. Tyler se ve ridículamente bien con las medias y la ropa exagerada, y me molesto por pensar eso.

—¿Ahora apareces? —Jenna se está poniendo mi ropa de Julieta, y ya está completamente maquillada y peinada—. Profesora, creo que esto es una falta de respeto...

—Alguien me ha encerrado en el baño... —Ahora lo entiendo todo—. Fuiste tú. —Jenna frunce el ceño—. Tú me encerraste.

—¿Es eso verdad, Jenna? —le pregunta Tyler sin poder creerlo.

—¡No! —exclama furiosa—. Yo no he hecho nada.

—Entonces, ¿por qué estás vestida de Julieta? —Caroline aparece a mi lado—. La profesora Melody no ha dicho que te pusieras la ropa de Sam.

—El show debe continuar —contesta Jenna seriamente.

Tyler da un paso al frente.

—Jenna, en serio, ¿has tenido algo que ver en esto?

Ella suelta un bufido.

—No me lo puedo creer... —dice, indignada—. ¿Solo porque Sam dice que fui yo la que la encerró automáticamente me convierto en culpable?

Tyler no responde, se queda en silencio, mirándola muy serio, esperando una respuesta sincera. Jenna se quita el pintalabios con la muñeca de forma exagerada. Toma el silencio de Tyler como afirmación y, en cierta forma, yo también.

—Eres un estúpido —le dice Jenna acercándose a él—. Se merecen el uno al otro. —Sonríe sarcástica, dirigiéndose a ambos.

Aprieto los labios mientras bajo la mirada a mis pies. Esto es muy vergonzoso, y todos nos sentimos incómodos. No puedo evitar sentirme mal con lo que acaba de pasar. Quizá es verdad que Jenna no tuvo nada que ver, pero me cuesta creer que no fue ella la que me encerró para obtener el papel, ya que es mi suplente.

—Y por si no te habías enterado, tú y yo hemos acabado —suelta Jenna antes de salir por la puerta.

—Jenna... —empieza a decir Tyler.

—Afronta la realidad, por favor.

Con ese misterioso mensaje final, se va de la habitación y nos deja a todos los presentes sorprendidos por su ruptura y confundidos por lo que ha querido decir. La profesora Melody aparece con una sonrisa, pero al verme sin la ropa de Julieta su felicidad se convierte en horror.

—¿Por qué no estás vestida? —me pregunta como si fuera la peor catástrofe del mundo.

—Jenna se ha puesto mi ropa... —digo haciendo una mueca.

Tyler, a mi lado, se mantiene en silencio, pensando en lo que acaba de pasar.

—Hay otro vestido. Ve a buscarlo —dice la profesora apretando los dientes. Se pone las gafas y mira a los demás—. ¡A moverse todo el mundo! ¡En veinte minutos comenzamos!

Miro a Tyler, pero él no me devuelve la mirada, simplemente se aleja. Caroline tira de mi mano para llevarme al camerino para que me cambie. No nos decimos nada, solo nos miramos elevando las cejas. En cierto modo, me siento aliviada por que Tyler y Jenna hayan roto. Pero sé que no debo sentirme de esa forma. Ella lo debe de estar pasando mal.

Me siento rápidamente en la silla giratoria que estaba frente al espejo para dejar que las manos de Caroline obren su magia en mi cara. Afortunadamente para ella, no tiene mucho que hacer. Tengo unas leves ojeras y alguna que otra manchita casi invisible que solo puedes notar si me observas con mucha atención.

—Ha sido horrible lo que ha pasado. —Caroline pasa una toallita desmaquilladora por mi rostro—. ¿Sabes qué quiso decir al final?

—No... —contesto cerrando los ojos.

Caroline se queda en silencio mientras continúa maquillándome. Una chica viene a dejarme el nuevo vestido que la profesora Melody eligió para mí. Originalmente, mi peinado debía consistir en un recogido con trenzas, pero como el tiempo nos pisa los talones, me he hecho una trenza normal. Quince minutos después, ya estamos listas.

—¡Menos mal! —exclama la profesora al verme ya vestida, maquillada y peinada cinco minutos antes de salir al escenario.

—¿Estás bien? —Me acerco a Tyler.

—Sí, genial —me contesta con una sonrisa. No está mintiendo, pero tampoco está tan bien como quiere aparentar. Lo puedo notar en su mirada decaída—. ¡Rómpete una pierna, Donnut! —Me guiña un ojo.

La obra sigue su rumbo. No vuelvo a ponerme nerviosa con respecto a la cantidad de personas que nos ven, ni a ponerme sentimental con respecto a la ausencia de mis padres. Me ocupo de decir mi texto bien y de pasármelo genial. Esta es la primera y la última obra que haré en mi vida. Solo quiero crear buenos recuerdos.

Tyler no ha vuelto a hablarme desde que me deseó suerte utilizando una expresión propia de los actores cuando comenzó la obra. Bueno, hablamos sí, pero solo como Romeo y Julieta, y puedo notar que está en otra sintonía. En algunas ocasiones he tenido que darle un codazo para que hable.

—¡Esposo mío! ¿Qué es esto? Fue veneno lo que causó tu muerte —exclamo dramáticamente. A diferencia de lo que ocurría en los ensayos, ahora Tyler no se ríe—. Sellaré mis labios por primera y última vez con los tuyos, tal y como sellar una carta de amor que jamás será entregada.

Los reflectores nos iluminan solo a nosotros dos. Somos los únicos en el escenario, claramente, este es el final. Vuelvo a mirar a la audiencia; el público está esperando nuestro beso. Giro mi rostro hacia la izquierda; Caroline, Luke y los demás están mirándonos. La profesora Melody me hace una seña con la mano para que me apresure.

—Hazlo —me susurra Tyler, moviendo apenas los labios.

Inhalo y exhalo. Poso mis labios sobre los de él y me mantengo inmóvil, queriendo reaccionar, pero sé que nos pondría en una situación incómoda después y ya tiene suficiente con su ruptura con Jenna delante de todos. Intento separarme, pero Tyler coloca una mano en mi mejilla, evitando que me aleje. Tardo unos segundos en ser consciente de que mi supuesto esposo muerto acaba de corresponderme. Nuestro beso ficticio, aburrido y tocándonos apenas, se convierte en un beso tierno, lento, como si quisiera disfrutar cada segundo de este momento. Las cosquillas se convierten en especies mutantes que causan un torbellino dentro de mí.

Los aplausos hacen que recordemos que estamos delante de muchas personas. Me separo de él abriendo desmesuradamente los ojos. Él hace lo mismo, igual de sorprendido por lo que acaba de pasar. Puedo sentir cómo mis mejillas comienzan a ponerse rojas. Me sonríe antes de volver a «morirse».

Tomo la daga de utilería que está junto a mí y agradezco que mis padres no hayan venido a verme.

—Dulce daga, esta es tu vaina. Descansa en mi corazón, dame la muerte —digo apuñalándome falsamente, y a continuación caigo sobre Tyler.

Puedo escuchar su leve risa en mi oído.

19

Una vez que el telón cae y ya hemos recibido nuestros aplausos, me dirijo al camerino como si mi vida dependiera de ello. Caroline me sigue con la misma velocidad con la que voy yo. No pregunta ni me dice nada, pero supongo que entiende por qué estoy escapando como si fuera una prófuga. Después de todo, es una de las primeras personas que estaban viéndome desde bambalinas.

Estoy completamente en shock por lo que acabo de hacer. Tyler y yo acabamos de besarnos. Y no fue un simple buen beso, fue EL BESO. Mis mejillas, mi ritmo cardíaco y mis sentimientos todavía no se han recuperado. Por fin he hecho lo que desde hacía tiempo quería hacer. Siento miedo al tener ganas de besarlo otra vez y me desanimo un poco al saber que no podré. Este beso no fue gran cosa para Tyler. Lo puedo sentir. Solo quería dar un buen espectáculo.

Dejo que Caroline pase primero y, una vez que estamos dentro, cierro la puerta y me recuesto sobre ella, mordiéndome los labios y queriendo morirme de vergüenza. Llevo una mano a mi pecho, más exactamente donde se encuentra mi corazón; late demasiado rápido.

—¡Oh, por Dios! ¡Mírate! —exclama Caroline mirándome con una sonrisa—. ¡Estás muy sonrojada!

—¿Crees que no lo noto? —Me cubro las mejillas con las manos—. No puedo creer que nos hayamos besado.

—¿Te gustó? —me pregunta, acercándose a mí, subiendo y bajando las cejas.

—Dios, Caroline —intento hacerme la enojada, pero no me sale y termino riéndome—. Fue un ¡superbeso!

—¡No me digas! —exclama sarcástica—. Ahora todo tiene sentido.

—¿De qué hablas?

No entiendo nada.

Caroline entorna sus ojos.

—Tyler siente cosas por ti. —Me señala con el dedo índice—. Estaba con Jenna para no afrontar que a quien realmente quiere es a ti.

Me quedo mirándola sin saber qué decir. Caroline, por lo general, no se equivoca, pero esto va más allá de cálculos matemáticos y estrategias para salir con chicos. Hablamos de los sentimientos de Tyler. Algo superajeno a nosotras.

—Lo que dijo tiene varias interpretaciones.

Caroline se refiere a lo que dijo Jenna antes de irse. «Afronta la realidad, por favor» fueron sus palabras. Ella cree que Tyler en verdad siente cosas por mí y estaba con Jenna para no pensar en ello. Es imposible.

Me doy la vuelta para que me baje la cremallera que está en la parte de atrás del vestido. La baja riéndose.

—Dime una.

Me da la espalda para que yo le desabroche los botones de su vestido. Comienzo a desabrocharlos lentamente, pensando en una interpretación alternativa, una que suene mucho más creíble que la de Caroline y que no suponga ilusionarme. Lamentablemente, termino de desabotonar sin una respuesta.

—¿Ves? —me dice dándose la vuelta—. No hay otra interpretación.

—Claro que sí. Solo que no se me ocurre cuál puede ser.

Me quito con cuidado el vestido.

Mi mejor amiga deja el tema mientras nos cambiamos para poder irnos a casa. Una vez que estamos completamente vestidas con la ropa normal, llaman a la puerta. Caroline se pone de pie para abrirla.

—¿Y si es Tyler? —le pregunto a Caroline, deteniéndola.

—Pues le preguntamos qué quiso decir Jenna.

La miro seria.

—Hablo en serio. Me pondré roja como un tomate si es él.

Caroline mira a la puerta y luego a mí.

—Amiga, no puedes evitarlo. No sé si te has dado cuenta, pero viven en la misma casa —me dice haciendo una mueca.

Suelto un suspiro, sentándome rendida en la silla.

—Inhala y exhala. Actúa normal, ¿sí?

Asiento con la cabeza y sigo sus consejos. Tiene razón. No puedo esconderme de Tyler hasta que mis padres vuelvan. Debo afrontarlo. Nos hemos besado. Fue un superbeso. Pero eso ha sido todo. No tengo que exagerar las cosas.

—Falsa alarma —me dice Caroline. Exhalo con pesadez. No me había dado cuenta de que estaba aguantando la respiración.

Daniela entra en la habitación mostrándose confundida por lo que Caroline acaba de decirme.

—Solo pasaba para invitarlas a una pequeña reunión que haré en mi casa más tarde. —Puedo notar que se siente un poco avergonzada al decirnos esto—. Creo que esto merece una celebración y me gustaría que vinieran.

—Gracias por la invitación —le contesta Caroline sonriendo levemente.

Daniela asiente con la cabeza y me sonríe una vez más. Caroline cierra la puerta, borrando su sonrisa y haciendo una mueca de confusión.

—¿Por qué nos ha invitado? —pregunta como si fuera la cosa más complicada de entender del mundo.

Me quedo sonriendo ante su confusión. Yo estaba exactamente igual hace unas horas. Tomamos nuestras mochilas y, de camino a casa, le cuento todo lo que me pasó antes con Daniela.

La pequeña reunión de Daniela es una enorme fiesta. Me siento un poco fuera de lugar al llevar ropa informal. Pensé que íbamos a ser solo los chicos y chicas que hemos participado en la obra, así que me puse unos pantalones azules de mezclilla, una camiseta rosa y unas zapatillas de deporte bajas. Pero aquí hay chicas con vestidos, faldas cortas y tops que hacen que me sienta fuera de lugar. Caroline con su vestido blanco va mucho más acorde para la ocasión, pero, bueno, ella viste normalmente de esa forma. Yo siempre voy más por lo cómodo.

Un chico completamente sudado choca conmigo y mi piel entra en contacto con el líquido en el que está bañado. No sé si es sudor, alcohol o quién sabe qué. Pero no lo quiero averiguar.

—Explícame otra vez por qué hemos venido —pregunto mirando con desagrado a la persona que acaba de chocarse conmigo. Ni siquiera se ha parado para disculparse.

—Porque pensé que habría comida y bebida gratis —me dice con tranquilidad, saludando a algunas personas con una sonrisa.

Estábamos muy cómodas en la tranquilidad de su habitación y de repente se le ocurrió venir a la fiesta.

—¡Están aquí! —Daniela aparece con un hermoso vestido rojo que se va degradando a negro a medida que desciende—. Pensaba que no vendrían.

—Yo también —contesto sonriendo forzadamente y dándole un codazo a Caroline.

—Tomen lo que quieran. Creo que hay algo para comer en la cocina si es que no se lo acabaron ya. —Se ríe antes de volver a desaparecer entre la multitud.

Caroline me sonríe agradecida por contar con mi presencia aquí y me toma de la mano para guiarme hasta la barra. Caminamos sin rumbo, chocando con más personas sudadas hasta que por fin la encontramos. La casa de Daniela es enorme y está en una gran propiedad rodeada de jardín. No tiene vecinos hasta unos metros más adelante, así que la música puede estar tan fuerte como los altavoces lo permitan, que nadie va a quejarse.

—¡Pensaba que no vendrías!

Me giro y me encuentro con Nick. Lleva una camisa de flores horrible. Por suerte, parece estar lo suficientemente bebido como para no ofenderse por mi mirada.

—No eres el único —le contesto dándole unas palmadas en la espalda—. ¿Has venido solo? —digo fingiendo desinterés.

—No, con Tyler.

Asiento tragando con dificultad.

—¿Y tú? ¿Has venido sola? —me pregunta concentrado en su bebida.

—Caroline está por allí. —Señalo la barra. Mi mejor amiga se encuentra apoyada en la barra, charlando animadamente con un chico. Puedo notar que está halagando su cabello porque señala los mechones rosados de su pelo—. ¿Y Tyler?

—No lo sé. —Le da un trago a su bebida mirando hacia la barra—. Supongo que estará con Luke.

Busco con la mirada a Luke entre la gente, pero no lo encuentro a él, sino a Tyler. Está charlando con alguien que no puedo ver debido a la multitud que está delante. Comienzo a caminar decidida en su dirección para hablar de lo que pasó. No me voy a esconder más. La gente se dispersa, y puedo ver con quién está hablando: Jenna.

Me detengo abruptamente. Están riendo y charlando como si nada hubiera pasado. Eso hace que mis ganas de hablar sobre nuestro beso se desvanezcan. No es necesario decir nada. Después de todo, es como dije: para él solo ha sido el beso de la función.

—¡Aquí estás! ¿Dónde andabas?

Caroline y Nick me observan preocupados al ver la expresión de mi rostro. Fuerzo una sonrisa para tranquilizarlos. No quiero arruinarles la noche. Esperaré a que estemos en mi casa para charlar con mi mejor amiga sobre lo que acabo de ver.

—¿Qué es esto? —le pregunto tomando el vaso extra que tiene. Caroline abre la boca para responderme, pero bebo su contenido antes de que pueda decir algo—. Mucho mejor.

—¿Estás bien?

Asiento con la cabeza. Caroline arquea una ceja, sin creerme.

—¿Luego?

—Luego —repito dándole la razón.

Nos vamos a bailar porque están poniendo muy buenas canciones. Intento pasarlo lo mejor que puedo, y no ser una aguafiestas, pero es imposible teniendo en cuenta que estoy despierta desde las siete de la mañana. Caroline y Nick son el alma de la fiesta, lo están dando todo en la pista de baile. Los dejo solos porque era evidente que estaba sobrando allí; además, quiero dormir.

Decido ir a una de las habitaciones de la casa de Daniela. Como ahora parece que ha sido víctima de una abducción alienígena y le han cambiado por completo la personalidad, creo que no le importará que descanse unos minutos en un cuarto. Mientras subo las escaleras, oigo que alguien grita a mis espaldas.

—Hey. —Jenna está mirándome furiosa. Al parecer viene a restregarme que ha vuelto con Tyler—. Te felicito. Estuviste genial.

—¿Gracias? —le respondo extrañada. ¿Por qué me felicita por mi actuación de Julieta?

—Tyler ya no quiere saber nada de mí. El papel de mosquita muerta se te da mucho mejor de lo que pensaba.

Bueno, ahora su felicitación tiene mucho más sentido.

—Jenna, yo no tuve nada que ver.

Se ríe secamente y se vuelve para bajar las escaleras. Me quedo mirando cómo desaparece entre la multitud del primer piso.

—¿Otra vez molestándote? —Daniela está a mi lado, sosteniendo una botella grande de champán. Hago una mueca, nunca me gustó esa bebida.

—Al parecer esta vez la he molestado yo —le respondo elevando mis cejas. Suelto un suspiro—. Debo buscar a Tyler.

—¿Estás bien? —me pregunta cogiéndome suavemente del brazo. Asiento con la cabeza—. Sé que no tenemos el mejor pasado, pero intento cambiar. —Se lame sus voluptuosos labios pintados de rojo—. Y lo siento. Por... todo.

Daniela no parece bebida, y tampoco parece estar mintiendo. Creo que si quiere cambiar no soy quién para decirle que no puede hacerlo. Sin embargo, no confío al instante en su buena actitud. Solo espero que, si es sincera, pueda lograr el cambio que desea.

Asiento con la cabeza sonriendo un poco, dispuesta a irme, pero Daniela vuelve a detenerme.

—Y también quería decirte que fui yo quien le hizo aquella broma a Jeremy —confiesa encogiéndose de hombros y soltando una risita.

Bien, esto tampoco me lo esperaba. Me siento mal por haber dudado de las palabras de mis amigos cada vez que negaban haber sido los responsables de eso.

—Utilizaste una buena fotografía — digo, recordando que usó una foto de Jeremy en la que salía celebrando que había marcado un gol. Estaba muy sexy—. Supongo que Jeremy estará agradecido por eso.

Le importa mucho su imagen, así que, al ser el centro de atención por aquella broma, que esa fotografía fuera buena seguramente resultó ser un alivio para él.

—No lo había pensado. —Se lleva la mano libre al mentón, fingiendo pensar—. Por el fin de nuestra enemistad —dice, y levanta la botella negra de champán.

Miro hacia el comienzo de las escaleras. Tyler está observándonos confundido. Me río. No lo culpo. Yo, en su lugar, me sentiría igual de extrañado.

—Por el fin de nuestra enemistad. —Choco mi vaso con su botella y luego bebemos.

Daniela me guiña un ojo antes de bajar las escaleras, y me doy cuenta de que está descalza. Quizá por eso estaba en el segundo piso. Fue a quitarse los zapatos. Decido aguantarme las ganas de ir a descansar en alguna habitación. Quiero irme a casa.

—¡Viva el perdón! —Escucho que Daniela le grita a Tyler.

—¡Viva! —le responde él con un tono confuso. Mientras él sube, yo bajo, y nos encontramos en mitad de la escalera—. ¿Qué está pasando?

No sé si es por el alcohol en mi sistema o qué, pero ya no siento nervios al estar junto a él. Estoy demasiado agotada como para ponerme a pensar en que nada se salga de control. Él no está bebido como Nick, lo cual me sorprende porque usualmente suelen beber lo mismo y la misma cantidad. Me sorprendo también al encontrarlo con un aspecto igual de agotado que el mío.

—¿Me llevas a casa? —le pregunto, ignorando su pregunta de antes—. Estoy muy cansada.

Tyler suspira, sonriendo un poco.

—Yo también —me responde tendiéndome la mano—. Si no me equivoco, tenemos algo pendiente.

Asiento con la cabeza.

—¿En serio tienes la energía suficiente para hablar de ello? —le pregunto, haciendo una mueca. Él niega con la cabeza apretando los labios, haciendo que sus pómulos se resalten—. Yo tampoco.

Toma mi mano y juntos bajamos las escaleras tranquilamente. Tardamos tanto en querer hablar sobre ello que cuando tenemos la oportunidad solo pensamos en dormir. Aunque por más cansada que esté, las cosquillas siguen presentes, como un recordatorio de que ahora no hablaremos, pero en algún momento debemos hacerlo.

Antes de abandonar la fiesta, le avisé a Caroline de que me iba a casa con Tyler. Ella estaba sentada con Nick y Luke en el sofá de la sala jugando a las cartas. Al parecer, mi primo le enseñó hace un tiempo a jugar y no me lo mencionó en ningún momento. Ahora sé a quién pedirle ayuda con eso.

Estamos tan cansados que ni siquiera hablamos en el auto. Dijimos algunas cuantas cosas sin importancia que se respondían con monosílabos solo para que el ambiente no fuera tan silencioso. Una vez que entramos en casa, puedo sentir a mi cuerpo obligándome a darle descanso. Ha sido una semana agotadora de estudio y ensayos. Ahora necesito una semana en spa, pero sé que mis padres no permitirán que falte a los exámenes finales, así que lo pediré como regalo de graduación.

Escucho ruido en la cocina. Estiro el brazo impidiendo que Tyler camine y él me observa confundido. Parece que no ha oído lo mismo que yo.

—Dijiste que estabas cansada... —dice, mirándome con los ojos entrecerrados. Al parecer tiene tanto sueño que se le cierran los ojos. Es tan dulce...

—Yo... —intento decir, pero no puedo concentrarme si lo miro, así que vuelvo la vista al frente—. He oído algo.

—Yo no.

—Es por la edad. Estás quedándote sordo.

Ahí está. Vuelvo a escuchar ese ruido. Es como si fueran pisadas, pero muy leves, como si los dueños de esas pisadas no quisieran que se les oyera. Miro a mi alrededor, buscando algo para defendernos. Abro el armario del recibidor y cojo un paraguas.

—Tú ten esto. —Le tiendo una chaqueta negra.

—¿Qué voy a hacer con una chaqueta? —me pregunta indignado—. ¿Ofrecérsela por si tiene frío?

—No hay otra cosa. —Frunzo el ceño.

—Claro que sí —dice, mirando detrás de mí—. Esto.

Señala algo detrás de mí.

—¡No puedes romper el jarrón marroquí de mi madre! —exclamo en un susurro.

—Puede comprarse otro.

—Pero ¡no le gustará saber que tuve que limpiar con el aspirador las cenizas de mi abuela!

Tyler deja de mostrarse indignado para comprender por qué no puede tocar ese jarrón. Niego con la cabeza sin poder creer que acabemos de tener esta conversación. Los pasos se hacen más fuertes. Se acercan.

—¡Sorpresa! —exclama el dueño de esa voz.

20

Peino mi pelo húmedo mientras escucho una canción de mi playlist. Todo el día de ayer me parece un sueño. Aprieto los labios recordando mi beso con Tyler, y sigo sin creerlo. Lo que antes me hubiera parecido lo más asqueroso del mundo ahora es algo que volvería a repetir una y otra vez. Pero me importa lo suficiente para no dejar que mis deseos se sobrepongan a nuestra amistad.

Por suerte, tengo otras cosas en las que pensar, además de mis sentimientos frustrados hacia Tyler. Como, por ejemplo, la llegada de mi madre. Anoche las pisadas que escuchamos eran de ella. Vino antes porque me echaba de menos y quiere pasar tiempo conmigo, ya que las próximas semanas serán sumamente estresantes debido a los exámenes finales. Ese es otro motivo que me mantendrá ocupada.

Busco con la mirada mi crema hidratante, pero no la veo por aquí. Salgo del baño cubierta con una toalla blanca, pero hay alguien en mi cama.

—¡¿Qué demonios haces aquí?! —le pregunto ajustándome más la toalla.

—¡La puerta estaba abierta! —me responde tapándose los ojos con las manos.

Argh. Pude haber salido desnuda a buscar la crema, después de todo es mi habitación. Se supone que puedo andar como quiera, pero no, Tyler irrumpe en mi privacidad.

—Me aburría —dice. Mi mirada se suaviza—. Pensé que podríamos hacer algo.

Aparta lentamente las manos de sus ojos para mirarme.

—Ya tengo planes —le contesto con algo de pesar.

—¿Drake?

Asiento con la cabeza.

Drake vino anoche. Su abuelo está mucho mejor; son buenas noticias, por suerte. No será todo tan mierda cuando le diga que quiero terminar con él. Me siento mal por haber llegado a este punto, por ser una cobarde y una egoísta al no pensar en los sentimientos de alguien tan bueno como él, sí. Pero debo hacerlo antes de que el daño sea mayor.

—Voy a cortar con él. —Siento la necesidad de decírselo. Tyler parece verse más animado.

—Bueno, no te interrumpo más. —Se levanta de la cama, estirándose para pasarme la crema hidratante que estaba en mi mesilla de noche—. Supongo que esto es lo que saliste a buscar.

Cuando tomo la crema, nuestras manos hacen contacto unos escasos segundos. Nos quedamos mirando sin decir nada. Comienzo a sentirme muy expuesta al estar solo con una toalla frente a él.

—Drake lo superará —me dice asintiendo con la cabeza. Suelta la crema, dejando que solamente yo la sostenga—. Solo cometiste un error.

Asiento con la cabeza. Agradezco que quiera hacerme sentir mejor, pero lo único que podría hacerme sentir bien ahora son las palabras del propio Drake. Tyler se va de mi habitación dejándome sola.

Vuelvo a entrar en el baño y termino de ponerme la crema. Luego me visto con una blusa negra con rayas blancas y un pantalón de peto tejano claro. Mi rostro ya tuvo bastante maquillaje ayer, así que decido dejarlo al natural. Oigo la notificación de los mensajes de texto. Es Drake avisándome de que está afuera.

Bueno, es el momento. Salgo de mi habitación, inhalando todo el aire que cabe en mis pulmones y lo suelto a medida que bajo las escaleras. No hay rastro de mi madre en casa, quizá ha salido a hacer algunas compras, Nick posiblemente esté sufriendo una insoportable resaca y Tyler debe de estar en su habitación esperando a que termine mi conversación con Drake.

—Hola —le digo sonriendo cuando abro la puerta. Él no se ve tan animado como esperaba. Cuando me acerco para darle un abrazo, se aleja lentamente—. ¿Estás bien? —pregunto confundida.

—En una semana me voy a Italia —suelta—. Y sé que quieres cortar conmigo.

—¿Lo sabes? —pregunto extrañada.

—Sam, me ofende que pienses que soy estúpido —dice con una

pequeña sonrisa triste en los labios—. Puedo serlo por haberte propuesto salir aun sabiendo que no me quieres de esa forma, pero no lo soy tanto como para no darme cuenta de que estás enamorada de Tyler.

Me quedo sin saber qué responder. Había preparado un monólogo para este momento, donde recalcaba que él merece estar con alguien que lo sepa querer de una forma en la que yo lamentablemente no puedo quererlo. Lo imaginé gritándome o diciéndome que soy una mosquita muerta con el mismo tono que utilizó Jenna. Pero nunca pensé que mencionaría mis sentimientos por Tyler.

—Lo siento mucho —suelto sin saber qué más decirle—. En serio. Actué de forma inmadura y te entenderé si no quieres perdonarme. Incluso si ya no quieres ser mi amigo, lo entiendo.

—Sam —me detiene levantando una mano—, los dos nos equivocamos. Solo hay que olvidarlo. Todo está bien entre nosotros y nuestra amistad.

—¿Lo dices en serio? —pregunto arqueando una ceja.

—Claro que sí. Somos amigos, y lo seremos hasta que te enamores de mí —bromea, haciéndome reír—. En serio, ¿amigos, Donnet?

—Me tiende la mano.

—Amigos, Hilder —le digo aceptándola.

Drake se acerca para abrazarme y no me niego a eso. Es una persona genial y haberlo perdido hubiera sido algo muy triste. Nos conocemos desde hace poco tiempo, pero puedo confirmar que es una gran persona y quiero seguir teniéndolo en mi vida.

—¿Vas a escribirme y a enviarme fotos de Italia? —le pregunto cuando nos separamos.

—Prometido. —Se ríe—. Pero solo si tú me envías fotos de Nueva York cuando vayas a estudiar allí.

Le conté que planeo estudiar Administración de empresas en Nueva York una vez que termine la secundaria aquí. Allí podré pasar más tiempo con mis padres y no tendré que separarme de Caroline, ni Luke porque ellos también estudiarán allí. No será en la misma universidad, pero por lo menos estaremos juntos en algunos momentos libres.

Me despido de Drake con otro abrazo. Lo veo alejarse en su coche hasta que desaparece de mi vista. En ese momento, otro auto aparca frente a casa. Mi madre baja con bolsas del centro comercial. Sonrío al no estar equivocada. Se había ido de compras.

—¿Todo bien? —me pregunta acercándose a mí. Asiento con la cabeza—. He comprado una blusa, pero creo que es más tu estilo que el mío. —Me pasa un brazo por los hombros y entramos en casa.

Nick está bajando por las escaleras con el torso desnudo. Se ve muy demacrado, se frota los ojos con los puños. No parece notar nuestra presencia, ya que pasa junto a nosotras sin mirarnos ni saludar. Al darse la vuelta podemos apreciar marcas rojas en su espalda.

—¿Quién te ha hecho eso? —le pregunta mi madre divertida.

—Sí, ¿con qué animal salvaje estuviste anoche? —pregunto yo riéndome.

—Es mejor que no lo sepan —me contesta sin darse la vuelta—. Créanme.

Me río. Definitivamente, no quiero saber quién fue, ni cómo acabó siendo su noche.

—Bueno, por lo menos tienes a Nick para no aburrirte tanto cuando Tyler se vaya —me dice mamá con una sonrisa burlona.

—¿Cuándo Tyler se vaya? —pregunto confusa.

—Yo ya estoy aquí —responde, dejando las llaves del coche en un mueble que está en el recibidor—, así que Tyler se irá cuando termine la semana de exámenes. ¿No te lo dijo?

Me quedo en silencio esperando que me diga que solo está bromeando conmigo, pero no. Ella continúa caminando hacia su despacho sin decirme nada más. Comienzo a subir las escaleras, indignada. Sé que él vino a casa para cuidarme y terminar sus estudios, pero nos hemos hecho amigos... ¿Cómo es que me entero de que se va por mi madre?

Entro en su habitación sin llamar a la puerta. Tyler está escuchando música con sus auriculares mientras subraya algo en una fotocopia de la escuela. Al verme se quita los auriculares algo confundido, y yo me cruzo de brazos y lo miro indignada. Él no dice nada, se queda esperando a que yo hable.

—¿Quieres...? —empieza a decir, pero lo interrumpo.

—¿No pensabas decirme que te vas? —suelto, molesta.

Suspira con pesar al tiempo que se levanta de la cama.

—De eso quería hablar —me dice acercándose a mí. Yo pensaba que cuando me dijo eso antes se refería a nuestro beso, no a que me diría que se va—. Cuando los exámenes terminen, me darán mi diploma antes que a los demás.

—¿No estarás en la graduación? —pregunto lentamente, intentando procesarlo. Él niega con la cabeza—. ¿Por qué? Esta es tu casa también. Puedes quedarte todo el tiempo que quieras.

—No es por eso. Créeme, me gustaría verte llevando un birrete y comprobar que yo estoy mucho más genial que tú con él —me dice intentando aliviar la situación—. Pero hay cosas que debo hacer en Inglaterra. Cosas de las que he de encargarme en persona.

—¿Qué tipo de cosas? —pregunto.

—Comenzaré mis prácticas con mi padre —me cuenta sonriendo—. Él quiere que un día me encargue de las empresas, así que empezaré cuanto antes.

Sé que todo esto le emociona demasiado, me lo había contado hace tiempo. Pero me acostumbré a tenerlo a dos puertas de mí. Despertarme y escuchar sus estupideces o incluso no poder dormir porque él y Nick se pasan toda la noche jugando a videojuegos.

—No pensé decir esto jamás, pero te echaré de menos —le digo con una sonrisa triste.

—Desde el primer día supe que mi marcha te entristecería, Donnut —dice arrogante.

—Bueno, si vas a empezar así, se me quitan las ganas de echarte de menos —comienzo a reírme.

—Se te pueden ir, pero las mías se quedan intactas.

Sus ojos marrones me miran fijamente. Los míos bajan a sus labios, que están ligeramente abiertos. Trago con dificultad al sentir ganas de volver a besarlo. Sé que ni siquiera hemos hablado de lo que ocurrió, pero ahora ya no hay excusas. Ya no acabamos de venir de una fiesta extremadamente cansados. Estamos muy conscientes para charlar.

—Tyler, yo...

—Me alegra que seamos amigos —me interrumpe con rapidez.

Siento que toda la valentía que me he esforzado en reunir acaba de ser aplastada en un segundo.

—En serio, eres la más genial casi mejor amiga que he tenido —asiente para sí mismo.

Cuando me abraza, me quedo paralizada en sus brazos. Es la primera vez que me mandan a la *friendzone*, y por más que me duela, sé que Tyler lo ha hecho sin saberlo. No es consciente de que estoy sintiendo cosas por él. Le respondo al abrazo algo aturdida y dolida, sabiendo que es lo mejor. Lo quiero lo suficiente como para arriesgarme a que nuestra amistad termine por estos sentimientos del momento. Sé que cuando estemos en distintos continentes todo volverá a la normalidad. Volveré a quererlo solo como amigo.

O eso espero.

Luke está sentado en el sofá de mi casa. Lo invité porque echaba de menos estar con él. Casi no nos vemos por el tema de que debemos estudiar y estamos ocupados. Así que aproveché su tiempo libre y le dije que viéramos una película. Mamá se alegró de verlo. Hacía mucho tiempo que no lo veía. En cierto modo, me siento igual, ya que no paso la misma cantidad de tiempo con él que antes.

—¿Caroline no va a venir? —me pregunta sin dejar de mirar la película.

—No, dice que le duele el estómago —le cuento. También la invité, pero me dijo que quizá se intoxicó con algo que bebió anoche.

Entrecierra los ojos, intentando entender algo sobre la película. Me gustaría ayudarlo a resolver su confusión, pero no puedo prestar atención. Mis pensamientos son tan ruidosos que me impiden ver el filme. No paro de pensar en las palabras de Tyler y en lo tonta que he sido al pensar que él sentía lo mismo que yo.

—Casi le digo a Tyler que me gusta —suelto de repente. Luke gira su rostro para mirarme con la misma expresión con la que estaba mirando la película—. Me mandó a la *friendzone* antes de que pudiera decirle algo.

—Lo siento —dice palmeando mi espalda. Se queda pensando unos segundos—. ¿En serio te dejó en la *friendzone*? —pregunta, incrédulo.

—Sí —asiento, y subo los pies al sofá para sentarme sobre ellos—. ¿Cómo superas algo así?

Miro a Luke en busca de respuesta. Él pone la película en pausa para mirarme fijamente.

—¿Cómo estás tan segura de que te dejó en la *friendzone*? —me pregunta con los ojos entrecerrados—. Quizá interpretaste mal sus palabras.

—Me dijo literalmente, y cito: «Me alegra que seamos amigos»

—digo mirándole de forma extraña—. Creo que solamente le faltó escupirse en la mano para saludarme.

—¿Por qué se escupiría en la mano? —pregunta Luke sin entender mi referencia.

—Me refiero al saludo en el que se escupen las manos antes de darse un apretón —le explico moviendo mi mano ligeramente—. Ya sabes. El típico saludo de amigos en las películas.

—¿Qué clase de películas ves? —me pregunta extrañado.

Suelto un suspiro y le quito el mando de la tele para darle al play y seguir viendo la película. En ese momento llaman al timbre. Espero que mamá, Tyler o Nick vayan a abrir, pero nadie aparece. Dejo que Luke siga viendo la película porque no entiendo de qué se trata, así que no vale la pena hacerlo esperar hasta que regrese.

Abro la puerta y me encuentro con Daniela sosteniendo una bolsa en cada mano. Frunzo el ceño al verla. Esperaba que fuera el repartidor. Ella se quita las gafas negras de sol y se las cuelga en el escote de su blusa azul.

—Quise venir a visitarte ya que oficialmente hemos firmado el fin de nuestra enemistad con alcohol —me explica con una leve sonrisa y levantando ambas bolsas—, pero... creo que no ha sido una buena idea.

Me hago a un lado para dejarla pasar. Me alegra que Daniela y yo por fin podamos dejar esa inmadura enemistad atrás. Sí es algo precipitado presentarse en mi casa sin avisarme, pero si ella no daba este paso, yo no iba a hacerlo. En cierta forma, que lo haya dado ella primero demuestra que sus intenciones de volver a ser mi amiga van en serio.

Le ayudo a llevar una de las bolsas y juntas vamos hasta la sala, donde Luke se gira para mirarnos, luego vuelve a la película, y enseguida vuelve a mirarnos confundido. No sabe que oficialmente hemos dejado de odiarnos.

—Una larga historia —decimos las dos al mismo tiempo.

Luke se encoge de hombros.

—¿Qué hay en las bolsas? —pregunta poniéndose de pie para ayudarnos.

—He traído helado, algunos chocolates y bebida.

Luke y yo la miramos sorprendidos.

—¿Qué? No sabía qué te apetecería.

—Creo que para la *friendzone*, el chocolate —dice Luke sin pensarlo. Le golpeo en un brazo—. Bueno, el helado. —Ni siquiera se ha dado cuenta.

—¿*Friendzone*? —pregunta Daniela confundida.

—Según Sam, Tyler la ha dejado en la *friendzone* —le explica Luke a Daniela. Vuelvo a golpearle en el brazo—. ¿Qué?

—Gracias por contarlo todo. —Frunzo el ceño—. Y no es según yo. Es lo que realmente pasó.

Tomo el bote de helado que ha traído Daniela y me dirijo a la cocina para guardarlo en el congelador. Cuando vuelvo, ambos están sentados en la sala en silencio, abriendo las botellas de cerveza con el abridor que Luke tiene por llavero.

—Del uno al diez ¿cómo estás tan segura de que te dejó en la *friendzone*? —me pregunta Daniela de repente.

Ay, Dios. ¿Por qué a todos les cuesta entender que Tyler me quiere solamente como amiga?

—Diez —digo inclinándome para buscar una barrita de chocolate—. De todas formas, no me gusta tanto. —Intento convencerme a mí misma.

Daniela se queda con la boca abierta, como si estuviera a punto de decirme algo, pero hubiese sido interrumpida en ese momento. Luke aprieta los labios. Ambos observan algo detrás de mí. Ay, Dios. Díganme que no.

—¿Quién no te gusta tanto, Sam?

Me giro para ver a Tyler apoyado en la pared. Está cruzando los brazos y mirándome con las cejas arqueadas. Trago con dificultad mientras pienso qué mentira decirle. Abro la boca y la cierro al instante, repito esa acción y finalmente aprieto los labios. Parezco un pez fuera del agua, lo aseguro. No encuentro ninguna respuesta buena para su pregunta. Bueno, sí, tengo la respuesta —es ÉL—, pero claramente no es aceptable para mi dignidad confesarme después de que me ha dejado en la *friendzone*.

—La pizza —respondo muy segura.

—¿La pizza? —repite incrédulo.

Asiento con la cabeza.

—Qué raro. Pensaba que te gustaba.

—Fue algo pasajero. —Tyler eleva las cejas—. Prefiero las hamburguesas —aclaro sintiéndome estúpida.

—Las hamburguesas —repite él lentamente.

—Sip.

Bien, definitivamente no sirvo para mentir. Esa ha sido la mentira más estúpida del mundo, pero sin duda es una gran excusa. No parece creerme, parece como si no entendiera en absoluto de qué hablo y, en cierta forma, eso es bueno.

El timbre vuelve a salvarme de tener que responder a más preguntas. Con una sonrisa, voy a atender la puerta, aunque puedo sentirlo detrás de mí. Mi sonrisa se desvanece al ver al repartidor al otro lado de la puerta. Hace una hora pedí pizza... ¿En serio? ¿Justo cuando acabo de utilizar la pizza como excusa?

—Entrega para Sam Donnet —me dice sonriendo, muy ajeno a mi situación.

—Soy yo. —Me giro para buscar el dinero que está sobre la mesa de cristal. Tyler me observa con una sonrisa burlona—. Gracias —digo entregándole el dinero al repartidor.

—¡A ti! —me contesta el chico.

Cierro la puerta lentamente, furiosa con el universo por hacerme esto. ¿Permiten que Tyler me deje en la *friendzone*, pero no permiten que yo mantenga la poca dignidad que me queda? Él se acerca a mí para quitarme la pizza. Lo miro sin entender qué pretende.

—¿No te molestará que me la quede? —me pregunta sonriendo—. Después de todo, prefieres las hamburguesas.

—Pero yo... —titubeo.

Tyler tira de la caja y me la quita.

—Gracias, Donnut. —Me guiña un ojo.

Y esto, amigos, es un claro ejemplo de por qué no debes mentir: te pueden robar tu pizza.

21

Me adentro al salón de clase con una canción de One Direction sonando en mis auriculares. Me siento nerviosa por el examen de Literatura de hoy y la música suele ayudarme a relajarme. Puedo ver a algunos compañeros repasando sus apuntes, otros escribiéndose pequeñas «ayudas» en los pupitres. Apenas rozan el lápiz en la madera y cuando los profesores pasan a repartir los exámenes, ellos colocan los brazos sobre la chuleta para que no ser descubiertos.

Me sorprendo al ver a Caroline recostada en su pupitre. Su larga cabellera rubia le cubre los brazos, que están sobre este. Ella estudia con mucho tiempo de anticipación, tanto que no pasa por ese típico ataque de nervios antes del examen. Pero nunca toma una siesta antes de comenzar.

—Despierta, bella durmiente —le digo al sentarme en el pupitre que está al lado.

—Ojalá pudiera dormir —me dice incorporándose un poco. Se aparta el pelo de la cara para verme—. No pude dormir anoche. Me siento fatal.

—¿Qué tienes? —le pregunto fijándome en sus ojeras y en su palidez. Por lo general, Caroline siempre tiene buen aspecto. Pero ahora no.

—Algo me ha sentado mal. Tengo unas náuseas horribles... —Me habla con los ojos cerrados y sin ganas—. Mezclé un montón de bebidas en la fiesta de Daniela. Es normal que me sienta así.

—¿Estás segura de que es por eso...? —pregunto dudando un poco—. ¿No estarás...?

—Tomo la píldora, Sam —me interrumpe de mala gana—. Además, hace mucho que no tengo relaciones.

Me alivia un poco saber que no hay posibilidad de que se trate de un embarazo. Caroline querría desaparecer si se quedara embarazada.

Es decir, creo que cualquier chica en su último año de secundaria querría desaparecer de la faz de la tierra si algo así llegara a sucederle.

—De todas formas, creo que tendrías que ir al hospital.

No soy médica, ni mucho menos me interesa la medicina, pero creo que es prudente que vaya para confirmar que no es nada grave.

—Ya se me pasará —me dice, apoyando la espalda en el respaldo de la silla—. Estoy bien —me asegura con una sonrisa cansada.

Asiento sin creerle del todo.

El profesor Hemingway entra en la clase para comenzar el examen, así que damos por finalizada nuestra conversación.

El resto del día Caroline se sintió mejor. Su aspecto no mejoró, pero, según ella, las náuseas desaparecieron. Aun así, estuvo decaída todo el rato. Es normal después de no haber dormido en toda la noche. Luke se nos unió en el almuerzo, y Daniela también, pero Caro estaba lo suficientemente cansada como para no hacer ningún comentario al respecto. Apenas participó en la conversación.

La campana suena indicando el fin de la última clase. Ese día tuvimos tres exámenes: Literatura, Historia y Física. Algo así debería ser ilegal. No pueden juntar tres cosas completamente distintas el mismo día. Mientras pensaba en una obra de Oscar Wilde, en mi mente aparecía la imagen del presidente Kennedy realizando ejercicios de caída libre. Mi mente casi se cortocircuita, pero sobreviví a ese día mortal de exámenes.

—¿Que Tyler no se había graduado? —me pregunta Caroline haciendo una mueca.

Le conté muy por encima todo lo que ocurrió el día de ayer.

—Así es —contesto buscando mi móvil en el bolso.

—Entonces, ¿por qué está aquí?

Levanto la mirada para mirar en la misma dirección que Caroline. Tyler viene caminando hacia nosotras con una sonrisa en el rostro. Me pregunto lo mismo que mi amiga.

—Caroline, te ves... —dice Tyler acercándose a nosotras.

—Cierra la boca —le interrumpe ella de mala gana—. Nos vemos más tarde. Me iré a dormir.

—¿Seguro que estás bien? ¿Te acompaño? —le pregunto.

—Estaré bien —escucho que dice sin ánimos.

Me quedo viendo cómo se aleja de nosotros, preguntándome si es buena idea dejarla irse sola en ese estado.

—Qué simpática es Caroline —se burla Tyler una vez que mi mejor amiga está lejos de nosotros.

—Tiene un mal día —le explico, comenzando a caminar—. ¿Qué haces aquí? ¿Ya te han dado tu diploma?

—Aún no, pero en unos días me lo darán. ¿Tienes algo que hacer ahora? ¿Estudiar?

—No, creo que no. ¿Qué tienes en mente?

—La playa.

—¿La playa?

—La playa —me repite sonriendo divertido.

Cuando Tyler dijo playa, en serio quiso decir playa. Ahora estamos en la playa de Venice. A lo lejos, puedo ver un grupo de skaters en el parque de patinetes que hay aquí. Me encanta venir por aquí. Todo es tan colorido, con los murales artísticos de los artistas callejeros o los músicos que tocan alguna que otra canción sentados en un banco.

—¿Por qué estamos aquí? —le pregunto al bajar de su auto.

—Nunca habíamos ido a la playa juntos —me dice girándose, pero sin dejar de caminar.

—Tampoco hemos ido a Disney juntos —digo ladeando la cabeza—. ¿Vas a llevarme? —bromeo sonriendo.

—¡Anotado! —exclama, y se quita las zapatillas de deporte para comenzar a caminar descalzo en la arena—. Vamos a nadar —dice.

—¿Vamos? ¿Estás loco? —le pregunto—. No llevo biquini.

—Pero sí ropa interior, ¿no? —Se ríe mientras se quita la camiseta y la deja tirada.

Miro a nuestro alrededor, no hay muchas personas en la playa. Sigo a Tyler, quien se va corriendo al mar. Lo miro divertida, y dejo ahí tiradas sus zapatillas y su camiseta. Cualquiera podría llevárselas, pero a él parece no importarle.

—¡Está helada! —se queja con una sonrisa. Me cruzo de brazos observándolo allí, en el mar—. ¿No piensas meterte? —me pregunta.

—Estoy bien aquí —le digo, sentándome en la arena.

—Sam, en una semana estaré volando a Inglaterra —me dice acercándose un poco a la orilla—. Quiero que hagamos las cosas que jamás hicimos antes de que me vaya.

Casi digo «Yo también», pero recuerdo que ya nos hemos besado. Eso es algo menos en nuestra lista de cosas por hacer.

Comienzo a quitarme la falda que llevo y la blusa. Me da un poco de vergüenza estar en ropa interior delante de la gente desconocida de la playa, pero ni notan mi presencia. Tyler finge mirar hacia otro lado para no observarme mientras me la quito. Se lo agradezco. Dejo mi ropa junto a su camiseta.

Pongo un pie dentro del agua y puedo sentir lo helada que está. Entro con rapidez para que todo mi cuerpo pueda acostumbrarse al frío. Comienzo a temblar mientras me acerco a Tyler. Él me sonríe divertido.

—¿Ves? Está helada

—Esto parece una tortura —respondo con mi labio tembloroso.

Bajo un poco más los hombros, adentrando más mi cuerpo al mar. Tyler, quien ya está acostumbrado a la temperatura del agua, echa la cabeza hacia atrás. Cierra los ojos mientras suelta una pequeña risita.

—¿Qué es tan gracioso? —le pregunto arqueando una ceja.

—Nada —me contesta sin abrir los ojos—. Solo me siento feliz.

—¿Por estar en el agua helada? —bromeo. Poco a poco mi cuerpo va acostumbrándose a la temperatura y el agua deja de parecerme fría.

—Porque estoy contigo.

Me quedo en silencio sin saber cómo responder a eso. Otra vez siento cosquillas en el estómago. Me alegra que se sienta así. Tyler es un estúpido, sí, pero es una gran persona. Si lo hace feliz dirigir las empresas de su familia, lo apoyaré en su decisión, por más que lo eche de menos un montón. La distancia nos hará bien a los dos.

Tyler se incorpora en el agua y se pone delante de mí. Estamos a solo unos centímetros de distancia, puedo sentir nuestras piernas rozarse, lo cual hace que me estremezca.

—Que frío —me excuso, alejándome un poco de él.

Pero Tyler parece hacerlo a propósito, porque vuelve a acercarse.

—Me siento feliz por haberte conocido —me dice sonriendo. Sus pestañas están mojadas al igual que el resto de su rostro, pero está guapísimo—. Por haberos conocido a todos. —Me alegra escucharlo hablar de esa forma sobre mí y mis amigos—. ¿Eso ha sonado muy cursi? —pregunta entrecerrando los ojos.

—Me ha parecido precioso —confieso asintiendo con la cabeza—. Siempre nos tendrás. Pase lo que pase.

—Lo sé, y ustedes a mí. —Me guiña un ojo—. ¿Qué quieres hacer ahora? Ya hemos venido a la playa..., ahora podríamos..., no sé, ¿robar un banco?

—Seríamos los Bonnie y Clyde modernos. —Miro al cielo, fingiendo estar valorando su propuesta—. Me gusta la idea. Podríamos teñirnos de rubio para pasar desapercibidos.

—A ti te sienta bien el rubio. A mí... —Niega con la cabeza—. No se lo cuentes a nadie, pero mi belleza desaparecería si me tiñera de rubio.

Comienzo a reírme y me muerdo los labios. La mirada divertida de Tyler va hasta mi boca y se queda allí unos segundos.

—¿Cómo puede desaparecer algo que nunca existió? —le pregunto para que deje de mirarme de esa forma.

Se lleva una mano al pecho, como si lo que acabo de decirle se le hubiera clavado en el pecho como una daga.

Tyler se acerca más, tanto que nuestros rostros están a escasos centímetros. Me mira fijamente. Últimamente detesto que haga eso. Él no es consciente de lo que causa dentro de mí.

—¿Una carrera? —me pregunta sonriendo como un niño.

—¿Tienes cinco años? —me burlo de él.

—Ya veo... —Niega con la cabeza—. Eres una cobarde. Nunca te arriesgas.

Tiene algo de razón.

—A veces es mejor no arriesgarse —le contesto encogiéndome de hombros.

—¿Cómo sabes que es mejor no hacerlo si no lo has intentado primero? —contrataca.

—Porque hay probabilidades de que traiga consecuencias negativas a largo plazo —digo, defendiendo mi postura.

—Pero ¿hay consecuencias positivas? —pregunta.

—No lo sé.

—No lo sabes porque no te arriesgas.

—¿Está mal querer evitar que algo se estropee?

Esta conversación está comenzando a molestarme.

—No sabes si se estropeará o será mejor —me dice sonriendo— porque no te arriesgas.

—Eres insoportable —le suelto.

—Gracias.

Sus ojos nuevamente se centran en mis labios. Es como si supiera que siento cosas por él y me estuviera reprochando no habérselas dicho. Aprovecho esa distracción para salpicarle agua en el rostro. Él se ríe y me lanza agua también.

—Tengo hambre —suelta—. ¿Y si vamos por comida?

—Estoy de acuerdo.

Salimos del agua al mismo tiempo que el atardecer comienza a caer. Me detengo a mirarlo sosteniendo mi ropa. El sol parece despedirse de todos nosotros con rayos brillantes que hacen que nuestra piel se vea dorada. Recuerdo vagamente que Caroline mencionó que le llaman «*golden hour*», y es genial para tomar fotos. Cierro los ojos al sentir una brisa calurosa acariciar mi piel y juguetear con mi cabello. Hacía tiempo que tenía ganas de venir a la playa.

Cuando abro los ojos, descubro a Tyler mirándome fijamente. Cuando nuestras miradas se encuentran, deja de mirarme y comienza a caminar hacia el coche. Me apresuro a ponerme la ropa otra vez. Como no me he secado con nada porque no hemos traído toallas, mi ropa comienza a humedecerse y la arena se pega a la planta de mis pies. Puedo sentir cómo mi blusa se pega a mi piel.

A medida que camino por la playa, más arena se me va pegando en los pies, así que, cuando llego al aparcamiento, me los sacudo. Abro la puerta del coche que está de mi lado para ver qué hora es. Llamaré a Caroline para ver cómo sigue. Me sorprendo al ver que tengo llamadas perdidas de ella.

«¿Le habrá pasado algo?», pienso. Le devuelvo la llamada, preocupada. Contesta casi al instante.

—¿Estás bi...?

—Tengo un problema —me interrumpe con la voz agitada.

—¿Cuál? —le pregunto.

Tyler en ese momento abre la puerta del conductor y me mira preocupado al ver mi cara de susto.

—¿Puedes venir lo antes posible? Necesito algo.

—¿El qué? —pregunto frunciendo el ceño.

—Algunos test de embarazo.

22

Me quedo en silencio esperando que Caroline me diga que es una broma de muy mal gusto y que en realidad solo necesita que la lleve al hospital para que le hagan un lavado de estómago. Del otro lado de la línea también hay silencio.

—¿Hablas en serio? —pregunto preocupada.

—No sabes cuánto quisiera estar bromeando. —Su voz suena congestionada, puedo darme cuenta de que ha estado llorando—. Al salir del instituto me quedé pensando en lo que dijiste y me compré un test... —Se queda en silencio. Escucho cómo sorbe la nariz—. Dio positivo. Pero he leído que estas pruebas pueden fallar.

—Caroline... —le digo, sintiendo que se me pone la piel de gallina.

—Pueden fallar —repite—. ¿Puedes comprarme algunos más? Seguro que si lo repito dará negativo y esto solo será una anécdota divertida.

—Iré lo más rápido que pueda —le aseguro.

Tyler se queda mirándome en silencio cuando cuelgo. Me llevo una mano a la boca. No puedo creer que esto esté pasando. Caroline no puede estar embarazada. Ella misma lo dijo, toma píldora. Claro que ningún método es completamente efectivo, pero no puede estar pasándole esto a ella.

—¿Está todo bien? —me pregunta Tyler.

—No —contesto con la mirada perdida—. ¿Podemos ir a una farmacia? Necesito comprar algo.

—¿Qué tienes que comprar? ¿Qué pasa?

Puedo notar que está preocupado y confundido. Igual que yo.

—Pruebas de embarazo.

Afortunadamente, Tyler no ha hecho ningún comentario sobre el tema. Ni siquiera me interrumpe mientras pienso cómo se debe estar sintiendo Caroline y lo que estar embarazada significa para su futuro. Espero que esa prueba haya fallado y que en realidad toda esta preocupación sea en vano. Estoy muy confundida con respecto a cómo algo así ha podido pasar si me dijo que hace tiempo que no tiene relaciones. Dudo que hasta ahora no haya notado que algo andaba mal. ¿Es que no ha tenido algún otro indicio antes? Bueno..., luego contestará todas mis preguntas, ahora tengo que conseguirle más pruebas de embarazo.

Tyler se detiene en la primera farmacia que encontramos. Me coloco con cuidado mis zapatillas y bajo esperando que mi cabello mojado y mi ropa húmeda no llamen mucho la atención. Cuando estoy frente a la entrada, una chica que sale con su bebé me mira extrañada y yo me quedo mirando a su hijo. No puede ser que Caroline pueda estar así en el futuro.

Me sorprendo al sentir la mano de Tyler entrelazarse con la mía. El apretón dura solo unos segundos, pero es el tiempo suficiente para que me relaje un poco. Se lo agradezco con una pequeña sonrisa. Me alegra que esté aquí.

Entramos. No hay muchas personas, ya que casi es hora de cerrar, pero no nos salvamos de las miradas indiscretas que nos echan al ver nuestra ropa húmeda.

—Mami, ¿ese señor se ha hecho pipí? —Escucho que un niño le pregunta a su madre, señalando con su dedo índice los pantalones de Tyler.

Nos reímos. Sí, Tyler se lanzó al agua con los pantalones y la parte que más está tardando en secarse es la de la entrepierna.

—Sí, el señor se ha hecho pipí —le susurro al niño.

—Oh, cállate. —Tyler me da un codazo y pone los ojos en blanco.

El niño rubio, posiblemente de unos cuatro años con bañador de Spiderman, se ríe. Su madre, a su lado, nos sonríe extrañada antes de alejarse con su pequeño.

Volvemos a concentrarnos en lo importante: las pruebas de embarazo. No me decido sobre qué marca comprar, no sé cuál será la más efectiva o lo que sea, así que decido comprar un test de cada marca. La chica de la caja registradora nos mira dos veces: la primera para ver qué compramos y la segunda para ver nuestra ropa mojada.

—¿Vienen de la playa? —nos pregunta arqueando una ceja.

Toma los test sin dejar de mirarnos.

—Sí —le responde Tyler asintiendo con la cabeza.

—¿Saben?, yo me preocuparía más por una infección y no por un embarazo. —Tyler y yo nos miramos confundidos. Ella nos mira como si fuéramos estúpidos—. Si lo haces en el agua, tienes más probabilidades de contraer una infección que de concebir.

Tyler y yo ahora nos miramos incómodos. Esta chica piensa que hemos ido a la playa para tener relaciones en el agua. Él sonríe forzadamente. Aclaro mi garganta. Ella nos mira sin entender qué sucede mientras guarda los test en una bolsa.

—No son para nosotros. Nosotros somos solo amigos de la persona que los necesita —digo logrando que las mejillas de la chica se vuelvan rojas.

—¿Algo más? —me pregunta sonriendo forzadamente.

Al llegar a casa de Caroline, ni siquiera necesito llamar a la puerta porque ella abre apenas piso el pórtico. Se ve mucho peor que en el instituto. Ahora sus ojos están hinchados de tanto llorar, su nariz está roja y sus labios también están hinchados. No me da tiempo de saludarle porque me abraza con fuerza. Le respondo unos segundos tarde e intento ser tan eufórica como ella. Cierro los ojos durante unos segundos sin creer que esto esté pasando.

—¿Quieren que me vaya? —pregunta Tyler a mis espaldas.

Caroline finaliza nuestro abrazo y lo observa con el ceño fruncido. Espero que algún insulto salga de su boca dirigido a él, pero sus ojos solo vuelven a llenarse de lágrimas y, sorbiéndose la nariz, niega con la cabeza.

—Pasen, por favor —nos dice, girando sobre sus talones.

La seguimos en silencio hasta su habitación. Enciende la luz; en su cama hay varios pañuelos de papel hechos bolitas y puedo notar que su escritorio está desordenado. Tiene varios libros abiertos y pilas de hojas mal alineadas. Eso no es típico de ella, por lo general siempre lo tiene todo ordenado.

—¿Los han traído? —nos pregunta llevándose una mano a la boca. Tyler le tiende la bolsa donde están las pruebas de embarazo. Ella sonríe forzadamente—. Son muchas.

—Sí, no sabía qué marca comprar, así que compré un test de cada —le explico.

—Mejor —me dice asintiendo con la cabeza—. Habrá más probabilidades de que dé negativo.

Me abstengo de decirle que así no funcionan las cosas, pero es Caroline, obviamente que lo sabe. Solo está en negación. Cualquiera lo estaría en su lugar. Se mete en el baño con la bolsa que Tyler le ha dado.

Nos quedamos sentados en su cama sin saber qué decir. Por más que Caroline quiera creer que no está embarazada, que es solo un error, los tres aquí presentes sabemos que no es así. Pero la acompañaré en todo momento, sea cual sea la decisión que tome.

—¿Esto cuenta en nuestra lista de cosas por hacer antes de que me vaya? —Tyler rompe el silencio mirándome con una sonrisa.

—Creo que sí —asiento girándome para mirarlo.

Tyler está mirándome como lo hacía en la playa: fijamente, sin expresión alguna, sus ojos recorren todo mi rostro hasta detenerse en mi boca. Mi respiración comienza a entrecortarse y abro los labios ligeramente para respirar. Vuelvo a mirar hacia delante; si seguimos así, estos sentimientos fugaces dejarán de serlo, se quedarán más tiempo de lo debido, y esa no es la idea.

—Sam... —me dice Tyler, posando una mano en mi mejilla, obligándome a volver a mirarlo.

Sus labios se mueven, pero no sale ninguna palabra de su boca; me recuerda a un pez fuera del agua.

—Yo...

Los dos, al mismo tiempo, nos arriesgamos.

A diferencia del de la función, este beso no es para nada tierno, es casi agresivo. Nos besamos con intensidad, como si necesitáramos uno del otro para vivir. Su mano está en mi cintura, intentando acercarme más a él, mis uñas se clavan ligeramente en su nuca. Su móvil comienza a sonar haciendo que nos separemos de un salto. Eso es todo lo que necesitamos para salir de nuestro momento.

Se pone de pie con rapidez y saca el teléfono del bolsillo torpemente. Mira quién lo está llamando y luego me mira a mí. Respiro como si hubiera estado privada de oxígeno durante horas. Ninguno de los dos parece haber caído en lo que acabamos de hacer.

—Dime —contesta la llamada saliendo de la habitación de Caroline.

En cuanto estoy sola, recuesto la mitad del cuerpo en la cama de mi amiga. Me quedo mirando el techo, pensando en lo que acaba de pasar. Tyler y yo nos hemos vuelto a besar. Lo hemos hecho sin ninguna excusa de por medio, como la función de teatro. No podemos simplemente ignorarlo y seguir como si no pasara nada. Si pensaba que el primero había sido EL BESO, era porque todavía no había llegado el segundo.

La puerta del baño de Caroline se abre y la veo salir con la cara empapada en lágrimas. Me incorporo rápidamente. Con lo del beso me he olvidado por un momento de lo que le está pasando a mi mejor amiga. Se limpia las lágrimas con las palmas de las manos y aprieta los labios.

—O todos son erróneos... —dice con la voz temblorosa—, o estoy embarazada. —La voz se le rompe al final.

Me abraza cerrando los ojos, le correspondo sintiendo cómo los míos se llenan de lágrimas también. Esto de verdad está pasando. Caroline está embarazada.

—Dios santo... —solloza en mi espalda—, esto no puede estar pasándome.

—Todo va a salir bien... —le acaricio la espalda—. Eres Caroline Morgan, puedes con esto. Puedes con todo.

—Mi madre va a matarme.

Se sorbe la nariz calmándose un poco.

—Chist... —acaricio su cabello.

—¡Justo la semana de exámenes! —Vuelve a llorar con fuerza.

Suspiro sin saber qué decirle para consolarla. Solo la abrazo y le acaricio el pelo, dejando que se desahogue. Sin duda quiero saber quién es el padre, pero no es el momento de preguntar sobre ello.

La puerta se abre y Caroline ni se inmuta, sigue llorando diciendo cosas que no puedo entender. Tyler se queda mirándoos, y asumo que comprende lo que está pasando. Vuelvo a recordar nuestro beso y bajo la mirada sintiendo calor en las mejillas.

—Yo... —intenta decir, pero le interrumpo.

—Puedes irte. Me quedaré a dormir —le digo.

Caroline deja de llorar y solo se sorbe la nariz.

—Bien, yo... —Se queda en silencio. Levanto la mirada—. No sé si felicitarte o decir que lo siento.

Caroline comienza a llorar de nuevo.

—Solo vete —le digo sin dejar de darle palmaditas en la espalda a mi amiga.

—Tienes razón —cierra la puerta.

Número desconocido: ¿Sabes que es de mala educación colgar sin despedirte?

Tyler: ¿Qué quieres?

Número desconocido: Verte.

Tyler: Estoy a nada de pedir una orden de alejamiento. No me tientes.

Número desconocido: Sabes que no te conviene involucrar a la policía porque tú también saldrás afectado.

23

Abro los ojos y me encuentro con un libro de geografía a mi lado. Levanto un poco más la mirada para ver a Caroline leyendo muy concentrada. Me giro estirando la mano para buscar mi móvil; son las seis de la mañana.

—¿Cuál es tu problema? —le digo con voz ronca a Caroline, volviendo a mi posición inicial. Ella deja de leer para lanzarme una mirada asesina—. Lo siento... —Otra vez me olvidé—. Todavía no puedo creerlo.

—El sentimiento es mutuo —contesta, y vuelve a centrarse en su libro.

—¿Hoy tienes examen de Geografía? —le pregunto. Niega con la cabeza—. Entonces, ¿qué haces con eso? —Frunzo el ceño.

—No puedo dormir, así que quiero distraerme, pero no funciona. —Cierra el libro—. Cuéntame algo tú.

—¿Yo?

—No, Sam. Le hablo al embrión que está dentro de mí —me dice de mala gana.

Me incorporo recostándome en el respaldo de la cama.

—No te he contado algo que me pasó ayer con Tyler —le digo jugando con mis dedos—. Nosotros...

—¿Se besaron? —me interrumpe. Por un segundo pienso en negarlo, pero negarlo no hará que el que nos hayamos besado no sea un hecho.

—Sí.

Caroline sonríe y sus ojos se achinan debido a lo hinchados que están después de tanto llorar.

—Luke me debe doscientos dólares —me dice contenta.

—¿Por qué? —pregunto confundida.

—Hicimos una apuesta. Él dijo que ustedes no se volverían a besar y yo dije que sí —me explica encogiéndose de hombros con superioridad—. Y he ganado.

Me alegra que ser tan predecible haga feliz a Caroline, aunque sea por un momento. Sonrío un poco, sintiendo cómo mis ojos se cierran del sueño que tengo, pero intento mantenerme despierta. Entonces su sonrisa decae lentamente.

—Tengo miedo —confiesa.

Puedo ver en sus ojos que tiene ganas de llorar. Tomo sus manos.

—¿Qué quieres hacer? —le pregunto.

—No lo sé. —Aprieta los labios, respirando pesadamente.

Nos volvemos a quedar en silencio. Bajo la mirada a nuestras manos entrelazadas. Caroline suelta un bufido que hace que vuelva a mirarla. Aprieta los labios intentando mantenerse seria, pero no puede controlar sus ganas de reír. Se lleva las manos a la boca para silenciar sus risas.

—Ahora soy yo la que tengo miedo —le digo mirándola extrañada.

¿Estará teniendo un brote psicótico?

—Dije que no lo sé, Sam —me dice riendo. Me quedo sin saber qué decirle—. Por primera vez en mi vida no sé qué hacer... —Deja de reírse poco a poco, y vuelve a respirar pesadamente—. Y eso me aterra. No sabes cuánto.

—La respuesta vendrá a ti cuando menos lo esperes —le digo sonriendo un poco.

—¿Eso crees? —Se le escapa una pequeña lágrima.

—Estoy segura.

Limpio esa lágrima con mi nudillo.

No queríamos darle la noticia a Luke poniéndole un mensaje, así que decidimos esperar a verlo en el instituto. Sucede que, justamente hoy, no lo hemos visto en ningún momento. La única oportunidad que tenemos de hacerlo es en la última clase del día: Francés. Nos sentamos en el mismo lugar de siempre, atrás. Pero el idiota no aparece.

—¿Dónde diablos está?

La clase está a punto de comenzar y no hay señales de Luke.

—Quizá Tyler le contó lo del beso y está evitándome porque ha perdido —me dice Caroline cerrando su botella de agua tras haberle dado un sorbo.

—¿Lo dices en serio? —pregunto dejando de mirar hacia la puerta para volverme hacia ella.

—Sí, es un tacaño —responde con un tono obvio.

—Hablo de Tyler —digo con el ceño fruncido.

—Solo ha sido una teoría. —Se encoge de hombros.

No he hablado con Tyler desde que nos besamos. Ahora no sé cómo comenzar una conversación con él, y al parecer a él le pasa lo mismo. Esta mañana le escribió a Caroline para preguntarle cómo estaba y hacerle saber que si necesita algo puede contar con su ayuda.

—Al fin —dice Caroline sacándome de mis pensamientos.

Miro en la misma dirección que ella. Luke entra en la clase detrás de la profesora de Francés. Se ve algo decaído y pálido, pero nos sonríe al sentarse junto a nosotras. No podemos hablar con él porque la profesora enseguida comienza a escribir en la pizarra mientras nos explica cómo será el examen en unos días.

Después de esta clase tenemos visita con la doctora. No podemos decírselo a Luke solo unos minutos antes de entrar en el consultorio. Queríamos contarle lo del embarazo de Caroline nada más llegar al instituto, para que tuviera todo el día para procesar la noticia, pero como hasta ahora no lo habíamos visto...

Caroline se estira para dejar un papelito sobre mi pupitre.

«¿Y si se lo digo de esta forma?» La miro indecisa y escribo: «Sería un anuncio presencial de todas formas...».

Caroline asiente. Vuelve a sacar un papelito rosado para escribirle la noticia a Luke. Aprovecha que la profesora se gira para dejarlo en el pupitre de nuestro amigo. Él lo abre con desinterés y al leer lo que contiene se queda paralizado. Luego nos mira a nosotras y nos encogemos de hombros.

Vuelve a doblar el papelito y se lo guarda en el bolsillo del pantalón. Se pone de pie y comienza a caminar hacia la puerta de la clase.

—Williams, ¿a dónde cree que va? —le pregunta la profesora mirándolo con una ceja arqueada. Pero él no contesta, solo sale de la clase—. ¡Williams!

Después de eso escuchamos sonidos de alguien vomitando. Ese alguien es Luke.

Caroline y yo nos miramos sin entender qué acaba de pasar.

—Eso ha sido la cosa más vergonzosa que me ha pasado en mi vida... —nos dice Luke pasándose una mano por el pelo.

—Bueno, pues, en ningún momento escribí que vomites en plena clase —le contesta Caroline entrecerrando los ojos.

—¿Por qué no dan noticias de esa magnitud de forma oral como las personas normales?

—En nuestra defensa, te diremos que llevamos todo el día buscándote —replico levantando mi dedo índice.

—Y en mi defensa, te diré que estuve en la enfermería la mayor parte del día.

—Pues discúlpanos por pensar que eres lo suficientemente inteligente como para mirar la fecha de caducidad de algo antes de comértelo.

Lo que le ha pasado a Luke ha sido consecuencia de la sorpresa y de estar mal del estómago por haber comido algo en mal estado.

—Caroline Morgan. —Una chica con gafas rosadas aparece en la sala de espera. Mi mejor amiga levanta la mano—. Pasa por aquí, por favor.

—¿Pueden entrar mis amigos conmigo? —le pregunta Caroline con timidez.

La chica asiente con la cabeza.

Seguimos a Caroline hasta el consultorio de la doctora que la atenderá. Es una mujer posiblemente de la edad de mi madre. Lleva el cabello pelirrojo atado en una coleta despeinada. Al vernos entrar, nos observa con curiosidad con sus ojos verdes.

—Soy la doctora Hoffman —se presenta con una sonrisa—. ¿Caroline Morgan?

Luke y yo señalamos al mismo tiempo a Caroline, que está en medio de nosotros.

—Muy bien, Caroline. ¿En qué puedo ayudarte?

Caroline toma aire antes de hablar.

—Estoy embarazada y me gustaría saber de cuántas semanas estoy.

—¿Crees estar embarazada o estás segura de que lo estás? —le pregunta la ginecóloga.

—Me hice diez pruebas. Todas dieron positivo.

—Caroline, voy a hacerte una ecografía vaginal. Se hace en los primeros tres meses del embarazo, ¿sí? Así podré dictaminar de cuánto estás. —Mi amiga asiente con la cabeza—. Voy a necesitar que vayas allá y te quites la ropa de cintura para abajo. —Señala detrás de una cortina—. Tus amigos te verán allí en cuanto lo prepare todo.

Unos diez minutos después estamos junto a Caroline. Uno a cada lado, para ser más específica. Ella se encuentra cubierta de la cadera hasta las rodillas. Tiene las piernas elevadas y apoyadas sobre unos aparatos especiales para colocar los pies. La doctora le explica todo el procedimiento y ella solo asiente. Se encuentra muy nerviosa para responder.

—¿Eres el padre? —le pregunta la doctora a Luke.

Él niega con la cabeza.

—Seré el tío genial —le responde haciéndonos reír, excepto a Caroline. Ella mantiene la mirada en el techo.

La doctora enciende un monitor a su lado e introduce un artefacto dentro de Caroline, que comienza a respirar pesadamente y aprieta mi mano.

—Ahí está —dice la ginecóloga sonriendo mientras observa la pantalla—. Ahí está el saco gestacional, y esto... —señala una mancha— es el saco vitelino. Dentro está tu bebé.

—¿Mi bebé? —pregunta Caroline, como si fuera lo más extraño que ha escuchado en su vida. Se me eriza la piel.

—Así es —contesta la doctora. Luke y yo nos miramos en shock—. Estás de cuatro semanas. Felicidades, Caroline.

Cuatro semanas. Está embarazada desde hace cuatro semanas. Intento pensar en quién puede ser el padre, pero las fechas no concuerdan. Nos contamos todo y la última vez que me contó que tuvo relaciones fue hace mucho más de un mes.

—Chicos, si no les importa, me gustaría hablar con Caroline a solas —nos dice la doctora.

—¿Pasa algo malo con el bebé? —le pregunta Luke, preocupado.

—Oh, no. —Niega con la cabeza—. El bebé está muy bien. Solo me gustaría hablar con ella sobre algo.

Caroline ni siquiera nos devuelve la mirada, se mantiene mirando fijamente el monitor, escuchando los latidos del corazón de su bebé. Creo que ni siquiera ha oído lo que ha dicho la doctora.

En cuanto estamos de nuevo en la sala de espera, ambos soltamos un suspiro sin poder creer todo lo que está pasando.

—¿Ya te ha dicho quién es el padre? —me pregunta Luke mirando el suelo.

¿Por qué eso me ha sonado como si él supiera quién es?

—¿Tú sabes quién es? —Luke niega con la cabeza sin devolverme la mirada. Abro la boca ofendida—. Lo sabes, ¿no es así?

—Sé lo mismo que tú —me dice sacando el móvil del bolsillo de sus tejanos—, lo cual es nada —agrega.

—¿Por qué tengo la sensación de que eso es mentira?

—Porque eres una desconfiada.

Me lanza una mirada furiosa y dejo de insistir.

—Pero tengo mis sospechas.

—Te escucho —digo, sentándome junto a él.

En ese momento Caroline sale sosteniendo unos folletos y un gran sobre blanco. Se ve mucho más animada que antes de entrar. Nos ponemos de pie y caminamos hasta ella.

—Hey, ¿qué te ha dicho? —Luke lo pregunta por mí.

—Me ha explicado las opciones que tengo: puedo abortar, pero tengo que decidirme antes de la semana doce —nos cuenta, comenzando a enumerar las opciones con los dedos—. Puedo darlo en adopción o quedármelo. Tengo folletos y opciones en las que pensar.

—Caroline, ¿quién es el padre? —suelto haciendo que deje de estar tan emocionada.

Luke también la mira, esperando una respuesta. Caroline se pasa la lengua por los labios antes de continuar.

—Le dije que viniera —nos dice cabizbaja.

—Pero... ¿quién...? —intento preguntar, pero Luke me da un codazo. Lo encuentro mirando a alguien que viene caminando por el pasillo.

Tyler.

24

—¿Tyler? —pregunto sin creerlo.

Caroline abre la boca ofendida, girándose para mirar a Tyler y luego a mí.

—¿En serio crees que tengo tan mal gusto? —me pregunta indignada—. No te ofendas —le dice a Tyler.

—Para nada —le responde sarcástico.

—Si no es Tyler, ¿quién es? —pregunto confundida.

Luke vuelve a darme un codazo sorprendido. Todo lo que sucede a continuación parece ocurrir a cámara lenta. Me giro y me encuentro con Nick caminando hacia nosotros. Al principio, está inexpresivo, pero cuando sus ojos se encuentran con los míos, hace una mueca. Miro de nuevo a Caroline y está se encoge de hombros con una pequeña sonrisa.

—Uf —suelto, asqueada.

Caroline suspira aliviada. Nick llega hasta nosotros y evita mirarme.

—Tenemos que hablar —le dice Caroline.

—Estoy de acuerdo —responde mi primo.

—Dijiste que no tenías mal gusto —le digo a Caroline cruzándome de brazos—. Puedo preguntar en qué momento ha pasado esto.

—Por eso no quería decírtelo, sabía que te ibas a enfadar —replica ella ladeando la cabeza.

—No estoy enfadada, estoy asqueada... —Suavizo mi ceño fruncido—. Y no puedo creer que ninguno de los dos lo haya mencionado antes.

—Es que lo nuestro no iba en serio —me explica Caroline, mirando a mi primo, que parece sorprendido por sus palabras—. ¿Verdad, Nick?

—Claro. Sí. Para mí tampoco iba en serio.

Nick se encoge de hombros con una sonrisa.

—¿Qué harán ahora? —pregunta Luke, cambiando un poco de tema.

Puedo notar con el rabillo del ojo que Tyler está mirándome de reojo.

—Lo primero que haré será contárselo a mi madre —nos dice Caroline bajando de nuevo la mirada—. Posiblemente, me asesine, pero es algo que debe saber. Después pensaré sobre qué decisión tomar.

—Te apoyaré en lo que decidas —le dice Nick, tomando una de sus manos.

Ella le sonríe agradecida. Hago una mueca.

Carraspeo incómoda. No estoy enojada, pero sí me sorprende mucho que estén juntos. Es algo que jamás me hubiera imaginado que pudiera pasar. El hecho de que mi mejor amiga, que es casi como mi hermana, y mi primo, que es casi como mi hermano, tengan un hijo juntos es algo que lleva tiempo procesar.

—Iré con Nick a casa para hablar con mi madre. Les llamo luego para contarles cómo ha ido, ¿sí? —nos dice a Luke y a mí.

Asiento con la cabeza.

—No quiero que estés enfadada.

—No estoy enfadada con ninguno —aclaro mirándolos a ambos—, solo estoy... sorprendida. —Me encojo de hombros.

Caroline y Nick me sonríen y comienzan a caminar. Luego ella se detiene y se gira para decirle algo a Luke:

—Ah, Sam y Tyler se han vuelto a besar. Me debes doscientos dólares.

Cubro mi rostro con una mano, avergonzada. Tyler baja la mirada riendo por lo bajo.

—¿Besaste a mi amigo? —me pregunta Nick, indignado.

—¡Tú embarazaste a mi mejor amiga! —exclamo aún más indignada.

—Pero ¡fue accidentalmente!

—¡Lo mío también!

Bueno, si antes estaba avergonzada, ahora aún más. Tyler ya no se ríe, está serio y temo haber herido sus sentimientos.

—Bueno, yo me voy —dice Luke, y comienza a caminar, visiblemente incómodo por la situación.

—Nosotros también —dicen Caroline y Nick.

Nos dejan en pleno pasillo en silencio. No sé cómo iniciar la conversación. Obviamente, sabía que debíamos hablar sobre el beso, pero jamás pensé que comenzaríamos nuestra charla conmigo diciendo algo hiriente. Para mi suerte, me suena el móvil en el bolsillo de la chaqueta tejana.

—¿Hola? —respondo rápidamente sin fijarme quién es.

—Hola, hija. Acabo de llegar del aeropuerto y no encuentro mis llaves. —Me alegro al escuchar a mi padre del otro lado. No solo por saber que ya está en Los Ángeles, sino porque acaba de salvarme por unos segundos—. ¿Podrías venir? No hay nadie en la casa.

—Sí, no te preocupes, papá. Enseguida voy a casa —le digo mirando a Tyler de reojo.

Mi padre finaliza la llamada, volviendo a dejarnos en un silencio incómodo. Abro la boca para decirle cualquier cosa a Tyler, pero ni siquiera sé qué, y mis cuerdas vocales parecen querer negarse a emitir sonido alguno.

—¿Edward ha vuelto? —me pregunta Tyler. Cierro la boca y asiento con la cabeza—. Vamos. Te llevo.

No espera mi respuesta y comienza a caminar hacia la salida del hospital. Lo sigo en silencio durante todo el trayecto hasta el aparcamiento. Sé que no debí decir eso. Fue por culpa de Nick. Si él no hubiera sido tan hipócrita, mi boca se hubiera mantenido cerrada y nada de esto estaría pasando. ¿A quién engaño? Lo he estropeado todo. He hecho sentir mal a Tyler y debo disculparme por ello.

—No quise decir eso —suelto cuando estamos dentro del coche.

Tyler ignora lo que le digo y arranca. Suspiro.

—Aunque, sinceramente, no sé qué fue ese beso —comento. Creo que es momento de hablar de algo mucho más serio que el beso—. Yo...

—Fue la presión del momento —me interrumpe—. Todos hacemos cosas estúpidas bajo presión.

Creo que estamos en paz.

—Claro —asiento sonriendo forzadamente, sintiendo sus palabras como miles de cuchillas en mi corazón—. La verdad es que tienes razón. Fue solo un estúpido beso. —Me río falsamente.

—Así es... —asiente, manteniendo la mirada al frente.

Me recuesto en el asiento y miro por la ventanilla. ¿En verdad acaba de dejarme por segunda vez en la *friendzone*? Si es así, sigue doliendo como si fuera la primera. Suelto un suspiro. «Estúpido, Tyler.»

—Jessica volvió a dar señales. —Giro mi rostro para mirarlo—. Ayer, para ser más específico.

—¿Y qué quiere? —le pregunto.

—Verme —contesta.

—¿Y... vas a verla cuando te vayas a Inglaterra? —pregunto algo insegura.

—No, no voy a verla en ninguna parte.

—Oh, bien.

La verdad es que me alegra que no vaya a encontrarse con Jessica. Tuvieron una historia, y si se encontrara con ella, me pondría algo celosa. Me guste o no admitirlo. Justamente por eso debo intentar olvidar estos sentimientos que no son correspondidos. Me lo ha aclarado dos veces de formas dolorosas. Agradecería que a la tercera me atropellara, eso dolería menos que las frases «Todos hacemos cosas estúpidas cuando estamos bajo presión» y «Me alegra que seamos amigos».

El resto del camino es silencioso. Él no dice nada más, y yo, después de cómo se ha referido a nuestro beso, decido no agregar nada más y quedarme sufriendo en silencio. Cuando llegamos a casa, no veo a nadie fuera, así que asumo que quizá mi madre ya ha llegado y ha abierto la puerta. El coche se detiene y Tyler se queda inmóvil en el asiento del piloto.

—Sam, debo decirte algo... —me dice con la mirada en el volante.

—Te escucho —contesto arqueando una ceja.

—Yo...

—¡Por fin! —exclaman en mi ventanilla. Me sobresalto al escuchar la voz de mi padre—. Estoy asándome con este traje. —Sonrío al verlo—. Hola, Sammie.

—Hola, papá —contesto riendo por lo bajo. Busco mis llaves en la mochila y se las doy—. Aquí tienes.

Papá se aleja de nosotros para entrar en casa. Tyler mantiene su vista al frente, pensativo y serio. Me aclaro la garganta para llamar su atención. Él me mira y lo observo elevando las cejas.

—¿Qué ibas a decirme? —pregunto.

Asiente con la cabeza.

—Iba a decirte que tengo que hacer las maletas.

—¿Bien? —digo, pero suena más a pregunta. Él sonríe y baja del coche con rapidez.

La semana de exámenes finalmente ha terminado. Gracias al cielo. Ha sido una semana difícil por tener la presión de graduarnos sobre nuestros hombros. Estamos muy confiados en que hemos hecho bien todos los exámenes. Aún falta que nos den las notas, y debemos seguir yendo, pero cruzamos los dedos para que todo vaya bien.

Pero esa etapa de sufrimiento ha finalizado y estoy muy contenta por ello, más que nada por Caroline. Ahora que se graduará (porque, vamos, es Caroline, la mejor de la clase. Nadie duda de que lo ha aprobado todo) podrá concentrarse en su embarazo. Su madre, obviamente, lloró se enojó y lo pasó mal cuando mi primo y mi mejor amiga le dieron la noticia, pero luego comprendió y recapacitó que lo ocurrido no ha sido culpa de ninguno de los dos. Ella, al igual que Nick, apoyan a Caro en lo que sea que decida. Después de todo, es su cuerpo.

No volví a hablar con Tyler sobre el beso, y básicamente no volví a hablar con él de nada más. Estuvo evitándome casi toda la semana, rompiendo nuestra lista de cosas por hacer antes de que se vaya. No lo culpo. Después del beso, es entendible que se sienta incómodo. Al final, yo tenía razón: me arriesgué y las cosas salieron mal.

Me acuesto después de secarme el pelo. Estos meses han sido muy estresantes. Mañana les pediré a mis padres una semana de spa como regalo de graduación. O quizá me vaya a un retiro espiritual en vacaciones. No lo sé.

Puedo escuchar el sonido de un coche. Me levanto con rapidez de la cama para mirar por la ventana, que está entreabierta. Tyler está bajando de su coche en este momento, lleva unas bolsas en las manos. Me pregunto qué serán. Vuelvo a acostarme, decidida a dormir.

—¿Estás dormida? —Escucho una voz unos minutos después.

—Qué ¿no sabes llamar? —pregunto de mala gana.

—¿Quieres hacer una fiesta de pijamas?

Me estiro para encender mi lamparita. Tyler está asomándose por la puerta de mi habitación y no parece estar bromeando con querer hacer una fiesta de pijamas.

—Bueno. —Me encojo de hombros.

Entra en la habitación para dejar las bolsas sobre mi cama y luego va a encender la luz. Aprovecho para ver qué ha traído: chocolates, gominolas, algunos refrescos y películas en DVD. Comienzo a ver las que ha elegido y...

—No puedes no traer *Mean Girls* a una fiesta de pijamas —le critico, divertida.

—Aún no la he visto —me responde cerrando la puerta.

—Bien, definitivamente es la primera que veremos por internet —le aseguro levantándome a buscar mi ordenador.

Tyler vierte el contenido de una de las bolsas en mi cama mientras se sienta en el lado vacío.

—¿Tampoco has traído mascarillas? —me detengo a preguntar.

—Sam, tengo una hermana —me dice entrecerrando los ojos. Mete la mano en la otra bolsa—. Me ofende tu pregunta. —Saca las mascarillas.

—¿Cómo es posible que no hayas visto *Mean Girls*? Es raro que no la vieras con Emily —le digo, sentándome a su lado. Abro el portátil para encenderlo.

—No veo películas con ella. Es insoportable. —Niega con la cabeza—. No para de hablar ni un instante. —Hago una mueca al escuchar eso. Tyler frunce el ceño—. Haces lo mismo, ¿verdad? —Me encojo de hombros sonriendo—. ¿Y si veo la película en mi habitación y luego vuelvo?

Ladeo la cabeza poniéndome seria. Tyler se ríe de mi expresión.

—¿Te ha gustado? —le pregunto cuando terminamos de ver la película.

—Recuérdame que nunca vuelva a ver una película contigo —responde negando con la cabeza.

Me río estirándome para buscar palomitas.

—Damien es mi personaje favorito —dice elevando el dedo índice—. Y Regina me recuerda a Daniela.

—Estoy segura de que se sentirá muy halagada —digo llevándome algunas palomitas a la boca.

—¿Crees que esto ya esté? —me pregunta tocando su nariz.

—Seguramente. Te la pusiste antes de que comenzara la película. —Frunzo el ceño—. Solo un psicópata se deja la mascarilla puesta tanto tiempo.

—Cállate y quítamela.

Me pongo de rodillas para quitarle la mascarilla. Con una uña intento sacar un poco para ir tirando de allí. Rasco levemente su piel sin conseguir resultado por unos segundos, hasta que logro sacar un poco. Me doy cuenta de que Tyler está mirándome fijamente. Dios, hace mucho que no hacía eso, y lo último que quiero es que volvamos besarnos en su última noche aquí. Bueno, sí que quiero, pero sé que no debemos hacerlo, porque no quiero que todo se vuelva incómodo otra vez.

Así que tiro con fuerza.

—¡Ah! —exclama adolorido, y se lleva una mano a la nariz y luego la observa—. ¡Casi me arrancas la nariz!

—Ay, no seas bebé —digo volviéndome a sentar.

—¿Un bebé? Tú eres la psicópata que casi me arranca la nariz. —Frunce el ceño y sigue sobándose la nariz.

—Oh, por favor. —Suspiro—. Cuando te depiles las piernas con cera, te quejas.

—Psicópata.

Ignoro su mirada furiosa y sigo comiendo palomitas mientras decido cuál será la siguiente película que veremos. En mi defensa, Tyler estaba mirándome de esa forma inexpresiva que usualmente suele provocar que lo bese. Evité que todo se volviera incómodo. Debería darme las gracias.

—¿Jessica ha vuelto a llamarte? —le pregunto recordando que mañana vuela para Inglaterra. Quizá sí ha vuelto a llamarle.

—Nop.

Me quita la película que tenía en la mano para leer qué dice detrás.

—¿Quieres que venga a tu graduación? —me pregunta cambiando de tema.

—Obviamente, tienes que venir —le digo—. Si eres un buen casi mejor amigo, vendrás.

Cojo otra película para ver de qué se trata. No la conozco.

Tyler se ríe.

—Sam, yo quiero decirte algo que posiblemente debía haberte dicho antes.

Levanto la mano, confundiéndolo.

—¿Eso que quieres decirme podría hacer que todo se volviera de nuevo incómodo? —pregunto arqueando las cejas.

Ladea la cabeza.

—Un poco.

—Entonces no me lo digas aún —digo—. Es tu última noche. No la desperdiciemos.

Tyler sonríe de lado. Asiente con la cabeza.

—¿Has visto *Clueless?* —le pregunto.

Niega con la cabeza, pensativo.

—Siguiente película —digo, acercando mi portátil.

25

TYLER

Me despierto por el sonido de mi móvil. Está sonando desde hace algunos minutos; por más que intento ignorarlo y seguir durmiendo, me resulta imposible. Decido apagarlo. Seguramente es Jessica y no quiero levantarme de mal humor en mi último día en Los Ángeles.

Jessica sigue tratando de hablar conmigo y sé que, por más que cambie de número (y de móvil), como la primera vez que me llamó hace un tiempo, volverá a conseguir mi teléfono. Así que me limito a ignorarla hasta que llegue a Inglaterra. Allí ya veré qué demonios quiere de mí. Le mentí a Sam al respecto porque no quiero que se preocupe por mí. Este es mi problema, no el de ella, y cuanto menos sepa de esto, mejor.

Junto a la cama improvisada que hice en el suelo de la habitación de Sam, hay una pequeña nota: «Llama a Emily para decirle que he conseguido que veas películas icónicas». Sonrío al leerla. Anoche al proponerle la idea de la fiesta de pijamas, no sabía si aceptaría. Después de todo, fui un estúpido con Sam.

Me alejé de ella después de besarnos por segunda vez porque ya no podía seguir fingiendo que no siento nada por ella. Cuando estuvimos en la playa charlando sobre si arriesgarse vale la pena o no, todo lo que le decía iba dirigido a mí mismo. Estaba intentando convencerme de que debía decirle que la quiero más que como amiga, pero sus respuestas me hicieron ver que era mejor no decirle nada. No quiero dejar de ser su amigo por esto, y ella me estaba dando a entender que posiblemente eso podía pasar si yo me sinceraba.

Cuando estábamos en casa de Caroline, solos en su habitación, bajo presión, solo la besé. Luego Jessica me llamó y pude reaccionar. Lo estropeé todo y esa vez no tenía excusas, como cuando la besé durante la función, donde siempre podía decir algo así como: «Quise que la obra saliera mejor». Debía afrontar que la había besado porque es lo que deseaba hacer. Pero no supe cómo. Así que, cuando Caroline llamó a Nick para que fuera al hospital, decidí acompañarlo para ver a Sam allí. Quería decirle, en cuanto estuviéramos solos, que me gusta. Pero luego ella mencionó que lo del beso fue un accidente y de nuevo me convencí de que lo mejor era que me callara.

Anoche iba a decírselo. Estábamos pasándolo bien y acababa de casi dejarme sin nariz. No había nada que pudiera interrumpirme, pero entonces Sam dijo que lo dejara para después. Fue frustrante, pero le hice caso.

Y ahora estoy convencido de que se lo diré hoy.

—Sam... —La madre de Sam se queda en silencio al verme acostado en el suelo de la habitación de su hija—. Tyler, ¿qué haces ahí? —me pregunta confundida, sosteniendo el pomo de la puerta.

—Tuvimos una fiesta de pijamas —respondo, sonriendo avergonzado por estar sin camisa frente a Marilyn.

NICK

Estoy al lado de Luke. Estamos listos para recibir algunos puñetazos de Tyler. Sin duda no será trabajo fácil secuestrarlo, tampoco una agradable experiencia para él, pero en cuanto vea lo que tenemos planeado, todo habrá valido la pena. Ambos estamos esperando a escuchar el sonido de la cerradura. Luke le mandó un mensaje para que nos abra la puerta, no vio el mensaje, supuestamente. Aunque estamos seguros de que lo leyó desde la notificación, sin entrar en el chat.

Nos bajamos los pasamontañas para cubrirnos el rostro. La puerta se abre y ni siquiera le damos la oportunidad de darse la vuelta. Simplemente le colocamos una gorra negra en la cabeza para que no pueda ver nada, pero sí respirar. Nuestra función aquí es secuestrarlo, no matarlo. Tyler se resiste, nos golpea un poco e intenta zafarse de nuestro agarre, pero nosotros somos dos, y al parecer más fuertes.

—No digas ni una sola palabra o todas las personas que están en esta casa, morirán —dice Luke, impostando la voz para que no le reconozca.

Aprieto los labios para no reírme.

Primera fase del plan completada. La segunda es llevarlo, y la tercera, que no se enfade con nosotros por esto.

SAM

Alquilamos unos inflables, pero no tenemos idea de cómo encargarnos de esas cosas, así que tuvimos que llamar a los dueños y pagar un poco más por su ayuda. Ahora estamos esperando a que terminen de inflarlos en el patio de la casa de Daniela.

Cuando nos escuchó hablando sobre hacerle una fiesta sorpresa a Tyler para su último día aquí, nos ofreció su casa. Aceptamos sin pensarlo. Además de tener un jardín precioso, es más fácil que la fiesta sea sorpresa aquí, ya que, si la hubiéramos organizado en mi casa, probablemente se habría enterado, y no era esa la idea.

—¿Sabían que el corazón del bebé puede escucharse dentro de la octava y décima semana? —nos dice Caroline, asombrada.

—Créeme que no —le contesta Daniela mientras busca ropa en su armario—. Investigar sobre el embarazo no es una de mis aficiones —se detiene—. Dios... Lo siento —se disculpa, apenada.

—No importa. Hace unos días tampoco era una de los míos —le contesta Caroline, elevando las cejas y volviendo a prestar atención a su móvil.

—¿Has pensado en nombres? —le pregunta Daniela.

—Aún no —le contesta Caroline sin levantar la mirada.

Daniela no sabe que todavía está dudando sobre su embarazo.

—A mí siempre me han gustado los nombres de Eithan y Olivia —nos cuenta con una sonrisa y la mirada perdida—. ¿Sabes? Si pienso en un bebé tuyo y de Nick, lo imagino rubio y con tus ojos verdes. Será muy guapo —le asegura mirándola sonriente.

Caroline sonríe falsamente. No le gusta que hablen sobre cómo será el bebé, ni de nombres, ni de nada hasta que tome una decisión. Por eso desde que la semana de exámenes terminó, ha estado buscando un montón de información.

—¿Creen que estoy bien para el último día de Tyler aquí? —pregunto para cambiar de tema.

—Estás muy guapa —me responde Daniela centrándose ahora en mí.

Puedo ver cómo Caroline me lo agradece con la mirada.

—¿Ya están saliendo?

—Se volvieron a besar. Algo es algo —dice Caroline, más animada que antes—. Pero ninguno le ha dicho al otro lo que siente.

—Yo quise hacerlo dos veces y él me mandó a la *friendzone* —digo levantando mi dedo índice—. Y no voy a arriesgarme una tercera vez.

—Sigo insistiendo en que solo lo interpretaste mal —me dice Daniela observando las puntas de su cabello rubio.

—Puedo asegurarte que no.

Caroline se pone de pie.

—Chicas, Nick y Luke están abajo —nos avisa—. Nick me acaba de mandar un mensaje.

Las tres salimos de la habitación de Daniela. Nos encontramos con Nick y Luke sosteniendo a Tyler, uno de cada brazo. Él no dice nada, tampoco puede ver porque tiene un pasamontañas negro cubriéndole la cara. Espero que no se enfade por esto. Fue idea de ellos hacerle esta broma. Yo voté por utilizar una venda y decirle que no se la quitaríamos hasta llegar al sitio sorpresa.

En ese momento llaman a la puerta. Daniela nos hace una seña para que le esperemos para gritarle «¡Sorpresa!». Aceptamos a regañadientes. No quiero que pase más tiempo asustado. Pobrecito.

—¿Qué haces tú aquí? —Escucho que pregunta Daniela.

Caroline y yo nos miramos confundidas. Le hacemos una seña a Nick y Luke para que lo sostengan unos segundos más. Apenas nos acercamos a la puerta principal podemos ver que Daniela retrocede, dejando pasar a la persona que está afuera, y entonces yo también me confundo.

—¿Tyler? —pregunta Caroline.

—¿Qué haces aquí? —pregunto confundida. Él no entiende por qué pregunto eso—. Espera si tú estás aquí... —me vuelvo—, ¿quién está allá?

Giro sobre mis talones y camino con rapidez. Nick y Luke no entienden qué está pasando tampoco. Le quito el pasamontañas al hombre y dejo al descubierto su identidad. Mira a su alrededor confundido, pero al encontrarse conmigo ladea la cabeza.

—Hola, papá —digo sonriendo incómoda.

26

Mi pobre padre, con aspecto cansado, asiente con un movimiento de cabeza. No puede hablar por la cinta que le cubre la boca. Lanzo una mirada asesina a Nick y Luke, quienes lo sueltan, avergonzados.

—Lo siento mucho, tío Edward —se disculpa Nick, haciendo una mueca.

—No queríamos secuestrarlo a usted, señor Donnet —le dice Luke—. Buscábamos a Tyler.

Tyler los mira como si estuvieran locos. Me acerco apenada a quitarle la cinta de la boca a mi padre.

—¡Despacio, hija! —se queja haciendo una mueca de dolor.

—No puedo creer que hayan secuestrado a mi padre —exclamo negando con la cabeza.

Mi padre comienza a estirarse y a frotar la parte donde estaba la cinta haciendo una mueca de dolor. Bajo la mirada. Ni siquiera sé qué decir. Todos estamos en silencio esperando que nos abronque por hacer semejante estupidez, pero en vez de eso, comienza a reírse y nos quedamos todos sorprendidos.

—¿Por qué se ríe? —pregunta Luke confundido.

—Creo que está llorando... —dice Nick llevándose una mano al mentón.

—¿Así reacciona cuando está enfadado? —me pregunta Caroline, que juega con un mechón de cabello mientras observa la escena.

—Quizá está teniendo un brote psicótico —sugiere Daniela con los brazos cruzados.

—Espero que no —contesto haciendo una mueca.

Mi padre niega con la cabeza al tiempo que palmea los brazos de Nick y Luke.

—No se preocupen. No estoy enfadado ni teniendo un brote psicótico —esto último lo dice mirando a Daniela. Ella se encoge de hombros con una pequeña sonrisa—, pero si hay una segunda vez, no me reiré, chicos —les advierte poniéndose serio.

—No volverá a pasar, tío Edward —le asegura Nick.

—Lo sentimos, señor Donnet —dice Luke.

Papá asiente con la cabeza, comprendiendo que son estúpidos y que, si normalmente no son capaces de conectar dos neuronas, menos las iban a conectar para una cosa así. Acaricia mi hombro al pasar junto a mí. Estoy segura de que mi madre se reirá mucho cuando se lo cuente.

Una vez que mi padre se va, nuestras miradas se centran en Tyler, que no ha dicho nada en ningún momento. Nos observa apoyado en la barandilla de las escaleras. Yo sabía que iba a enfadarse. Yo había votado por taparle los ojos y ya está.

—Ustedes planeaban secuestrarme —nos dice dolido. Bajo la mirada—. Definitivamente están enfermos.

—Nosotros... —empieza a decir Nick.

—No, Nick, no —le interrumpe Tyler—. Déjame terminar. —Hace una pausa. Mi primo no vuelve a interrumpirlo—. Están enfermos... y por eso los quiero, chicos.

Levanto la mirada sonriendo. Tyler está mirándome. Y también sonríe. Solo estaba fingiendo estar enojado con nosotros. Puedo ver el alivio en el rostro de los demás.

—Eres un estúpido —le digo negando con la cabeza.

—Lo dice la psicópata que quiso secuestrarme —me contesta acercándose a mí.

—No, yo voté por taparte los ojos —me defiendo levantando el dedo índice.

—Tiene razón —dice Luke—. Nosotros somos los culpables —señala Nick y a sí mismo.

Fue una idea genial alquilar estos inflables. Ya había olvidado lo divertido que es saltar en ellos. Caroline y yo estamos riéndonos como estúpidas mientras saltamos. Volvemos a sentirnos como niñas de siete años, cuando lo primero que hacíamos en todas las fiestas de cumpleaños era ir corriendo a saltar a los castillos inflables. Por un momento nos olvidamos de todo lo que está pasando y de todo lo que nos falta por vivir.

—¡Observen al rey! —exclama Nick.

Todos lo miramos. Está en la parte más alta del inflable, a la que hay que llegar subiendo por una pequeña escalera. Saltar de allí arriba y caer de pie es imposible. Ya lo hemos intentado todos y no lo hemos conseguido, no sé si porque ya somos demasiado grandes para hacerlo o porque es imposible.

—Primero quiero decirles que soy el mejor del mundo, porque saltaré y caeré para...

Luke aparece detrás de él y lo empuja. Nick rueda hacia abajo como si fuera una bolsa de patatas. Me río tanto que no me doy cuenta de que está viniendo en mi dirección. El resultado es que choca conmigo, golpeándome un poco con el peso de su cuerpo.

—Ay, eres idiota —me quejo masajeándome la parte en la que he recibido el golpe.

—Eso te pasa por ser malvada y reírte de las desgracias de los demás —me dice Nick al tiempo que se pone de pie manteniendo una sonrisa en su rostro.

—No me río de las desgracias de los demás, solo de las tuyas —contesto con el ceño fruncido.

Tyler viene hacia mí. Me ayuda a levantarme dándome una mano, la cual acepto al instante, y me levanto de un salto. Al hacerlo, el inflable me impulsa hacia él y nuestros pechos chocan haciendo que nos riamos.

—¿Sabes? Creo que si me abrazas unos segundos más acabarás formando parte de mí y, como nadie te verá —me susurra Tyler con tono divertido—, podrás venir a Inglaterra conmigo.

—Te odio por haber estado evitándome toda la semana —le digo sin soltarlo—. Si no hubieras sido tan estúpido, ahora no te echaría tanto de menos.

Tyler no me contesta. Puedo sentir cómo su respiración comienza a volverse más pesada. Escucho que su corazón late con rapidez. Sus manos se posan en mis brazos, separándome de él y lo miro confundida.

—Te quiero, Sam —me dice mirándome fijamente.

Me río levemente. Me asusté por unos segundos, creí que tendríamos una discusión o algo así.

—Yo también te quiero, tonto —le respondo con una pequeña sonrisa—. Eres mi casi mejor amigo.

Tyler frunce el ceño y niega con la cabeza.

—No, Sam. No lo entiendes. Yo... —intenta explicarme nervioso.

Arqueo una ceja, comenzando a ponerme nerviosa yo también—. Te quiero como algo más que una casi mejor amiga.

Ahora mi corazón parece volverse loco. Quiero sonreír, abrazarlo y besarlo de felicidad, pero no. Comprendo qué quiere decirme, pero voy a jugar con él un poco para que sufra lo que yo he sufrido las dos veces que he estado a punto de confesarle que lo quiero.

—Sé a qué te refieres —digo esbozando una sonrisa.

—¿Ah, sí? —Parece aliviado.

Asiento con la cabeza. Tomo sus manos hasta levantarlas a la altura de nuestros pechos.

—Me quieres como una mejor amiga —le digo contenta. Él pasa la lengua por sus labios, nervioso.

—No, Sam. Yo...

—No te preocupes. Caroline no va a enojarse si me quieres de esa forma —le interrumpo.

—Sam...

—Ella perdió ese derecho al estar embarazada de Nick —vuelvo a interrumpirlo.

—Samantha...

—Tyler...

Antes de que pueda volver a interrumpirlo, deshace nuestro agarre y coloca una mano a cada lado de mi cara para acercarme a la suya y besarme. El roce de nuestros labios provoca cosquillas dentro de mi estómago. Cuando nuestras bocas se unen, puedo sentir que las cosquillas se convierten en ráfagas eléctricas que recorren todo mi cuerpo. Nos separamos lo suficiente para mirarnos. Sus ojos marrones ahora parecen oscuros, muy oscuros. Nuestras respiraciones están agitadas y puedo ver de reojo que varias personas nos están mirando mal, pero no nos importa. Acabamos de arriesgarnos y ha dado resultado.

27

Ya han pasado tres días desde que Tyler se fue. Tres días en los que no ha habido ningún momento en el que no pensara en nuestro último beso y no dejara de echarlo de menos.

Hablamos por WhatsApp, sí, pero no es lo mismo que tenerlo a dos puertas de distancia. Ahora está en otro continente... De todas formas, saber que volveré a verlo en unas semanas para mi graduación me hace muy feliz. No hablamos sobre el beso, pero tampoco ignoramos lo que pasó entre nosotros en el aeropuerto. Bromeo a menudo sobre lo mucho que me gustan sus besos y sobre que yo no fui quien inició el beso la primera y la tercera vez.

—Sam —abandono mis pensamientos para centrarme en mi primo, que está de pie delante de mí—, ¿qué tal estoy?

Lleva unos tejanos negros y una camisa blanca con los tres primeros botones desabrochados.

—Como siempre —contesto.

Nick me lanza una mirada furiosa.

—¿Por qué te interesa lo que yo piense?

Por lo general, Nick siempre dice que se ve espectacular y que es lo único que está bien en este mundo. Creo que la última vez que mi primo me preguntó cómo se veía fue cuando teníamos unos ocho años y nos estábamos arreglando para una boda a la que invitaron a nuestros padres, así que seguramente fuimos todos juntos.

—Es ropa nueva —me explica—. Quería saber tu opinión. También les he preguntado a tus padres —agrega sonriendo.

—Me gusta —respondo, y vuelvo a acostarme.

—Gracias, prima —me dice guiñándome un ojo. Escucho sus pasos al alejarse, y luego acercarse de nuevo. Asoma la cabeza por la puerta entreabierta de mi habitación—. ¿Sam?

Me incorporo en la cama al oír ese tono. A Nick en realidad no le interesa mi opinión sobre su ropa. Él se sienta a los pies de mi cama; está serio. Normalmente, está sonriendo o haciendo chistes. Es muy reservado con respecto a sus sentimientos; por eso, cuando me ha preguntado por su ropa, he sabido que algo le preocupaba.

—¿Caroline no te dijo nada sobre mí? Es decir, ¿en serio no iba en serio conmigo? —me pregunta apoyando los codos en sus piernas. Mantiene su mirada en el suelo.

—No me hablo sobre eso, Nick. Lo siento —le contesto sintiendo pena por mi primo.

—Yo la quiero, Sam —me dice mirándome.

—¿Lo dices en serio? —pregunto sin poder creer que esto esté pasando.

—Sí —asiente—. Me gusta escucharla cuando me cuenta cosas que ha aprendido y sobre las que yo jamás leería por voluntad propia, pero ella sí. O cuando cocinamos juntos y es tan ordenada. Apenas termina de utilizar un utensilio, lo lava. —Se ríe—. ¿Qué clase de persona hace eso? Definitivamente, yo no. —Apoya una mano en mi cama—. Al día siguiente de enterarse de que estaba embarazada, fue al instituto y aprobó un par de exámenes. No solo uno, sino todos. Va a graduarse —me dice, como si yo no supiera de qué es capaz mi mejor amiga, y lo dice como si estuviera orgulloso de ella—. Es la persona más controladora, perfeccionista, ambiciosa y a veces odiosa que conozco, pero... ¿sabes qué? La quiero, Sam. Y la seguiré queriendo, no importa cuál sea su decisión con respecto al embarazo.

Me quedo sorprendida al oír todo eso salir de la boca de Nick. Yo pensaba que él no iba en serio con Caroline, como declaró aquel día en el hospital. Al principio, me sentía un poco molesta con ambos, porque los dos son importantes para mí. No quiero que ninguno resulte herido por culpa del otro. Pero al escucharlo ahora, me arrepiento de haber estado molesta cuando me enteré de lo suyo. Él la quiere. Nick es como el insoportable hermano mayor que nunca tuve. Es una buena persona, y sé que, si ella siente lo mismo, su relación puede funcionar.

—Me alegra escucharte decir eso —le digo sonriendo—. En serio, yo... —Muevo las manos intentando contener las lágrimas que se han acumulado en mis ojos al escucharlo—. Estoy muy contenta.

—Voy a decírselo —me dice poniéndose de pie.

—Tú vas... ¿qué? ¿Ahora? —le pregunto sorprendida—. Debe de estar durmiendo.

—Pues la despierto —se encoge de hombros—. ¡Deséame suerte!

—¡Suerte!

Espero que Caroline no se enfade con él por despertarla.

CAROLINE

Estoy frente al espejo observando mi abdomen plano. Me parece algo irreal que, si acepto seguir con el embarazo, conviviré con un ser humano dentro de mí durante unos nueve meses. Deslizo las manos por mi estómago. No me siento distinta en ningún sentido. Es como si todo en mi vida siguiera igual, pero no es igual, es todo completamente diferente a como pensé que sería mi último año de secundaria.

Esperaba fiestas (a las cuales ya he ido), estrés (el cual también ya he tenido), pero también esperaba divertirme en mi último año y disfrutarlo al máximo (algo que también he hecho). Bueno, puedo decir que las cosas sí han salido como esperaba. He cumplido mis objetivos en secundaria. Pero jamás pensé que terminaría enamorándome de alguien que no me quiere y mucho menos quedarme embarazada de él.

Porque sí. Al enrollarme con Nick lo hice estando segura de que mi *crush* por él ya había pasado, que, si nos acostábamos una vez, todo seguiría igual. Seguiría siendo el primo de mi mejor amiga. Pero a medida que pasaba más tiempo con él, me di cuenta de que mis sentimientos no habían desaparecido y que, con el sexo, incluso se habían intensificado. Me prometí que iba a dejar de encontrarme con él para evitar romperme el corazón a mí misma, haciéndome ilusiones de que Nick podría quererme.

Pero simplemente no pude, y seguí estando a su lado, y por mi terquedad ahora estoy embarazada.

En el hospital, cuando dije que no íbamos en serio, me sentí mal por engañar a mi mejor amiga con respecto a mis sentimientos. Pero no quiero que Nick esté conmigo por lástima. Es una buena persona, y si le digo que estoy enamorada de él, se quedará conmigo solo para hacerme sentir bien, y eso sería patético. Si estamos juntos, quiero que sea porque ambos nos queremos. No por lástima o por compromiso.

Mi móvil suena y dejo de mirarme en el espejo. Me acerco a mi cama para sentarme mientras respondo la llamada. Entorno los ojos. Hablando del rey de Roma...

—¿Sí? —digo al contestar.

—Estoy afuera. ¿Puedes abrirme? —Frunzo el ceño.

—No es mi intención ser grosera, pero ¿qué haces aquí? —Me pongo de pie para acercarme a la ventana de mi habitación, que da a la entrada de mi casa. Puedo ver su coche aparcado enfrente y a Nick al lado con su teléfono pegado a la oreja. Me saluda con la mano.

—Necesitamos hablar... —Hace una pausa—. No, en realidad necesito decirte algo.

Suspiro. Conozco lo suficiente a Nick para saber que no va a aceptar un no por respuesta.

—Es urgente —insiste.

—Bien. —Cuelgo.

Salgo de mi habitación para abrirle la puerta a Nick. Intento ser lo más sigilosa posible, ya que mi madre está durmiendo y no es buena idea despertarla porque se desvelaría, y al día siguiente tendría que aguantar su mal humor.

Abro la puerta. Nick está a unos pocos pasos del pórtico. Una leve brisa acaricia mis brazos, y me abrazo. Cierro la puerta principal detrás de mí. Él sube las escaleras del pórtico hasta llegar a mi lado.

—¿Qué sucede? —pregunto acercándome a él también.

—Tú sucedes, Caroline Morgan —me suelta, molesto. Le miro extrañada. Él también parece confundido con sus propias palabras—. Ese no fue el tono que quise utilizar.

—¿Estás bien? —pregunto confundida.

Nick se pasa una mano por el pelo, señal de que está nervioso. ¿Qué está pasando? Se moja los labios antes de volver a hablar.

—No, no estoy bien, Caroline —me contesta con un tono más tranquilo. Asiento con la cabeza, dispuesta a escucharlo—. Desde que volví a Los Ángeles, estoy mal gracias a alguien.

—¿A quién? —pregunto confundida.

—A ti.

Abro la boca, ofendida. En ningún momento quise lastimarlo de ninguna forma. ¿Por qué está diciéndome esto?

—¡Mierda! —exclama, volviendo a pasarse una mano por el pelo—.

Tampoco quería decir eso. O sea, sí, pero no es lo que tú piensas...

—¿Puedes hablar claro de una vez? —le interrumpo, algo molesta. Está dando muchas vueltas y haciéndome sentir mal con su falta de habilidad para expresarse.

—Estoy enamorado de ti.

Mi corazón parece detenerse en ese momento y mi habla desaparece. Mis labios se niegan a moverse para formular si quiera un sonido. Me quedo en silencio, mirándolo sorprendida. Entonces Nick comienza a reírse. Frunzo el ceño.

—¿Es una broma? —le pregunto enojada—. ¿Estás jugando conmigo? —agrego sin poder creerlo.

—No, no, no —se apresura a decir. Asiento con la cabeza lentamente, aún sin poder entender por qué se está riendo. Se pasa una mano por el pelo—. Es que no puedo creer que te lo he dicho.

—Bien, porque yo también lo estoy —digo rápidamente, sintiendo que me quito un peso de encima.

Nick deja de reírse.

—¿Lo dices en serio? —pregunta sin poder creerlo. Asiento con la cabeza lentamente—. ¿No bromeas? —Niego con la cabeza y empiezo a sonreír—. No bromeas... —susurra.

Tira de mi mano, acercándome a su cuerpo. Lleva su otra mano a mi mentón para levantarlo levemente y poder besarme. Nuestro beso es electrizante; como de costumbre, siento un torbellino de emociones dentro de mí. Pero ahora no escucho esa pequeña voz en mi cabeza que dice «Recuerda no ilusionarte», porque ahora no tengo nada de lo que protegerme, puedo simplemente quererlo.

SAM

La videollamada comienza. Tyler está sentado en una silla de color azul, detrás de él puedo ver un estante con libros en una repisa y fotos en la segunda, y así sucesivamente hasta llegar a la última. Las paredes son blancas, por eso los muebles negros resaltan mucho y los estampados de los almohadones del sofá también. Me observa con una sonrisa en el rostro, puedo ver una leve barba en crecimiento. No lleva ninguna camiseta, lo que me permite ver su buen estado físico.

—Bonita barba —le digo.

—¿Solo la barba? ¿Nada más te parece bonito? —pregunta divertido, estirándose para buscar algo detrás del ordenador. Segundos después saca una botella de agua.

—No, nada más —contesto recostándome en el cabezal de mi cama.

—¿Ya tienes tu vestido de graduación? —me pregunta.

—Sip, pero no te diré nada sobre él —contesto, intentando concentrarme en mirar su rostro—. Tendrás que esperar hasta ese día para verlo.

—Podrías llevar una bolsa de basura y seguirías estando preciosa, créeme —me asegura y luego bebe de la botella.

Me sonrojo al escucharlo decir eso. Es tan nuevo esto entre nosotros... Mis mejillas y mi estómago todavía no están acostumbrados. Él se sonríe tapando la botella, consciente de que estoy como un tomate.

—¿Sabes? No le digas a Nick que te lo he dicho, pero anoche le dijo a Caroline que la quería —le cuento sonriendo.

—¡Por fin! —exclama dando pequeños aplausos—. Dios. Pensé que nunca lo iba a aceptar.

—Me recuerda a alguien... —agrego sonriendo. Ahora me toca a mí.

Tyler parece controlar más sus emociones que yo, solo sonríe.

—¡Tyler! ¡Tu cama es muy incómoda! —Escucho que grita alguien a lo lejos.

Él abre la boca sin saber qué decirme.

—¿Podrías comprarte un colchón nuevo para la próxima vez?

En un acto reflejo, finalizo la llamada.

28

Hace cinco días de la videollamada con Tyler. No puedo creer que haya estado con otra chica a solo días de decirme que supuestamente me quiere. Me escribió y me llamó varias veces, pero finalmente ha entendido que no quiero hablar con él. Debí haberle hecho caso a mi conciencia. No debí arriesgarme. Ahora las cosas entre nosotros están mal, como tanto temía. Aunque nunca pensé que iba a ser por su culpa.

—Sí. Adiós, Nick.

Mi mejor amiga cuelga mientras camina hacia mí.

La declaración de Nick irrumpiendo el sueño de Caroline resultó mejor de lo que esperaba. Ambos tuvieron una larga charla sobre lo que sienten. Ambos negaron querer al otro en el hospital por orgullo. Ella porque pensó que él diría algo así, y él porque ella mencionó primero que no iba en serio. Sí, dos completos estúpidos. Pero ¿quién soy yo para juzgarlos? Después de todo, estoy ignorando a Tyler. Detesto las confrontaciones.

La dependienta trae tres pares de zapatos para que Caroline se los pruebe. Ella ya tiene su vestido de graduación desde principios de año, pero había dejado los zapatos para el último momento. Quién la entiende. Mientras se los prueba, me acerco para ver unos que llaman mi atención. Son de color crema, casi idénticos a unos que tengo, pero los míos son negros.

—Disculpa, ¿vas a probártelos? —me pregunta una chica de cabello rubio ceniza recogido en una perfecta coleta.

—Oh, no —contesto negando con la cabeza mientras se los paso.

—Muchas gracias —dice sonriendo. Le correspondo con otra sonrisa. Miro hacia donde Caroline se encuentra, parece estar explicándole algo a la dependienta—. No puedo decidirme si me llevo estos o los negros. ¿Tú qué opinas? —la rubia me vuelve a hablar.

La observo con más atención mientras mira indecisa los zapatos. Tiene unos ojos verdes almendrados. Una nariz recta y pequeña que tiene algunas pecas casi invisibles sobre ella. Labios delgados, delineados perfectamente para que parezcan más grandes, y una mandíbula recta. Sin duda parece una especie de modelo.

—Puesss... —Tardo unos segundos en reaccionar—. Elegiría los negros porque pueden combinarse con cualquier color y usarse en cualquier ocasión.

—Buena respuesta... —dice esperando mi nombre.

—Sam —contesto sonriendo levemente—. Mucho gusto.

—Juliett. —Deja los zapatos color crema nuevamente en su lugar—. El gusto es mío, Sam.

—Dios, si estoy estresada con la graduación, no quiero imaginarme cómo estaré el día de mi boda.

Caroline viene hacia mí quejándose por algo. Camina con el ceño fruncido y una mano sobre el estómago. Al ver que tenemos compañía, cambia ese rostro gruñón por uno más agradable.

—Juliett, ella es Caroline, mi gruñona mejor amiga —la presento con una sonrisa. Caroline finge fulminarme con la mirada—. Caro, ella es Juliett. La acabo de conocer.

—Mucho gusto —le dice Caroline tendiéndole la mano.

—Igualmente. —Ambas se dan un corto apretón de manos manteniendo la sonrisa—. Así que... graduación, ¿eh?

—Así es... Estamos muy nerviosas —contesta Caroline.

—Disculpa, ¿te oí decir «estamos»? —finjo estar confusa.

—No sé si lo necesitan o no, pero soy maquilladora. —Mete la mano en el bolso rojo que cuelga de su antebrazo—. Quizá les quito un problema. —Nos tiende una tarjeta negra con algo escrito en letras doradas.

—¡Ay, Dios! Realmente sí. —Caroline acepta la tarjeta como si fuera un millón de dólares—. Te llamaremos.

—Espero su llamada —canturrea Juliett guiñándonos un ojo.

Caroline suelta un suspiro mientras la vemos alejarse de nosotras. Le quito la tarjeta para leer lo que pone: JULIETT MAKE UP, seguido de su número de teléfono. También lleva escrito para qué tipos de eventos realiza los maquillajes. Mi amiga vuelve a quitarme la tarjeta.

—Qué simpática —dice sonriendo. Asiento con la cabeza—. Me

imagino que sigues sin hablarle a Tyler... —me dice negando con la cabeza.

—Claro que sí —respondo con obviedad—. Estaba con alguien más.

—Pudo ser un error.

—Sí, internet falló y la imagen se congeló —digo sarcástica—. Eso explica por qué sus labios no se movieron cuando se escuchó aquella voz femenina. ¡Oh! Y debo mencionar que también habló de él mismo en tercera persona.

—¿Y tú qué sabes si era una chica? —me pregunta—. Quizá era su hermana.

—Emily vive en Connecticut.

—Entonces pudo ser su abuela.

Le lanzo una mirada asesina y comienzo a caminar por la tienda.

—Lo que tienes es miedo —me dice, apresurándose para ponerse a mi lado.

—¿Disculpa?

—Quieres creer que fue una chica porque así das por terminada tu relación con Tyler por miedo a que algo más la estropee en el futuro.

La miro con las cejas arqueadas. Caroline me dedica una pequeña sonrisa de superioridad.

—Caroline... —Al principio estaba enojada, pero ahora que lo pienso, esa puede ser la razón por la cual no busco una explicación—. Si querías analizar a alguien, tendrías que haber invitado a Daniela.

TYLER

No entiendo qué está sucediendo con Sam. Estábamos bien, hablábamos todo el día y siempre encontrábamos algún tema de conversación. No nos aburríamos nunca o eso pensaba yo. Ahora simplemente se dedica a ignorar mis llamadas y no da señales de vida.

Me siento mal por ello. Sam se ha convertido en una persona muy importante para mí —obviamente—. La quiero, y que esté ignorándome sin ninguna razón me duele. Me había acostumbrado a hablar con ella sobre cualquier cosa, a molestarla por estupideces, a que me contara cómo le había ido el día... No sé. La echo de menos.

—¡Hola! —exclaman a mi lado—. ¡Tierra llamando a Tyler!

—¿Qué quieres?

Odio que me asusten de esa forma. Estaba tan concentrado pensando en Sam que ni siquiera he notado la presencia de Emily.

—¿En qué piensas, tontín? —pregunta enrollando un mechón de cabello en su dedo índice—. O mejor dicho: ¿quién ocupa tus pensamientos?

Emily se pasa un mechón por detrás de la oreja mientras sonríe como si supiera la respuesta a su propia pregunta. Necesito la opinión de mi hermana en esta situación. Seguramente sabe qué le pasa a Sam.

—¿Recuerdas a la chica que tuve que cuidar? —pregunto, y ella asiente confundida—. Bueno, pienso en ella.

—¿Qué sucede con ella? —pregunta.

—Pues que me está ignorando desde ayer —respondo soltando un suspiro.

—¿Desde cuándo te importa que una chica te ignore? —pregunta mientras suelta una risita.

Tiene razón. Jamás me había afectado ser ignorado por alguien, ya fuera una chica, un chico o la reina de Inglaterra. Todas las personas que estaban en mi vida antes eran una muy mala influencia para mí, y desde que me alejé de ellas, me volví una persona solitaria que solo disfruta de su propia compañía. Pero en Los Ángeles he conocido a personas geniales, sobre todo a Sam, y he tenido la suerte de que se convirtieran en mis amigos. Pero Sam es más que mi casi mejor amiga. En verdad, la quiero.

Me encojo de hombros ante la pregunta de Emily.

—¿Cuándo fue la última vez que hablaron? —pregunta.

—Tú estabas presente. Estábamos hablando por videollamada.

Emily frunce los labios y las cejas. Observa toda la habitación como si intentara recordar algo. Segundos después, me golpea mi pierna con la mano.

—En serio eres estúpido —me suelta molesta—. Debe de haber malinterpretado lo que dije.

—Tienes razón —asiento—. ¿Por qué no se me ocurrió antes?

—Porque eres un idiota.

En eso tiene razón. Pero por mi orgullo no lo admitiré.

Saco el móvil del bolsillo del pantalón. Emily me observa fijamente mientras lo hago. Ella me ayudó a darme cuenta de lo que le pasa a Sam y sé que Sam va a seguir ignorándome porque odia las confrontaciones, y mucho más porque en este momento debe de estar pensando que todo lo que le he dicho fue mentira.

—¿A quién llamas? —me pregunta mi hermana.

—A la persona más controladora del mundo —le contesto comenzando a marcar.

CAROLINE

Estamos volviendo del centro comercial, pero sin los zapatos. Ninguno me llamó la atención. Sí, todos los que me enseñaron eran bonitos, pero ninguno eran los apropiados. Tendré que seguir buscando, pero la próxima vez invitaré a Daniela también, así mientras Sam está hablando con desconocidas, ella me ayudará a elegir.

Mi teléfono comienza a sonar y puedo ver que en la pantalla se ilumina el nombre de Tyler. Miro de reojo a Sam, que mantiene su vista al frente mientras conduce.

—Hola, mamá —contesto con alegría fingida.

—¿Mamá? Soy Tyler, Caroline... —me dice Tyler, confundido.

—Sí, estoy con Sam, mamá —recalco la última palabra.

—Ah, claro... —Por fin entiende—. Eh..., lo he estropeado todo... Bueno, en realidad ha sido mi hermana. Yo...

—Sí, sé que lo estropeaste, mamá. Pero Nick y yo te ayudaremos a arreglarlo. No te preocupes.

Cuelgo. Siempre estoy un paso por delante de todo el mundo. Cuando estaba en el centro comercial con Sam, hablé con Nick para confirmar nuestro plan para solucionar las cosas entre ella y Tyler.

Sé que tuve razón con respecto a por qué Sam evita hablar con Tyler. El confesar sus sentimientos para ella fue muy importante porque suponía colocar su amistad con él en una cuerda floja. La reciente relación que ambos están teniendo determina si su amistad se tambalea, se cae de la cuerda o si esta se rompe. Y ahora Tyler, siendo un estúpido como de costumbre, lo ha estropeado todo. Pero ellos tienen suerte de que Nick y yo estemos cerca.

Sam va a la cocina y Nick llega detrás de mí. Ambos nos miramos y asentimos. Me coloco en la entrada de la cocina mientras él va a colocarse en la otra entrada, para evitar que Sam pueda salir de aquí. No se da cuenta de lo que hacemos, solamente bebe con tranquilidad de su botella de agua.

—Sam.

Me mira mientras vuelve a tapar la botella de agua.

—Hablarás con Tyler y dejarás que te explique —le digo cruzándome de brazos.

—No lo haré.

—No es una pregunta —dice Nick.

Sam asiente lentamente con la cabeza. Debe de estar ideando un plan de escapatoria, pero es imposible. He pensado en todo.

—Voy a golpearlos si me tocan —nos dice, arqueando una ceja.

—No puedes golpearme —contesto entrecerrando los ojos—. Estoy embarazada.

Mira a Nick.

—Yo soy tu primo. No puedes pegarme —dice él con obviedad.

Sam vuelve a mirar a Nick y luego a mí. Se queda unos segundos en silencio y...

—¡Mamá, papá! ¡Intentan matarme! ¡Socorro! —grita.

Nosotros nos reímos.

—Salieron a cenar.

—Mierda. —Se muerde el labio inferior—. ¿Saben que solo lo haría porque ustedes me obligan y no porque yo quiero?

—Nos lo agradecerás luego —contesto sonriendo.

Sam entorna los ojos y asiente con la cabeza. Me acerco a encender su portátil, que está sobre la isla de la cocina. Nick saca unas esposas de su bolsillo trasero para colocárselas y así asegurarnos de que no saldrá corriendo.

—¿Por qué diablos llevas unas esposas? —le pregunta Sam extrañada.

—Son de juguete.

No puedo evitar sonrojarme al escuchar eso.

Cuando Sam me mira, dejo de sonreír y continúo con el ordenador. Le mando un mensaje a Tyler para avisarle de que se conecte. No sé cuántas horas de diferencia hay de Los Ángeles a Inglaterra, pero si quiere que Sam lo escuche, debe estar despierto. Para mi suerte, se conecta unos minutos después.

Empieza la videollamada. Tyler parece estar acostado. Tiene el torso desnudo y de fondo puedo ver el cabezal de su cama. Apoya los codos sobre la cama y el rostro sobre las manos. Al ver a Sam, sonríe. Los dejamos solos para que puedan resolver sus cosas.

SAM

Al ver a Tyler, siento una sensación de alivio. Pasé de verlo todos los días, a verlo por una pantalla y, finalmente, a no verlo. Por más que en un principio estuve enfadada, ahora solo siento miedo de que nuestra amistad no sea como antes por las estúpidas peleas que tenemos debido a lo que sentimos el uno por el otro.

En cuanto Caroline y Nick se van, Tyler comienza a hablar:

—Así que celosa, ¿eh? —bromea para romper la tensión.

—No puedo irme. —Muevo un poco el portátil para que vea que estoy esposada a la silla—. Pero puedo colgar.

Tyler se ríe.

—Era mi hermana la que escuchaste el otro día... —me explica encogiéndose de hombros—. Llegó a Londres la noche anterior a la llamada. Iba a contártelo, pero...

—Dios... Qué estúpida —le interrumpo negando con la cabeza.

Tengo tanto miedo de que nuestros sentimientos estropeen mi amistad con Tyler que yo misma la arruino a propósito. Debí haberlo imaginado, pero mi cabeza pensó en el peor escenario.

—Lo siento —me disculpo haciendo una mueca—. Realmente soy una estúpida.

—Sí, pero te quiero de todas formas. —Se pasa una mano por el pelo, despeinándolo—. Luché mucho para ocultar lo que siento por ti, por miedo a perderte como casi mejor amiga. Ahora que ambos sabemos la verdad, no pienso estropear lo nuestro. Lo prometo.

—Lamento haber desconfiado de ti —le digo haciendo una mueca—. No quiero perderte en ningún sentido.

—No lo harás —me responde—. Te lo aseguro.

29

Aprobamos todos los exámenes, gracias al cielo. Ahora solo nos queda la entrega de diplomas y la graduación. Lo único que lamento del final de las clases es que no pude volver a ver a Jenna y en serio quiero disculparme por lo que sea que cree que le hice para merecer su odio. Mi reciente amistad con Daniela me ha hecho reflexionar sobre mi enemistad sin sentido con Jenna. Cuando éramos niñas, fuimos mejores amigas, y si bien ya superé el hecho de que ya no lo somos, no quiero terminar esta etapa de mi vida sin hacer las paces con ella.

—¿Sabían que los bebés pueden llorar en el útero? —nos cuenta Caroline desde el sofá de su sala—. Lo hacen a partir de la semana veintiséis. Supuestamente, no se puede oír debido a la cantidad de fluido que se produce durante la gestación.

Luke se acerca a ella para ver qué está leyendo en su móvil.

—«Veintitrés curiosidades sobre el embarazo» —dice, recostándose a su lado.

—¿Qué? Si algo va a estar nueve meses dentro de mí, quiero estar informada —suelta con la vista en el teléfono.

Luke y yo nos miramos.

—¿Ya has decidido que lo tendrás? —le pregunto apoyando mi mentón en mis nudillos.

Caroline aprieta los labios mientras baja la mirada. Luke y yo nos acomodamos en nuestros respectivos asientos. Ella vuelve a mirarnos esbozando una pequeña sonrisa.

—Lo decidí anoche...

Sonrío sin poder creerlo.

—Al principio sentí mucho miedo, lo cual es muy normal, pero últimamente me siento capaz de llevar a cabo este embara... ¿Estás llorando, Luke? —le pregunta a nuestro mejor amigo.

—Estoy muy emocionado. Perdón... —Luke cubre su rostro con las manos.

—Estamos muy orgullosos de ti, Caro.

Me siento en el sofá, de modo que ambos estamos uno a cada lado de ella.

—Nick se puso igual que Luke cuando se lo conté —me dice moviendo la cabeza, pero manteniendo una enorme sonrisa. Puedo ver que sus ojos también están llenos de lágrimas—. Deja de llorar, tonto. Vas a hacer que yo también llore. —Caroline se lleva una mano a la cara.

—Voy a ser tío de un alien. —Luke se seca las lágrimas con las muñecas.

Caroline y yo dejamos de estar conmovidas por su llanto para mirarlo con confusión.

—¿Acabas de llamar «alien» a mi futuro hijo o hija? —le pregunta Caroline llevándose una mano al pecho.

Luke se sorbe la nariz y se encoge de hombros.

—Los bebés antes de nacer parecen aliens. —Caroline ladea la cabeza—. ¿Es que nunca vieron una ecografía? Parecen cualquier cosa menos humanos.

—Estoy de acuerdo. —Asiento con la cabeza.

—Bien, tendré un alien. —Caroline le da la razón de la misma forma que yo.

Nuevamente estamos en busca de los zapatos perfectos para Caroline. Solo que esta vez ha llamado a Daniela para tener más ayuda. Ambas observan minuciosamente un par de zapatos. Tanto que el chico que nos está atendiendo las está mirando extrañado.

—Solo son zapatos, y ustedes parecen locas —digo cruzándome de brazos.

—No son solo zapatos, Sam —me contesta Caroline sin despegar la vista de los zapatos.

—Unos buenos zapatos te ayudan a conquistar el mundo —contesta Daniela, guiñándome un ojo.

Miro al chico apretando los labios y me encojo de hombros. Algunas veces tienes clientes normales y otras veces tienes a dos locas. Comienzo a caminar por la tienda para ver más zapatos, quizá sienta la misma chispa que Caroline siente cuando ve los zapatos ideales y puedo ayudarla con su búsqueda, así podremos ir a tomarnos un helado. Me muero por un helado de menta.

—¿Sam? —Escucho una voz femenina a mi espalda—. ¡Qué coincidencia! ¡Otra vez aquí!

Juliett está a unos pocos pasos de mí. Sosteniendo unos tacones negros que tienen cintas doradas. Un estilo muy distinto a los de la primera y última vez que nos vimos. Le sonrío caminando hacia ella.

—Bueno, no es coincidencia. Caroline dormirá aquí hasta que encuentre los zapatos adecuados —le digo encogiéndome de hombros con una sonrisa.

—Entonces creo que volveré. Son las únicas caras familiares que conozco por aquí. —Arqueo las cejas en señal de sorpresa—. Estoy en Los Ángeles porque mi prometido tiene unos asuntos de trabajo y no soy muy social que digamos —me explica haciendo una mueca divertida.

—En ese caso, podríamos tomar un café cuando quieras —le digo sonriendo. Me cae muy bien.

Juliett me sonríe en agradecimiento.

—¡Oh, Dios mío!

Ambas giramos nuestros rostros y vemos a Caroline mirando los zapatos que sostiene Juliett como si fueran lo más majestuoso que ha visto en su vida. Bingo. Tenemos un ganador.

—¿Puedo probármelos? —le pregunta a Juliett, totalmente hipnotizada por los zapatos.

—Claro. Yo... —No puede terminar lo que iba a decir, porque Caroline le quita los zapatos antes de que finalice.

Daniela, que se acerca a nosotras observando a Caroline sentarse para probarse los zapatos, gira el rostro para sonreírle a mi nueva amiga Juliett.

—Daniela. Mucho gusto... —Mi rubia amiga estira la mano a mi nueva rubia amiga.

—Juliett. El gusto es mío, Daniela —le contesta aceptando su mano. Me mira—. ¿Ves lo que haces? Gracias a ti conozco a más gente —me dice sonriendo.

Me río sin saber qué decir a eso. Mi móvil comienza a sonar: puedo ver en la pantalla que es Tyler. Rechazo la llamada para no ser descortés con Daniela y Juliett. La primera está mirándome con picardía.

—¿Era Tyler? —me pregunta sonriendo divertida.

—¿Tyler? —pregunta Juliett, arqueando una ceja.

—Su novio Tyler —le explica Daniela.

—No es mi novio —le digo a Juliett, lanzándole una mirada furiosa a Daniela—. Somos solo amigos.

Tyler y yo somos amigos, sí, pero un tipo diferente de... amigos. No sé si somos amigos con beneficios porque solo nos besamos tres veces. Pero no somos amigos normales. Es decir, los amigos normales no sienten ganas de besarse.

—Claro, bonita. —Daniela me guiña un ojo. Entrecierro los ojos—. Encantada de conocerte, Juliett —dice sonriendo, mientras ignora mi mirada asesina—. Espero verte pronto.

—¡Igualmente! —exclama Juliett sonriendo mientras observa cómo Daniela vuelve con Caroline. Su móvil suena y parece ser un mensaje, porque lo lee con una pequeña sonrisa—. Tengo que dejarte. Pero me gustaría que vinieras a visitarme con tus amigas.

—Claro. Esto..., ¿me permites? —Me tiende su móvil y agendo mi número en él—. Llámame y nos organizamos.

—Será un placer. Nos vemos, Sam. —Me guiña un ojo sonriendo levemente.

Me quedo observando cómo se aleja de mí caminando con elegancia con esos tacones altos. La primera vez que la vi pensé que era modelo, y sigo pensando lo mismo. Varias personas se giran para mirarla, pero ella ni siquiera se da cuenta.

—Ahora puedo continuar con mi vida. —Escucho la voz de Caroline. Giro mi rostro para encontrarla con los zapatos ya en su respectiva caja y dentro de la bolsa de la tienda—. ¿Nos vamos?

Daniela está a su lado.

—Sí —asiento sonriendo.

30

Son las dos de la tarde. Me acabo de despertar hace una hora. Sí, he dormido toda la mañana gracias a Tyler. Después de nuestra reconciliación, por así decirlo, nuestras llamadas son mucho más largas.

En su vida están sucediendo muchas cosas. Por ejemplo, su padre planea abrir una sucursal de la empresa familiar en Nueva York y que Tyler sea el encargado de dirigirla. Tendrá que ir a vivir a Nueva York, por lo tanto no tiene sentido que siga buscando apartamento en Londres porque tendrá que mudarse. Es genial. Mis amigos y yo estudiaremos allí. Así que todo será como si estuviéramos en Los Ángeles.

Estoy esperando a Caroline para irnos a casa de Juliett. Me escribió ayer por la noche para que quedáramos para tomar té por la tarde en su casa. Invité a Daniela, pero tiene algo que hacer y no va a poder acompañarnos; dijo que vendrá con nosotras la próxima vez. Seguro que habrá una próxima vez. Creo que Juliett es una persona agradable y sé que a mis amigas también les cae muy bien.

Mi móvil comienza a sonar, leo en la pantalla el nombre de Tyler. Acepto la llamada y me río. No tengo nada que hacer ahora que las clases se han terminado, pero él debe ocuparse de su pasantía con su padre. Debe ser responsable y puntual. Por lo que me ha dicho, su padre es muy estricto con él en ese sentido. Constantemente le recuerda que lo que hacen no es un juego y que debe tomárselo en serio.

—¿Sigues vivo? —le pregunto con una sonrisa. Estuvimos hablando por teléfono toda la noche. Colgamos cuando él tuvo que irse a trabajar.

—No hay nada que no pueda arreglar una dosis de cafeína —contesta feliz del otro lado—. Afortunadamente, mi padre ha dicho que ya hemos acabado por hoy. Dormiré una buena siesta, Donnut.

—¿Qué haces que todavía no vas a dormir? —le pregunto arqueando una ceja.

—Necesitaba oír tu voz. —No puedo evitar sonreír enternecida al escuchar eso—. ¿Y tú qué haces, Donnut? ¿Te he despertado?

—No, voy a tomar el té con una nueva amiga —le cuento contenta.

Hay un breve silencio.

—¿Una nueva amiga? —Ya no mantiene la misma alegría en su voz. Frunzo el ceño levemente.

—Sí, se llama Juliett —le explico, confusa.

—Ah, bueno, que te diviertas. —Escucho una voz detrás de él, creo que es la de su padre—. No me eches mucho de menos, Donnut.

—Egocéntrico.

—¡Espera, espera! —Escucho que dice. Frunzo el ceño—. Yo... también quería decirte que no podré ir a Los Ángeles para tu graduación. Hay mucho trabajo aquí y... no puedo viajar a otro continente en estos momentos. Lo siento, Donnut.

—No importa, Tyler —le contesto sonriendo forzadamente, por más que no esté viéndome, siento la necesidad de hacerlo para que mi tono de voz triste no se note—. Ya nos veremos. Ahora te dejo porque acaba de llegar Caroline, ¿sí? —No espero su respuesta y cuelgo, soltando un suspiro y borrando la sonrisa de mi rostro.

Sí me desanima un poco que Tyler no esté, pero es mi graduación. La única vez en mi vida que será mi graduación de secundaria. Lo pasaré bien con mis mejores amigos y en algún otro momento veré a Tyler. Eso es todo.

Me pongo unos tejanos de cintura alta y una blusa amarilla mientras espero que mi mejor amiga llegue. Entra en la habitación cuando estoy rizándome las pestañas. Me observa con una sonrisa. Lleva un vestido largo blanco que parece muy cómodo y unas botas camperas. Me alegra que otra vez esté bien. Las últimas semanas del instituto no las pasó bien por el tema de su embarazo y los síntomas. Ahora me siento feliz viéndola sonriendo y mucho más radiante que antes.

—¿Por qué me miras así? —me pregunta arqueando una ceja. Me encojo de hombros, dejando de presionar mis pestañas.

—Eres la persona más genial que conozco —le digo, y comienzo a buscar el rímel dentro de mi neceser de maquillaje.

—¿Qué hiciste? —me pregunta ladeando la cabeza.

—No he hecho nada —le contesto, indignada, con el rímel en la mano—. Me parece que decir que eres genial no es hacer nada malo.

—No... —contesta asintiendo con la cabeza—. Pero es lo que usualmente haces —agrega elevando sus cejas.

—Bueno, entonces comenzaré a recordarte lo genial que eres más seguido. —Comienzo a aplicarme el rímel en las pestañas. Ella se coloca detrás de mí, apoyando las manos sobre mis hombros—. Y lo digo por todo lo que has pasado estos últimos tiempos. Nunca dudé de tu fortaleza, pero siempre logras sorprenderme.

Caroline sonríe cabizbaja.

—Mi madre cree que he aceptado seguir con el embarazo porque Nick está conmigo. —Se ríe secamente—. Pero se equivoca. —Lleva sus manos a mi pelo para hacerme una trenza—. Para mí un niño debe tener padres que quieran tenerlo, no para sufrir por padres ausentes o maltratadores que lo trajeron al mundo porque no tuvieron otra alternativa. También creo que una mujer debe ser madre cuando desee serlo... Yo deseaba ser madre, aunque jamás pensé que lo sería a los dieciocho. Dudaba en continuar con este embarazo porque no creí que podría ser la madre que este alien merece, no creí que tendría la fuerza suficiente para afrontar todo lo que conlleva la maternidad. Estaba asustada. Pero me recordé a mí misma que soy capaz de todo lo que me proponga, que soy fuerte y puedo soportar todo lo que se interponga en mi camino, que soy capaz de darle a este alien una vida feliz. —Mis ojos se llenan de lágrimas con cada palabra que dice—. Y sé que si en algún momento me tropiezo, tengo a los mejores amigos del mundo listos para ayudarme a levantarme. —Llevo una mano a mis labios para que dejen de temblar—. ¿Tienes una goma para el cabello? —pregunta levantando la vista.

Le tiendo una de mis muñecas para que le saque la goma que lleva. Caroline la coge y finaliza la trenza que estaba haciéndome.

Enciendo la radio justo cuando están poniendo *Lighs* de Ellie Goulding. Me encanta esta canción. Después de las inspiradoras palabras de Caroline, lloré unos segundos, pero luego ella me obligó a dejar de llorar porque temía acabar haciendo lo mismo. A regañadientes, obedecí y ahora estamos en mi coche yendo a la casa de Juliett. Me pasó su dirección por texto. Vive algo alejada de la civilización. Me lo dijo por teléfono. Pero no creí que realmente estuviera tan lejos. Su casa está a treinta y cuatro kilómetros de Los Ángeles. Además de que tienes que recorrer un largo camino para llegar a ella.

Por fin llegamos. A medida que avanzo con el coche, puedo ver lo fabuloso que es el edificio. Es completamente de vidrio, lo que te permite ver lo que hay en el interior de la casa. Para subir a ella tiene unas escaleras de madera. Me encanta.

Bajamos del coche y cerramos las puertas con seguro. Desbloqueo el móvil para ver qué hora es; son las seis y diez. Frunzo el ceño al ver que no hay cobertura. Subimos hasta la hermosa casa de cristal y llamamos a la puerta. A los pocos segundos, Juliett nos abre con una sonrisa. Lleva un delantal y se ven en él varias manchas de pintura. Se apresura a abrazarme evitando que la parte del delantal toque mi ropa.

—¡Qué alegría verte! —exclama contenta. Se separa para abrazar a Caroline de la misma forma—. ¡Están guapísimas!

—Tú sí que estás guapa —le contesta Caroline—. Y pintando —le dice en cuanto se separan.

—Oh, soy una aficionada. Pasen, por favor.

Ambas entramos lentamente en la hermosa casa. Por dentro es aún más bonita. Las paredes que dividen las diferentes estancias —que no son de vidrio— están decoradas con preciosos tonos pastel. Hay cuadros por todas partes, son de figuras abstractas, y algunas son bastante raras, hasta podría decir que dan un poco de miedo. La única que llama mi atención es una de un hermoso atardecer.

—¿Has pintado alguno? —le pregunto.

—Todos son comprados —contesta, haciendo un gesto desinteresado con la mano—. Siempre intento pintar; todavía no acepto que no es lo mío. —Se ríe.

Juliett va a la cocina para preparar el té mientras Caroline y yo nos quedamos en el salón. El suelo es de madera, los sillones son blancos. Estamos sentadas en uno en forma de L. La mesa de centro es de vidrio y tiene un cenicero en forma de flor en medio. Al parecer fuma o quizá es solo decoración. La pared que está a nuestra derecha es de vidrio, así que tenemos la vista de su solitario jardín con una hermosa piscina.

—Quieren añadir algún licor al té, ¿verdad? Mi padre solía ponerle whisky —nos cuenta divertida mientras deja la bandeja de madera con las tazas blancas y la tetera del mismo color sobre la mesa de centro.

—Aunque quisiera no puedo —responde Caroline. Juliett parece entender a qué se refiere—. Estoy de siete semanas.

—¡Felicidades! —exclama contenta, y suelta un suspiro manteniendo su sonrisa—. Estar embarazada es una experiencia maravillosa.

—¿Tienes hijos? —pregunto, intrigada por sus palabras.

—Iba a tenerlo —responde con una sonrisa forzada—. Fue un aborto espontáneo.

—Lo siento muchísimo —le dice Caroline, llevándose una mano a su pecho.

—Lamento haberlo preguntado, yo...

Juliett se sienta en el sillón individual que está frente a nosotras haciendo un gesto con la mano. Sé que intenta restarle importancia, pero puedo ver en su rostro que le duele recordar eso. Caroline y yo nos miramos de reojo.

—Me alegra que vinieran —nos dice comenzando a servir el té en las tazas que tienen una flor rosada—. Mi prometido Ryan está ocupado la mayor parte del día, y yo estoy aquí intentando pintar.

—Estamos encantadas de que nos invitaras —le contesto sonriendo—. Tu casa es muy bonita.

—Sí —dice Caroline—. Es impresionante.

Juliett nos sonríe en agradecimiento y se levanta para buscar unas galletitas que ha horneado para la ocasión. Cuando vuelve, vemos que son galletas con chispas de chocolate. Recuerdo vagamente que Tyler una vez mencionó que le fascinan. Algún día tendré que intentar hacérselas.

—En dos días es su graduación, ¿no están emocionadas? —nos pregunta, elevando el meñique para tomar el té.

Pruebo una de sus galletas y entorno los ojos; están deliciosas. Creo que ya tengo quién me pase trucos para cuando intente hacerlas.

—Mucho —contesta Caroline—. Y obviamente estás más que contratada para maquillarnos.

—Me alegra oír eso —dice sonriendo—. ¿Ya tienen pareja? —pregunta mirándome a mí.

—Sí, yo iré con mi novio Nick —responde Caroline, y se gira para escuchar mi respuesta.

—Yo... iré sola —le cuento a Caroline—. Tyler me dijo que no podrá venir. Tiene mucho trabajo.

—¿Tyler «tu amigo»? ¿El que Daniela mencionó en la tienda? —pregunta Juliett, intrigada. Asiento con la cabeza, sin decirle nada por las comillas que ha hecho con los dedos al decir «amigo»—. No te ofendas, pero me suena a excusa. Es solo una noche, no una semana entera.

—Tyler vive en Londres —le explico haciendo una mueca—. Así que no es ninguna excusa. De hecho, hubiera preferido que lo fuera, pero es la triste realidad.

—En ese caso, lo siento mucho, Sam —me dice mirándome con pena.

Sonrío negando con la cabeza. Sí me hace sentir mal que Tyler no esté aquí, pero, si no puede, no puede. Ya tendremos alguna otra ocasión para estar juntos.

31

Hoy será un buen día. Los pájaros están cantando y mi madre ha entrado hace unos veinte minutos para abrir las ventanas de mi habitación y dejar que corra una ligera brisa de verano. Mi móvil comienza a vibrar debajo de mi espalda haciéndome cosquillas. Me río y lo saco para contestar.

—¿Hola...?

—¡HOY ES EL DÍAAAAAA! —chilla emocionada mi mejor amiga.

Alejo el teléfono de mi oído y lo vuelvo a acercar cuando sus chillidos cesan.

—Caroline, yo tam...

Abro la boca ofendida. Acaba de colgarme. Me río levemente y me levanto de la cama con pesadez. Estaba tan a gustito...

Me doy una larga ducha de diez minutos mientras canto todas las otras canciones de mi playlist. Puedo sentir la emoción y los nervios correr por todo mi sistema. En verdad, jamás pensé que estaría tan emocionada. Es decir, me burlaba de Daniela, de Caroline y hasta de Luke por estar emocionados y nerviosos por nuestra graduación. Y aquí estoy, eufórica por esta noche.

Nada va a estropear este día. Si por alguna razón —el helado— se me mancha el vestido, no me importará. Si me tropiezo en el momento de recibir mi diploma, no me importará. La ausencia de Tyler tampoco importará. Este es mi último baile y debo aprovecharlo y bailar hasta que mis pies no aguanten, cantar las canciones hasta que mi garganta duela y divertirme hasta que el sol vuelva a salir.

Con ese pensamiento, salgo del baño de mi habitación para comenzar mi día. La pantalla del móvil se ilumina con un mensaje de Caroline, avisándome de que está afuera y que, al parecer, Juliett está con ella.

Bajo las escaleras para abrirles la puerta, pero casi al final de estas puedo escuchar la voz de mi madre en la puerta principal. En efecto, está hablando con Caroline y Juliett mientras las invita a entrar. Mi mejor amiga corre para abrazarme al verme.

—¡Aaaah, no puedo creerlo! —exclama en mi oído haciendo que cierre mis ojos. Casi me explota el tímpano. Cuando nos separamos, ve mi disgusto por su grito—. No comiences, gruñona.

—También estoy emocionada por ustedes. —Juliett ha terminado de hablar con mi madre y se acerca a nosotras.

Subimos a mi habitación para empezar una intensa sesión de belleza. Nos depilaremos, nos haremos la manicura y la pedicura, nos pondremos algunas mascarillas y un montón de cosas más hasta que sea la hora de estar listas para la graduación. Voy a buscar algo de agua y algunas frutas con Caroline para comer mientras estamos en nuestra sesión, y al volver encuentro a Juliett mirando mi móvil, que está sobre la cama.

—Te ha llegado un mensaje —me avisa guiñándome un ojo y acercándose para ayudarnos con las cosas. Cuando se gira para llevarlas, miro a Caroline de reojo. Eso ha sido raro.

Me acerco a mi teléfono para ver el mensaje. Es de Tyler:

:D

Tecleo una respuesta rápida:

¿Qué significa eso?

Contesta al instante.

Sólo: D, Donnut.

Decido no contestar más. Tyler y sus estupideces.

Juliett nos arregla las uñas, aunque las de Caroline estaban perfectas. No hemos querido uñas esculpidas, las hemos llevado alguna vez, pero simplemente no son para nosotras, nos resultan demasiado largas. Preferimos nuestras uñas naturales, que son medianamente largas, pintadas de algún color bonito. Juliett nos quita las cutículas y las lima bien y luego pinta las mías de azul, mi color favorito, y las de Caroline de un rosa pálido. Sin duda nos quedan preciosas. Mi amiga agrega una pequeña mariposa negra en cada dedo anular.

—¿Puedo tomar una foto? Pero no he traído mi móvil —dice Juliett.

Señalo mi teléfono, que sigue en la cama. Ella se acerca para cogerlo y suelta una pequeña risa.

—Al parecer, Sam oculta muchas cosas —dice sarcástica—. ¿Me pones la contraseña?

—Voy a cambiarme primero —nos avisa Caroline poniéndose de pie y comenzando a caminar hacia el baño con su vestido en una percha.

Tomo el móvil y marco mi contraseña pensando que el comentario de Juliett ha sonado algo malicioso. No oculto cosas, pero me gusta tener privacidad. Quizá fue una simple broma y solo estoy muy susceptible. Juliett me indica que extienda las manos para que se vean bien las uñas. Hacemos lo que nos dice y, tras unos segundos, la foto está lista.

—¿Quién es este chico? —dice mientras observa una foto.

Me acerco a Juliett con el ceño fruncido y le quito el teléfono para ver de qué foto habla. Es una foto que Tyler y yo nos tomamos hace tiempo. Él me está cargando sobre un hombro mientras yo estoy besando su mejilla y él sacando la lengua. Una pequeña sonrisa se forma en mis labios.

—¿Peso mucho? —pregunté.

—Nop —responde por... décima vez.

Caroline se acercó a nosotros cargando con sus libros y con una gran sonrisa pícara en el rostro.

—¿Alguna vez les dije la gran pareja que harían?

Entorné los ojos.

—Sí, Caro.

Salimos del instituto entre risas y bromas con mis amigos. Le pedí a Tyler que no fuéramos en coche, que fuéramos caminando, y después de mucho rogar, aceptó.

—¿Puedo tomarles una foto? —Caroline subió y bajó sus tupidas cejas rápidamente.

—Acabo de despertarme. ¿Crees que es momento para fotografiar mi rostro? —le pregunté.

—Tápate la cara de alguna manera. —Hizo un gesto con la mano.

¿Cómo podía taparme la cara? «Lo tengo», pensé.

—¿Listos? —Besé rápidamente la mejilla de Tyler, y en cuanto escuché el típico sonido que hace la cámara del móvil, alejé mis labios de su piel—. ¡Qué tiernos! —exclamó mi amiga emocionada.

Nos enseñó la foto y, como ella dijo, éramos pura ternura. Es una foto muy bonita y me gustaría enmarcarla.

—Tyler —contesto sonriendo.

—El chico de las excusas —dice Juliett señalándome con el dedo índice. Hago una mueca. Ha sido un comentario desafortunado—. Perdona, no ha tenido gracia. Lo siento —se disculpa rápidamente.

No contesto porque no sé qué decir. Me ha parecido grosera. A mí sí me duele que Tyler no pueda venir a algo tan importante como mi graduación, y que ella bromee con que son excusas, por más que ya le he explicado la situación, me parece de mal gusto. Intuyo que hay algo raro en Juliett, lo puedo sentir.

—¿Cómo me veo? —Caroline vuelve a salir del baño con su vestido. Es violeta. Tiene un escote en V, y es ajustado hasta la cintura, donde tiene unas aperturas a los lados y luego es suelto. Sin duda es muy juvenil y elegante.

—¡Estás preciosa! —exclamo algo triste, aun sintiendo el efecto de las palabras de Juliett.

—Sí, ¿verdad? —asiente divertida, llevando una mano a su cintura y posando exageradamente para hacerme reír—. Anda. Ve a vestirte.
—Me da pequeños empujoncitos.

Descuelgo mi vestido y camino al baño escuchando cómo Juliett comienza a elogiar a Caroline. Ignoraré ese comentario que hizo. Seguro que fue un simple chiste para ella y que no buscaba hacerme daño. Me deshago de mi ropa y me pongo el vestido con mucho cuidado de no arrugarlo, ni de estropear mi maquillaje o mi peinado. Cinco minutos después salgo del baño y la boca de mi mejor amiga tiene forma de O.

—¡Mírate! —exclama sonriendo—. ¡Estás guapísima!

Me acerco al espejo para corroborar que Caroline está en lo cierto. Y sin duda no se equivoca. Mi vestido es estilo sirena, ajustado hasta las rodillas, desde donde acaba con un leve vuelo. Elegí el color rojo sangre porque creo que es una tonalidad preciosa, y además me encanta cómo queda con mi pelo castaño. Llevo un moño informal con algunos mechones sueltos por delante. Parece un peinado de un minuto, pero en realidad ha costado mucho tiempo que se vea así. Mi maquillaje es bastante natural para equilibrar la exuberancia del vestido. En mis párpados llevo una sombra champán y un leve delineado con sombra negra, y en los labios, un rosa casi natural. Suelen recomendar que el maquillaje sea «natural» para quedar bien en las fotos con el diploma.

—Se ven preciosas —dice Juliett a nuestras espaldas. Nos sonríe amablemente y por primera vez en todo el tiempo que lleva en casa sus palabras suenan sinceras—. Sin duda tu novio quedará encantado —le dice a Caroline. Se gira para mirarme con una mueca de lástima—. Estoy segura de que Tyler apreciará las fotos.

Fuerzo una sonrisa y miro de reojo que Caroline también hace lo mismo. Ahí está otra vez. Ese comentario de mal gusto con respecto a Tyler. ¿Cuál es su problema? Un día, la persona más amigable del mundo y luego, de repente, se convierte en un ser odioso.

—Gracias por todo, Juliett —le digo despidiéndome, dándole la espalda para colocarme un delicado collar que Caroline me regaló hace unos días. Ella lleva puesto un anillo que yo le regalé el mismo día.

—Ha estado muy bien, Juliett. ¡Gracias! —exclama Caroline.

—No ha sido nada. ¡Espero que disfruten esta noche! —Escucho que responde.

Luego oigo que la puerta se cierra y suelto un suspiro de alivio. No sé cuál es su problema, pero no tiene por qué desquitarse conmigo. Caroline se pone a mi lado para mirarme enternecida. Le sonrío levemente. Me alegra que vayamos a vivir esto juntas.

La puerta vuelve a abrirse, y me giro pensando que debe de ser Juliett que se ha olvidado algo, pero es la cara de Nick la que veo asomando por la puerta entreabierta. Sus cejas están elevadas y su boca abierta sin poder decir palabra al ver a Caroline. Me río.

—Creo que Nick intenta decir que estás muy guapa —le digo a Caroline. Ella se ríe.

—Yo... —Mi primo niega con la cabeza—. En realidad, quiero decir que eres perfecta.

Caroline se queda sonriendo con la mirada perdida en mi primo. Nick sigue en la misma posición. Se miran embobados el uno por el otro. Suspiro negando con la cabeza. Enamorados. Alguien parece empujarlo levemente haciendo que salga de su trance y que casi se caiga. Mi mejor amiga ladea la cabeza extrañada.

—Ah, sí —dice Nick mirando detrás de él—. Tengo una sorpresa para ti, primita.

Empuja la puerta abriéndola por completo. Tyler está a su lado vistiendo traje y manteniendo una sonrisa. Abro la boca sin poder creerlo, y sin poder contener mi emoción, sonrío también. Escucho cómo Caroline carraspea a mi lado.

—Hay que dejarlos solos.

Mi amiga me guiña un ojo antes de salir de la habitación con Nick.

En cuanto nos quedamos a solas, no puedo evitarlo y corro a sus brazos. Tyler me recibe con más efusividad. Cierro los ojos dándome cuenta de lo mucho que echaba de menos estar con él. No en el sentido romántico, sino el simple hecho de contar con su presencia merodeando por mi casa.

—Dijiste que no podías venir —le digo separándome lo suficiente para que podamos vernos.

—Quise sorprenderte —me contesta sonriendo. Su mirada me recorre lentamente agregando un poco más de rubor a mis mejillas—. Y tú has acabado sorprendiéndome a mí. —Vuelve a mirarme a los ojos.

—El rojo es mi color —digo encogiéndome con aires de superioridad.

—Cualquier color es tu color.

Oh, no. Las cosquillas otra vez.

Nuestras respiraciones se vuelven más pesadas. Mantengo mis ojos en sus labios, al igual que él en los míos. Hace presión en mi espalda para acercarnos. Nuestros labios están a punto de hacer contacto...

—¡Aquí están! —Nos separamos de un brinco al oír la voz de mi madre. Ella nos mira con una sonrisa pícara. Noto que tiene una cámara en las manos—. ¿Interrumpo algo? —pregunta divertida.

«¡Sí!», contesto por dentro.

—No —decido contestar en voz alta a regañadientes.

245

—Quiero una fotografía de ustedes juntos. —Balancea la cámara, subiendo y bajando sus cejas.

Tyler y yo nos miramos. Sé que ambos tenemos la misma sensación de molestia al no poder besarnos. Es la primera vez que nos vemos desde que nos dijimos lo que sentíamos el uno por el otro. Nos alejamos un poco para posar. Él coloca su mano en mi cintura mientras que yo poso llevando el pie izquierdo delante y el derecho atrás.

—¡Y... perfecta! —Mamá sonríe alegremente al tomar la fotografía.

Mi padre se apoya en el umbral de la puerta y me mira con una mezcla de sorpresa y orgullo en los ojos.

—Tyler, ¿podrías dejarnos un segundo? —pregunta, comenzando a caminar hacia mí.

—Por supuesto —asiente él rápidamente—. Te espero afuera —me dice.

Asiento con la cabeza.

Observo a Tyler irse de la habitación y cerrar la puerta tras él. Mis padres se miran como si estuvieran debatiendo mentalmente quién de los dos habla primero. Elevo mis cejas esperando a que alguno dé el paso. Finalmente, mi padre comienza:

—Queremos disculparnos por nuestra ausencia en ocasiones especiales para ti en este año y en los anteriores. Eres nuestra hija. Nuestra única hija. Lamentamos haberte fallado de esa forma.

Mamá se acerca a mí y toma mis manos.

—Sé que no estuve para ti siempre que me necesitaste. Lo siento. —Sus ojos están cubiertos por una pequeña capa de lágrimas—. Es que eres tan independiente... —Con sus nudillos acaricia mi mejilla y niega con la cabeza—. No pensé que necesitarías mis estúpidos consejos.

—Creíste mal. —Frunzo mi nariz intentando no llorar—. Siempre te necesité y siempre voy a necesitarte, mamá. —Miro a mi padre—. A los dos —me corrijo—. No importa si tengo dieciocho, treinta o cincuenta. Siempre les necesitaré a los dos.

—Ojalá pudiera volver el tiempo atrás... —me dice mamá haciendo un puchero.

Sonrío para no llorar y me acerco a ellos para abrazarlos. Mis padres no son perfectos. Creo que ningún padre es perfecto porque nadie te enseña a ser padre o madre. No hay un libro con las instrucciones necesarias. Ellos cometieron un error al anteponer el trabajo a mí en repetidas ocasiones, sí, pero los perdono porque sé que jamás lo hicieron de forma consciente. No fue su intención lastimarme en ningún momento.

Nos separamos y me sorbo la nariz. Mamá ya está llorando y puedo ver que mi padre también. Muevo mis manos creando una leve brisa que ahuyente las lágrimas que tengo acumuladas en los ojos.

—Bueno, vámonos antes de que comience a llorar y me estropee el maquillaje —les digo en broma, consiguiendo una risa por parte de ambos.

Los tres bajamos las escaleras con los brazos enlazados. Me siento muy contenta hoy. Es la noche más bonita de mi vida. Mis padres y Tyler están acompañándome en este momento. Lo viviré con mis mejores amigos. Nada puede salir mal. Nuevamente, la euforia y los nervios.

En cuanto bajamos al primer piso, veo que Tyler está en el recibidor esperándome. Él mantiene la vista en el móvil y parece algo enfadado. Les hago una seña a mis padres para que se adelanten y nos esperen en el coche mientras averiguo qué le ocurre.

—Ty, ¿estás bien? —le pregunto haciendo que levante la mirada.

Su ceño fruncido se suaviza y guarda el teléfono en el bolsillo de su traje.

—Claro —asiente sonriendo—. ¿Nos vamos, Donnut? —Me tiende su brazo.

—Por supuesto —asiento, aceptándolo y comenzando a caminar juntos.

Número desconocido: Has vuelto. Mala idea.
Tyler: No te tengo miedo.
Número desconocido: Deberías.

32

Al llegar a la entrega de diplomas, el instituto se ve mucho más lleno de personas que en los días de clases. Me he encontrado con la madre de Jeremy, que me ha llenado de elogios, y cuando Tyler no se daba cuenta, me ha guiñado un ojo dándome su bendición. Sin duda, Carol es la mejor exsuegra del mundo.

Cuando Tyler y Nick nos abandonan para ir a buscar asientos, Caroline enlaza su brazo con el mío para caminar juntas entre la multitud que va de aquí para allá. Vamos en dirección al teatro. Allí las personas son mucho más civilizadas que las que están afuera, apenas ven nuestros vestidos, nos ceden el paso automáticamente. Llegamos detrás del telón, donde están todos los graduados.

—¡Hola, chicas! —Daniela nos saluda eufórica—. ¡Se ven hermosas!

Daniela nos deja sin palabras. Su vestido parece el de una especie de diosa griega. Es blanco con encaje dorado en la parte de la espalda y un poco al comienzo del escote. No es ajustado, pero tampoco muy suelto. Es perfecto. Ha recogido su larga melena rubia en una hermosa trenza de espiga que le cae delicadamente sobre uno de sus hombros.

—Tú también estás guau —le responde Caroline, moviendo la cabeza mientras escanea su vestido.

—Superguau —asiento sonriendo.

Daniela sonríe negando con la cabeza, fingiendo falsa modestia. Pero sabe que se ve perfecta.

—¡Oh, por Dios! —Escucho esa voz tan conocida—. No puedo creer que vayamos a graduarnos. Necesito beber. —Luke se coloca entre Caroline y yo y nos abraza por los hombros—. Por cierto, están preciosas —nos dice a las tres.

—Y tú eres el más guapo del lugar —le responde Daniela en broma, guiñándole un ojo.

—Agradezco el cumplido —contesta Luke, soltándonos lentamente—. ¡Vamos a nuestros asientos!

Primero es la ceremonia donde nos entregarán los diplomas. El director Frederic nos llamará por el micrófono y subiremos al escenario caminando despacio. Nos dará el diploma y nos tomarán una foto con él.

Mientras bajo ahora del escenario, puedo ver a mis padres sentados junto a Nick y Tyler. Ellos están un poco cerca de la sección apartada de sillas donde debemos sentarnos nosotros. Sigo caminando hasta el sector donde nos encontramos el alumnado. Hay diez hileras de sillas. Nosotras tres nos sentamos junto a Luke en la quinta. En la segunda hilera puedo ver a Jenna. Lleva un sencillo vestido esmeralda, muy bonito y elegante, y se ha alisado su cabello rubio. Se gira hacia nosotros y se me queda mirando sin expresión. Sonrío sin separar los labios, esperando la misma respuesta, pero, en vez de eso, frunce el ceño levemente antes de volver a girarse. Suspiro dejando de sonreír. En serio quiero que las cosas estén bien entre nosotras. La secundaria ya se ha terminado y, con ello, también debería terminar nuestra estúpida enemistad.

—¿Han oído que Jenna hará una fiesta dentro de unos días? —Daniela susurra haciendo que deje de mirar la espalda de Jenna a unos metros de mí. Niego con la cabeza—. Yo tampoco. La bruja no me ha invitado —dice indignada volviendo a pegar la espalda en su silla.

Comienzan a darnos las togas y los birretes negros. En los birretes se encuentran nuestros nombres bordados en dorado. Todo es perfecto gracias a que Caroline lo organizó todo con el consejo estudiantil. Tras colocarme la toga, me percato de un terrible error.

—Esto debe de ser una broma —digo en voz baja.

—¿Qué sucede? —me pregunta Caroline.

—Escribieron Samantha en vez de Sam.

Se lo enseño, y ella finge estar sorprendida.

—Y vienen cosas peores, dice la Biblia —murmura, simulando indignación.

Nos reímos en el mismo momento en que las luces se apagan, quedando encendidas solo las del escenario.

—Bienvenidos a la entrega de diplomas número ciento cuarenta y siete del Instituto Griffin Stone —anuncia el director por el micrófono—. Me siento muy honrado de ser quien les dé el pasaje para empezar su nueva vida a estos jóvenes. Hoy termina una etapa y comienza otra para ellos. La vida adulta. Un territorio completamente nuevo para algunos, para otros no tanto, pero con much...

Dejo de prestar atención al discurso para centrarla en las manos de Caroline. Está jugando con los dedos, entrelazándolos. Está nerviosa. En cuanto acaben de entregar los diplomas, ella deberá dar un discurso. Lleva escribiéndolo semanas. Sé que a todos les encantará.

—Todo saldrá bien —le susurro. Ella asiente, pero aún está nerviosa.

Yo también lo estaría, porque primero no tendría la imaginación suficiente para escribirlo y si lo hiciera sería algo así como: «Los odio a todos y espero no verlos nunca más. Gracias». Segundo, posiblemente entraría en pánico y vomitaría. Dios... Solo de imaginarme en ese trance ya me entran ganas de vomitar.

—Creo que vomitaré —me dice Caroline.

—Yo también —admito.

Ambas nos miramos y sonreímos. Tras cinco minutos más del discurso del director y algunas palabras de unos cuantos profesores, por fin es el momento de recibir los diplomas.

—¡Me complace anunciar a los graduados de la generación de 2014!

Siento que me sudan las manos por los nervios y miro a Caroline. Está inhalando y exhalando. Le doy un leve codazo. Me mira de reojo. Le hago una señal de que se calme. Va a desmayarse si sigue así.

—Elizabeth Duncan.

Elizabeth es básicamente la chica tímida de la clase. Jamás mostró expresión ante nada y ahora parece estar expresando todo lo que nunca expresó. Sonríe abiertamente.

— Thomas Brown.

Oh, Thomas. Me alegra que se gradúe. Se caracteriza por ser el chico holgazán.

Vuelvo mi vista al frente. Veo una parejita a lo lejos. Ambos se dan la mano. Suspiro pensando en lo mucho que me gustaría que Tyler estuviera sentado junto a mí, listo para recibir su diploma al igual que yo.

—Luke Williams.

Todos aplaudimos y animamos a mi mejor amigo. Luke, básicamente, ha sido el bufón de la clase. El que, dijera lo que dijese, hacía que todos nos riéramos. Esa es una de las cualidades que más me gustan de él. Siempre hace felices a los demás, incluso con una broma mala sobre la tabla periódica.

—Jeremy Johnson.

Nuevamente, todos aplauden y silban como ya han hecho antes con Luke. Todos, menos Daniela y Caroline. Puedo sentir sus miradas de reojo, como si buscaran mi permiso para aplaudirle. Comienzo a aplaudir. Fue mi primer novio. Lo malo que pasó entre nosotros se queda en la secundaria y lo bueno siempre en mi corazón. Él sonríe contento con la ovación que recibe y se posiciona en su lugar en el escenario.

—Jennifer Ferrer.

Jenna sube como solo ella sabe hacerlo. Comienzo a aplaudir de nuevo, encogiéndome de hombros ante las miradas confusas de Caroline y Daniela. Tras unos segundos, ellas también aplauden. Después de todo, es solo un aplauso y esta es la noche de todos.

—Daniela Pattison.

Daniela sube al escenario con una caminata elegante que estuvo practicando las últimas semanas. Viéndola allí arriba, siendo tan ella, no puedo evitar pensar que al comienzo de la secundaria nos odiábamos, pero ahora somos amigas. Me gustaría que fuera así también con Jenna.

Tras nombrar a otros compañeros y compañeras, por fin llega mi turno.

—Samantha Donnet.

Me levanto y camino hasta el director, intentando parecer relajada y no demostrar lo emocionada que estoy por este momento. Al pasar junto a Jeremy, él me sonríe con un asentimiento de cabeza mientras aplaude. Jenna quiere hacerme notar que no aplaude porque quiere, sino por educación, y me lo indica con su rostro serio. Ignoro ese detalle y sigo mi camino.

—Para ser sincero, creí que nunca lo lograría, Donnet —dice alejándose del micrófono—. Por fin me desharé de usted —bromea.

—Oh, no se relaje, señor Frederic, algún día tendré una hija que le sacará canas verdes como yo.

—Espero no seguir viviendo para ver eso. —Ambos reímos.

Me entrega el diploma y nos tomamos una foto juntos. Voy a posicionarme junto a Daniela, quien me da un codazo al tiempo que me dedica una pequeña sonrisa.

—Caroline Morgan.

Caroline suspira y camina hacia el director con seguridad. Si sigue nerviosa, lo oculta muy bien. En ningún momento se muestra insegura. Parece que la chica nerviosa que estaba sentada junto a mí nunca ha existido. Los aplausos para ella son masivos. Es la más destacada de sus clases, se gradúa con honores, fue muy buena presidenta del consejo estudiantil, simpática, carismática e incluso tuvo una participación pequeña en la organización de nuestro baile de graduación.

Habla unos minutos con el director, y este la deja sola ante el micrófono. Llegó el momento. Su discurso.

—Hoy es un día que muchos recordaremos durante el resto de nuestras vidas. Se cierra una puerta y se abre otra. Del otro lado nos esperan emociones de las cuales no podremos escapar: miedo, indecisión, pero sobre todo incertidumbre. Ya no seremos niños, ni esos adolescentes revoltosos que causaban explosiones en la clase de Química —dice, y sonrío pensando en Tyler y en mí— o que iniciaban guerras de comida. —Puedo ver a Luke sonriendo—. Seremos adultos. Dentro de unos veinte años, quizá quince o incluso mañana cuando despertemos con resaca —todos se ríen— diremos: «Esos fueron los mejores años de mi vida». Y en efecto fueron los mejores, pero no de nuestra vida, sino de una bonita etapa. Y sé que la siguiente etapa también tendrá la misma diversión que esta. —Se queda en silencio unos segundos—. Diversión con responsabilidad, claro —aclara sacándoles más risas a los espectadores—. Sé que podremos convertirnos en lo que nosotros queramos. Llegamos hasta aquí, podremos llegar hasta donde sea.

Miro a Daniela; se está abanicando la cara con las manos para no llorar. Mis ojos están un poco húmedos. Suspiro. «Vamos, Sam. No llores.»

—Quiero dar las gracias a todos los profesores que estuvieron aquí para guiarnos. Al director, por ser un buen ejemplo que seguir para todos nosotros y no renunciar a pesar de todos los problemas que le causábamos. A mis compañeros, por la solidaridad. Pero sobre todo —hace una pausa— quiero dar las gracias a mis mejores amigos. —Nos mira a mí y a Luke—. Gracias por hacer mis días aquí felices y divertidos.

Me muerdo los labios y comienzo a respirar irregularmente.

Oh, vamos. Mataré a Caroline.

—Creo que todos recordarán lo que voy a contar ahora, y que muchos estuvieron agradecidos también a mis amigos en su momento —dice divertida—. Recordarán que hace dos años me rompí una pierna esquiando —todos asienten—, el caso es que estaba preocupada porque teníamos programados exámenes importantes para esa semana y yo no podría hacerlos por culpa de mi pierna. —Suspira—. Entonces a mis amigos se les ocurrió... —se encoge de hombros— inundar el instituto. Todos comienzan a reír. Algunos le dicen al que tienen al lado: «¿Te acuerdas? ¡Fue genial!», y cosas así.

Caroline se veía muy triste y Luke y yo pensamos que inundar el instituto nos beneficiaría a todos. Obviamente, nos descubrieron y nuestros padres tuvieron que cooperar para pagar los daños, y estuvimos castigados lo que quedaba del año. Pero no me arrepiento de haberlo hecho.

—Así que gracias, chicos. Pude hacer los exámenes con ustedes y, además, estuvimos dos meses sin clases. —Sonrío recordando los buenos tiempos—. Espero que las nuevas generaciones se diviertan más o igual que nosotros. Les deseo lo mejor en esta nueva etapa de su vida. Los quiero a todos, chicos.

Sus ojos están llenos de lágrimas. Todos aplauden fuertemente mientras ella viene a colocarse junto a mí.

—Ha sido un gran discurso —le digo sonriendo.

Anuncian algunas cosas más sobre el aprendizaje que nos brindaron. Dan trofeos o listones como reconocimiento por destacar en deportes, clubes y demás. He de decir que yo no obtuve ninguno, pero sé que podré robarle uno a Caroline y decirles a mis futuros hijos que destaqué, no sé..., en atletismo, por lo menos.

—¡Felicidades, graduados 2014!

Todos comenzamos a celebrar nuestra graduación.

Caroline me da un efusivo abrazo y luego nos ponemos a dar pequeños saltos. Nos saludamos con nuestros amigos. Cada uno nos vamos con nuestros padres a despedirnos antes de que comience el baile.

—¡Felicidades! —chilla mi madre.

Me acerco y le doy un abrazo. Mi padre se une a nosotras haciendo que sienta ganas de llorar. Diablos. Este día se empeña en arruinar mi maquillaje.

—Estamos muy orgullosos —me dice papá.

Después de sacarme algunos selfis con mis padres e intercambiar algunas palabras con los padres de Luke y la madre de Caroline que se han acercado a charlar y a decir cuán orgullosos están de nosotros, me despido de ellos para ir con Tyler y mis amigos.

Buscarlos no resulta fácil por la cantidad de personas que caminan de un lado a otro o las multitudes que se sacan selfis con la persona graduada. Pero por fin logro encontrarlos, y ellos se ven aliviados al verme. Al parecer también estaban buscándome.

—Felicidades, Donnut —me dice Tyler cuando estoy junto a él.

—Gracias, Harrison.

Acerco mis labios a los de él, y cuando están a punto de hacer contacto con los suyos, cambio de dirección y le beso en la mejilla. Tyler me observa con los ojos entrecerrados y me río tomando su mano para comenzar a caminar hacia el salón del baile.

TYLER

No me sorprende que la decoración del baile sea de otro mundo, después de todo Caroline participó en ello. La temática según me han dicho es: «Noche dorada». Sobre la pista de baile, desde el techo, caen cintas doradas con estrellas del mismo color. Y las zonas para sentarse a descansar o beber «ponche» tienen luces doradas que cambian de tonalidad según la música que se esté escuchando en ese momento. Hay una gran pantalla en la que se van viendo fotografías de los graduados en momentos como bailes, ferias escolares y hasta en clase, distraídos. Luke me contó que Daniela tomó esas fotos y alguien más se encargó de hacer el vídeo con transiciones.

—Ahora vuelvo —me dice Sam, soltando mi mano en cuanto estamos dentro.

Camina hasta Daniela y comienza a hablar con ella mientras la rubia le escucha con atención. Me dedico a ver las fotos de la gran pantalla. Aparece una de Sam con Caroline y Luke. Puedo notar que la foto es vieja. Deben de tener unos doce años, quizá trece.

Están en una feria de ciencias. Hay un volcán sobre la mesa y el listón de primer lugar me indica que fueron los ganadores. Los tres llevan una bata blanca y gafas de mentira. Quizá quisieron crear la impresión de que eran «científicos». Luke sonríe de forma exagerada enseñando sus brackets, Caroline está en medio de los dos luciendo dos coletas que hacen que se vea graciosa. Sam está a su derecha sonriendo de la misma forma tierna que sigue haciéndolo hoy en día.

Puedo ver de reojo que Caroline está ahora a mi lado.

—Bonitas coletas —le digo sin despegar mi vista de la foto. Entonces otras personas aparecen en la misma feria.

—Cierra la boca —me dice. Me giro para mirarla. Se encuentra sonriendo al mismo tiempo que observa la proyección—. Estoy muy orgullosa de ti, de los dos, en realidad. —Se encoge de hombros—. Por fin pudieron decirse que se quieren... Y ahora se van a casar... —Hace un pequeño baile.

—¿Has bebido? —pregunto, extrañado por su comportamiento.

—No seas idiota —me contesta entrecerrando sus ojos—. No puedo beber.

—Solo bromeaba, tonta —le digo de la misma forma.

Se incorpora y arquea una ceja.

—¿Cuándo le pedirás que sea tu novia?

—Eso no es asunto tuyo —le contesto, aún riéndome. Prefiero no hablar de esto con Caroline porque, vamos, ella y Sam son mejores amigas, así que por supuesto que se lo contaría a Sam.

Suelta un bufido.

—Tú la quieres. Ella te quiere. Se quieren —se encoge de hombros—, ¿qué más necesitas?

—¿Ahora? Algo fuerte —le contesto sonriendo falsamente.

Bang Bang comienza a sonar. Le tiendo mi mano a Caroline para ir a la pista de baile donde están los demás y ella la toma entornando los ojos divertida. Todos comenzamos a bailar al ritmo de la canción. Sam se ríe por mis pasos divertidos, y eso es música para mis oídos. Nick me reta a una batalla de baile, la cual, por supuesto, gano yo. Sus mediocres pasos de baile no son nada al lado de los míos, que son asombrosos. *Anaconda* de Nicki Minaj comienza a sonar.

—¡Oh, por Dios! —exclama Sam—. ¡Tu canción! —me dice divertida.

Estamos bailando una canción lenta. La primera lenta después de muchas movidas. Sam las ha bailado todas y, obviamente, la he acompañado en la mayoría. Puedo notar que esta noche solo quiere pasarlo en la pista y la entiendo: es su último baile de secundaria. Su graduación.

—¿Te lo estás pasando bien? —Solo quiero asegurarme.

—¿Que no se nota? —Se separa para sonreírme de forma cansada.

Puedo ver en su rostro que está exhausta—. Es la noche perfecta —se queda unos segundos en silencio—. Pero ¿sabes que la haría más perfecta? —me pregunta pensativa.

—¿Qué? —digo, perdido en su belleza. Esta noche está preciosa.

—Haber hecho las paces con Jenna —me cuenta. Salgo de mi trance al escuchar eso—. Jeremy y yo estamos bien. Daniela es mi amiga —suspira—, pero no puedo estar bien con la que fue mi mejor amiga en la infancia. No quiero que las cosas entre nosotras queden así.

—Sé que te escuchará en algún momento. Es orgullosa, pero finalmente cederá a tus disculpas.

No me ofrezco para ayudar porque desde que terminé con Jenna, las cosas entre nosotros no están bien. No me quejo; al contrario, está en su derecho de estar enfadada. Después de todo, la utilicé para ignorar mis sentimientos por Sam.

—Dentro de tres días hará una fiesta. Podríamos ir, quizá podría ser una buena ocasión para que te disculparas —propongo elevando las cejas.

Sam ladea la cabeza, dudando.

—¿Crees que es una buena idea irrumpir en la casa de mi ex mejor amiga que me odia y también es tu exnovia? —me pregunta entrecerrando los ojos.

—Exnovia que también me odia —agrego haciendo una mueca.

—¿Crees que es buena idea? —vuelve a preguntar.

Me encojo de hombros. Sam suspira, aún dudando.

—¡Atención, atención! —La música se detiene.

La profesora Melody está en el escenario sonriendo.

—Llegó la hora de anunciar a los reyes del baile de graduación.

La votación consiste en elegir a la pareja que más te parezca que merecen ser los reyes. Sam y yo hemos votado por Caroline y Luke. Incluso Nick ha votado por ellos. Daniela se acerca a nosotros dando pequeños aplausos emocionada. Ella también espera que ganen como reyes.

—Espero que esta vez no haya ninguna sorpresa —bromea la profesora, refiriéndose al baile anterior, cuando el momento de mencionar al rey fue todo un espectáculo y terminamos en urgencias. Miramos a Daniela y ella se encoge de hombros, orgullosa de lo que hizo—. Los reyes de la graduación de 2014 son... —se escuchan redobles de tambores— ¡Caroline Morgan y Luke Williams!

Daniela y Sam casi hacen que mis tímpanos exploten con sus gritos de felicidad. Niego con la cabeza, sorprendido de los pulmones que tienen estas chicas. Caroline y Luke suben al escenario riendo por ser los reyes del baile.

La profesora Melody le coloca la corona de rey a Luke y él le pone la de reina a Caroline. Ella le dice algo que no alcanzamos a oír porque lo dice lejos del micrófono.

—Caroline cree que es mi momento de dar un discurso porque ella ya nos ha dado uno muy emotivo e inspirador hace unas horas. —La rubia a su lado le codea divertida. Luke suspira pensativo—. Esta mañana al despertar supe que este día va a ser inolvidable, y lo es gracias a cada uno de ustedes por tomarse el tiempo de escribir mi nombre en un papel. Y ahora quiero preguntarles... —eleva su dedo índice y hace una pausa— ¿en serio con Caroline? Amigos, hay muchas chicas y tampoco me hubiera molestado que un chico subiera aquí conmigo. —Caro vuelve a darle un codazo. Todos nos reímos de lo que dice Luke—. Es mentira, amigos. No hay mejor persona que Caroline Morgan para ser la reina de graduación. Un aplauso, por favor. —Todos aplaudimos—. Y uno más fuerte para mí. —Otra vez reímos—. ¡Sigamos disfrutando, amigos!

—Muchas gracias por su voto. —Es lo único que dice Caroline cuando se acerca al micrófono sonriendo.

—¡Los quiero a todos! ¡Gracias por su voto! —Luke vuelve a provocar risas—. No, en serio, les quiero —dice apenado, pero nos reímos igual.

Puedo sentir que mi móvil vibra en el bolsillo de mi pantalón y mi sonrisa decae un poco al saber que es Jessica molestando para que me vaya de Los Ángeles. Sam parece notar mi cambio de humor y estira su brazo para darme la mano. Le doy un apretón, intentando mostrarme más animado. Quiero hablarle sobre Jessica, pero sé que es mejor mantenerla fuera de esto.

Número desconocido: Si eres inteligente, te irás.

Sam: Número equivocado. Lo siento.

Número desconocido: No. Tú te estás equivocando.

Sam: No sé quién crees que soy, pero definitivamente no soy la persona a la que querías enviarle este mensaje.

Número desconocido: Te arrepentirás de habérmelo quitado.

33

Pasaron exactamente tres días desde que recibí ese extraño mensaje. No le di mucha importancia porque, obviamente, se equivocaron, ya que yo no le he quitado nada a nadie. Es decir, la única persona con la que he estado saliendo oficialmente ha sido Jeremy, y él no estaba saliendo, ni viendo a nadie más cuando comenzamos nuestra relación. Además, terminamos hace tiempo. También existe la posibilidad de que sea una estúpida broma, pero me da igual.

Hoy es la fiesta de Jenna. Sigo dudando de si debemos ir o no. Lo último que quiero es que me odie más por irrumpir en su casa sin invitación.

—Oye, estás aplastándome —le digo a Tyler, riéndome levemente.

Él abandona mi espalda, porque sí, le gusta recostarse sobre mi espalda mientras yo miro mi móvil.

—¿Cómo se ha despertado la chica más guapa del mundo? —me pregunta, sonriendo.

Le miro con el ceño fruncido por la confusión y diversión. Me está costando detectar el toque de broma o de sarcasmo en su pregunta. Tyler arquea una ceja y entonces me doy cuenta.

—Oh, ¿lo has preguntado en serio? —digo, sorprendida y divertida.

—Sí, no puedo creer que lo haya hecho —comienza a reírse—. Sacas lo peor de mí.

—¿Lo peor? Ha sido muy tierno... —decido corregirme—. Empalagoso, pero tierno.

—Por eso es lo peor de mí. —Se ríe.

Mi vista va a sus labios y lo beso sin dudarlo ni un segundo. Tyler, por supuesto, me corresponde y a medida que el beso se intensifica, la que está sobre él ahora soy yo. Se incorpora de a poco, obligándome a hacerlo también. Nuestras respiraciones comienzan a volverse cada vez más pesadas, y el beso y los movimientos más intensos.

—¿Iremos a la fiesta de Jenna?

Nick entra en mi habitación como si fuera la suya. Al escuchar la puerta abrirse y oír su voz, nos alejamos de un salto, tanto que Tyler casi se cae de la cama.

—¡Santo cielo, Nick! —exclamo enojada.

—¿Qué? —me pregunta sin entender qué ha hecho mal, aparte de nacer.

—¿En serio, Nick? —le pregunta Tyler, sentándose en la cama y mirándole con las cejas elevadas.

—¿Qué? —vuelve a preguntar, y se sienta junto a nosotros.

Tyler y yo suspiramos.

—Nada —le contestamos al mismo tiempo.

La confusión del rostro de Nick es remplazada por una sonrisa.

—¿Iremos a la fiesta de Jenna? —nos pregunta otra vez.

—No sé —le contesto, aún enojada por su repentina entrada a mi habitación—. Pueden ir si quieren. No tienen que ir conmigo —les aviso a ambos, encogiéndome de hombros.

—Yo voy si tú vas —me responde Tyler, echándose hacia atrás y apoyando uno de sus codos sobre mi cama.

—Caroline tiene el mismo lema que tú —Nick señala a Tyler con el dedo índice—, pero con respecto a ti. A mí me dijo: «Ve si quieres».

Suspiro. No me interesa la fiesta. Lo que quiero es disculparme con Jenna. Levanto mi dedo índice mientras busco mi móvil para enviarle un mensaje. En el baile de graduación le conté a Daniela mi idea de disculparme con Jenna y me dijo que me apoya si es lo que quiero, entonces me pasó su número para que le mande un mensaje de texto.

Hola, Jenna. Soy Sam. ¿Podríamos hablar? Necesito decirte algo.

Envío el mensaje y me encuentro con la mirada curiosa de Tyler y Nick.

—Les respondo más tarde —digo sonriendo.

El día pasa muy rápido y con normalidad, mucha más normalidad que de costumbre. Mis padres están más tiempo en casa, siguen trabajando, pero ahora no están 24/7 con ello, como siempre quise que fuera. Incluso hemos visto una película los cuatro juntos. Ha sido la primera vez en mucho tiempo que veía una película con ellos, y que Tyler estuviera con nosotros ha hecho que todo fuera mucho más especial.

Mi tía habló con mamá y le dijo que mañana posiblemente nos hagan una pequeña visita. Y es obvio que es para conocer a Caroline porque, bueno, está cargando a su futuro nieta o nieto. Ellos no la conocen porque siempre que Nick venía a visitarme lo hacía en vacaciones de verano, y usualmente —como mis padres— ellos estaban trabajando. Así que venía solo. En uno de esos veranos, los presenté sin saber que terminarían, bueno..., ya saben.

—¿Qué quieres hacer? —me pregunta Tyler cuando estamos solos en la cocina. Me encojo de hombros y él añade—: Debemos comprar los disfraces para la fiesta de Jenna si quieres ir.

Aprieto los labios. Jenna no ha respondido mi mensaje. Pero puede existir la posibilidad de que simplemente no lo haya visto porque está ocupada con la organización de su fiesta, ¿no?

—Hay que ir a la fiesta —digo decidida—. Allí me disculparé.

Tyler me observa confundido unos segundos y luego sonríe.

Avisamos a nuestros amigos que iremos a comprar los disfraces en Costume Warehouse y que los veríamos allí. Será divertido elegir nuestros disfraces juntos. En el camino, pasamos a buscar a Daniela, que tampoco ha sido invitada a la fiesta de Jenna, algo que no le sorprende, ya que no quedaron en muy buenos términos.

En cuanto llegamos, nos atiende una chica de gafas rosadas y rizos del mismo color. Escucho detrás de mí la risa de Luke, con quien nos hemos encontrado en el aparcamiento.

—Adivino —le dice a la chica—. ¿A que tu color favorito es el rosa? —Sonríe de lado.

La chica frunce el ceño.

—Es el negro —contesta con desdén.

Tyler se ríe del fracaso de él por entablar conversación con la chica.

—Bonito color —asiente Luke caminando hacia atrás.

—Si necesitan ayuda con algo, no duden en llamarme —me dice desganada, ignorando a Luke.

Caroline y Nick vienen segundos después que nosotros. Los chicos se van por un lado y nosotras por el otro, aclarando que cada disfraz será sorpresa.

—¿De qué podemos disfrazarnos? —pregunta Caroline mirando los distintos disfraces que hay en la tienda.

—No lo sé —responde Daniela—, pero debe mostrar mucha piel.

Caroline y yo la miramos con una sonrisa divertida.

—¿Qué? —Se encoge de hombros—. Es nuestra última fiesta de secundaria. Quiero que me recuerden.

Seguimos buscando sin éxito. Hay disfraces muy bonitos, sin embargo, ninguno llama mi atención. Bueno, para empezar, no tengo una idea sobre de qué me gustaría disfrazarme para buscar algo de ese estilo. Estoy pensando que seré la aguafiestas de la noche.

—¡Oh, por Dios! ¡Miren esto! —Escucho que grita Daniela.

Voy hasta donde se encuentra. Caroline está a su lado, mirando con confusión. Yo frunzo el ceño sin entender qué tengo enfrente. Es un disfraz negro con algunas rayas doradas y unas antenitas. Es... horrible, sea lo que sea.

—¿No querías enseñar piel? —pregunta Caroline.

—No entiendo qué es —digo yo.

—Una abeja —responde mirando el disfraz—. Muy... conservadora —añade negando con la cabeza—, pero yo haré que sea más reveladora.

—Entonces me gusta —asiento encogiéndome de hombros.

—¿Qué mejor disfraz para mostrar que sigo siendo la abeja reina? —Daniela parece dirigirse a ella misma, más que a nosotras. Sonríe maliciosa.

—¿Saben? En las colmenas, si hay dos abejas reinas, estas se pelean a muerte, y la que sobrevive se queda con el trono —comenta Caroline. Daniela y yo la observamos con atención—. Esto se parece mucho a una colmena.

Seguimos buscando y por fin encuentro algo que llama mi atención. Un disfraz de Marilyn Monroe. O, bueno, lo que creo que es un disfraz de Marilyn Monroe. Es una réplica exacta de su icónico vestido blanco. Creo que será divertido ser rubia por una noche más. Además, Tyler dijo que ese color me queda bien. Me gustaría darle una sorpresa. Lo cojo y voy hasta donde se encuentran mis amigas.

—¡Debes ponerte esto! —exclama Daniela al ver lo que tengo en las manos.

—Tú debes dejar de hacer eso —le dice Caroline, que estaba a su lado y se sobresaltó cuando Daniela gritó—. Me gusta —me dice a mí, mirando mi disfraz.

—¿Y tú de qué te disfrazarás? —pregunto.

Caroline me enseña su disfraz de Blancanieves. Claro que la falda es más corta y tiene un escote exageradamente revelador para una princesa de Disney, pero no por eso deja de ser Blancanieves. Me gusta.

—Uy, creo que Nick será tu bruja malvada está noche —le dice Daniela a Caroline con tono pícaro.

—¿Por qué? —pregunta sin entender.

—Porque querrá tenerte encarcelada y hacerte algunas cosillas. —Le guiña un ojo.

—Estás confundiéndote de princesa —le explica Caroline con diversión y quizá con ternura también—. Te refieres a Rapunzel. Yo soy Blancanieves.

—Oh... —dice Daniela, pensativa, y sigue caminando.

Agrego algo más de rojo a mis labios y me coloco bien la peluca. Estoy lista. He tardado en maquillarme como Marilyn, pero he tardado más en peinar la peluca para que se parezca a su pelo. Después de tres horas de lucha, mi cabello falso está perfecto. A mi madre le ha encantado la idea de mi disfraz porque hace muchos años se disfrazó de lo mismo para ir a una fiesta de unos amigos y hemos estado comparando mi look con sus fotos de esa noche. Somos casi idénticas, menos los ojos. Ella tiene los ojos enormes. Los míos son una mezcla de los suyos y los de mi padre, que son un poco pequeños. Se puede decir que mis ojos son la mezcla perfecta entre ambos.

—Buena elección. —Escucho a mis espaldas.

Me giro y me encuentro con Tyler. Frunzo el ceño. Lleva un traje gris. Me gusta su corbata del mismo color y con rayas azules. Está muy elegante. ¿Por qué me ocultó su disfraz si pensaba ir con un traje? Igual ni lo ha comprado...

—¿Tú vas disfrazado de ejecutivo? —pregunto, arqueando una ceja.

—Casi lo adivinas —dice mirándome divertido—. Soy Christian Grey.

Claro, ¿cómo no se me ha ocurrido?

—Lo lamento, señor Grey —me disculpo mirándolo seductoramente—. Espero no haberlo ofendido por no haberlo reconocido —añado.

—No hay problema, señorita Monroe —dice—. Repito, el rubio te sienta bien.

—Me alegra que mi pelo sea de su agrado —respondo.

Íbamos a besarnos, cuando Caroline aparece para estropear nuestro momento. Sé que lo ha hecho a propósito, su sonrisa divertida la delata y ella sabe que lo sé, pero ignoro ese detalle y vuelvo a acercarme para besarlo y mancharlo con pintalabios, pero Nick es quien ahora se divierte interrumpiéndonos.

—Busquen un cuarto —nos dice.

—Este es mi cuarto —le recuerdo entrecerrando los ojos.

Después de eso no intentamos besarnos más, porque es más que obvio que seríamos interrumpidos. Mis padres salieron a cenar, así que podríamos tranquilamente ir a otra habitación y hacer lo que queramos, pero conociendo a mi mejor amiga y a mi primo, estoy segura de que nos seguirían solo para divertirse con nuestro sufrimiento.

Cuando por fin tomamos buenas fotos para publicar luego en Instagram, nos vamos. De camino, pasamos a buscar a la abeja reina del grupo y noto a Tyler un poco nervioso, pero no sé por qué. Me extraña, pero le preguntaré luego. Aparcamos a unas manzanas de la casa de Jenna porque es imposible encontrar sitio más cerca. Sin duda esta fiesta será genial; aunque me cueste admitirlo, sus fiestas siempre lo fueron. Bueno, eso es lo que las personas siempre dicen. Nunca me invitó y tampoco insistí en ir. Esta es la primera vez que vengo desde que tengo once años.

Tyler va caminando solo por delante, así que aprovecho para preguntarle.

—¿Todo bien? —digo cuando estoy a su lado.

—Sí, ¿y tú?

—Sí, yo solo... Es que te he notado nervioso.

Niega con la cabeza y seguimos caminando en silencio lo que queda de camino.

La casa de Jenna es una locura. Es muy temprano y ya hay personas inconscientes en el césped de su casa. Daniela entra en la fiesta justo cuando comienza una canción que realmente le da el toque de abeja reina y la mirada de todos rápidamente se centran en ella. Es justamente la atención que buscaba.

Seguimos adentrándonos y nos encontramos con la anfitriona de la fiesta. Aprieto la mano de Tyler, nerviosa. En cuanto Jenna nos ve, parece confundida. Vuelvo a sonreírle como en la graduación, esperando que responda de la misma forma o similar, pero ella solo se gira y se aleja de nosotros con un vaso rojo en la mano.

—Mierda —murmuro, y suelto un suspiro.

—Luego te disculpas —me dice Caroline acercándose a mí—. Ve a tomar algo de alcohol primero. Así tendrás el valor que necesitas para acercarte.

Sonríe.

El alcohol no solo ha hecho que me sienta más valiente, sino también que me lo pase genial. Me estoy divirtiendo, y mucho, con mis amigos. Caroline y yo bailamos todas las canciones, y las que sabemos las cantamos juntas. Jamás pensé que disfrutaría tanto en esta fiesta, y lo mejor de todo es que no me interesa verme guapa o genial, cosa que en otras fiestas sí me preocupaba. Que mi bebida no se derrame es mi única preocupación ahora. No he vuelto a ver a Jenna desde que llegamos, y presiento que está escondiéndose de mí.

E. T. de Katy Perry está sonando por todo el lugar. Yo bailo al ritmo de la música junto a mi mejor amiga y a mi ex-enemiga-ahora-amiga. Mientras, Tyler y Nick hacen sus originales pasos de baile a unos metros de nosotras. De repente, siento ganas de ir al baño. Me aparto de ellos sin decirles a dónde voy. Querrían acompañarme y mi misión en estos momentos es orinar y disculparme con Jenna.

Entro con cuidado de no morir en el intento y me abro paso entre la gente que baila animadamente dentro. Algunos me empujan y hasta siento que otros me golpean. ¿Cuál es su problema? Choco con alguien y me giro para ver quién es esa persona malhumorada, y al ver que se trata de Jenna, cambio mi expresión rápidamente.

—¡Te estaba buscando! —exclamo exageradamente.

—No me digas —responde sonriendo. No sé si es el alcohol o si está fingiendo la sonrisa.

—Sí... ¿Podemos hablar? —pregunto elevando las cejas.

—Subamos a mi habitación —me dice enlazando su brazo con el mío para comenzar a caminar. El alcohol hace que mis expresiones no puedan ocultarse, así que al verme tan sorprendida Jenna se ríe.

Subimos a su habitación mientras saludo a todas las personas que veo. Ellos me responden el saludo. Me alegra tener la posibilidad de arreglar mis diferencias con Jenna. Sabía que no estaba ignorando mi mensaje, sino que estaba muy ocupada para leerlo. Lo confirma su actitud predispuesta a que tengamos una conversación en un lugar privado de ruido como su habitación.

Al adentrarnos, Jenna me suelta. Contemplo cuánto ha cambiado su cuarto desde la última vez que estuve aquí. Cuando éramos niñas, las paredes eran rosadas y tenía pósteres de Britney Spears, y fotos con su familia y conmigo. Su cama era individual y sobre ella, en el techo, colgaba un atrapasueños que le hizo su abuela. En su mesilla de noche tenía una foto de su madre en la playa. Ella falleció un año antes de que dejáramos de ser amigas. Ahora las paredes son blancas y tiene fotos con su familia, y algunas de ella. En lugar de pósteres de Britney, tiene algunos de One Direction, pero muy escondidos en un rincón. Su cama es de dos plazas y el atrapasueños ya no está. Lo único que se mantiene es la fotografía de su madre.

—Tu habitación es diferente —le digo girándome para mirarla. Jenna está cruzando los brazos y mirándome con detenimiento—. Es decir, diferente en el buen sentido. Bonita. Muy bonita. Agradable... —agrego torpemente.

Dios, el alcohol.

—Eso suele pasar, Sam. Todo cambia —me dice, comenzando a caminar alrededor de mí—. Las habitaciones, las personas... —Se encoge de hombros y se sienta en su cama—. Adivino, quieres pedirme perdón.

Sonrío.

—Sí, de hecho...

—Ahórrate el discurso —me interrumpe levantando una mano—. No te perdono.

Mi sonrisa se desvanece.

—¿Por qué? —pregunto desanimada.

—Porque eres una mosquita muerta, Sam. No pienso apoyar toda esta farsa que quieres montar —me dice entrecerrando sus ojos con molestia—. Te conozco. No quieres disculparte conmigo. Solo quieres quedar bien con Tyler y, ¿sabes qué?, él no lo merece.

—¿Por qué dices eso? —le pregunto frunciendo el ceño. Todo el alcohol en mi sistema se esfuma de golpe.

—Créeme, es problemático. Al estar con él me sacaste un problema de encima —me dice sonriendo falsamente.

Frunzo el ceño. Jenna no tuvo la intención de que arregláramos las cosas entre nosotras. Para lo único que quiso traerme aquí es para ponerme en contra de Tyler. Yo vine a esta fiesta con el objetivo de hacer las paces con ella, de disculparme por lo que sea que hice mal sin pedir explicación, pero Jenna solo quiere pelear, y esas son cosas de secundaria. Y ya no estamos en secundaria.

Salgo de su habitación enfadada conmigo misma por pensar que Jenna había madurado. El alcohol en mi sistema ha sido remplazado por ira. Sin embargo, mi vejiga sigue protestando por ignorarla para tener una conversación madura que no ha sido posible.

Al llegar al baño, agradezco que no haya nadie dentro o una larga cola fuera. Le pongo el seguro a la puerta porque lo último que necesito es ser interrumpida mientras hago pipí. Luego me lavo las manos y siento que todo me da vueltas.

Cuando salgo del baño, me encuentro por casualidad con Daniela.

—¡Te pareces mucho a mi amiga Sam! —exclama contenta.

Claramente, está muy bebida. Solo le sonrío y al girarme me choco contra alguien y me caigo de culo al suelo. Estoy muy mareada y necesitaba sentarme, pero no así.

—Pero ¡bueno! ¿Eres idiota o qué? —digo malhumorada mientras me levanto.

—Soy Tyler, mucho gusto. No he visto a idiota por aquí.

TYLER

Ayudo a Sam a ponerse de pie y comienza a reírse por haberse caído. Acerca sus labios para besarme, pero en el último momento cambia de opinión y se desvía a mi oreja.

—Estoy muy mareada —me susurra—. Llévame a casa. Esta noche es una mierda.

Ambos caminamos juntos hasta encontrar a nuestros amigos. Daniela me indica que volverá con Luke mientras que Nick y Caroline dicen que se quedarán un rato más en la fiesta. De camino a casa de Sam, ella permanece en silencio mirando por la ventanilla. Me pregunto qué pasará por su mente de chica que ha bebido demasiado. ¿Habrá hablado con Jenna?

—¿Por qué tu noche ha sido una mierda? —le pregunto, irrumpiendo en sus pensamientos. Ella se incorpora para estirarse perezosamente.

—Jenna no quiere que seamos amigas. Me dijo... —se queda en silencio, como si estuviera eligiendo meticulosamente sus palabras— estupideces —decide responder.

—¿Cómo cuáles? —indago.

—Solo estupideces —vuelve a repetir, recostándose otra vez en el asiento del auto.

Se queda dormida durante el trayecto, así que, al llegar a casa, la cojo en brazos para no despertarla. En cuanto la dejo en su cama, parece despertarse un poco e insiste en no soltarme. Me río. Ha bebido demasiado.

—Quédate conmigo —me dice en voz baja—. Por favor...

No puedo negarme. Así que me acuesto a su lado, esperando a que se duerma para poder dejarla descansar, pero Sam tiene otros planes. Comienza a repartir pequeños besos en mi cuello. Sus labios calientes, deslizándose por piel, causan un efecto en mí. Inevitablemente, tomo su rostro entre mis manos y alejo sus labios de mi cuello para acercarlos a los míos.

Sam tira de mi cabello con fuerza, acercando su cuerpo al mío, y finalmente sentándose sobre mí. Sonríe en mis labios al sentir que esta situación es demasiado para mí; sin embargo, cuando la acerco para darle un último beso, una de mis manos se desliza por su espalda y toco un pequeño papel. Frunzo el ceño extrañado.

Sam vuelve a repartir besos por mi cuello y desdoblo el papel. Es un posit. Frunzo el ceño mientras leo lo que dice:

SOLO ESPERA, TY.

¿Qué demonios? Sobresaltado, separo a Sam de mí y ella me mira confundida. Arrugo el pequeño papel en mi mano y lo oculto dentro de mi puño. No puede saber nada de esto.

—Será mejor que descanses —le digo poniéndome de pie—. Buenas noches.

Salgo de su habitación sin escuchar sus protestas y me quedo en el pasillo, mirando de nuevo la nota. Reconozco perfectamente la letra y eso me da escalofríos.

34

CAROLINE

Abro los ojos lentamente mientras suelto un largo bostezo. Alargo la mano para buscar el móvil. Lo desbloqueo achinando los ojos, su brillo me está molestando. Son las... nueve de la mañana y estoy muy cansada.

Llegamos a las seis de la mañana, estuvimos toda la noche bailando. Quería pasármelo bien en mi última fiesta de secundaria. No bebí más que agua, pero me divertí de todas formas. Las personas con las que estaba me demostraron que no es necesario beber alcohol para pasárselo bien.

Me río levemente ante ese último pensamiento. He sonado como una madre. Sí, definitivamente le contaré esta anécdota a mi pequeño alien cuando sea adolescente. Posiblemente me ignorará, pero bueno.

Quito el brazo de Nick de mi cintura con cuidado de no despertarlo. Necesito tomar agua. Mi garganta está seca y al tragar saliva siento como si raspara.

Me levanto de la cama y recuerdo que estoy en ropa interior. No puedo andar en ropa interior, por lo que decido buscar entre la ropa de Nick una camiseta o algo. Me coloco la primera que encuentro. Si bien el naranja no es mi color preferido, no significa que no me quede genial.

Salgo de la habitación y dejo la puerta entreabierta. Camino e intento no hacer ningún ruido que alarme a quien sea que esté en la casa. No creo que los padres de Sam estén porque trabajan hasta los domingos. Aunque...

Me detengo al escuchar voces provenientes de la cocina. Definitivamente, no son las de Tyler y Sam. Frunzo el ceño, acercándome un poco para escuchar mejor lo que dicen.

—Me alegra que hayan venido —dice Marilyn animada.

—Teníamos que conocer a la novia de Nicki —responde una mujer.

Oh, santo Dios. Reconozco la voz de la madre de Nick por una llamada telefónica que escuché. Sus padres están aquí. ¿Qué demonios hacen aquí? Se supone que llegarían dentro de dos días. Subo rápidamente las escaleras y entro en la habitación de Sam sin tan siquiera golpear o molestarme de no hacer ruido.

—Sam... —La muevo—. Sam. ¡Despierta!

Sam suelta un quejido. Entorno los ojos. La veo darme la espalda. Al parecer no pasó nada anoche con Tyler porque sigue con su disfraz, solo que sin los zapatos y sin la peluca. Pero continúa llevando esa especie de gorra de látex que mantiene su pelo recogido. Parece una anciana pelona.

—Cinco minutos más, mamá... —murmura adormilada.

—¡Samantha! —grito en su oído.

Sam se sobresalta y me mira con el ceño fruncido. Se incorpora en la cama con un brazo. Bueno, al parecer si hubo acción, pero en sus labios. Su pintalabios parece estar por todos lados, menos donde debería. Comienzo a reírme.

—¿Por qué me despiertas solo para reírte de mí? —me pregunta indignada.

—No es culpa mía que tu pintalabios rojo esté por toda tu cara —me excuso riendo.

—Argh. Me voy a dormir...

—¡No, espera! —La detengo, volviendo a mi humor inicial. Sam me observa confundida—. Los padres de Nick están aquí.

Y entonces Sam comprende por qué la estoy despertando. Sus ojos se abren tanto que casi se salen de sus órbitas. Claramente, no puedo conocer a los padres de Nick vestida con un disfraz de Blancanieves versión porno o con esta camiseta naranja.

—Debes prestarme ropa, Sam —le digo, viendo que se ha quedado en estado de shock.

Ella asiente y mira a todos lados sin saber qué hacer. Supongo que no sabe por dónde empezar, ya que debo de tener un aspecto horrible. Centra su mirada en mí y frunce la nariz.

—Comencemos por ir a ducharte... —Hace una mueca—. Apestas a tabaco y pareces una exconvicta.

Abro la boca ofendida.

—Tú pareces una anciana calva y hueles a alcohol —contrataco.

—Pero yo no soy la que va conocer a sus suegros. —Me guiña un ojo.

En el lapso de media hora ya me di una ducha. Estoy completamente limpia. Parezco un maldito zombi viviente, pero no apesto a tabaco. Mientras Sam se dedica a elegir mi atuendo, yo intento hacer que mi cara pase de la expresión «Quiero morir» a «He dormido plácidamente mis ocho horas reglamentarias, gracias».

Sam y yo somos de gustos parecidos. Bueno, no tanto, pero en algunas prendas coincidimos. Aún no entiendo cómo puede tener ropa naranja. Por Dios, quemaré ese vestido naranja luego. Cuando me tiende uno con pequeñas flores, sonrío aprobándolo.

—Bien, ahora es mi turno de bañarme —me dice Sam, sonriendo forzadamente y posiblemente teniendo las mismas ganas de dormir que yo.

Sam se quita la redecilla de la cabeza y entra en el baño. Me pongo el vestido. Me queda muy bien. Parece que hasta soy alguien decente. Sonrío. Espero que a los padres de Nick les agrade, y también espero que el maldito aparezca y me explique por qué sus padres han venido hoy cuando supuestamente cenábamos con ellos dentro de dos días.

Alguien llama y digo «Adelante» mientras voy corriendo a maquillarme. Veo por el espejo a Tyler asomándose por la puerta. Entorno los ojos y él parece relajarse al verme a mí.

—Así que aquí te escondes —me dice cerrando la puerta a sus espaldas.

—Recargo fuerzas —le corrijo, sonriendo con superioridad—. ¿Los has conocido?

—Son encantadores —responde asintiendo con la cabeza—. Les gustarás.

Estaba por contestar cuando alguien más entra en la habitación. Entrecierro los ojos viendo al culpable de mi casi crisis nerviosa.

—¡Tú! —exclamo.

—¿Yo? —pregunta sin entender.

—¿Por qué tus padres están aquí antes de lo acordado? —pregunto, molesta—. Sabes que necesito preparación mental, no solo física, para conocerlos.

Nick niega con la cabeza.

—Quisieron darnos una sorpresa —me dice con calma, posando una mano sobre mis hombros—. Quizá no lo recuerdes, pero eres perfecta y no necesitas maquillaje, ni preparación para conocerlos. Hasta con mi camiseta les hubieras parecido un encanto.

Sonrío. Nick es tan adorable... Mi sonrisa se desvanece.

—Por supuesto que lo necesito—le respondo entrecerrando los ojos.

Sam finaliza su ducha y sale. Entorna los ojos al ver a Nick y a Tyler. Frunzo el ceño, ¿por qué ellos están aquí? Nosotras nos estamos esforzando por estar perfectas —bueno, yo— y ellos tienen el aspecto de ni siquiera haberse bañado.

—¿Acaso mi habitación es ahora un club social? —pregunta malhumorada.

Nadie se espera que la puerta vuelva a abrirse y deje ver a la persona que intento impresionar. Unos brazos delgados se extienden para abrazar a Nick, quien estaba de espaldas a la entrada. Sam me enseña sus pulgares y me hace una seña de que estoy genial. No sé cómo de genial estaré si solo me he maquillado un ojo, pero bueno. Improvisaré sobre la marcha.

—¡Nicki, hijo!

Nick sonríe al recibir el abrazo de su madre y extiende el suyo para devolvérselo. Me observa de reojo.

—Mamá. —Su madre deja de abrazarlo para mirarlo con atención mientras él tiene sus ojos en mí—. Ella es Caroline Morgan. Mi novia. La madre del bebé que esperamos. También la mujer más perfecta que conozcas.

Clarie Donnet posa sus ojos verdes sobre mí y entonces siento que estoy siendo juzgada. De pronto, me siento una criminal frente a una corte. Sin embargo, no demuestro que las entrañas me tiemblan y sonrío con seguridad. Estoy aquí viéndome posiblemente como una exconvicta con un solo ojo maquillado, mientras la señora Donnet parece haber salido de un anuncio de cremas antiarrugas. Rostro delgado, nariz pequeña, pero puntiaguda. Sus labios son voluptuosos y están pintados de rojo. Es alta, delgada y muy guapa. Unas leves patas de gallo se notan a cada extremo de sus ojos al entrecerrarlos, pero ninguna otra parte de su cara parece conocer la palabra «arruga». Mi suegra me observa durante segundos que parecen eternos y, finalmente, extiende su mano, sonriendo de la misma forma que yo.

—¡Encantada de conocerte, Caroline! Me han contado maravillas de ti. —Mira a Sam, Marilyn y finalmente a Nick. Acepto su mano dándole un apretón ligero—. Estás muy guapa, por cierto.

Me abstengo de soltar un suspiro de alivio. Siento como si el oxígeno volviera a mis pulmones. Oh, Dios. Esto era todo lo que quería.

—Encantada, señora Donnet —respondo—. Christian Louboutin. Buena elección, por cierto —le digo señalando sus zapatos.

Eso parece agradarle.

—Llámame, Clarie —me dice sonriendo en aprobación.

SAM

Observo contenta a mi mejor amiga. Sabía que Caroline le gustaría a mi tía Clarie, que es una persona muy agradable y con la que, además, comparte su afición por la moda. Con ese comentario de sus zapatos, Caro se la ha ganado por completo. Nadie más sabría la marca de sus zapatos de no ser por ella.

Mamá me hace una seña para que salgamos de la habitación y así lo hacemos. Tyler también los deja a los tres a solas. Después de todo, mi habitación sí se convirtió en una especie de club social. Me río levemente ante el pensamiento. Puedo ver de reojo que los ojos de mi madre están sobre mí.

—¿Qué tal la fiesta? —me pregunta sonriendo con picardía.

No sé qué pasó realmente cuando llegamos a casa porque solo recuerdo pocas cosas de la noche. Como si fueran retazos de cortometrajes; bebí para reunir el valor para disculparme, pero fue en vano porque Jenna solo quiere seguir enfadada conmigo. Terminé en el baño y me sentí increíblemente mareada. Lo último que recuerdo es que vine a dormir.

—Muy bien. —Asiento con la cabeza—. ¿Qué tal la cena?

—Muy bien. —Se encoge de hombros y me mira con diversión.

Se adelanta dejándome confundida por su interés repentino. No suele preguntarme cosas como esas, pero desde que volvió ha cambiado mucho. Es como si por fin estuviera dejando un poco el trabajo de lado y centrándose más en mí. Me hace sentir bien.

Tyler camina delante de mí sin prestarme atención, centrándose en su móvil. Frunzo el ceño. No me ha dirigido la palabra desde anoche. Me pregunto si hice algo que le incomodara. Cuando voy a preguntar, escucho que la tía Clarie y Caroline vienen charlando. Nick alcanza a Tyler y entonces mi mejor amiga me llama.

—Sam... —Me giro—. Clarie te ha hecho una pregunta.

—Disculpa, sigo dormida —digo sonriendo levemente—. ¿Sí, tía?

—¿Hace cuánto que sales con Tyler? —me pregunta entrecerrando sus ojos.

Abro la boca para responder y me quedo así por unos segundos hasta que la risa finalmente me sale. Niego con la cabeza. Caroline me observa de forma burlona.

—No es mi novio, tía —digo encogiéndome de hombros. Ella ladea la cabeza, incrédula—. De verdad —agrego.

Mi tía menciona algo como «Espero que lo sea pronto», y se adelanta para ayudar a mamá. Caroline, a mi lado, me choca levemente y se ríe. Está contenta. Me alegro de que todo haya salido bien. Sé cuánto le preocupaba causarle una buena impresión a la tía Clarie, y por más que yo sabía que la iba a adorar, me alivia comprobar que tenía razón. En el camino nos cruzamos con mi tío, quien va a dejar las maletas a la habitación de huéspedes y también la saluda con efusión. Se los ha ganado. Ya deben de quererla.

—Nick, quiero helado —le digo a mi primo en cuanto lo veo. Tyler, al notar mi presencia, se va hacia el otro lado de la sala. Frunzo el ceño. ¿Y ahora qué le pasa? ¿Acaso ha oído lo que me ha preguntado la tía Clarie y por eso está así?—. ¿Podrías ir a comprarlo?

—No molestes, Sam —me dice desganado.

—Ay, por favor. Tengo resaca. Ten compasión. —Hago pucheros.

—No —me responde con seriedad. Suelto un bufido.

—¡Tía Clarie, Nick no quiere ir a comprarme helado!

Nick me observa con los ojos entrecerrados sin poder creer lo que acabo de hacer. Siempre hacía eso cuando quería algo y él no estaba dispuesto a traérmelo. Claro que éramos niños entonces, no sé si el resultado será el mismo...

—¡Nick, ve a comprarle helado a tu prima! —Escucho que dice mi tía.

Sonrío complacida. Al parecer algunas cosas jamás van a cambiar.

Nick niega con la cabeza, dando por sentado que soy un caso perdido y seguiré haciendo esto cuantas veces quiera.

—¡Tyler, acompáñame! —le llama mientras se dirige a la entrada principal.

Tyler pasa de mí, evitando mirarme, y ladeo la cabeza. Tomo su brazo levemente, obligándolo a que deje de ignorarme. Él levanta las cejas, sorprendido, como si no supiera que estaba justo a su lado.

—Sam —dice, sonriendo—. ¿Quieres... elegir un sabor nuevo?

—Quiero saber por qué me ignoras —le pregunto, arqueando una ceja.

—No te ignoro —responde frunciendo el ceño. Sus dotes de actuación no son tan buenas como las mías.

—¿Pasó algo anoche que te hizo sentir incómodo? —pregunto, cansada de su actitud.

—No, Sam. Anoche no pasó nada —me dice. Se muerde los labios y vuelve a hablar—. Voy con Nick.

No le digo más nada. No estaré detrás de él buscando respuestas. Si quiere actuar así, bien.

Voy a la sala, donde están mi madre, la tía y Caroline. Recuesto mi cabeza en el sofá y siento la mano de mi mejor amiga posarse sobre la mía.

—¿Estás bien? —me pregunta en un susurro.

—Me duele la cabeza —respondo, cerrando mis ojos—. Mamá, ¿tienes algo para el dolor de cabeza?

—Tenía, cielo —me dice con tono de lamento—. ¿Quieres que vaya por unas...?

—Iré yo. —Me pongo de pie con cansancio. Caroline hace el intento de hacer lo mismo, pero la detengo—. Voy sola.

—¿Segura? —pregunta.

—Sí —asiento—. Necesito pensar.

Abandono la sala de estar y vuelvo a subir a mi habitación en busca de mis zapatos. También cojo el móvil y algo de efectivo. Mientras bajo las escaleras, me doy cuenta de que tengo un nuevo mensaje. Lo abro, esperando que sea de Tyler, pero es Juliett.

¡Hola, Sam! ¿Cómo estás? Hace algún tiempo que no hablamos. ¿Qué tal la graduación?

Sonrío extrañada. No he sabido de ella desde hace días. Bueno, la última vez que la vi fue cuando se dedicó a hacerme bromas desafortunadas. Pero, ahora que lo pienso, fueron inofensivas. Me lo tomé muy a pecho porque estaba triste pensando que Tyler no iba a venir a la graduación. Creo que nos vendría bien quedar. Tecleo una respuesta rápidamente.

Hola, Juliet (: Estoy muy bien. ¿Y tú? Sí, hemos perdido un poco el contacto. Estuvo estupenda, gracias por preguntar. ¿Estás con los preparativos para tu boda?

Al bajar cojo las llaves de mi coche. Caroline insiste en venir conmigo, pero me niego nuevamente. No estoy de muy buen humor y necesito pensar. Ella debe quedarse aquí y seguir impresionando a mis tíos. Luego ya le contaré qué sucede con Tyler.

Salgo de casa y rápidamente coloco una mano sobre mis ojos, cubriéndolos levemente. Estúpido sol. Subo al coche y, tras encender la radio, arranco.

CAROLINE

Asiento como lo he estado haciendo en toda esta media hora desde que Sam se ha ido. Clarie es realmente simpática, pero le encanta hablar sobre sí misma, y eso al principio fue interesante. Me ayudó a conocerla y eso, pero con el pasar de los minutos ya me resulta aburrido. La información de que se ha puesto bótox hace unas semanas fue innecesaria y extremadamente obvia. Así que solo asiento a lo que me dice, esperando que se dé cuenta de que ya es suficiente, pero hasta el momento no lo nota.

—¡Sammie, hemos traído tu carnada! —Oigo la voz de Nick.

Él y Tyler entran en la cocina y miran a todos lados.

—¿Y Sam? —pregunta Tyler, algo confundido.

—Se fue a comprar algo para el dolor de cabeza —responde Marilyn—. Volverá en unos minutos, Tyler. —Le sonríe amablemente.

Él parece inquietarse con esa noticia. Frunzo el ceño. Nos quedamos a solas en la cocina y aprovecho para bromear con su expresión.

—Por favor, cálmate, pareces un padre preocupado por su hija —le digo divertida. Tyler no me responde—. ¿Pasó algo entre ustedes dos?

—¿Por qué lo preguntas?

Me encojo de hombros sin decir nada. En realidad, esa fue la impresión que me dio Sam. Se veía estresada, así que asumí que algo les había pasado.

Ya han pasado tres horas. ¿Dónde demonios se habrá metido?

Todos estamos preocupados. Sam es indecisa, pero no hasta el punto de no saber qué pastilla elegir para la migraña. Quizá se haya ido a la playa y esté tumbada en la arena, cuestionándose la vida. Quizá. Pero nos hubiera avisado, tanto si hubiera ido a la playa como a cualquier otro lugar. No desaparecería sin más.

—Deberíamos llamar a la policía —dice Clarie.

Marilyn camina hasta el teléfono y antes de que lo coja comienza a sonar. Contesta rápidamente.

—¿Sí? —responde—. Sí, soy yo. ¿Por qué? —pregunta preocupada.

Le dicen algo y sus ojos comienzan a llenarse de lágrimas. Asiente una vez más y cuelga el teléfono.

—Debemos ir al hospital —dice yendo a por su bolso rápidamente—. Sam ha tenido un accidente.

35

TYLER

—Tyler ve más despacio.

Escucho la queja de Nick y me doy cuenta de que en verdad estoy yendo más rápido de lo debido. Reduzco la velocidad. No es la adecuada para andar por esta autopista, y mucho menos con una embarazada en el coche. Lo último que queremos es otro accidente. Es solo que, desde que nos dijeron lo de Sam, no puedo pensar que esto haya pasado por mi culpa.

Pasados diez minutos, llegamos al hospital. Cuando entramos, estoy a punto de preguntarle a la recepcionista, pero veo a los padres de Sam sentados en la sala de espera en el pasillo y nos acercamos a ellos. Marilyn se siente aliviada al vernos. Los tres preguntamos al mismo tiempo:

—¿Qué ha pasado? ¿Pudieron verla?

—¿Dónde está mi amiga?

—¿Y Sam?

—Tranquilos —nos dice Edward, el padre de Sam—. Está en la habitación hablando con el doctor. Luego podremos entrar nosotros.

Suspiro aliviado. Está bien, es todo lo que necesitaba oír. Sin embargo, la presión en el pecho no desaparece. Tengo que mantenerla a salvo. No me malinterpreten, Sam es muy capaz de luchar con lo que se le presente, pero no es justo que ella tenga que luchar batallas que me corresponden.

—Doctor, ¿cómo está mi hija? —La voz de Marilyn me saca de mis pensamientos. El médico ya ha salido de la habitación, y ella se acerca a preguntarle mientras se coloca un mechón de pelo detrás de la oreja.

—¿Usted es su madre? —Marilyn asiente. Edward a su lado se pone de pie—. Tengo que hablar con ustedes dos. A solas.

Marilyn y Edward se miran inquietos, y confundidos. El doctor se aleja un poco de donde nos encontramos nosotros. Desde donde estoy, puedo ver cómo les enseña unos papeles. Frunzo el ceño. ¿Qué ha podido pasar? Se despide de ellos y ambos vienen serios.

—¿Qué les ha dicho? —pregunto.

Edward entra en la habitación y Marilyn se acerca a nosotros con una sonrisa algo forzada.

—Sam está bien—me dice, borrando su sonrisa. Ahora parece estar un poco molesta—. Pueden pasar a verla cuando salgamos.

Caroline, Nick y yo nos miramos sin entender qué está sucediendo. Marilyn y Edward no se quedan mucho tiempo con Sam, pero sí el suficiente para ponerme más nervioso. En cuanto salen, nos dicen que van a casa a buscar ropa para Sam y a firmar unos papeles que necesitan ser llenados.

La espera se me ha hecho eterna. Cuando entramos en la habitación, la vemos sentada en la cama con una bata blanca y sonriéndonos divertida, pero parece cansada. Tiene pequeños rasguños en las mejillas y en la frente. Una venda rodea su tobillo y otra su brazo. Me acerco sin pensarlo y deposito un suave beso en su sien.

—Sobreviví porque sabía que no podrían vivir sin mí —bromea.

—Qué considerada —dice Nick.

—¿Qué sucedió? —pregunta Caroline, preocupada.

Sam deja de sonreír y se encoge de hombros. Baja la mirada hasta sus manos y comienza a jugar con sus dedos.

—No lo recuerdo... —dice, pensativa— Yo estaba conduciendo. Iba bien... —Levanta la mirada y hace una pausa—. Me quedé inconsciente.

Frunzo el ceño. ¿Está diciendo lo que creo que dice?

—¿Cómo que inconsciente? —pregunta Caroline, sentándose a los pies de la cama—. ¿De qué hablas?

—Mañana me dan el alta. Esta noche estaré en observación. Solo son unos cuantos golpes —nos cuenta bajando la mirada otra vez hacia sus manos.

Nick se acerca más a su cama.

—No has respondido la pregunta de Caroline, Sam —le dice con calma, pero con exigencia.

Sam suspira.

—Han detectado milizopam en mi organismo —dice, y aprieta sus labios—. Es una droga. Mis padres están preocupados.

—Pero... tú... —comienza a decir Nick.

—No —responde Sam al instante—. No me drogo.

—Entonces alguien te lo puso en tu vaso anoche. —Caroline saca sus propias conclusiones—. ¡No me lo puedo creer!

—Quizá fue un accidente —agrega Nick. Caroline lo observa como si fuera estúpido—. Sam, estuviste con nosotros toda la noche. No te apartaste en ningún momento. Es decir, nadie de nosotros te haría algo así.

Trago en seco.

—No creo que haya sido un accidente —hablo por primera vez.

Los ojos de Caroline, Nick y Sam se centran en mí.

—¿Qué quieres decir con eso? ¿Que alguien quiso hacerle daño a Sam en la fiesta y ahora en la autopista? —pregunta Caroline, arqueando una ceja.

—No creo en las coincidencias —contesto al tiempo que me encojo de hombros.

—Yo tampoco —me dice Nick, mirándome con seriedad.

Estuvimos varias horas con Sam hasta que comenzó a anochecer. Marilyn y Edward han insistido en quedarse ellos, pero me quedaré yo. Ambos fueron a poner una denuncia a la policía contra la persona con la que tuvo el accidente utilizando la matrícula, pero los agentes se negaron a tramitarla porque dijeron que Sam estaba bajo la influencia de las drogas. Eso me enoja mucho. Sam no se drogó voluntariamente, pero la policía parece no creérselo porque es una «adolescente». Imbéciles.

Mientras Caroline y Nick se despiden de Sam, aprovecho para cortar el problema desde la raíz.

Tenemos que hablar.

La respuesta tarda unos minutos.

La próxima vez dile a Sammie que cambie más a menudo el agua de su botella. Alguien podría meterse en su coche y echarle algo por «accidente».

Eso me enfurece y me genera miedo, porque sé de lo que ella es capaz.

Vamos a vernos. Dime qué quieres y te lo daré.

Suena tentador. Pero mi precio es muy alto... ¿Estás dispuesto a negociar?

Dame una dirección y allí estaré.

—Tyler —la voz de Nick interrumpe el hilo de mis pensamientos.
—¿Qué? —pregunto desconcertado.
—Si necesitas algo, solo llámanos.
—Claro —asiento rápidamente—. Lo haré. Gracias.

SAM

—¿En serio estás bien? —me pregunta Caroline por décima vez.
—Estoy bien, Caroline —le respondo por décima vez.
Ella suspira.
—Estoy preocupada —confiesa—. Me gustaría ser yo la que se quede contigo.
—Es mejor que me quede con Tyler. —Caroline me mira mal y me apresuro a explicarme—. Necesitamos hablar.
—Pero ¿qué pasó entre ustedes exactamente? —pregunta.
—No lo sé. Anoche estaba muy bebida y quizá hice algo que le molestó —contesto—. Está actuando distante desde anoche.
—Tyler es raro. Quizá no pasó nada y solo está siendo raro como siempre. —Se encoge de hombros. Caroline estira su mano para colocarme un mechón detrás de la oreja—. ¿Por qué no hacemos una fiesta de pijamas aquí? Sería divertido e innovador. —Sube y baja las cejas rápidamente.
Me río. Miro a Caroline pensando en si debo contarle lo que recordé de anoche. La fiesta. De Jenna comportándose como normalmente hace.
—Caro... —comienzo—, Jenna rechazó mis disculpas —le cuento sintiéndome patética—. Me dijo que no pensaba participar de la farsa que quiero crear, y que solo se disculpaba con ella para quedar bien con Tyler.
Caroline se ríe secamente.

—Dios. Esa chica en serio necesita madurar —me dice negando con la cabeza—. No te preocupes por ella. Quédate con la tranquilidad de que sí quisiste arreglar las cosas.

Asiento con la cabeza. Sin duda, eso es lo que haré. Me entristece no poder terminar bien esta etapa, pero bueno... En realidad, primero me enfadé por su inmadurez y luego estuve triste. Pero con las palabras de Caroline me siento mejor. Mi conciencia queda tranquila.

—Además me dijo algo sobre Tyler —le cuento riéndome, restándole importancia.

—¿Qué te dijo exactamente? —me pregunta con curiosidad.

—Dijo que es problemático —cito a Jenna encogiéndome de hombros.

—Lo dice por despecho. Claro... —Entorna los ojos.

Nick y Tyler vuelven a entrar en la habitación. Caroline me besa en la sien, deseándome buenas noches y recordándome que me quiere. Mi primo me da un abrazo como despedida. En cuanto me quedo a solas con Tyler, decido indagar sobre anoche.

—¿Podrías decirme que pasó ayer por la noche? —pregunto, esperando que se compadezca de mi estado y sea sincero.

—Pensé que podríamos hablar de temas más importantes... —me dice, sonriendo y evadiendo el tema—. Como, por ejemplo, qué se siente estando en el hospital después de un accidente... Yo nunca he tenido un accidente.

Frunzo la nariz.

—Es horrible. Odio el olor a hospital. Me da náuseas —contesto rápidamente—. Ahora dime, ¿Qué pasó?

Tyler suspira.

—Solo me sentí mal porque mientras te llevaba a tu habitación, te golpeé la cabeza con el umbral de la puerta. No fue intencionadamente, pero te llevaba en brazos y calculé mal la distancia, y...

—Bromeas, ¿verdad? —le interrumpo, arqueando una ceja.

—No.

Comienzo a reírme. Tyler me observa avergonzado.

—Escucha, aprecio que te hayas sentido mal —le digo. Él se sienta a mi lado. Tomo sus manos, haciendo que me mire a los ojos—. Pero tampoco es el fin del mundo... ¿Sí? —Tyler se ríe—. La próxima calcula bien la distancia.

—¿Y si practico ahora? —dice. Le miro sin entender—. A calcular distancias.

Entonces comprendo. Nuestros labios se acercan lentamente a los del otro rozándose juguetonamente, hasta que un tornado de efusión y glamour entra en mi habitación.

—Toc, toc.

Miramos a Daniela, sonriéndonos divertida. Mira mi rostro y rápidamente se transforma en una mueca de dolor.

— Ay, cielo. Yo que tú compraría mucho cicatricure.

Tyler le mira ladeando la cabeza.

—¡Hey! Solo bromeo —dice, entrecerrando sus ojos—. Qué aburrido eres, Harrison.

—No tenemos el mismo sentido del humor, Pattison —le responde Tyler.

—Bueno, no discutan por mí —bromeo, y ambos dejan de estar tensos.

Son las diez de la noche. Tengo muchísimo sueño. Ya me he cambiado y cenado. Mamá me trajo ropa supercómoda como le pedí y mi perfume, y ahora siento menos ganas de vomitar. He cenado con Tyler lasaña que mi tía Clarie preparó especialmente para nosotros, lo cual agradezco. Odio la comida de los hospitales. En resumen, odio los hospitales.

Estoy acostada. Escuchando el ajetreo que hay fuera de mi habitación. Tyler está mirando por la ventana. No ha dejado de hacerlo desde que nos quedamos solos. Mucho más cuando la noche cayó.

—Tyler.

Se gira para mirarme.

—¿De verdad crees que esto no fue un accidente?

Eleva las cejas como si no esperara esta pregunta. Después de unos segundos de silencio, se encoge de hombros, con tranquilidad.

—Te drogaron, Sam. Uno no droga a alguien sin querer —responde finalmente.

Asiento con la cabeza, pero no comparto su idea. Es verdad que alguien me drogó intencionalmente, pero no creo que el accidente de hoy haya tenido algo que ver con eso. Es lo que se supone que pasa cuando conduces bajo la influencia de las drogas. Tienes accidentes. Sin embargo, no discutiré con él sobre esto. Parece estar tan convencido de que fue un accidente provocado que se negará a estar de acuerdo conmigo.

—¿Me pasas la botella de agua? —le pido, cambiando de tema. Hay una mesa frente a mi cama y allí se encuentra la botella rosada.

—Te compraré una botella de agua mineral —me dice, mirando la botella con desconfianza—. Ya sabes lo que dicen de la del grifo. Está infectada. —Hace bailar la botella en sus manos.

Tras eso, se marcha con mi botella, dejándome confundida.

36

Sam está durmiendo plácidamente. Su respiración es lenta y calmada. Tyler la observa dormir. Analiza detalladamente su rostro. Sus labios rosados entreabiertos que de vez en cuando sueltan pequeños suspiros. Las voluminosas pestañas que adornan sus ojos cerrados. Descubrió que tiene un pequeño lunar sobre el párpado izquierdo, que apenas se ve. Sonríe. A sus ojos, es la persona más hermosa que haya visto.

Mira la hora y entorna los ojos. Debe reunirse con la acosadora. Ahora entiende el dicho de «Lo bueno dura poco».

Suelta con cuidado la mano de Sam, que se durmió acariciando la suya. Afortunadamente para él, está tan profundamente dormida que no necesita hacer mucho para que lo suelte. Antes de salir, se gira para mirarla una vez más y suspira con tristeza. Ella no debería estar en esa cama de hospital, piensa. Se sigue lamentando por ello. Pero irá a poner fin a todo aquello.

Tyler camina por los pasillos solitarios del hospital. Su mandíbula está tensa y se sobresalta por cada sonido que escucha. Está nervioso por tener que verla. No la ve desde que se fue de Inglaterra. Pensó que se olvidaría de él, y avanzaría. Estaba equivocado, muy equivocado. Al llegar a la entrada, intenta abrir la puerta, pero está cerrada con llave. Golpea levemente la puerta de vidrio para llamar la atención del guardia. Este abre la puerta y lo mira con desconfianza.

—¿A dónde vas tan tarde, chico?

—A la casa de mi madre. Necesito buscar unas cosas —miente poniendo su mejor sonrisa de chico bueno.

Al guardia realmente no le interesaba, y esa sonrisa encantadora es suficiente para que le abra la puerta. Tyler mantiene su mirada inocente hasta estar lo suficientemente lejos del hombre y expresar su verdadera preocupación. En cuanto sube a su coche, no lo piensa dos veces y arranca hacia la dirección que le dijo.

El lugar está vacío. Es una especie de callejón, y se pregunta si ha sido buena idea venir sin estar preparado. Creía conocerla, pero últimamente las cosas que hace lo hacen dudar mucho de que la conozca del todo. Es como si fuera una persona completamente diferente. Se baja divisando a una persona de espaldas a unos metros de donde ha aparcado su coche.

A medida que se acerca a esa persona, puede ver cómo va vestida. Lleva una gabardina larga negra, que deja a la vista sus piernas, y unos zapatos de tacón rojos. Su cabello rubio cae como cascada por su espalda. En cuanto está a unos pocos pasos de ella, Tyler habla:

—Jessica.

La mujer se gira y le mira de pies a cabeza, confundida unos segundos, pero luego la sonrisa que se expande por sus labios hace que a Tyler se le erice la piel.

—Cuánto tiempo sin vernos —dice contenta. Sus ojos almendra lo observan detenidamente. Aunque su voz demuestre alegría, sus ojos demuestran furia—. ¿Qué tal te ha ido? Por lo que he podido ver, has estado ocupado con una adolescente.

—¿Qué hay de ti? —pregunta, arqueando una ceja—. Por lo que he podido ver, tú has estado ocupada acosándome y haciendo daño a una adolescente inocente.

Jessica sonríe.

—Oh no, cariño —le dice dejando de sonreír y fingiendo sentirse apenada—. No quieras adjudicarme un logro que es tuyo. —Tyler frunce el ceño—. Te lo dije. Vuelve a Inglaterra o habrá consecuencias. Lo que le ha pasado a Sam es por tu culpa.

—¿Quieres vengarte? Bien —dice Tyler, cansado de sus juegos—, pero hazlo conmigo. No con Sam. Ella no tiene nada que ver en esto.

Jessica lo observa confundida.

—Pero así perdería toda la diversión —le responde ella. Sus ojos iracundos lo observan durante unos largos segundos. Luego continúa hablando mientras va acercándose a él—. Si yo obtengo mi venganza dañando a Sam, te dolerá más. No se asemejará al dolor que me hiciste pasar, pero algo es algo, cariño.

Tyler y Jessica tuvieron «algo». Comenzó cuando él tenía diecisiete y ella veinticinco. Se conocieron gracias a su madre, porque Jessica era amiga de ella. En ese entonces, él solo era un adolescente problemático con demasiadas malas amistades que lo hacían sentir mal y le animaban a adentrarse en el mundo de los excesos.

Jessica lo ayudó a alejarse de sus amigos tóxicos, brindándole el apoyo que necesitaba para ello y estando a su lado para dejar los excesos. Jessica estaba encantada con Tyler y él por un tiempo la quiso porque le estaba agradecido, pero luego solo quiso ser su amigo. Él fue conociendo a chicas, y eso a ella no le gustó. Los celos no lo alarmaron al principio, pero con el tiempo esos celos se convirtieron en acoso y agresión hacia él y hacia cualquier persona con la que él estuviera.

Tyler quiso terminar «eso» por las buenas y quedar con Jessica como amigos, si eso la hacía sentir mejor. Pero ella no quería romper su relación. Cuando su madre le comentó que los padres de Sam se iban a Japón, sin dudarlo se ofreció para cuidar a Sam y poder alejarse de Inglaterra. Desde esa fecha, no había vuelto a ver a Jessica, hasta ahora.

—Jessica, lo siento mucho —dice Tyler con sinceridad. Jamás pensó que ella se iba a enamorar tanto de él. Creyó que solo lo veía como una relación más—. Nunca quise lastimarte...

—Pero lo hiciste —le interrumpe Jessica.

—Y si pudiera, daría marcha atrás en el tiempo y lo evitaría. —Tyler continúa—. Por favor, perdóname. Te lo estoy implorando.

Jessica frunce el ceño. Las palabras de Tyler realmente la conmueven, pero no de la forma en la que él espera. «Solo me está pidiendo perdón para salvar a Sam, de otra forma jamás me diría todo esto», piensa. Se moja los labios y eleva la mirada, juguetona.

—Todavía estás a tiempo de evitar algo —dice. Tyler frunce el ceño—. Puedes evitar que le haga daño.

—Jessica...

—Tú decides —le interrumpe, sintiendo un nudo en la garganta y la ira creciendo dentro de su pecho—. Aléjate de ella si quieres que siga sana y salva. Hazlo antes de que sea muy tarde y ella también te odie.

—¿Por qué... dices eso? —pregunta, confundido.

—¿Qué crees que pensará de ti al saber que solo me utilizaste? —pregunta, arqueando una de sus cejas— O mejor, ¿qué crees que pensará de ti al saber que todo lo que sufrió fue gracias a ti?

—Jessica, escúchame. —Tyler coloca ambas manos sobre los hombros de la mujer rubia. Ella apenas reacciona a ese contacto. Lo observa elevando el mentón levemente—. Perdóname. Te estoy muy agradecido por tu ayuda en aquellos tiempos oscuros, en serio. Jamás quise hacerte daño, ni darte señales equivocadas. Tú mereces a alguien mucho mejor que yo. En serio, yo jamás te merecí. Eres una gran abogada y no vale la pena que te ensucies las manos por mí. De verdad.

Jessica entrecierra los ojos y procesa las palabras de Tyler. Por su cabeza pasan muchas ideas y el nudo en su garganta cada vez se hace más grande. Finalmente, decide abortar sus planes y suspira.

—Bien... —Tyler afloja su agarre, confundido—. Te perdono —musita Jessica, elevando la mirada.

—¿En serio? —pregunta él, incrédulo.

Los ojos de Jessica se llenan de lágrimas y comienza a asentir.

—No sé en qué estaba pensando cuando hice lo que le hice a Sam... —dice, soltando lágrimas reales, aunque no por lo que sus labios dicen—. Yo... me destruiría si esto llega a hacerse público, lo sabes, ¿verdad? Podría perderlo todo...

—No diré nada —susurra Tyler, pensando que es lo mejor. Ella desaparece y Sam puede estar bien—. Lo prometo.

Jessica sonríe levemente y le acaricia la mejilla. Baja la vista hasta sus labios, donde se detiene unos segundos y, finalmente, ambos se sueltan. Se despiden y cada uno vuelve a subir a su coche. Él se va con rapidez mientras la rubia se queda sentada en su vehículo. La morena que está detrás baja sus gafas oscuras y pregunta:

—¿Por fin cedió? —le pregunta.

Jessica arranca.

—Cedí yo —le responde. La morena se baja las gafas y le observa atónita—. Por un tiempo —agrega sonriendo.

37

Ya han pasado cuatro días desde mi accidente. Estoy bien. Sigo con los moretones y los rasguños, pero desaparecerán con el tiempo. A veces tengo dolores de cabeza, pero el doctor me ha dicho que es normal y que tomando las pastillas que me ha recetado poco a poco irán disminuyendo hasta desaparecer. Mis padres siguen preocupados por el milizopam que hallaron en mi organismo, y están siendo más protectores. Si bien la policía no quiere hacer nada, ellos intentan protegerme desde casa para que algo así no vuelva a suceder.

Ahora estoy preparándome para salir. Saldré con Caro y Daniela. Me han dicho que iremos de compras y creo que me irá bien un poco de ropa nueva. Después de todo, quedan unas largas vacaciones que disfrutar antes de la universidad. Quiero hacerlo con mis amigas mientras pueda, antes de que nos separemos.

Por el espejo veo que Tyler esta recostado en el umbral de la puerta.

—¿Estás segura de que te sientes bien?

—Sí, Tyler. Estoy bien.

Me aplico pintalabios rojo.

—Creo que debería ir contigo, por si acaso.

Ruedo los ojos y suspiro.

Se ha mostrado muy protector estos días, no quiere ni que camine hasta la cocina sola. Creo que en cualquier momento me traerá una botella de oxígeno porque creerá que no puedo respirar sola. Entiendo su miedo, pero ni siquiera mis padres están a su nivel.

Me giro y me acerco a él colocando mis manos en sus hombros.

—Estoy bien. —Elevo mis cejas—. Ya no eres mi niñero. Lo sabes, ¿verdad?

—No necesito ser tu niñero para quererte y preocuparme por ti, Donnut. —Acaricia mi mejilla.

Me río y le planto un pequeño beso en los labios.

—Aun así, deja de hacerlo —le digo—. Relájate. Estaré bien.

—Esta noche saldremos a divertirnos —me dice Caroline.

—Por eso iremos de compras —agrega Daniela— y a la peluquería.

—¡Noche de chicas! —Caroline da pequeños aplausos.

Entramos en un centro comercial al que solemos ir habitualmente. Daniela se va a mirar zapatos mientras Caroline y yo decidimos ir por vestidos.

—¿Qué tienes en mente? —le pregunto mirando algunos vestidos.

—Algo sexy, muy sexy —responde sin mirarme.

—¿Este? —Le muestro un vestido negro con aberturas en los laterales.

—Muy negro. —Niega con la cabeza.

—¿Y este? —Le enseño uno rojo.

—Muy rojo.

Ruedo mis ojos.

—¡Oh, mira! Este es perfecto para ti. —Me muestra un vestido rosa salmón.

Hago una mueca.

—Es bonito, pero no es para usarlo de noche —digo, y ella asiente.

Seguimos buscando vestidos y ninguno de los que le enseño a Caroline le gustan. Está más interesada en encontrarme un vestido para mí que para ella. Tiene siete vestidos en sus brazos que quiere que me pruebe.

—¡Sam! —me llama Daniela, y me giro elevando las cejas—. Mira estos zapatos. Son geniales para ti. —Me enseña unos zapatos superaltos de color violeta.

—Sammie, mira este bolso. ¿No te gusta? Te quedará bien —dice Caroline dando vueltas con los vestidos que ya tiene.

Frunzo el ceño.

—¿Por qué solo buscan cosas para mí? —les pregunto confundida.

Las dos abren la boca intentando decir algo.

—¡Pff! ¿De qué hablas? —Caroline se hace la desentendida—. Estamos buscando cosas para nosotras también. ¿Verdad, Daniela?

—Ajá. Es más, me quedaré con estos zapatos —dice Daniela—. Son perfectos para mí.

—Sí, y este bolso... Quise decir que me quedará muy bien... —Caroline hace una pausa— a mí.

—De acuerdo... —digo mirándolas raro.

Ambas entran en los probadores mientras yo sigo buscando algún vestido que llame mi atención. Como no encuentro ninguno, voy a esperar a mis amigas. Me siento en uno de los cómodos sillones blancos de la tienda. Apoyo mi codo en el reposabrazos mientras con un dedo sostengo mi cabeza.

Mi vista viaja por todo el local y se detiene en uno de los sillones que está junto a mí. Un vestido negro llama mi atención. Creo que es uno de los que Caroline escogió. Me acerco al probador donde está ella.

—¿Caroline?

—¡Dime! —responde del otro lado.

—¿Te molesta si me pruebo el vestido negro que escogiste?

—¡Todo tuyo, amiga!

—Está bien —respondo con una sonrisa— Gracias.

Entro en el probador, me quito la ropa y me quedo en ropa interior. Me pongo el vestido. Miro por encima de mi hombro y doy algunas vueltas. Es negro y tiene una pequeña abertura con bordes blancos al igual que las mangas. Es ajustado hasta la cintura y luego es suelto. Me llega a media pierna. Me gusta.

—¡Sal, Donnet! —me dice Daniela.

Salgo del probador y mis amigas me miran con una sonrisa. Entonces sé que tengo su aprobación con respecto al vestido.

Ya con mi vestido, me senté a esperar a que Daniela y Caroline eligieran los suyos para esta noche. No tardaron mucho, afortunadamente. Pero cuando pensé que la tarde de chicas terminaba, nos dirigimos a la peluquería a la que siempre va Daniela. Según ella, su peluquera Roxie es la mejor y hará un milagro con mi pelo. Sí, sonó ofensivo.

—¡Oh, Daniela!

Una mujer de tez morena con muchos rizos le abraza efusivamente.

—¡Roxie, querida! —le responde con alegría Daniela.

—¡No vienes por aquí desde hace meses! —le dice una vez que se separan—. Creí que habías encontrado otra peluquera.

—¿Quién mejor que tú?

Roxie sonríe.

—Nadie —le guiña un ojo.

Daniela se ríe.

—Te presento a mis amigas Sam y Caroline —dice Daniela señalándonos para que sepa quién es quién. Me quedo esperando que Roxie me dé la mano, pero me saluda con un efusivo abrazo, y hace lo mismo con Caro.

—Y díganme, ¿qué quieren que haga por ustedes, jovencitas? —Coloca una mano en su cintura.

Daniela le dice algo en el oído y Roxie asiente emocionada. La peluquera de mi rubia amiga dice que nos sorprenderá totalmente con nuestro look y yo simplemente asiento. Deposito toda mi confianza en ella, solo espero que no me deje calva o algo por el estilo.

Mientras Roxie nos hace quién sabe qué cosa en el pelo, otra chica más joven me arregla las uñas.

—Y dime, niña, ¿tienes novio? —me pregunta mientras me rocía algo.

—No... —contesto con una sonrisa confusa.

—¡Muy pronto lo tendrás! —responde emocionada.

—¡Roxie...! —le regaña Daniela en voz baja.

La peluquera se aclara la garganta.

—Me refiero a que..., con lo que te haré en el cabello, serás un imán para los chicos... —dice sonriendo nerviosamente— o chicas —agrega.

Ya estamos listas. Daniela y Caroline llevan diferentes peinados, los dos son preciosos. A mí Roxie me ha cortado un poco el pelo y me lo ha alisado. Antes me llegaba casi a la cintura y ahora me llega a unos tres dedos más arriba de las costillas. Saco el móvil para hablar con Tyler y avisarle de que estoy viva, como sigue preocupado...

—¿Qué haces? —me pregunta Caroline.

—Voy a mandarle un mensaje a Tyler —le digo.

—Oh, él sabe —responde Daniela desinteresadamente.

—¿Qué?

—Nada.

Frunzo el ceño, pero no digo nada. Después de todo, es Daniela. Cuando voy a enviarle un mensaje a Tyler, veo que ha estado en línea hace dos minutos. Le envío el mensaje, pero ya no le llega. Como si se quedara sin internet. Bloqueo el móvil.

—¿A dónde vamos ahora? —pregunto.

—Debo ir a ver a mi padre. Me va a dar dinero —responde Daniela.

Yo simplemente asiento y me remuevo en mi sitio. Tengo un poco de calor con el vestido. En la peluquería de Roxie nos cambiamos porque Daniela quiso ahorrar tiempo. Después de quince minutos en coche, Caroline aparca. Creo que ya hemos llegado. Daniela nos pide que la acompañemos porque no quiere ir sola. Las tres bajamos del vehículo. Hay un ligero viento. Observo dónde hemos aparcado y frunzo el ceño.

¿Estamos en un restaurante?

—¿Vienes a interrumpir la cena de tu padre? —bromeo.

—Está acostumbrado —me contesta Daniela.

—Qué bien que sea aquí —dice Caroline—. Necesito usar el baño. —Hace una mueca.

—¿Quieres que vaya contigo?

—¡Por favor! —exclama mientras me toma del brazo y me lleva en dirección al restaurante.

A medida que nos acercamos, puedo observar que no hay nadie dentro. Cuando estamos frente a la puerta, Caroline me da un leve empujón y me hace quedar frente a ella. La miro extrañada y empujo la puerta de vidrio hacia adentro. Al entrar puedo confirmar que no hay nadie.

—Oigan, creo que está cerra...

No puedo terminar mi frase debido a que Daniela me empuja dentro del lugar.

—Pero ¿qué haces? —digo mientras veo que cierra la puerta con una llave desde fuera.

Las dos forman un corazón con sus dedos y puedo leer en sus labios que me dicen «Te quiero». ¿Qué ocurre?

—Sam.

Me vuelvo rápidamente al oír esa voz tan conocida.

—¿Tyler? —digo confundida—. ¿Qué está pasando? ¿Por qué no hay nadie?

Sonríe con superioridad y eso solo me hace fruncir más el ceño.

—Porque he alquilado este local.

—Bueno... —asiento. Finjamos que es completamente normal—. ¿Por qué?

—Porque tú y yo tendremos una cita.

Me relajo completamente al oír eso. Una cita, ¿eh? Ahora comprendo la actitud de las chicas y de Roxie. Toda la tarde pensando que saldríamos las tres cuando en realidad la única que tenía planes era yo.

—Guíeme, señor Harrison —digo, y le tiendo la mano.

—Encantado, señorita Donnut.

Es un salón completamente vacío. El suelo es de madera, las paredes están pintadas de gris y hay cuadros por todas ellas con distintas letras. Hay una gran mesa con dos sillas en el centro del lugar.

Tyler corre mi silla y me siento en ella. Él ocupa su lugar frente a mí y me sonríe apretando los labios; imito su gesto. Comienzo a escuchar música clásica y busco con la mirada de dónde proviene. Hay un pianista detrás de nosotros. Jamás me hubiera esperado algo así. Segundos después, nos traen la cena y no puedo identificar bien qué vamos a comer. Al parecer, Tyler está igual que yo, aunque intente disimularlo. Lo conozco. Me río por eso.

—¿Crees que si nos intoxicamos podremos demandar al dueño de este sitio? —le pregunto, bromeando.

Tyler ríe.

—Estaba pensando lo mismo —confiesa, divertido.

Cenamos mientras le cuento todo lo que he hecho con las chicas y cómo me han engañado por completo. Me explica que Nick y mis padres le ayudaron a organizar esto. Y que fue mi madre quien se encargó de elegir la cena. Ahora comprendo su cara de «¿Qué demonios comeré?». A Marilyn Donnet siempre le han gustado los platillos exóticos, y por supuesto que esta no iba a ser la excepción.

—¿Sabes?, nunca pensé que tendría una cita contigo —admito, y él me observa con indignación—. ¿Qué? ¡Te odiaba!

—¿Acaso imaginaste que me odiarías toda tu vida? —pregunta divertido.

Asiento con la cabeza con obviedad, pero claro que no fue así.

—Yo solo pensé: «Con el tiempo se dará cuenta de lo genial que soy».

Asiento de nuevo, fingiendo estar de acuerdo.

—Tenías razón. Con el tiempo me daré cuenta de eso. —Levanto la copa—. Ahora, todavía no.

Tyler se ríe.

La noche pasa y es perfecta. Hablamos de cualquier cosa que puedan imaginar; creo que nunca me había sentido de esta forma. Solo he salido con una persona en mi vida, con Jeremy, y sé que no debo comparar porque todos somos distintos, pero no estuve cerca de sentir lo que siento esta noche con Tyler. Es como si tuviera todas las respuestas a las estupideces que digo. No importa si hablamos sobre el Área 51 o el drama de Justin Bieber y Selena Gómez. Él me escucha atentamente y se interesa por lo que digo, corroborando mis teorías locas con teorías mucho más locas. Jamás había disfrutado tanto hablando con alguien.

Ahora el pianista comienza a tocar *Halo*, y Tyler me tiende una mano. Acepto su mano sin dudarlo. Las luces se apagan y, de repente, hay muchas en el techo. Pequeños focos por doquier que recuerdan las estrellas en el cielo nocturno. Recuesto mi cabeza sobre su pecho mientras bailamos, disfrutando de la música y sintiendo los latidos de su corazón al mismo tiempo.

Vuelvo a mirarlo y, a pesar de la luz tenue, puedo verlo sonreír. Acerco mis labios a los suyos y deposito un beso corto. Él se queda mirándome y vuelve a unir nuestros labios. Esta vez es un beso más intenso, alimentado por el deseo y el amor. En cuanto la canción termina, ambos sonreímos en medio del beso.

—Tyler —comienzo a decir en cuanto nos separamos—, ha sido la mejor noche de mi vida. Gracias, en serio.

—No digas eso hasta que se acabe —me dice.

Frunzo el ceño sin entender qué más falta. El pianista comienza a tocar *A Thousand Years*. Puedo ver que la luz cambia un poco. Tyler eleva su dedo índice, indicándome que mire al techo. Hago lo que me dice y puedo ver que ahora hay luces azules, y forman cuatro letras.

—¿QSMN? —leo.

—¿Quieres ser mi novia?

Mis labios se abren levemente por la sorpresa. En verdad, jamás hubiera esperado algo así para su propuesta. En serio. Mis ojos se llenan de lágrimas y niego con la cabeza. Tyler frunce el ceño por esa acción, y entonces me apresuro a contestar:

—Oh, no —aclaro—. Sí quiero.

—¿Sí? —dice, volviendo a sonreír.

—¡Sí, sí, sí!

Tyler acerca sus labios a los míos y nos besamos.

38

Abro mis ojos y por primera vez en mucho tiempo sonrío como una estúpida enamorada.

Las escenas de anoche siguieron reproduciéndose en mi cabeza una y otra, y otra vez. Cuando Tyler me dejo en la puerta de mi habitación, me tiré en la cama boca abajo y chillé de la emoción. Me siento tan contenta, tan... emocionada. No puedo esperar a contarle los detalles a Caroline. Apuesto a que se está muriendo por saber qué pasó anoche.

Me siento en la cama y sigo sonriendo. Escucho dos golpes en la puerta y luego veo el rostro de Caroline asomándose. Obviamente, al ver mi cara de estúpida, comienza a chillar.

—¡Oh, por Dios! —exclama—. ¡Lo hiciste con Tyler!

Me muerdo los labios divertida.

—¡Baja la voz y cierra la puerta! —la regaño. Caroline, con carita de perro enojado, hace lo que le digo y se sienta en mi cama—. Ahora mi casa es un hotel, ¿qué hubiera pasado si alguien te hubiera oído?

—Tener relaciones sexuales no es un crimen, Sam —me regaña ella ahora.

—Ya lo sé, pero no quiero que sepan algo que no es verdad.

—Oh, entonces... ¿no?

—No —niego con rapidez.

Caroline se encoge de hombros y se acuesta.

—Tú habla y yo escucharé atentamente —me dice emocionada.

Estoy sentada en el sofá. Caroline, Nick y Tyler fueron a comprar helado. Todavía sigo sonriendo como una estúpida. Es... increíble. Realmente no podía esconder mi sonrisa esta mañana cuando lo vi, y él tampoco. Obviamente, recibimos varias burlas por parte de mi primo y de mi mejor amiga, pero no nos importó; además, nos resulta difícil contener nuestra emoción.

—¿Cómo te fue anoche? —me pregunta mi madre, sentándose junto a mí. La miro sin entender a qué se refiere—. ¡La cita! —exclama.

Oh, cierto. Ella estaba enterada de todo.

—Bien... —digo bajando la mirada a mis uñas—. Tyler me pidió que sea su novia.

Mamá suspira y la observo. Se queda mirando un punto fijo, y cuando comienza a pensar que me estoy molestando por ello, sonríe.

—Tyler y tu padre tuvieron una larga charla sobre eso —me cuenta divertida—. Jamás pensamos que terminarían saliendo.

—Entonces, ¿tendré que decir que mis padres hicieron de Cupido? —pregunto frunciendo el ceño.

Ella se ríe.

—Soy una mamá genial.

Escuchamos que el helado llegó porque justamente las personas que fueron a comprarlo no se caracterizan por ser silenciosos o tranquilos. Mi madre me sonríe una vez más y se pone de pie para irse de nuevo.

—*Hello!* —dice Caroline entrando en la sala.

—*It's me...!* —dice Nick.

—Ya estamos de vuelta, Donnut —me dice Tyler, besando mi sien—. Hola.

—Hola... —contesto sonriendo—. ¿Han traído mi favorito?

Caroline y Nick se ríen. Frunzo el ceño al no comprender por qué.

—Fue el primer sabor que Tyler pidió —me cuenta mi mejor amiga, con falsa molestia.

Mis padres salieron a cenar con mis tíos, y Nick y Caroline están cenando con la madre de mi mejor amiga, así que Tyler y yo tenemos la casa para nosotros solos. Anoche él me dio una bonita sorpresa, y he decidido que ahora me tocaba sorprenderlo a mí.

—¿Ya puedo quitarme la venda? —me pregunta por milésima vez.

—No —le contesto, por milésima vez—. Aguanta. Ya llegamos.

Me he esforzado mucho para que el viento no apague las velas que he colocado en la azotea. He preparado una especie de pícnic nocturno. He puesto una manta roja y pequeños almohadones blancos de la sala y de mi habitación. En el centro, está la comida y la bebida. Quizá no es tan sofisticado como los platos que eligió mi madre y que cocinó un chef, pero espero que le guste. El universo está de mi lado, y el cielo está lleno de estrellas, así que realmente tenemos unas bonitas vistas.

—Ya —digo, nerviosa—. Puedes quitarte la venda.

Tyler se la quita con lentitud, y cuando puede ver, el asombro es lo primero que expresa. Sonrío levemente. Él niega con la cabeza, ahora sonriendo.

—No tenías que hacer esto... —comienza a decir.

—No digas nada hasta que veas qué comeremos —lo interrumpo, haciendo una mueca.

Tyler sonríe ahora confundido y caminamos hasta donde se encuentra nuestro pícnic. Él observa la comida y se lleva una mano al corazón. Arqueo una ceja.

—Esto es perfecto —me dice, viendo las hamburguesas y patatas fritas.

Sonrío. Creo que Caroline tenía razón al decirme que las calorías ganan a cualquier cosa. Nos sentamos uno frente al otro y lo observo apagar su móvil. Es un lindo gesto. Apagaría el mío si tuviera batería; estaba tan nerviosa que se me olvidó ponerlo a cargar y se apagó.

—¿Preparado para consumir calorías? —le pregunto cuando me devuelve la mirada.

—Siempre estoy listo —bromea sonriendo.

Estamos en silencio observando la vista que tenemos desde mi terraza. Las estrellas me hacen recordar la noche que hicimos un pícnic en el balcón de su habitación. ¿Quién nos iba a decir que terminaríamos así? Y pensar que el estúpido que tengo al lado era solo eso, un estúpido. Me río. Lo que le dije a mamá hoy era cierto.

—¿En qué piensas? —me pregunta.

—Mis padres hicieron de Cupido —le digo volviéndome para mirarlo—. ¿Eso es patético o tierno?

Se encoge de hombros.

—Yo me siento agradecido. —Sonríe.

—Me pregunto quién estaría aquí si mis padres no les hubieran hablado de tu viaje a los tuyos. —Frunzo el ceño, pensativa.

—No creo que la anciana rusa que pensaban contratar sea competencia —dice entrecerrado los ojos. Ladeo la cabeza—. Aunque, pensándolo bien, quizá sus ojos celestes hubieran logrado cautivarte.

Me río.

—Espera. —Lo miro sorprendida—. ¿Mis padres pensaban contratar a alguien? —Tyler aprieta los labios, divertido, dándose cuenta de que yo no sabía nada al respecto—. Increíble.

—Cuando escucharon que me quedaría sin nada a cambio, creo que la anciana dejó de ser competencia, por lo menos con ellos...

Nos reímos. Me muerdo los labios y arqueo una ceja, divertida.

—No diría que te quedaste por nada a cambio... —digo pensativa. Tyler frunce el ceño—. Me tienes a mí.

Tyler me observa durante unos segundos y coloca suavemente sus manos a cada lado de mi rostro. Sus ojos marrones se ven mucho más oscuros a la luz de las velas, pero puedo ver que observan mis labios con deseo.

—Y por esa razón soy el hombre más afortunado del mundo.

Acerco mi rostro al suyo, y primero nos besamos con lentitud. Como si cualquiera de los dos fuera a romperse si el otro utiliza más fuerza. Nos separamos unos segundos y, en el silencio del lugar, lo único que se escuchan son nuestras respiraciones. Llevo una de mis manos detrás de su cuello y vuelvo a besarlo, esta vez con más intensidad y determinación. Tyler me responde con la misma presión. Como si necesitáramos de ese beso para poder seguir viviendo. Mi mano libre baja lentamente hacia su camiseta y, en cuanto mis dedos tocan su piel, se estremece.

Le ayudo a quitarse la camiseta y él vuelve a besarme. Mientras nos besamos, deslizo mi mano derecha lentamente por el suelo, a medida que voy recostándome. Tyler se separa de mí para mirarme a los ojos.

—¿Estás segura? —me pregunta con la respiración agitada.

—Quiero esto —le respondo con seguridad.

Y vuelve a besarme.

39

Meses después

—¿No te impresiona? —le pregunto mirando con detenimiento su estómago.

—Creo que es hermoso —me contesta Caroline, encantada.

Estamos acostadas en mi cama. Caroline está en el medio, entre Daniela y yo. Después de meses de espera, por fin será el día en que mi mejor amiga dará a luz a su hija. Porque, sí, es una niña. Al enterarnos de eso, nos sentimos emocionadas y obviamente encantadas. Será tan lindo. Ninguno de los dos quiere ponerle Sam, pero sé que los convenceré luego.

—A mí me parece molesto —dice Daniela, frunciendo el ceño—. Es decir, no puedes dormir boca abajo y no quiero imaginarme el dolor de espalda que sientes.

—Tú estuviste muy cerca de sentir ese dolor de espalda —le recuerda Caroline con diversión.

Hace unos dos meses Daniela tuvo un retraso y casi enloquece. Vino a mi casa a las cuatro de la mañana. Intentó entrar por la puerta trasera y, al hacerlo, activó la alarma de la casa. Me despertó a mí, a Nick, a mis padres y posiblemente a todo el vecindario. Al final, fue una falsa alarma y su menstruación solo se retrasó.

—Gracias a Dios, Satanás y el universo, no estaba embarazada —contesta Daniela, llevándose una mano al pecho de forma dramática. Caroline y yo nos reímos.

Mi móvil comienza a sonar en la mesita que se encuentra junto a Daniela, así que ella estira el brazo para cogerlo. Al ver quién llama, entorna los ojos y luego me sonríe pícara al dármelo.

—Oh —suelta Caroline, entendiendo el porqué de esa mirada—. El señor de los negocios.

Cojo el teléfono y me incorporo.

—Hola —digo dulcemente al contestar la llamada.

—Hola, Donnut —responde del otro lado Tyler—. Estoy en un descanso, así que pensé en llamarte. ¿Qué hacías?

Tyler está en Inglaterra, trabajando con sus padres. Nos costó mucho despedirnos y todavía cuesta acostumbrarme a no tenerlo en casa, pero llevamos la relación a distancia bastante bien. Aunque durante estos meses ha hecho pequeñas escapadas de unos días, así que nuestra separación se está haciendo más llevadera.

—Oh, nosotras estábamos pensando en ir al centro comercial —le cuento.

—Dile que le mando saludos —me susurra Caroline.

—Dile que me presente a su amigo, ese, el del golf —me dice Daniela también en susurros.

Frunzo el ceño al no saber de quién habla, pero luego lo recuerdo. Tyler subió una foto a Instagram con un chico.

—Caroline te dice hola —le paso el mensaje sonriendo—. Y Daniela quiere que le presentes al chico con el que estabas en tu última foto.

—Lo llevaré conmigo —dice Tyler bromeando, creo. Escucho unas voces de fondo—. Oh, creo que mi descanso ha terminado, Donnut.

—Bueno —contesto—. Te echo de menos —añado bajando un poco la voz.

—Dos días —me dice—. Nos veremos en dos días, Donnut. Yo también te echo de menos.

En cuanto finaliza la llamada, suelto un suspiro. Caroline y Daniela se incorporan. Mi rubia amiga se va a retocar el maquillaje. La embarazada, a mi lado, besa mi mejilla y me dice que deje de sufrir, que vayamos por helado. Me río.

—Sé que jamás les he dicho esto, pero son las primeras mejores amigas que tengo —suelta Daniela de repente, volviéndose dramáticamente.

—¿Qué hay de Jenna? —pregunta Caroline, confundida.

—Nuestra amistad no era sana. Siempre competíamos entre nosotras... —nos cuenta bajando la mirada—. Realmente éramos patéticas... —agrega recordando esos momentos—. Pero me alegra tenerlas a ustedes ahora —nos dice sonriendo.

—Y a nosotras tenerte a ti, Daniela —le digo sonriendo a mi vez.

Jamás pensé que Daniela y yo seríamos amigas. Pero ahora que lo es no puedo imaginar cómo sería mi vida sin su humor, sus locuras y su amistad. Lo mismo me sucede con Caroline, pero, obviamente, ella estará para siempre conmigo; es decir, ella es directamente mi hermana.

—Ojalá mi hija tenga tan buenas amigas como ustedes —dice Caroline, y suelta un suspiro, llevándose una mano al estómago.

—Las tendrá —le asegura Daniela—. Será amiga de nuestras hijas.

—Eso es tierno —le sonrío.

—Será amiga de la hija de Sam y Tyler —prosigue Daniela—. Y de la hija que tendré con el millonario con el que me casaré —finaliza encogiéndose de hombros.

Caroline y yo nos reímos. Sin duda adoramos a Daniela.

TYLER

Le pongo toda mi atención a unas carpetas que mi padre me ha pedido que revise. Tanta que la secretaria de mi madre, Marie, debe repetirme las cosas dos veces. Me disculpé las dos veces, pero ella decía que no había ningún problema, así que dejé de sentirme avergonzado. Cuando mi móvil suena, estiro la mano para responder, por si es algo importante. No veo quién es.

—¿Hola? —digo.

—Hola, hermanito. —Al escuchar quién es, me relajo. Hace días que no hablamos—. ¿Me has echado de menos?

Emily es mi «hermana mayor». Lo digo de esa forma porque tiene solo un año más que yo, pero usualmente el que actúa como hermano mayor soy yo. Hace días que no he hablado con ella porque estaba con exámenes de la universidad, y si está estresada evita tener contacto con personas. Eso o en realidad es algo que se inventó para no tener que hablar conmigo y responder preguntas sobre el trabajo.

—Hum, no tanto —respondo divertido—. Estoy... en la oficina. ¿Podemos hablar después? —le pregunto.

—Claro —dice—. Me instalaré en el hotel mientras tanto.

Frunzo el ceño.

—¿Hotel? —pregunto intrigado—. ¿No estabas en New Haven?

Emily vive en New Haven debido a que allí se encuentra su universidad.

—Estaba —contesta—. Ahora acabo de aterrizar en Los Ángeles.

—¿Por qué estás en Los Ángeles y no en New Haven? —pregunto, dejando los papeles sobre mi escritorio y recostándome en mi silla.

Escucho a Emily reír.

—Ay, Dios, pareces papá —dice divertida—. Tengo unos días libres y quise venir a visitar a una amiga.

—Oh, genial —respondo—. Yo iré en dos días allí.

—¡Fantástico! —exclama, emocionada—. Entonces, por fin conoceré a Sam, ¿eh?

Sí, aún no se conocen. No es por nada en especial, es solo cuestión de agendas. Mi hermana suele estar ocupada con la universidad, y Sam con sus cosas, así que pensé que era mejor dejar que las cosas fluyeran y algún día ya se conocerían. Pero ahora que lo pienso, no sé si es muy buena idea dejar a Emily con mi novia.

—Veremos —contesto.

Escucho que suelta un bufido.

—Oh, vamos, no he conocido a nadie desde Jessica —me dice en broma—. Y créeme, me gustaría que ella conozca a la policía.

Recordar a Jessica ahora no me parece tan gracioso. No después de que provocó el accidente de Sam. Me deja un mal sabor en la boca acordarme de ella.

—Bueno, debo colgar —le digo—. Hablamos luego.

Finalizo la llamada antes de que Emily pueda protestar. Me quedo pensando en Jessica. Desde esa noche en el callejón, no he vuelto a verla ni a saber nada de ella.

SAM

Escucho que llaman a la puerta y voy contenta a abrir porque sé quién estará detrás.

Hoy por fin viene Tyler. Me siento feliz por ello. Mis padres tuvieron que hacer un viaje de negocios, y por eso Caroline y Daniela me hacen compañía. Cuando ellas no están, a veces hago alguna videollamada a Luke. Aunque hace mucho tiempo que apenas sé de él porque está muy ocupado. Así que tener a mi novio aquí me hace muy feliz porque dejaré de sentirme sola en esta enorme casa.

—¡Hola! —exclamo al abrir la puerta y me lanzo a sus brazos—. ¡Qué bien que estés aquí!

—Me alegra estar aquí —me dice—. ¿Estás sola? —pregunta al separarnos.

—Sí, Caroline y Nick tienen planes. —Me encojo de hombros—. Y Daniela posiblemente esté en busca de su millonario.

—¿Su millonario? —pregunta Tyler, mirándome confundido, pero divertido.

—No importa. —Niego con la cabeza—. ¿Tienes hambre?

Entramos en casa. Tyler pasa su brazo sobre mis hombros, acercándome a él, y me siento aliviada de tenerlo conmigo. En realidad, me aburro mucho estando aquí sola.

—En efecto —asiente—. ¿Quieres que pida algo?

Antes de que responda, puedo escuchar que mi móvil comienza a sonar en la sala. Me separo de Tyler y lo miro con una mueca.

—Es que podría ser Nick para avisarme de que Caroline ya se ha puesto de parto —le digo. Ya está casi en la última semana y puede tener al bebé en cualquier momento.

—Ve —me dice.

Me vuelvo para irme.

—Oh, Sam —exclama él, y vuelvo a mirarlo. Deposita un beso en mis labios—. Ahora ya sí que puedes irte —me dice en cuanto se separa.

Sonrío y voy a buscar el teléfono. Al tomarlo puedo ver que el nombre de Juliett ilumina la pantalla. Suelto un suspiro. Me he preocupado pensando que podría ser Nick por nada. Me giro hacia Tyler, pero él ya se encuentra hablando por su móvil, así que decido contestar.

—¡Hey! —saludo, extrañada.

—Sam, cariño, quería saber cómo estabas —me responde simpática—. ¿Llamo en un mal momento?

—Oh, no —miento—. Estoy bien. ¿Y tú?

—¡Oh, excelente! En unos días me mudaré a París —me cuenta emocionada. Sonrío—. Quería verlas antes de irme.

—¿París? Eso es genial... Sí, claro que podríamos vernos.

—¿Mañana? —pregunta, y vuelvo a mirar a Tyler, que sigue en su llamada—. ¿A las siete?

—A las siete suena bien —respondo.

—Bien. ¡Nos vemos, querida!

En cuanto cuelga, me quedo pensando. ¿Por qué se irá a París? Hace unas semanas nos vimos en el centro comercial. Recuerdo que ella nos dijo que se casaría allí, pero después no mencionó nada más sobre París. Así que asumo que se casará pronto. Me hubiera gustado que nos lo dijera con más anticipación, pero bueno... Casi siempre nos encontrábamos con ella en el centro comercial por casualidad. Es en verdad encantadora, y estoy segura de que a Caroline no le importará verla una última vez...

—¿Era Nick? —pregunta acercándose.

—No. Era Juliett. Una amiga.

Tyler frunce el ceño pensativo.

—¿Juliett? ¿La conozco? —pregunta.

—No. La conocí cuando no estabas aquí. Me maquilló para la graduación. —Me encojo de hombros.

Tyler y yo vamos a sentarnos en la sala. Él pasa su brazo sobre mis hombros y recuesto mi cabeza en su pecho. Escucho cómo late su corazón. Sonrío al pensar que late de esa forma por mí. Que eso es lo que causo en él. Tomo una de sus manos y la coloco sobre mi corazón para que vea que el sentimiento es mutuo.

—El tuyo late más rápido —me dice, haciendo saltar mi cabeza levemente al reírse.

—Eso es porque no estás sintiendo el tuyo —contesto levantando la mirada. Tyler baja la cabeza para verme apretando los labios—. ¿Qué pasa? —pregunto al ver que de pronto deja de reírse.

—¿Alguna vez has vivido meses tranquilos y de repente sientes que la calma que tienes se convertirá en tormenta? —me pregunta a su vez mirándome con detenimiento.

Me incorporo en el sillón y no puedo evitar fruncir el ceño.

—¿Por qué de repente sientes eso? —Paso una mano por su pelo y la deslizo hasta llegar a su mejilla—. ¿Estás bien?

La expresión de Tyler cambia rápidamente por una leve sonrisa, que sé que es para tranquilizarme. En sus ojos sigue estando la preocupación que se le escapó hace solo unos segundos.

—Claro que lo estoy —me contesta, y me guiña un ojo—. Vi una película sobre el apocalipsis y a veces siento que estoy en uno.

—¿Es aquí? —pregunta Daniela en cuanto nos detenemos. Miro el GPS del móvil y asiento con la cabeza—. Bonita casa.

—Solo tú haces planes con tu amiga que está a nada de ponerse de parto —me dice Caroline de mala gana.

—El doctor te dijo que el siete, hoy es cinco —le respondo entrecerrando los ojos.

—¡Vaya! Dos días de diferencia —me dice mirándome con ira.

—Dejen de discutir. Parecen dos niñas —dice Daniela, bajándose del coche.

La primera vez que vine, quedé impactada y ahora, la segunda vez, sigo pensando que la casa de Juliett es muy diferente a como te esperarías que fuera. Está alejada de la ciudad, e imaginé que sería muy estilo mansión en Beverly Hills, pero ella se declara amante de la tranquilidad y la naturaleza. Por eso vive aquí, para alejarse de los ruidos de la ciudad.

En cuanto nos acercamos a la entrada, la vemos. Ha debido de escuchar el sonido del motor a unos metros. El silencio aquí es tan extraño para mí, que estoy acostumbrada a oír coches y a mi molesto primo.

—¡Han venido! —nos dice sonriendo—. ¡Oh, Caroline! ¿Es niño o niña?

—Niña —contesta Caroline, acercándose para saludarla.

—Y una muy grande —dice Daniela, haciendo referencia al tamaño de la barriga de nuestra amiga—. Cuánto tiempo, Juliett. —Ambas se abrazan.

—Oh, ya lo creo.

Ellas dos no se veían desde que estuvimos buscando los zapatos ideales para Caroline.

Al adentrarnos en la casa podemos ver que hay cajas por todos lados. Se nota que ya casi lo ha empaquetado todo. La sala también está repleta de cajas y la hermosa vista a su jardín desierto está cubierta por una enorme cortina negra.

—¿Vas a vender la casa? —le pregunto, intrigada, mientras caminamos hacia la cocina.

—Pienso alquilarla —me cuenta mirando las paredes con expresión melancólica—. Pronto tendrá nuevas inquilinas.

Nos ponemos a hablar mientras Juliett prepara el té. Nos cuenta que mudarse a París fue su sueño desde siempre, y ahora que está comprometida, piensa casarse allí. Estaba en Los Ángeles porque su prometido tenía unos asuntos de trabajo en la ciudad, pero ahora que han terminado, no hay nada que los ate aquí.

—¿Sabes?, a Caroline le interesa estudiar Derecho —le cuento, sacando tema de conversación. Juliett comienza a servirnos el té en unas tazas rosadas preciosas—. Estudiará en Nueva York, ¿verdad, Caro?

—Ajá —asiente mi mejor amiga—. Nick y yo planeamos mudarnos allí en cuanto nazca el bebé.

—Oh, eso es fantástico —responde Juliett, sonriéndonos—. Hay muy buenas universidades allí. ¿Piensas ir a la Universidad de Nueva York? —Caroline asiente—. He oído que es muy buena.

—¿Puedo comer un pastelito? —pregunta Daniela, interrumpiendo la conversación. Juliett se ríe y asiente con la cabeza—. Oh, gracias. Escucharlas hablar del futuro me da hambre.

Tomamos el té y seguimos charlando. Daniela cuenta que quiere estudiar Fotografía y comparte con Juliett sus intereses de casarse con algún príncipe un día. Nos reímos. En determinado momento, comienzo a sentir que mis extremidades se adormecen, pero no le doy importancia y sigo escuchándolas hablar. Poco a poco, me cuesta seguir parpadeando y lo último que veo es a las tres mujeres frente a mí mirándome con confusión, antes de desmayarme.

40

TYLER

—Azul.

—Rojo.

—El rojo no le gustará —le digo mirándole con los ojos entrecerrados.

—Conozco a mi prima —me responde Nick muy seguro de su elección.

Pensaba en darle una sorpresa a Sam regalándole unos zapatos de tacón que mencionó que le gustaban, pero solo habló del modelo, no del color. Aun así, sé que le gustarán más los azules que los rojos. Decido buscar mi móvil para llamarla y preguntarle sin dar indicios de qué se trata, solo para confirmar mi teoría.

«El número que ha marcado no está disponible o se encuentra fuera de cobertura en este momento», se escucha del otro lado. Frunzo el ceño. Qué extraño.

—¿Por qué esa cara? —me pregunta Nick.

—A Sam no le entra mi llamada —contesto, y me guardo el teléfono.

—Quizá se ha quedado sin batería —me dice.

Le doy la razón. Es posible que eso haya pasado.

Seguimos debatiendo sobre los zapatos unos minutos más y Nick se rinde, aceptando que quizá los azules le gusten más. Sonrío victorioso. Escucho a lo lejos una voz que grita mi nombre. Me vuelvo para ver de quién se trata y me encuentro con mi hermana caminando hacia mí con expresión de sorpresa. Había olvidado por completo que Emily estaba en Los Ángeles. La llamé antes de tomar mi vuelo y ella me dijo que ya había terminado su visita, y que se iría.

—Emily, qué sorpresa —le digo extrañado. Ella me sonríe divertida—. Creí que habías vuelto a New Haven.

—Ese era el plan, pero mi amiga necesitaba ayuda con algo más —me contesta encogiéndose de hombros.

Nick vuelve a mi lado y sonríe.

—Mmm, él es Nick. Primo de Sam —los presento—. Nick, ella es Emily. Mi hermana.

—Encantado, Emily —le dice Nick con simpatía.

—El gusto es mío, Nick —responde mi hermana mirándolo tal vez un poco demasiado. Entrecierro los ojos. Ella posa su mirada en los zapatos que llevo en las manos—. ¿De compras?

—Es un regalo para Sam —le explico, encogiéndome de hombros—. ¿Y tú... qué haces aquí?

—Oh, solo estaba gastando un poco de dinero mientras esperaba tu llamada, hermanito —me dice divertida—. ¿Sam está aquí?

—No, ella... —intento hablar, pero Nick me interrumpe.

—Era Caroline —dice mirando su móvil—. Le he preguntado cómo iba todo y dice que están bien. Están con Daniela.

—En ese caso, yo también quiero comprarle un obsequio. Espérenme aquí —nos dice mi hermana, dejando las demás bolsas de sus compras con nosotros.

Suelto un suspiro y nos quedamos a esperarla. Ya no tengo alternativa. Mi hermana conocerá a Sam. ¿Qué podría salir mal?

—Nunca mencionaste a tu hermana —me dice Nick.

—Jamás necesité nombrarla —le digo—. Como verás, ella siempre se hace notar sin la ayuda de nadie. —Me río.

Emily viene hacia nosotros con dos pañuelos de seda.

—¿Cuál creen que le gustará el rojo o el azul? —nos pregunta.

Nick y yo nos miramos y nos echamos a reír.

SAM

Emito un quejido al moverme. El cuerpo me duele. Abro los ojos lentamente y observo que estoy en el suelo. Frente a mí, me encuentro con Caroline y Daniela con las muñecas y los tobillos atados. Tienen la boca tapada con cinta y sus ojos expresan preocupación. Rápidamente, me sobresalto e intento ponerme de pie, pero no puedo. Miro y me percato de que mi muñeca está esposada a la barandilla de la escalera.

—Qué dormilona resultaste, Sammie. —Escucho una dulce voz hablarme desde el otro extremo de la habitación.

Intento gritar, pero mi boca también está tapada con cinta. Jenna se acerca hasta mí e intenta acariciarme la mejilla, pero muevo la cara para que se aleje. Ella hace una mueca.

—Gruñona también —dice otra voz.

—Tranquila..., nadie piensa hacerte daño —me dice Jenna, fingiendo preocupación—. O sí.

Como si con las otras dos no fuera suficiente, Luke aparece confundiéndome por completo. Caroline y Daniela observan todo delante de mí con el ceño fruncido. Pero hay algo más, la decepción se nota en sus ojos. Miro hacia donde ellas lo hacen y por fin entiendo la expresión en sus ojos.

—Vamos a divertirnos —me dice Jenna sonriendo.

Tyler y Nick caminan preocupados mientras Emily está sentada intentando comprender qué sucede. Acaba de venir a Los Ángeles para conocer a su cuñada. ¿Y ahora ella desaparece? Han llamado a la policía hace unos minutos y no tardarán en venir. Si bien las chicas podrían haberse quedado sin batería y andar por ahí, también hay que tener en cuenta el historial de Sam... o mejor dicho el de Tyler. Eso es lo que le preocupa a él, que haya sido Jessica. Pero no lo cree. No puede hacer eso. Todo se terminó entre ellos hace meses.

El móvil de Tyler comienza a sonar. No conoce el número, pero aun así responde.

—Sé dónde está Sam —dice la voz masculina al contestar. A ambos les es imposible no reconocer la voz de Jeremy—. Vengan a mi casa. Nick sabe la dirección.

Y luego corta. Tyler se queda confundido, pero aun así decide confiar.

—Vamos a casa de Jeremy —le indica Tyler a Nick.

Emily se queda en casa por si Sam y sus amigas vuelven. Piensa en cómo puede ayudar, ya que no le convence lo de quedarse ahí sentada sin hacer nada. Luego recuerda algo que un amigo le enseñó a hacer una vez. Se pone de pie y, al buscar su bolso, ve que Nick se ha olvidado su móvil. «Mejor», piensa. Necesitará el número de Sam para hacer lo que tiene pensado.

Tras conseguir el número de Sam consultando el móvil de Nick y después de largos minutos intentando rastrearlo desde iCloud, por fin logra identificar su ubicación. Se pone de pie, coge su bolso y ya se siente lista para ir en busca de su cuñada.

En la casa del terror, Sam no puede creer que Luke esté detrás de esto también. Ahora no solo tiene ganas de llorar por la desesperación que le genera estar secuestrada, sino también por el dolor que siente en el pecho al ver que su amigo de toda la vida la ha traicionado de esta forma.

—Oh, Sam. No nos veas de esa forma —me dice Jenna haciendo una mueca—. Tú te lo has buscado.

Jessica comienza a caminar hacia Sam, que intenta deslizarse para atrás a fin de mantenerse alejada de ella. Cuando están frente a frente, la rubia sonríe y le quita la cinta. Lo hace sin ninguna delicadeza, así que Sam hace una mueca de dolor.

—¿Qué demonios es esto, Juliett? —le pregunta Sam con voz temerosa en cuanto se recupera.

Jessica suelta un bufido volviendo a ponerse de pie y caminando hacia Caroline para quitarle la cinta y luego se la quita a Daniela.

—Mi nombre es Jessica —dice, corrigiendo a Sam con tranquilidad. De fondo tiene las protestas de Caroline y Daniela.

—¡Jessica, Juliett, estás desquiciada de todas formas! —exclama Caroline, molesta y asustada.

—No me obligues a volver a colocarte la cinta, Caroline —le dice Jessica, ladeando la cabeza.

—Escucha... —comienza a decir Sam—. Podemos llegar a un acuerdo. Mis padres tienen dinero, ¿sí? Solo dime qué quieres y te lo daremos. No es necesario llegar más lejos. No presentaremos cargos si llegamos a un acuerdo y nos dejas libres.

Jessica se ríe. Piensa en lo estúpida que es Sam al pensar que ella quiere dinero y que se conformaría con simples billetes.

—Sam, voy a hablar —le dice Jessica con una sonrisa falsa—. Y ustedes escucharán. —La señala a ella y a sus amigas—. Pueden comentar cosas y hacer preguntas cuando termine.

Caroline, Daniela y Sam se disponen a escuchar. Luke se mantiene serio en la puerta de la habitación. A Sam le duele verlo allí. No puede creer que su mejor amigo esté haciendo esto.

—Tyler era un chico perdido al cual ayudé un montón. Fui la única persona que estuvo cuando lo necesitó. La única. Pero con el tiempo comenzó a distanciarse cada vez más de mí. ¿Y saben qué? Me abandonó. A mí. La única persona que siempre lo había apoyado.

Sam hace una mueca de confusión.

—Me destrozó tanto que me dejara así... ¿Jamás les han roto el corazón? Bueno, a mí me dolía el alma. Y cuando comenzó a sentir cosas por ti, Sam, Dios, sentí que el mundo se derrumbaba. Me parece injusto que yo fuera la que estuviera destrozada y él anduviera feliz de la vida. ¿Por qué yo era la única que estaba mal? Decidí hacer algo al respecto. Quiero hacerte daño porque sé que Tyler te quiere. Hacerle daño a él le dolería, sí. Pero lastimarte a ti por sus acciones, le dolerá el triple. ¿La pobre Sam pagando por sus platos rotos? —Se ríe—. Jenna fue quien te encerró en el baño y quien te echó milizopam en tu botella de agua, por eso te desvaneciste en plena autopista. La misma noche del accidente me reuní con Tyler y acordamos que lo perdonaría. Y te dejaría en paz. Jamás se debe creer a alguien con el corazón roto. Anoten eso.

—¿Y Luke? —pregunta Sam con la mirada baja.

—Oh, él... —dice sonriendo—. Pueden quedarse con el crédito. La discusión que tuvo con Sam en la fiesta de Jenna lo hizo todo más fácil.

Sam frunce el ceño. No tuvo ninguna discusión con Luke en la fiesta de Jenna. En los únicos momentos que coincidieron fue bailando y, además, no cruzaron palabra. Con la música fuerte y personas que te empujan, es imposible mantener ningún tipo de conversación, ni siquiera amistosa. Caroline la mira confundida, preguntándose por qué Sam no le había hablado de esa discusión. Pero es que lo cierto es que esa discusión jamás existió.

Luke evita mirar a Caroline y a Sam porque sabe perfectamente que en este momento se sienten decepcionadas y prefiere no confirmar su sospecha. Aunque se equivoca. Ellas están mirándose entre sí.

—¿Preguntas? —dice Jessica, arqueando una ceja. Caroline sigue mirando a Sam mientras esta desvía la mirada intentando recordar alguna discusión que haya tenido con Luke, pero sin éxito. Daniela mira a su alrededor buscando una salida—. ¿No? Bien.

Ninguna dice nada. Solo se quedan miran a Jessica sin poder creer su cinismo.

—Háganlo —les ordena a Jenna y Luke, y sale de la habitación.

Las chicas se miran temerosas al no saber qué es exactamente lo que deben hacer Jenna y Luke.

—¿Es que todo esto no les parece divertido? —comienza a hablar Jenna, sonriendo como una niña en un parque de diversiones—. A mí sí.

—Sí, el manicomio también lo será —le responde Daniela—. Porque, por si no lo sabes, terminarás allí.

—Eso si nos atrapan —continúa Jenna—. ¿Les hago *spoiler*? No nos atraparán.

—*Plot twist*, sí lo harán. Y también te darás cuenta algún día de que ese color de tinte te queda fatal. —Daniela hace una mueca—. Qué pena que en un manicomio no puedas teñirte el cabello.

Jenna entrecierra los ojos ante las palabras de su ex mejor amiga. Deja el bate que tiene para defenderse apoyado en la pared, cerca de la puerta y sale de la habitación para continuar con su plan.

Luke aprovecha ese breve instante a solas para acercarse con rapidez a Daniela. Esta se sobresalta al verlo casi tirarse sobre ella, pero al sentir la parte fría de la cuchilla rozar las yemas de sus dedos, se tranquiliza. Se aleja en el momento justo, segundos antes de que Jenna vuelva a entrar con dos botellas grandes de gasolina.

Daniela se queda confundida al ver lo que acaba de hacer Luke y espantada al comprender los planes que tiene Jessica para ellas. Caroline le hace una seña con la mirada de que comience a intentar cortar la cuerda que rodea sus muñecas.

—¿Por qué haces esto, Jenna? —le pregunta Caroline para generar ruido y que así no escuche el sonido de las manos de Daniela luchando contra la cuerda. Un movimiento en falso y la navaja puede caerse, y alertar a Jenna—. ¿Tus padres tienen problemas de dinero?

—No es tu problema —le contesta Jenna.

—Podríamos ayudarte —habla ahora Sam, entendiendo lo que está tratando de hacer Caroline al sacarle conversación—. No tienes por qué hacer esto.

—No necesito tu ayuda, ni la de nadie —le espeta Jenna, molesta.

Daniela logra cortar la cuerda de sus muñecas. Caroline choca contra ella levemente para que le pase la navaja y así lo hace. Sam prosigue con el plan inicial de su mejor amiga, mientras Luke continúa pensando qué más puede hacer para ayudar a sus amigas.

—No te juzgamos —le dice Sam.

—Ellas me aceptaron a mí —dice Daniela, dándole la razón a Sam—. Y eso que yo me acosté con Jeremy. Obvio te aceptaremos a ti, que intentas matarnos.

—¡Daniela! —le regaña Caroline..

Sam por su parte frunce el ceño. Jenna no responde, pero eso se queda en su mente. Caroline consigue terminar de cortar su cuerda y las tres se quedan pensando qué hacer para cortar las de los tobillos.

En cuanto Luke y Jenna terminan de esparcir la gasolina por la habitación, escuchan el sonido de una puerta abriéndose. Ambos fruncen el ceño, pero piensan que debe de ser Jessica, y continúan con el plan, ellos deben ayudarla a completarlo. Así que salen de la habitación.

—Rápido. Corta tu cuerda, que yo no puedo estirarme —le dice Caroline pasándole la navaja a Daniela. Su gran estómago no le permite cortar las cuerdas de los tobillos.

—¿Luke no es de los malos? —pregunta Daniela confundida.

—¡Daniela! —exclaman Sam y Caroline en voz baja, regañándola.

Daniela corta con rapidez su nudo y luego ayuda a Caroline, que, una vez libre, va en busca del bate que dejó Jenna apoyado contra la pared. La rubia se acerca para ayudar a Sam, pero lo de ella es más difícil porque está esposada.

—¡Toma esto! —exclama Caroline, golpeando con el bate a Jenna en cuanto entra en la habitación. La chica cae inconsciente en el suelo. La rubia se lleva una mano al pecho por la sorpresa y empieza a sentirse un poco mal.

—Se lo merecía —le dice Daniela, encogiéndose de hombros.

—¿Dónde está Luke? —pregunta Sam.

El chico entra y se queda sorprendido. No pensó que sus amigas se moverían tan rápido. Al final Jessica no llegó aún, así que tienen tiempo para buscar la llave de las esposas de Sam e irse.

—Ayúdenme a buscar las llaves de las esposas para poder...

Luke no puede terminar la frase porque una chica de cabello negro lo golpea con una sartén en la cabeza. Sam, Caroline y Daniela observan la escena sin entender qué papel tiene esa desconocida en todo esto.

—Bueno, al final ver *Enredados* sí me sirvió de algo —comenta Emily, soltando un suspiro.

41

Emily Harrison lleva tejanos negros y una blusa amarilla. Se arrepiente de haber ido con zapatos de tacón blancos porque no le van a resultar muy prácticos, pero al dar con la ubicación de Sam y sus amigas, salió corriendo sin pensar en cuál sería el atuendo adecuado para irrumpir en un secuestro.

Sam, Caroline y Daniela observan a la chica castaña sin entender de qué lado está y qué papel tiene en su historia.

—Oh, por cierto, soy Emily —se presenta, al percatarse de que la observaban con caras raras. Sonríe levemente y hace que sus ojos se achinen de la misma forma que su hermano cuando sonríe mucho—. Hermana de Tyler.

—Soy Sam... —dice esta, extrañada, pero sonriendo levemente.

Emily sonríe de forma más simpática y se centra en su cuñada. Por fin conoce a la chica de la cual su hermano está enamorado, y sin duda ya tiene su visto bueno. No es el mejor escenario, pero cree que será una buena anécdota para fiestas.

—¿Cómo supiste que estábamos aquí? —le pregunta Caroline.

—Digamos que soy muy inteligente —responde observando sus uñas—. Y..., díganme, ¿por qué están aquí ustedes?

—Digamos que no todo el mundo quiere a tu hermano —le contesta Daniela—. Soy Daniela —se presenta la rubia sonriendo.

—Y yo Caroline —se presenta a su vez Caroline, bajando el bate.

—Encantada de conocerlas —les dice Emily, y observa los zapatos de Daniela—. Oh, me encantan. ¿Dónde te los comprast...?

—¡Chicas! —exclama Sam, llamando su atención—. ¿Podrían buscar la llave?

Emily, Caroline y Daniela se ponen en marcha para buscar la llave de las esposas de Sam. Abren cajones, buscan dentro de tazas y en cualquier lugar que se pueda guardar una llave, pero no consiguen encontrarla.

—Este es el día más raro de mi vida —dice Daniela, molesta, mientras se tira al suelo para buscar debajo del sofá de la habitación de Jessica, por las dudas.

—Por el amor de Dios, díganme que la chica que está tirada no está muerta—dice Emily mostrándose preocupada.

—No, no, no —dice rápidamente Daniela—. Solo está inconsciente, no muerta. Tú tranquila.

Emily suelta un suspiro. Caroline vuelve a la habitación donde se encuentra Sam y empieza a caminar intentando encontrar cobertura y llamar a la policía. Se detiene unos segundos al sentir algo extraño.

—¿Estás bien? —le pregunta Sam.

—Creo que sí —asiente su mejor amiga al no volver a sentir esa pequeña molestia.

Mientras tanto, Nick y Tyler llegan a casa de Jeremy, que está esperándolos afuera. Ni siquiera permite que abran la boca, porque en cuanto puede se sube al auto. Ambos lo observan confundidos.

—Jessica tiene a Sam, Caroline y Daniela —explica con rapidez.

Tyler se queda paralizado al escuchar el nombre de Jessica.

—¿Quién es Jessica? —pregunta Nick confundido—. ¿Y por qué deberíamos creerte?

—Porque dice la verdad —dice Tyler, respondiendo a su pregunta y sintiéndose estúpido por creer en Jessica.

Jeremy le explica a Nick a dónde debe ir, y este sin dudarlo ni un segundo, arranca. Por dentro está molesto de que algo que concierne a Tyler haya puesto en peligro a su prima y a su novia, la cual está embarazada, pero su preocupación es mayor que sus ganas de con Tyler.

—Luke y yo... —comienza a relatar Jeremy.

—¿Qué? ¿Luke también está en esto? —pregunta Nick, molesto.

—Déjame terminar —le dice Jeremy, entrecerrando sus ojos—. En la fiesta de disfraces de Jenna, Luke escuchó una conversación en la que ella y otra mujer llamada Jessica planeaban algo para hacer daño a Sam. Luke fingió haber terminado su amistad con Sam para involucrarse en ese plan. Y ahora él me acaba de llamar para decirme dónde están.

—Vaya, que las está ayudando —espeta Nick, sarcástico—. Están secuestradas.

Nick sostiene el volante intentando dejar el enojo de lado y centrarse en rescatar a las chicas. Tyler, por su parte, no puede hablar de lo culpable que se siente. Intenta llamar a su hermana, pero le atiende el contestador. Frunce el ceño. Seguido de dos intentos fallidos más, llama a la policía y le da la dirección de la casa de Jessica.

En la casa del terror, las chicas siguen sin encontrar la llave, y las molestias de Caroline se hacen cada vez más notorias para ella misma, pero intenta que las demás no lo noten. El doctor le explicó que podría sentir algunas molestias días antes de dar a luz, pero que era normal. Espera que no sea que va a ponerse de parto ahora, porque es lo último que necesita.

—Dios, ¿por qué no tengo cobertura? —dice Emily, molesta y frustrada.

—¿Y si rompemos las esposas con el bate? —pregunta Daniela, sosteniendo el bate que Caroline dejó para sentarse en un rincón.

—No podrás sin romperle la muñeca a Sam —le contesta Caroline respirando pesadamente.

—Y... ¿quién es el chico que golpeé? —pregunta Emily sonriendo mientras observa el cuerpo inconsciente de Luke. Daniela le colocó una almohada debajo de la cabeza.

—Él es Luke, mi mejor amigo.

—Pues... lo siento —se disculpa Emily, avergonzada—. Creí que era el malo de todo esto.

—No te preocupes —le contesta Daniela—. Nosotros también lo creímos.

Caroline siente una punzada que la obliga a cerrar los ojos. Sam frunce el ceño.

—Caro, ¿estás bien? —vuelve a preguntar.

—Creo que... voy a ponerme de parto —dice Caroline—. Necesito que me lleven al hospital.

Emily pasa una de sus manos por su cabello, despeinándolo. No sabe qué hacer porque Jessica sin duda está merodeando por la casa. Se movieron con sigilo para buscar la llave por ella y se encontraron con su secuestradora, pero seguro que está aquí con ellas. Las puertas están todas cerradas con llave y como no han encontrado la llave de las esposas de Sam, mucho menos encontrarán las de las puertas. Así que se le ocurre que podrían sacarla por la ventana por la que ella entró y correr hasta su auto que está estacionado a unos metros de la casa.

—Tengo una idea —suelta Emily, asintiendo con la cabeza y manteniendo la vista en sus pies—. Pero requiere que salgas por la ventana. —Eleva la mirada para ver a Caroline.

Caroline y Sam se miran.

—Puedo con eso —asiente Caroline, decidida a seguir las instrucciones de Emily.

Emily le explica su plan. Sin llaves, esta ventana es su única opción para poder ir al hospital. Caroline piensa en que no quiere irse, dejando a Sam esposada y siente enojo por no tener el parto que ella deseó: con su mejor amiga a su lado.

—No quiero dejarte así —le dice Caroline a Sam. Sus contracciones le duelen, pero más le duele tener que hacer esto. Tiene miedo de que esta pueda ser la última vez que la vea. Los ojos de la rubia se comienzan a cristalizar—. En serio, tienes que estar bien. Debes conocer a tu sobrina.

Daniela y Emily observan la escena haciendo una mueca de dolor. Es triste pensar que Sam podría perder la vida esta noche.

—Sé que tendré una hermosa sobrina —asiente Sam intentando ignorar el temor en las palabras de su mejor amiga—. Y Sam es un hermoso nombre... —intenta ponerle diversión al triste momento.

—Prométeme que estarás bien —le interrumpe Caroline, ladeando la cabeza, insegura de dejarla.

Sam aprieta sus labios. Le gustaría tanto estar segura de eso, pero por cómo van las cosas, no tiene muchas esperanzas. Aun así, se esfuerza por sonreír y parecer confiada.

—Lo prometo —dice para confortar a su amiga.

Caroline cree en sus palabras, aunque en el fondo, el miedo sigue intacto. Besa la sien de su mejor amiga y se aleja más calmada. Intentará no olvidar la sonrisa de Sam después de esta noche.

—Debemos irnos, Caroline —le dice Emily, sintiéndose mal por cortar este momento, pero es necesario.

—No te preocupes. Yo me quedo con Sam. —Daniela sorprende a las tres. Habían acordado que ella iría con Caroline y Emily hasta el hospital. Simplemente no puede hacerlo, no puede dejar a su amiga.

Emily y Caroline se apresuran a salir por la ventana. Sam suspira, esperando que todo salga bien con el parto de su amiga y que pronto ella y Daniela puedan salir para conocer al bebé.

—Gracias por quedarte conmigo —le dice Sam a Daniela. En realidad sintió miedo al pensar que se quedaría sola, pero no quería admitirlo en ese momento. Después de todo, Caroline tiene prioridad.

—Siempre —le asegura Daniela sentándose junto a ella y pensando en otra manera de quitarle las esposas a Sam para largarse de allí.

Jenna comienza a moverse en el suelo y a emitir sonidos de queja. Sam entorna los ojos. «Lo que me faltaba», piensa.

—Sam..., ¿qué demonios? —dice Jenna sorprendida—. ¿Qué rayos está pasando?

—Lo mismo me estoy preguntando desde que me secuestraron —le contesta Sam sonriendo falsamente.

—Oh, no, Dios santo —dice Jenna haciendo una mueca—. Ahora esto me marcará de por vida.

Sam la observa con el ceño fruncido, parece arrepentida de verdad. Daniela vuelve a entrar en la habitación y se detiene al ver a Jenna despierta. Sonríe de forma maliciosa sosteniendo el bate.

—¿Quieres volver a dormir, cielo? —le pregunta, mirándola con odio.

Jenna traga con dificultad, presa del miedo.

—Daniela —dice Sam, negando con la cabeza—. No vale la pena.

Daniela entorna los ojos.

—No encuentro las llaves —dice, soltando un suspiro.

—Y no las encontrarás —le contesta Jenna—. Las tiene Jessica, y no está dispuesta a soltarlas.

«Mierda», piensa Sam, preguntándose cómo podrá salir de esta. Daniela amarra a Jenna con más fuerza para que no se pueda mover e intentar matar a su amiga mientras buscan una manera de liberarla.

—Yo podría abrir las esposas —suelta Jenna de repente—, pero deben desatarme para que pueda hacerlo.

—Va a ser que no, querida —le contesta Daniela—. Ya confiamos una vez y... —Mira a Luke tirado en el suelo.

—Daniela, hablo en serio —insiste Jenna—. Con un pasador de cabello puedo hacerlo.

—Espera, yo también puedo. ¿Cómo no se me ocurrió? —se pregunta Daniela, negando con la cabeza.

Daniela se fija en que Jenna tiene algunos pasadores en la cabeza, entonces le quita uno. Intenta forzar la cerradura de las esposas, pero no puede. Lleva un largo tiempo sin hacerlo y está más que claro en cuántos intentos lleva.

—Déjame hacerlo —le dice Jenna.

—Yo puedo —contesta Daniela, con fastidio.

—No se nota —replica Jenna.

—Libérala —le dice Sam. Daniela la mira con asombro, como si lo que acabara de decir le pareciera una locura—. Después de todo, tú tienes el bate —le recuerda Sam encogiéndose de hombros.

Daniela, no muy convencida, corta los nudos de Jenna con la navaja que Luke le dio antes. La observa con atención mientras intenta abrir las esposas de Sam, por si se le ocurre hacer un movimiento en falso y trata de herirlas.

—Dijiste que podrías hacerlo —le dice al ver que está tardando.

—Que me cueste no significa que no pueda hacerlo —le contesta Jenna, irritada. La chica castaña lo intenta una vez más, y al final lo logra—. ¿Ves? —Se vuelve hacia Daniela con aires de superioridad.

La rubia entorna los ojos y le dice a Sam:

—Bien, tenemos que largarnos de a...

Daniela cae al suelo como consecuencia de una llave que sabe hacer Jessica para dejar inconscientes a las personas. Se basa en encontrar el punto exacto en el cuello de la víctima. Sam se pone de pie y Jenna se coloca a su lado, de forma temerosa. La rubia pasa junto a Daniela y le quita el bate de las manos.

—Jenna puedes irte —le dice Jessica, sonriendo falsamente. La joven de pelo castaño la mira confundida—. Hablo en serio. Ya has hecho tu parte. Puedes librarte de esto.

Jenna, da unos pasos adelante. Lamenta haberse metido en esto, claramente fue una de las peores decisiones que pudo tomar, pero tampoco puede morir por ello. Sabe lo que le espera a Sam y si no se pone del lado de Jessica, las cosas serán iguales para ella. Inhala todo el aire que sus pulmones le permiten, esperando que Sam sea lo suficientemente fuerte y astuta para librarse de esto de alguna forma... Camina hasta la puerta y entonces Jessica sostiene con más fuerza el bate.

—¡Jenna, cuidado! —grita Sam, pero es demasiado tarde.

Jenna no pudo reaccionar y recibió el golpe de bate de Jessica. Sam traga con dificultad, pensando en que fue muy mala idea dejarla irse. Jessica sonríe.

—Solo quedamos tú y yo... —dice Jessica de forma burlona mientras camina hacia Sam con el bate.

Sam decide tomar la sartén que Emily dejó en el suelo e intenta defenderse con ella. Jessica se acercar, pero Sam la aleja con los golpes que lanza y logra darle en el brazo. La rubia hace una mueca y, enojada, la golpea en el hombro con el bate.

Sam se arriesga tirando la sartén y acercándose a Jessica para forcejear con ella y hacer que suelte el bate. La rubia le da una bofetada que la deja aturdida unos segundos, pero luego Sam consigue presionarle el estómago con el bate y alejarla de ella para poder pasar y salir de la habitación.

Lo primero que Sam ve son las escaleras y, sin pensarlo dos veces, va hacia ellas. Ya en la segunda planta, decide entrar en la última habitación que captan sus ojos, pues esconderse en la primera sería algo típico de chica de película de terror, y la idea es no ser encontrada.

Observa toda la habitación de forma expectante. Hay cajas por todos lados, el único lugar donde podría esconderse —además de dentro de una maldita caja— es el armario enorme de la habitación. Escuchando los pasos de Jessica cerca, decide meterse en él, ya que no hay tiempo de salir a buscar otra cosa.

—¡Oh, Sam! —exclama Jessica mientras camina por los pasillos—. ¿No eres ya muy mayor para querer jugar al escondite?

La respiración de Sam es agitada y debe cubrir su boca para no emitir ningún sonido. Intenta respirar normalmente y no morir de una especie de paro respiratorio. Escucha cómo los pasos de Jessica se alejan y se relaja un poco. Pero de repente Jessica abre la puerta del armario y le hace un pequeño corte a Sam en la mejilla izquierda.

Comienzan a forcejear otra vez. Sam aprieta los dientes con fuerza y le es imposible no hacer una mueca de dolor. Jessica sonríe satisfecha al ver lo que le está causando. La sangre en este momento le está hirviendo y sus ganas incontrolables de matarla no disminuyen. Sam intenta coger el cuchillo, pero lo único que logra es que Jessica le corte de nuevo, esta vez en la mano. Empuja a la rubia y la tira al suelo, lo que le da la oportunidad de escapar.

—¡Ja! —Jessica se levanta al instante agarrando a Sam con fuerza.

Sam se sobresalta y hace lo primero que su cuerpo le ordena: le proporciona un golpe en la nariz. La rubia se desconcierta unos segundos mientras que Sam suelta un quejido por el dolor que ha sentido al hacerlo.

No pierde el tiempo y va hacia las escaleras. Jessica bufa enojada y camina hasta Sam, la alcanza justo cuando está bajando y, sin dudarlo, la empuja con fuerza y se queda viéndola caer como una bola nieve por los escalones. Debido a la rapidez del impacto, a Sam no le da tiempo de hacer nada. Logra detenerse con las manos para no golpearse la cabeza contra la pared que está al final de las escaleras.

Una vez en el suelo, eleva la vista para ver a Jessica, pero no hay rastro de ella. Sam se reincorpora con dificultad, haciendo uso de toda su fuerza e ignorando su dolor. Cuando logra levantarse, va hasta la primera puerta que encuentra que parece ser la trasera, coloca su mano en el pomo y tira lentamente de él. Frunce el ceño al ver que no se abre. Lo intenta una vez más con desesperación y más lágrimas en los ojos.

—¿Realmente creíste que no cerraría todas las puertas con llave? —pregunta Jessica a lo lejos, al escuchar el forcejeo de Sam.

Al oír su voz burlona muy cerca de donde está, opta por esconderse en un pasillo que está junto a la puerta. Suspira cerrando los ojos mientras se recuesta en la pared. Le duele todo el cuerpo: las piernas, los brazos, la cabeza... Se pasa la mano por el cuello masajeándolo levemente. Abre los ojos sorprendida al mirarse la mano: está manchada con sangre.

—¿Estás segura de que quieres jugar al escondite? —pregunta Jessica con tono burlón. Sam se prepara para todo lo que tenga que hacer para salvarse—. De acuerdo. Solo espero que seas buena perdedora.

Sam mira por todos lados, pero lo único que ve son cuadros. Mientras oye cómo Jessica baja lentamente riéndose de forma macabra, apoya nuevamente la cabeza y mira hacia el techo esperando que se le ocurra alguna idea. Vuelve a mirar a su alrededor; se sorprende y se sobresalta al ver la puerta de la cocina entreabierta. Levanta la mirada pensando que Jessica ya está allí apuntándole con un arma, pero a quien se encuentra es a Luke haciéndole señas.

«Quédate quieta.» Es lo que logra leer en sus labios.

—Te diré las reglas del juego. —Luke coloca un dedo sobre sus labios, indicándole que guarde silencio—. Contaré hasta diez. En ese tiempo tienes la oportunidad de esconderte en otro sitio porque ya sé dónde estás y así el juego no tiene gracia. ¿Estás lista?

—Uno.

Luke camina hacia Sam con lentitud y con la vista siempre en Jessica, quien está de espaldas y por eso no lo ve pasar. Al llegar a Sam acuna su rostro entre sus manos y la observa serio.

—¿Estás bien? —susurra mientras acaricia su mejilla.

—Me caí por las escaleras, ¿tú que crees? —le responde también en un susurro.

—Dos.

—Sí, estás bien —dice Luke al recibir esa contestación.

—Tres.

Sam pasa uno de sus brazos por encima de los hombros de Luke y él la sostiene de la cintura con cuidado, ayudándola a caminar.

—Cuatro.

Salen de ese pequeño pasillo que no lleva a ninguna habitación, ni tiene salida, y se encaminan a la cocina, la cual está a solo unos pasos. Mientras Luke y Sam pasan sin hacer ruido, ella observa a Jessica: está en medio de la sala dándoles la espalda. Baja la vista a una de sus manos y ve que empuña una pistola.

—Cinco.

Sam se estremece. Cuando llegan a la cocina, Luke cierra la puerta sin hacer ningún ruido.

—Seis.

—¿Qué haremos? —le pregunta Sam, preocupada.

—Tyler debe venir aquí y hablar con ella.

—Siete.

—Oh, por Dios. Tu cuello. Estás sangrando —dice mirando con preocupación la herida.

—Si no me morí al rodar por las escaleras, dudo que mi cuello sangrante sea un problema —le contesta Sam.

—Ocho.

Escucha unos golpes detrás de ella. Hay una pequeña ventana detrás de Sam. La abre y se encuentra con Tyler.

—Nueve.

—La policía está cerca, solo busquen la forma de trabar la entrada —les indica con rapidez. Al ver a Sam no puede evitar sentirse más culpable. Su rostro cansado y preocupado le hace enojarse consigo mismo—. Lo lamento —le dice sintiendo ganas de llorar.

—No es culpa tuya que Jessica esté loca —le contesta ella.

Sam siente demasiadas emociones en este momento: miedo, alivio, enojo, preocupación. El enojo es el sentimiento que más predomina, pero no porque esté enfadada con Tyler. No lo está. Después de todo, él solo tuvo la culpa de ser un estúpido. Si bien Jessica está actuando desde el dolor, no justifica su comportamiento hacia los demás. Estar herido no te da el derecho de herir a otros. Y mucho menos a personas que no tuvieron nada que ver con lo que te pasó. Jessica no solo está poniendo en riesgo la vida de Sam, sino también la de otros adolescentes y la de personas a las cuales ella quiere. Eso es lo que la enfurece.

—Diez.

La puerta de la cocina se abre bruscamente y Jessica dispara a Luke en la pierna, haciendo que caiga al suelo.

—¡Luke! —exclama Sam al ver a su mejor amigo en el suelo, haciendo una mueca de dolor.

Jessica se acerca a Sam y le apunta.

—La policía está afuera Jessica —le advierte Tyler. El nerviosismo se hace notorio en su voz—. Debes detenerte ahora. Estas personas no te han hecho nada.

Jessica lo mira con los ojos entrecerrados. Una lágrima se desliza por la mejilla de Sam al saber que no puede hacer nada más. La impotencia de no poder ayudar a su mejor amigo en este momento, ni a sí misma, la enfurece.

Y Jessica dispara.

Epílogo:

El inicio de todo

Dos semanas después

—Sam, ten cuidado —me dice Tyler, intentando ayudarme a bajar de la cama.

—Te dije que puedo sola —protesto, deteniéndolo.

Él se apoya en el umbral de la puerta y observa cómo me levanto con mucho cuidado de la cama del hospital. Al hacerlo, le sonrío victoriosa.

—¿Ves? Te dije que puedo hacerlo sola.

—Es porque eres asombrosa. —Acuna mi rostro en sus manos y me besa en los labios—. ¿Lista para irnos?

—Estoy lista desde hace mucho tiempo —digo, mirándolo y haciendo una mueca. Odio los hospitales.

Han pasado dos semanas desde aquella loca noche.

La policía entró segundos después de que Jessica me disparara. Solo recuerdo cómo se la llevaban y cómo Luke me observaba sorprendido. Después de eso, me quedé inconsciente. Pero Tyler me contó lo siguiente: los paramédicos me llevaron a la ambulancia y de allí al hospital. Jessica actualmente está arrestada por los cargos de secuestro e intento de homicidio. Sorprendentemente, no testificó en contra de Jenna ni de mi mejor amigo.

Sobre Luke, él está bien, sigue recuperándose del disparo en la pierna, pero está bien. Me lo explicó todo cuando desperté de la cirugía, y la verdad es que pienso que todo hubiera sido más fácil —y menos doloroso— si él hubiera advertido a las autoridades de lo que escuchó en la conversación entre Jenna y Jessica. Pero bueno, al menos hizo algo para intentar detenerlas.

Vamos caminando lentamente por los pasillos del hospital. Tyler se adapta a mi ritmo mientras yo me siento una anciana por tener que utilizar un bastón para caminar. La doctora me ha dicho que será mi nuevo mejor amigo hasta que mejore. Siento como si todo dentro de mí estuviera fuera de lugar. Me siento como el juego de mesa Operando.

Me detengo al ver a Jenna a unos metros de nosotros. Lleva un globo en forma de corazón en una mano y en la otra una pequeña bolsita que dice «Mejórate» en letras brillantes. No la veo desde la noche en la que sucedió todo, y siendo sincera, creí que jamás volvería a verla.

—Te espero afuera —murmura Tyler.

Asiento con la cabeza.

Jenna comienza a caminar hacia mí. Al pasar junto a Tyler le sonríe levemente. La miro sin poder creer que esté aquí.

—Bonito bastón —me dice sonriente cuando está frente a mí.

—Es mi nuevo accesorio —contesto, también sonriendo.

Jenna se ríe levemente.

—Quise venir antes, pero no me atrevía —dice. Se muerde los labios—. Yo... soy la peor ex mejor amiga del mundo. Después de esa noche, me di cuenta —suspira—. Lo siento mucho. No solo por el disparo, sino por todos estos años de molestarte y... también por lo grosera que fui al ignorar tus disculpas.

Asiento con la cabeza. Me hace feliz que Jenna esté disculpándose, pero de nuevo vuelve a surgir la duda que siempre tuve. Carraspeo incorporándome.

—¿Por qué te alejaste? —le pregunto.

Jenna asiente con la cabeza como si esperara que se lo preguntara. Hace una pausa mientras mantiene su mirada en el suelo y aprieta los labios.

—Te tenía envidia —confiesa sin mirarme—. Envidiaba que tuvieras a tu madre contigo. Poco a poco esa envidia fue por todo. Por tu capacidad de caerle bien a todo el mundo, porque todos querían ser tus amigos, no lo sé... Estaba muy enojada contigo por ser como eras. —Hace una pausa y me mira—. Lo siento.

Me acerco un poco más a Jenna. Ella me observa detenidamente al hacer esto. Poso una mano sobre la suya.

—Eras y eres genial —le digo con honestidad—. Y sé que tu madre está contigo siempre. Quizá no físicamente, pero siempre estará en tu corazón. Ahora mismo debe estar orgullosa de ti por disculparte. —Sus ojos se llenan de lágrimas—. Porque eres una buena persona. Lo sé porque sientes las cosas que has hecho y pides perdón. Eso hacen las personas buenas cuando cometen un error.

—¿En serio crees eso? —pregunta con un hilo de voz.

Niego con la cabeza.

—No lo creo. Estoy segura —le contesto sonriendo levemente.

Jenna me sorprende al abalanzarse sobre mí en un efusivo abrazo. Me tambaleo un poco, pero logro mantenerme firme para corresponderle. Cierro los ojos sintiéndome tranquila al saber que las cosas entre nosotras están bien después de tanto tiempo.

—A esto me refería. —Se sorbe su nariz cuando nos separamos—. Eres muy buena persona.

Niega con la cabeza sin poder creerlo.

—Si quieres, puedo golpearte con mi bastón —digo, encogiéndome de hombros.

Jenna se ríe.

—No, estoy bien con esta reconciliación —me dice sonriendo.

—¿Quieres que te ayude a salir del coche? —me pregunta Tyler.

Sonrío mientras niego con la cabeza. Desde aquella noche, Tyler se siente culpable por lo que me hizo Jessica, y por más que le diga que no estoy ni enfadada ni disgustada con él, ese sentimiento no se va. Espero que en algún momento logre perdonarse a sí mismo.

—Mis padres dijeron que en cuanto mejores les encantaría que fueras a nuestra casa —dice mientras me observa bajar despacio.

—Me gustaría —asiento sonriendo—. ¿Puedes coger los regalos de Jenna?

Tras nuestra reconciliación, Jenna me acompañó hasta el coche de Tyler y me dio el globo en forma de corazón y la bolsa con brillitos, dentro de la cual hay un osito de color azul. Finalmente, las cosas entre los tres están bien.

—¿Sabes? —me giro para mirarlo—, cuando... Jessica te disparó, sentí que mi corazón se detuvo unos segundos. Jamás me había ocurrido algo así. Era como si de repente me arrancaran una parte de mí.

Suena loco, lo sé. Pero en ese momento pude sentir... —Hace una pequeña pausa—. Pude comprender en realidad —se corrige— cuán enamorado estoy de ti.

Se vuelve para mirarme unos segundos y luego vuelve la vista al frente.

—Y lo mucho que te quiero en mi vida.

Estiro mi mano para entrelazarla con la de él. Sé que lo que dice es verdad, porque también yo lo sentí. En el momento en que me secuestraron solo pensé en lo mucho que echaría de menos a mis amigos, a mis padres y a Tyler si algo malo me terminaba pasando. Eso ocurrió, pero tuve la suerte de tener otra posibilidad para volver a abrazar a mis padres, bromear con mis mejores amigos y estar con Tyler.

Me siento tan agradecida de poder seguir estando aquí... Ahora me doy cuenta de que no valoramos las cosas lo suficiente. Yo no lo hacía antes de esa noche. Y no hablo de las cosas materiales, sino de las más pequeñas e inofensivas, esas que se nos hace tan normal tener y olvidamos que otros, menos afortunados, quizá no tienen. Ya sea unos oídos que te escuchen cuando tienes un mal día, un abrazo reconfortante cuando te sientes mal, una cama cálida donde dormir, personas a las cuales les importas... Normalmente, olvidamos dar las gracias por esas cosas porque damos por sentado que siempre las tendremos, y la realidad es que no tenemos la certeza de que siempre contaremos con ello.

Lo que nos pasó me hizo abrir los ojos y apreciar los pequeños momentos y las pequeñas cosas mucho más.

En cuanto entramos en casa puedo volver a tener el silencio que en el hospital no tuve. Tyler deja los regalos de Jenna sobre el mueble del recibidor y juntos caminamos hasta el jardín trasero. Necesito sentarme y respirar de nuevo oxígeno normal. Estas dos semanas oliendo a medicamentos y suero han sido lo peor.

—¡Sorpresa!

Miro a mi alrededor colocando ambas manos en mi boca. Sonrío mirando a todos los invitados. Cuando mis ojos se posan sobre Tyler, le señalo con el dedo índice. Él sonríe como si ya supiera qué voy a decirle, aun así prosigo.

—Eres genial.

—Lo sé —asiente riendo levemente.

Mis padres no tardan en venir a abrazarme con fuerza. Mamá deposita un sonoro beso en mi mejilla y me deja la marca de su pintalabios. Me limpio haciendo una mueca. De esto hablaba. Hubiera echado de menos que mamá hiciera eso.

—Bienvenida, tía Sam —dice Caroline con «voz de bebé» mientras se acerca con la pequeña Jazzy en sus brazos.

Jazmín Nicole Donnet, la hija de Caroline y Nick. La niña es preciosa y muy simpática. Es rubia y tiene unos ojitos marrones con pestañas kilométricas. Su nariz es exactamente igual que la de mi mejor amiga, pero tiene los pómulos Donnet, puedo notarlo. La he visto en pocas ocasiones, así que saber que ahora podré estar el tiempo que quiera con ella y no solo en los horarios de visita del hospital me hace muy feliz.

—¡Hola, Jazzy! —exclamo sonriendo—. Ahora no te podrás salvar de pasar tiempo con la tía Sam.

—¿Puedes cogerla? —me pregunta Caroline, antes de darme a la bebé.

Me siento en una silla para poder cogerla y dejo mi bastón junto a mí. Sé que no me veo muy bien porque aún sigo muy pálida, tengo algunos moretones en mi cuerpo y pequeños arañazos en la cara. Sin mencionar que todavía me estoy recuperando de la herida de bala. Pero es muy irónico que jamás me sintiera tan bien en la vida.

—Sam, no te enfades, pero el helado lo dejaremos para la próxima —me dice Nick, haciendo una mueca—. Órdenes del doctor.

—Auch. Eso ha dolido más que el disparo —bromeo bajando la mirada. Jazzy me observa y deposito un beso en su mejilla.

—Me sorprende que no estés ya harta de helado con todo el que ya has comido durante toda tu vida —me dice Nick, y lo miro con los ojos entrecerrados—. No me mires así. Luego te haré falta.

Nick y Caroline siguen con sus planes de irse a vivir a Nueva York. Yo también iré a estudiar allí, pero en unos meses, cuando el nuevo año comience. Ellos irán en unas semanas para instalarse en su apartamento y ver cómo es la convivencia con su bebé.

—¿Bromean? Todos ustedes estarán en Nueva York mientras yo voy a estar en París —dice Daniela, haciendo una mueca.

En efecto, ella consiguió una beca en una universidad de arte en París. Se irá dentro de unos meses para comenzar su nueva vida en Europa. Me alegro tanto por ella... La echaré mucho de menos, pero sé que su sueño es estudiar allí.

—Lo que daría por estar en París —dice Emily—. Estoy cansada de New Haven, pero lamentablemente mi carrera me impide vivir en otro lado.

—La señorita Yale ha hablado —bromea Luke, mirando burlonamente a su hermana.

Ella lo observa con una ceja arqueada, pero sonriendo divertida. Se han hecho bastante amigos. Desde aquella noche, ella fue a visitarlo casi todos los días que estuvo en el hospital.

—Oh, ¿quién es la tía más guapa? —le pregunto a Jazzy, adoptando la misma voz tonta que Caroline. Creo que es imposible hablarle a un bebé sin poner esa voz—. ¡La tía Sammie!

—Pero ¿qué dices? —acota Daniela—. Esa soy yo.

—Sigan soñando —dice Luke—. Déjame cogerla.

Le paso a Jazzy y él la recuesta en su pecho. La pequeña comienza a llorar y Luke le da pequeños golpecitos en la espalda. Caroline lo mira haciendo una mueca.

—Acaba de alimentarse, no creo que debas hacer...

Es demasiado tarde. Jazzy vomita en el hombro de Luke. Todos comenzamos a reírnos de él, en especial Daniela y yo. Bueno, eso le pasa por querer confundir a la niña.

—Al parecer, no quiere tanto al tío Luke —me burlo.

—Es obvio que lo quiere muchísimo. Si hasta le ha dejado un regalo... —dice Daniela, riéndose.

Caroline toma en sus brazos a Jazzy y junto a Nick van dentro de la casa para poder limpiarla. Luke se quita la camiseta y mira a Daniela sonriendo.

—Daniela... —canturrea—, ¿quieres que pase mi camiseta por tu cara?

—Uff, no serías capaz —le responde cruzándose de brazos.

—¿Estás segura? —dice, acercándose a ella.

Daniela traga saliva cuando Luke está frente a ella con la camiseta llena de vómito cerca.

—¡Señora Donnet! ¡Luke me quiere restregar el vómito de Jaz por la cara! —grita—. ¡Emily, maldición, ayúdame!

Emily se coloca frente a Daniela y observa a Luke con los ojos entrecerrados.

—Oh, señorita Yale. Esperaba que estuvieras de mi lado —le dice él, fingiendo estar decepcionado.

—Pues lamento la confusión —le responde ella.

Luke las mira a las dos y se encoge de hombros.

—Hay suficiente vómito para ambas.

Las dos se miran y comienzan a correr. Luke se ríe y sale tras ellas agitando su camiseta y gritando «¡Las atraparé!».

El día que mis padres hicieron que Tyler entrara en mi vida sentí que era el comienzo de una pesadilla, y si bien tampoco todo ha sido perfecto, me siento feliz de haberme enamorado del chico al que le tiré la ropa al contenedor de basura el primer día que vino a jugar a ser mi estúpido niñero.

Veo a Daniela y Emily escapar de la camiseta con vómito que Luke amenaza con lanzarles. Mis padres riendo mientras se ocupan de la comida. Nick con Jazzy en brazos y Caroline dándole pequeños besitos en el rostro. Tyler a mi lado mirando a mis amigos correr por el jardín. No podría estar más feliz con las personas que están conmigo. Por más que esto pueda parecer el final, yo siento que es el inicio de todo.

—Tyler.

Se gira para mirarme.

—¿Sí, Sam? —pregunta con una leve sonrisa.

—Te quiero —le digo sonriendo—, mi estúpido niñero —agrego en broma.

MÁS HISTORIAS ADICTIVAS

Mi estúpido niñero de Blue Woods
se terminó de imprimir en abril de 2021
en los talleres de
Litográfica Ingramex S.A. de C.V.,
Centeno 162-1, Col. Granjas Esmeralda, C.P. 09810,
Ciudad de México.